mtb

Zum Buch:

Als Kind liebte Alice es, gemeinsam mit ihrer Freundin in Gummistiefeln durch den seichten Bach hinter dem Haus zu stapfen und den Tag an der frischen Luft zu verbringen. Wenn sie dann abends mit rosigen Wangen nach Hause kam, wartete in Grandies Küche ein buttrig glänzendes Rührei auf selbst gebackenem Vollkornbrot auf sie. Diese Tage waren perfekt. Doch nach einem heftigen Streit verließ ihre Mutter gemeinsam mit Alice den kleinen englischen Ort und zog nach New York. Sosehr sie ihren Großvater auch vermisste, es war Alice' Chance für neue Träume. Mit ihrem Talent für das Tanzen setzte sie alles daran, eines Tages auf den Bühnen des Broadways zu stehen.
Jetzt, dreizehn Jahre später, scheint Alice' Traum zerplatzt zu sein, und sie fühlt sich haltlos. Als sie dann auch noch erfährt, dass ihr geliebter Großvater im Krankenhaus liegt, zögert sie nicht lange, lässt New York hinter sich und kehrt zurück in den Ort ihrer Kindheit.

»Voller Wärme und Witz und mit dem richtigen Wohlfühlfaktor.«

Sunday Times-Bestsellerautorin Katie Fforde

Zur Autorin:

Christie Barlow engagiert sich in der Entwicklungshilfe und ist Redakteurin für ein Onlinemagazin, in dem sie ihre Leser mit allen wichtigen Neuigkeiten und Rezensionen aus der Welt der Bücher versorgt. Sie freut sich über Rückmeldungen ihrer Leser, also scheut euch nicht und kontaktiert sie über ihre Website www.christiebarlow.com, ihren Twitteraccount @ChristieJBarlow und ihre Facebookseite Christie Barlow author.

Christie Barlow

Wie ein Tanz auf Morgentau

Roman

Aus dem Englischen von
Anita Sprungk

MIRA® TASCHENBUCH

FSC
MIX
Papier
FSC® C014496

1. Auflage: Juni 2019
Deutsche Erstausgabe

Originaltitel: »A Home at Honeysuckle Farm«
Erschienen bei: HarperImpulse,
an imprint of HarperCollins *Publishers*, UK

Published by arrangement with
HarperCollins *Publishers* Ltd., London

Umschlaggestaltung: zero-media.net, München
Umschlagabbildung: primeimages / Getty Images, FinePic, München
Lektorat: Sophie Hofmann
Satz: GGP Media GmbH, Pößneck
Printed in Germany
Dieses Buch wurde auf FSC®-zertifiziertem Papier gedruckt.
ISBN 978-3-7457-0015-2

www.mira-taschenbuch.de

Für Sharon Pillinger,
deren Begeisterung für meine Bücher
mich immer wieder aufs Neue anspornt.
Vielen lieben Dank dafür.

Prolog

Mit zehn Jahren kannte ich nichts anderes als Brook Bridge. Inmitten ländlicher Idylle am Rand der Grafschaft Staffordshire gelegen, strahlte das malerische kleine Dorf mit seinen engen Straßen und den reetgedeckten Fachwerkhäusern altertümlichen Charme aus. Die Dorfbewohner bildeten eine enge Gemeinschaft, alle waren freundlich und kümmerten sich umeinander. Ich liebte das Leben dort in jeder Hinsicht.

In den Sommermonaten war stets viel los. Besucher kamen in Scharen, um die beeindruckenden alten Häuser im Tudorstil zu bewundern, in den verwinkelten Shabby-Chic-Läden zu stöbern und die historischen Pubs entlang der kopfsteingepflasterten Hauptstraße zu erkunden.

Ich freute mich immer auf den Sonntagmorgen. Diese Zeit war mir die liebste der Woche, denn dann schlenderte ich mit Grandie über die steinerne Bogenbrücke zu einem urigen Innenhof, der Maler und Fotografen geradezu magisch anzog. Dort setzten wir uns in einer Ecke vor den Old Tea Shop, hielten uns an unseren Bechern mit heißer Schokolade fest und gönnten uns ein Stück von Mrs. Jones fabelhaften Torten.

Zusammen mit meiner Mum lebte ich am Rand des Dorfes auf der Honeysuckle Farm. Wir wohnten dort in einem Anbau, der an Grandies rustikales dreistöckiges Backsteinhaus grenzte. Hier fühlte ich mich sicher und geborgen, wenn ich durch die Scheunen schlenderte, mit dem Rad auf den unebenen Grasflächen herumfuhr oder im Bach plantschte. Meilenweit umgab uns nichts als ländliche Idylle. In dem

Flickenteppich aus goldgelben und grünen Feldern, die von Hecken eingefasst waren, wuchsen Kartoffeln und Wurzelgemüse, aus denen meine Mum im Herbst köstliche Eintöpfe zauberte. Natürlich gab es frische Eier, so viele wir wollten, gelegt von den Hühnern, die frei auf der Farm herumliefen. Ein besseres Zuhause gab es einfach nicht.

Hinter den Maissilos führte eine wackelige alte Holzbrücke über einen seichten Bach, an dessen Ufern rostrote Weidensträucher wuchsen – dies war mein Lieblingsplatz. Hier saß ich oft auf dem mächtigen grauen Felsen am Fuß eines Ahornbaumes und sah Billy, dem kastanienbraunen Welsh-Pony, beim Grasen zu.

Gerade hatte ich mich auf den Sommer eingestellt: Die langen Sommerferien lagen vor mir, und ich freute mich schon darauf, dass meine Freundin Grace den ganzen Tag zum Spielen herüberkommen würde. Völlig sorgenfrei sprang und stapfte ich in meinen Gummistiefeln durch das flache Wasser des Baches.

Ich hatte ja keine Ahnung, dass mein Leben sich urplötzlich drastisch ändern würde …

Fröhlich hüpfte ich zum Haus zurück, voller Vorfreude auf buttrig glänzendes Rührei auf selbst gebackenem Vollkornbrot. Ich riss die Tür zum Windfang auf, der eine Sammlung von Stiefeln, Jacken und Regenschirmen beherbergte. Meine schlammbespritzten Gummistiefel streifte ich vor der Hintertür ab und stellte leicht enttäuscht fest, dass es aus der Küche noch gar nicht köstlich nach Essen duftete. Marley, der Cockerspaniel, döste selig zusammengerollt in seinem Korb am Fuß des großen Küchenherdes und blinzelte nicht einmal, als ich den Raum betrat, so verschlafen war er.

Im selben Moment hörte ich, dass im Wohnzimmer laut gestritten wurde. Ich wagte kaum zu atmen, schlich mich auf

Zehenspitzen durch den Flur und spähte durch den Spalt der angelehnten Wohnzimmertür.

Grandie stand mit gesenktem Kopf am hinteren Ende des Zimmers und stützte sich mit den Händen am Sims des großen steinernen Kamins ab. Mum saß auf einer Kante des Couchtisches, den Blick fest auf den Boden gerichtet.

Dann atmete Grandie langsam und stockend aus und drehte sich zu meiner Mutter um, die den Blick hob und ihn ansah.

»Herr im Himmel, Rose«, schrie er sie an, »wann, zum Teufel, wolltest du mir das mitteilen?«

Mum zitterte am ganzen Körper, gab aber keine Antwort.

Ich hatte keine Ahnung, was geschah oder was Mum getan haben mochte, aber mich überfiel eine unbestimmte Angst. Die perfekte Idylle, in der ich geborgen gewesen war, wurde von einer unheimlichen Stimmung verdrängt, die ich noch nie erlebt hatte.

Wie angewurzelt stand ich da und wartete gespannt, was als Nächstes geschehen würde.

Grandie brüllte Mum immer noch an, und ich bekam es mit der Angst zu tun. Mein Herz hämmerte wie wild in meiner Brust. Noch nie hatte ich Grandie so schreien hören, und noch nie hatte ich erlebt, dass er und Mum sich stritten. Das gefiel mir nicht. Das gefiel mir ganz und gar nicht.

»Nach allem, was ich für dich getan habe, ist das der Dank?« Grandie war rot angelaufen vor Zorn.

Mum ließ wieder den Kopf hängen, offenbar konnte sie ihm nicht in die Augen sehen.

»Ich dachte, ich hätte dich besser erzogen. Wie konntest du mich nur so hintergehen? Schämst du dich überhaupt nicht?« Er schnaubte angewidert. »Geh mir aus den Augen, ich will dich nie wiedersehen.« Zorn stand ihm ins Gesicht geschrieben, dunkle Wut blitzte in seinen Augen.

Seine Worte ließen Mum zusammenzucken.

Ich hielt den Atem an, wagte nicht, mich zu rühren.

»W…wie meinst du das?«, stotterte Mum. Die gespielte Gelassenheit wich dem Entsetzen, und Tränen strömten ihr übers Gesicht.

»Genau so, wie ich es sage: Mach, dass du mir aus den Augen kommst«, schrie er sie an, sodass sie erschrocken aufsprang.

»Ist das dein Ernst?« Diesmal wagte sie es, ihm direkt in die Augen zu schauen.

»Mein absoluter Ernst.«

»Na schön. Wenn das so ist, dann gehe ich. Dir wird es noch leidtun«, fauchte Mum und rannte zur Tür. »Ich gehe irgendwohin, wo du mich nicht finden kannst, und Alice nehme ich mit. Du wirst sie nie wiedersehen, wenn du so denkst.«

»Du wirst Alice nicht mitnehmen«, donnerte Grandie.

»Doch, das werde ich. Ich bin ihre Mutter, und du kannst mich nicht daran hindern«, rief sie, während ihr Tränen der Enttäuschung übers Gesicht strömten.

Ihre Worte durchbohrten mir das Herz, Tränen verschleierten mir den Blick. Entsetzen packte mich.

»Wie kannst du mir das antun? Du weißt, wie sehr ich das Mädchen liebe. Wenn du mit Alice durch diese Tür hinausgehst, dann sind wir geschiedene Leute … für immer.« Er trat an den Tisch und schlug mit solcher Wucht auf die Tischplatte, dass eine Tasse samt Untertasse klirrend zu Boden fiel.

Jeden Moment würde Mum die Tür aufreißen, und plötzlich packte mich die Angst. Auf keinen Fall wollte ich dabei ertappt werden, wie ich hinter der Tür stand und lauschte. Sie durfte nicht erfahren, dass ich ihren Streit mit angehört hatte. Einen Sekundenbruchteil zögerte sie noch, die Hand auf der Türklinke. Dann zuckte sie abschätzig die Achseln. »Ganz wie du willst …«

Ich spürte, wie meine Knie weich wurden, und hockte mich hastig in den Schatten der großen Standuhr. Ich hielt den Atem an. Ihre Stimme verklang, als sie an mir vorbeistolzierte, die Treppe hinaufging und verschwand – zu meiner großen Erleichterung hatte sie mich nicht gesehen.

Ich kämpfte mich auf die Beine und warf einen verstohlenen Blick ins Wohnzimmer, bevor ich durch die Küche zurückrannte und mir hastig erneut die Stiefel anzog. Dann rannte ich nur noch, rannte über die Felder, hin zu Billy, dem ich meine Arme um den Hals schlang. In der Hoffnung auf eine Möhre schnupperte er währenddessen geschäftig meine Taschen ab.

In Gedanken war ich bei Grandie, der zusammengesunken auf seinem Stuhl gesessen hatte, während er sich verzweifelt die Haare raufte und etwas tat, was ich noch nie zuvor bei ihm gesehen hatte: Er weinte.

Ich hatte keine Ahnung, worüber er und Mum sich gestritten hatten, aber nur vierundzwanzig Stunden später saß ich angeschnallt auf der Rückbank eines Taxis und drückte meinen Teddy fest an mich. Natürlich hatte ich gefragt, wohin wir wollten, aber Mum schwieg sich aus.

»Hör auf, Fragen zu stellen, Alice. Du wirst es schon sehen, wenn wir da sind.« Mehr sagte sie nicht zu dem Thema.

Mums beste Freundin Connie packte Mum vor der Treppe zum Farmhaus an den Armen. »Ich begreife nicht, warum ihr fortgeht. Wohin wollt ihr? Was ist passiert?« Die Fragen prasselten nur so auf Mum ein, aber sie beantwortete nicht eine einzige. Wie in Trance murmelte sie irgendetwas, küsste Connie rasch auf die Wange, nahm sie ein letztes Mal in den Arm und stieg auf der Beifahrerseite ins Taxi. Sie warf nicht einen einzigen Blick zurück zum Haus.

Ich wusste immer noch nicht, wohin und warum wir überhaupt fortgingen. Ich wusste nur, dass ich mich elend fühlte.

Übelkeit stieg in mir auf. Völlig verängstigt drückte ich meinen Teddy an mich und versuchte, die Tränen herunterzuschlucken. Als das Taxi losfuhr, blickte ich hoch und schaute ein letztes Mal zurück zum Farmhaus. Da war Grandie am Fenster des Schlafzimmers. Er legte seine Hand auf die Fensterscheibe, und ich tat dasselbe am Fenster des Taxis. Seine tränenerfüllten traurigen Augen hielten mich fest. Je näher das Taxi sich jedoch dem verschnörkelten schmiedeeisernen Tor am Ende der Einfahrt näherte, desto kleiner wurde er, bis er schließlich aus meinem Blickfeld verschwand. Tiefer Schmerz krampfte mir das Herz zusammen.

Damals wusste ich noch nicht, dass ich Grandie dreizehn lange Jahre nicht wiedersehen würde.

1. Kapitel

New York City, dreizehn Jahre später …

Es klopfte an der Tür, und ich wusste sofort: Das war Molly. Man konnte die Uhr nach ihr stellen. Seit drei Jahren war Molly Gray meine beste Freundin. Ein richtiges Stadtmädchen, geboren und aufgewachsen in New York, lebte sie in einem Apartment im zweiten Stock eines Hauses an der Ecke 57th Street und 9th Avenue im Westen der Stadt. Ich hingegen war vor dreizehn Jahren als verängstigtes und verstörtes Kind hierhergekommen, und mir war klar, dass ich es immer noch nicht geschafft hatte, mich anzupassen und einzuleben. Inzwischen wohnte ich in einer schäbigen Wohnung in einer weniger freundlichen Ecke von Manhattan. Hier war alles ungewohnt: die Geräusche, die Gerüche. Alles um mich herum – Menschen wie Dinge – schien ständig in Bewegung zu sein. Millionen von Meilen trennten mich von meiner Kindheit auf dem Dorf. Oft sehnte ich mich danach, das vertraute Krähen eines Hahnes oder das Blöken eines Lammes zu hören. Manchmal träumte ich, ich könnte das ständige hektische Treiben zum Stillstand bringen und schweigend in meinem eigenen Tempo durch die Straßen wandern.

Jeden Sonntagmorgen, egal, welches Wetter gerade vorherrschte, rannte Molly eine gute Stunde lang durch den Central Park, bevor sie auf einen Kaffee und ein Schwätzchen zu mir kam, wenn sie ihr Laufpensum hinter sich hatte.

»Die Tür ist offen«, rief ich. »Ich bin in der Küche.«

Kurz darauf stand sie in der Tür – mit funkelnden Augen und glühenden Wangen.

»Morgen«, keuchte sie und schaltete die neueste technische Errungenschaft ab, mit der sie ihre Leistung und ihren Puls kontrollierte. »Keine schlechte Zeit«, murmelte sie in sich hinein.

Ihr schlanker Körper steckte in extravaganter Laufkleidung, die so eng anlag, wie es nur möglich war. Aus ihrem Pferdeschwanz hatten sich etliche Strähnen rostroter Haare gelöst. Langsam strich sie sich diese aus dem Gesicht.

»Das guckte gerade aus deinem Briefkasten«, verkündete sie und legte das Faltblatt vor mir auf den Tisch, bevor sie sich auf den Stuhl plumpsen ließ. »Das ist genau das Richtige für dich«, fügte sie hinzu, schnappte sich ein Stück mit Butter bestrichenen Toast von meinem Teller und grinste mich an.

Vorspielen für Wicked – Die Hexen von Oz
The Majestic Theatre
Broadway, New York City

»Was? Willst du mir damit sagen, ich sei eine Hexe?«, fragte ich lächelnd und wärmte meine Finger an dem mittlerweile dritten Becher Kaffee an diesem Morgen.

»Eine gute Hexe«, kicherte sie, »aber heute Morgen siehst du eher aus wie ein englischer Rockstar der Achtzigerjahre. Was ist mit deinem Make-up passiert?« Sie drohte mir spielerisch mit dem Finger, bevor sie aufstand und sich über das abgetragene braune Linoleum zur Kaffeekanne schlich.

»Sagen wir mal so: Ich habe schon wesentlich bessere Nächte gehabt«, erwiderte ich, stellte meinen Kaffeebecher auf dem Tisch ab und blickte zu Molly hoch.

»Ich schenke uns beiden frischen Kaffee ein, und du erzählst mir in allen Einzelheiten, was los ist. So schlimm kann es doch nicht sein.« Anteilnahme schwang in ihrer Stimme mit.

»Tut mir leid, aber es ist kein Kaffee mehr da. Er ist mir ausgegangen … schon wieder.«

Molly musterte erst die Kaffeekanne, dann mich. Ihr Gesichtsausdruck verriet Überraschung und Mitgefühl, jedoch hatte sie keine Vorstellung davon, wie schwierig meine Lage tatsächlich war. Sofort überfielen mich Schuldgefühle, weil ich mit meinen Sorgen hinterm Berg hielt, aber Mitleid war das Letzte, was ich wollte.

»Du kannst den hier haben«, bot ich an und schob ihr meinen Kaffeebecher hin.

»Ist schon gut. Du siehst so aus, als bräuchtest du ihn dringender als ich. Ich lass mir am Wasserhahn ein Glas Wasser ein.«

»Ich bekomme mein Geld erst morgen«, seufzte ich. »Aber falls du noch etwas Toast möchtest – es sind noch ein paar Scheiben da.«

Molly schaute mich fragend an, bevor sie den Kühlschrank öffnete. Er war leer bis auf ein verschimmeltes Stück Käse, das ich in der hintersten Ecke übersehen hatte.

»Und was willst du heute essen?«

Völlig hilflos zuckte ich mit den Achseln. So weit hatte ich noch gar nicht gedacht. Wollte ich auch gar nicht denken.

»Weiß nicht, vermutlich bleiben mir nur ein paar Twinkies«, erwiderte ich scherzhaft, aber tief in meinem Inneren wusste ich ganz genau, dass das durchaus Realität werden konnte, wenn es so weiterging wie bisher.

»Ist es inzwischen wirklich so schlimm?« Molly klang jetzt ein wenig ernster.

»Ach Molly, ich komme einfach nicht mit meinem Geld über die Runden, sosehr ich mich auch bemühe«, antwortete ich und wich dabei ihrem Blick aus. »Es ist so schwer,

Arbeit zu finden – mit einem anständigen Gehalt, zu fairen Bedingungen. Jeder Job, um den ich mich bewerbe, ist entweder schon vergeben, oder die Bezahlung reicht so gerade eben nur für meine Miete, und mir bleibt nichts für alles andere übrig. Ich will nicht ständig nur Jobs annehmen, die mir keine Zukunft bieten; ich will eine Karriere, ich will in dem Bereich arbeiten, für den ich ausgebildet bin, aber ich komme nie übers Vorspielen hinaus. Irgendetwas muss passieren. Ich kann so nicht weitermachen.«

Molly schloss die Kühlschranktür und drückte mir tröstend die Hand. Sie verzichtete jedoch darauf, mir zu sagen, es werde alles wieder gut werden. Das würde nicht geschehen. Tatsächlich ist das nun schon seit einigen Jahre nicht mehr der Fall. In letzter Zeit verlor ich jedoch mehr und mehr die Kontrolle und konnte das nicht länger verbergen. Auf dem Tisch vor mir lag ein Stapel unbezahlter Rechnungen, und als wäre das noch nicht schlimm genug, war ich obendrein mit meiner Miete einen Monat im Rückstand.

»Lass mich dir helfen.«

Mir war gar nicht bewusst gewesen, dass ich schon die ganze Zeit versucht hatte, meine Tränen zurückzuhalten, aber jetzt konnte ich mich nicht mehr beherrschen. Ihre freundliche Geste brachte alles zum Laufen.

Ich schüttelte den Kopf. »Danke, das ist ein liebes Angebot, aber nein, danke. Du hast selbst Rechnungen zu bezahlen. Das ist mein Problem, nicht deines.«

»Unsinn, Alice, du bist meine Freundin. Meine beste Freundin. Ich kann so viel erübrigen, dass du Lebensmittel einkaufen kannst, und dir helfen, den Karren wieder aus dem Dreck zu ziehen. Hast du es deiner Mum erzählt?«, hakte sie vorsichtig nach.

»Nein«, gab ich zu. »Das Diner, in dem sie arbeitet, hat gerade zugemacht, und ich weiß, dass sie in einer ähnlichen

Situation ist wie ich. Ich wollte nicht, dass sie sich auch noch meinetwegen Sorgen macht.«

Molly musterte mich beunruhigt, zog sich einen Stuhl heran und setzte sich mir gegenüber an den Tisch.

Ich ließ mir meine letzten drei Jobs durch den Kopf gehen und atmete heftig aus. Auf dem Times Square hatte ich Flugblätter für einen Hungerlohn verteilt, hatte mich mit Nachtschichten in einem rund um die Uhr geöffneten Imbiss einer Burgerkette über Wasser gehalten, der hauptsächlich von Säufern und Abschaum frequentiert wurde, und zurzeit arbeitete ich als Reinigungskraft in einem Theater am Broadway. Das Geld, das ich damit verdiente, reichte kaum für die Miete, geschweige denn für Lebensmittel oder abendliches Ausgehen. Ich konnte mir keine neue Kleidung leisten, und jeder Tag war ein Kampf. So hatte ich mir mein Leben nicht vorgestellt.

Am Abend zuvor hatte ich einen Wendepunkt erreicht: Ich hatte mir entschieden klargemacht, dass sich etwas ändern und ich mein Leben in den Griff bekommen musste.

»Ich hatte einmal Träume, Molly, und jetzt schau mich an. Weißt du noch, wie wir uns kennengelernt haben?«

Molly lächelte. »Natürlich weiß ich das noch.«

Es war drei Jahre her. Molly und ich standen eingepfercht wie Ölsardinen in der U-Bahn. Stoßzeit im Berufsverkehr. Wir fuhren Richtung Times Square und hielten uns am selben Metallhandlauf fest, als er uns beiden zeitgleich auffiel.

»Schau dir diese Wimpern an. Neid!«, flüsterte Molly mir zu, und ich lachte in mich hinein.

Ich konnte nicht anders und musste ebenfalls die strahlend blauen Augen, die ausgeprägten Wangenknochen und diese Wimpern anstarren. Molly hatte recht – sie waren unglaublich. Jedes Mädchen auf dieser Seite der Stadt, ach was, jedes Mädchen in der gesamten Stadt wäre bereit gewesen, für diese

Wimpern zu sterben. Seine Kleidung – ein leuchtend roter Samtanzug, ein brauner Zylinder und eine goldene Fliege – sorgte für einige Aufregung bei einer Gruppe Mädchen, die in der Nähe saßen. Auch ich war wie hypnotisiert von seiner ganz besonderen Ausstrahlung.

An der 42nd Street stieg er aus. Unmittelbar vorher aber drehte er sich um, zwinkerte uns zu und streckte uns zwei goldene Eintrittskarten für Willy Wonkas Schokoladenfabrik hin.

Wir stiegen dicht hinter ihm aus und sahen ihm nach, wie er in der Menge verschwand.

»Passiert auch nicht jeden Tag, dass man eine Eintrittskarte in den Schokoladenhimmel bekommt«, meinte Molly seufzend. Ich lachte und steckte die Karte in meine Handtasche. Gemeinsam gingen wir weiter zum Times Square und kicherten dabei die ganze Zeit.

Auf diesem kurzen gemeinsamen Weg machte es klick zwischen uns. Wir verstanden uns blendend. Ich erzählte ihr, dass ich gerade meinen Studienabschluss in Darstellender Kunst abgelegt hatte und davon träumte, eines Tages auf dem Broadway aufzutreten.

Molly lud mich zum Kaffee an ihrem Arbeitsplatz ein, und wir schlenderten im New Yorker Sonnenschein die 6th Avenue hinunter zu dem Radiosender, bei dem sie, seit sie von der Schule abgegangen war, arbeitete. Sie erzählte mir, sie habe als Mädchen für alles angefangen, das Telefon bedient, unzählige Tassen Kaffee gekocht und sich bemüht, den Nachrichtenredakteuren auszuweichen, die ihre Finger nicht bei sich behalten konnten. Inzwischen hatten ihre schnelle Auffassungsgabe, ihre Bereitschaft, hart zu arbeiten, und ihre Entschlossenheit ihr einen Platz am Mikrofon eingebracht: Sie moderierte die werktägliche Nachmittagssendung zwischen fünf und sieben.

Ich bewunderte sie, und als wir durch die Glastüren des Studios schritten, fühlte es sich an, als hätte ich eine fremde Welt betreten. Im Foyer hingen die signierten Fotos zahlreicher Berühmtheiten, die vom Sender interviewt worden waren, und Molly erzählte mir, sie habe die meisten kennengelernt. Ich fand es aufregend, dass sie mit Reichen und Berühmten in Berührung kam und sich ihren Erfolg aus eigener Kraft erarbeitet hatte. Auch ich wollte meinen Namen in den Leuchtreklamen sehen, wollte von Radiosendern interviewt werden und auf den Titelseiten der Illustrierten stehen.

Jetzt, wo ich meinen Studienabschluss hatte, brannte ich darauf, mich zu beweisen. Ich suchte nach Jobs am Broadway, gespannt darauf, was die Zukunft für mich bereithielt.

Nach dem Kaffee bot Molly mir an, mit ins Aufnahmestudio zu kommen und live mitzuerleben, wie sie ihre Sendung moderierte. Aufregung erfasste mich, als sie mir bedeutete, ihr gegenüber Platz zu nehmen. Ich schaute ihr bewundernd zu, wie sie den Kopfhörer aufsetzte, das Mikrofon zu sich heranzog und die Sendung startete. Nach dem ersten Abschnitt schoss Molly ein Foto von uns beiden, wie wir unsere goldenen Tickets hochhielten, und setzte einen Tweet mit dem Hashtag *findwillywonka* ab. Keine Stunde später hatten wir Antwort auf Twitter: Der Schauspieler Joe Tucker hatte sich gemeldet.

Noch am selben Abend lud Joe uns zu einer seiner Vorstellungen ein. Sie war sensationell, die Darbietung einfach fantastisch. Hinterher trafen wir uns auf einen Drink, und er war so freundlich, zahlreiche Möglichkeiten zum Vorspielen für mich zu arrangieren. Leider war die Konkurrenz jedes Mal mörderisch. Ich war einfach nicht gut genug, um mir eine Rolle zu sichern, und die Absageschreiben stapelten sich auf meiner Fußmatte. Die Monate vergingen, und ich fühlte, wie der ersehnte Starruhm in immer unerreichbarere Ferne rückte. Allmählich kam ich mir vor wie eine Versagerin in meinem Bemühen, meinen Karrieretraum zu verwirklichen. Zu dem Zeitpunkt fing ich an, jeden Job anzunehmen und jede Arbeitszeit zu akzeptieren, um meine eigene Wohnung halten zu können. So war ich in die Situation geraten, in der ich mich jetzt befand …

Molly nahm einen Schluck von ihrem Wasser. »Nun sag schon, was ist letzte Nacht passiert?«, fragte sie und riss mich damit aus meinen Erinnerungen.

Ich schaute mich kurz in meiner schäbigen Küche um. Die Tapete löste sich von der feuchten Stelle in einer Ecke des Zimmers, das braune Linoleum rollte sich an den Kanten hoch, und durchs Küchenfenster fiel kaum Licht. Überall stapelten sich Flugblätter, Zeitungen und offene Rechnungen.

Ich atmete aus, dann holte ich tief Luft.

»Ich brauchte Zeit, um nachzudenken, also bin ich die 5th Avenue entlanggegangen, bis ich mich vor dem Empire State Building wiederfand. Weißt du …« Ich stockte. »Bis gestern Abend bin ich nie auf der Spitze dieses Gebäudes gewesen. Ich stand da, schaute zu den Lichtern an der Spitze hoch, und da hörte ich jemanden meinen Namen rufen. Ich konnte es kaum glauben, aber da stand Madison, ein Mädchen, das mit mir zusammen das College besucht hat. Sie verkaufte draußen Eintrittskarten und steckte mir eine Freikarte zu. Während ich auf dem Weg nach oben in den sechsundachtzigsten Stock war, kamen mir plötzlich die Tränen. Irgendetwas in mir veränderte sich«, versuchte ich zu erklären.

»Wie meinst du das?«

Ich drängte die erneut aufkommenden Tränen zurück und schluckte gegen die Enge in meiner Kehle. »Der Ausblick war umwerfend. In all den Jahren, die ich schon hier in New York lebe, habe ich noch nichts Vergleichbares gesehen. Ich schaute über die Stadt … auf die Millionen Lichter, die vor dem Nachthimmel funkelten, und es war einfach atemberaubend. Und es mag sein, dass dies der schönste Ort auf der ganzen Welt ist, Mol … aber …« Ich wappnete mich, während ich redete. »Aber ich bin nicht glücklich.«

Beinah zeitgleich beugte Molly sich vor und nahm meine Hände in ihre.

»Ach Alice«, sagte sie leise, »wie kann ich dir helfen?«

Ihr Gesichtsausdruck verriet mir, dass sie nicht die leiseste Ahnung hatte, wie ich mich fühlte. Natürlich hatte das Leben in New York seine Vorzüge, aber irgendetwas sagte mir, dass ich nicht hierhergehörte. Ich passte nicht hierher – und das schon von Anfang an nicht. Bereits in der Schule war ich das blasse englische Mädchen mit den Sommersprossen und dem komischen Akzent gewesen, das immer und überall auffiel.

Mum redete nie darüber, warum wir nach New York gezogen waren, und im Laufe der Jahre wurde es auch immer schwieriger, sie darauf anzusprechen.

Meine Stimme zitterte. »Ich glaube nicht, dass du irgendetwas tun kannst … Ich muss ewig dort oben gestanden und auf die Stadt herabgeblickt haben, völlig in Gedanken versunken. Und dann brandete rings um mich her plötzlich Beifall auf. Ich drehte mich um und sah ein Pärchen, umringt von etlichen Leuten. Der Mann hatte sich auf ein Knie herabgelassen und blickte zu der Frau auf, die eine burgunderrote Schachtel in den Händen hielt. Man konnte sehen, wie sehr er sie liebte, und dann bat er sie, ihn zu heiraten! Was für ein Heiratsantrag, Molly! Das war so romantisch, rosa Herzen, Blumen, wie im Märchen, aber … ich dachte nur: Und was ist mit mir?«

»Du siehst ganz passabel aus«, lächelte sie mir halbherzig zu, um die Stimmung ein wenig aufzulockern. »Ich kenne massenweise Männer, die ihren rechten Arm hergeben würden, um sich mit dir zu verabreden … allerdings solltest du dir vielleicht doch erst diesen Achtzigerjahre-Rockstar-Look abschminken.«

»Ich fühle mich einsam, Mol, hocke hier fast mittellos in dieser schäbigen Wohnung, nehme jeden Job an, um über die Runden zu kommen. Das Leben hat doch sicher noch mehr zu bieten, meinst du nicht?«

Im Laufe der Zeit hatte ich begonnen, diese Wohnung zu verabscheuen. Allein in der letzten Woche war ich jede Nacht im Schlaf gestört worden. Musik hämmerte durch die papierdünne Decke aus der Wohnung über mir, der Discosound brachte den Lampenschirm zum Schwingen. Oft verbrachte ich meine Nächte damit, fluchend mit dem Besenstiel gegen die Decke zu hämmern. Wenn das nicht half, vergrub ich meinen Kopf unter Kissen in dem Versuch, den Lärm auszusperren.

»Mir war gar nicht klar, wie schlimm deine Situation geworden ist«, sagte Molly, immer noch aufmerksam. »Ich schau mal, ob beim Sender eine Stelle frei ist.«

»Es ist zu spät«, erwiderte ich leise, »es ist zu spät.« Ich ließ beide Hände auf die Tischplatte sinken und seufzte.

Molly nickte kaum merklich, verarbeitete, was ich gesagt hatte, und einen Moment saßen wir schweigend da.

»Eines Tages lernst du den richtigen Mann kennen«, sagte sie schließlich.

Ich rang mir ein Lächeln ab. »Das ist noch nicht alles.« Schon seit einiger Zeit ging mir etwas durch den Kopf, etwas, das mir zu schaffen machte, so wie eine juckende Stelle, an der man ständig kratzen musste. Bisher hatte ich es jedoch noch nicht ausgesprochen.

Noch einmal holte ich tief Luft. Es war an der Zeit, mein Gewissen zu erleichtern und zu gestehen, worüber ich nachdachte, solange Molly mir aufmerksam zuhörte. Sie war meine beste Freundin, und ich hatte keine Ahnung, wie sie auf das reagieren würde, was ich ihr erzählen wollte. Langsam brachte ich die Worte über die Lippen: »Ich denke daran, nach England zurückzugehen.«

Es war ihr anzusehen, wann sie wirklich begriff, was ich gerade gesagt hatte. Ihr Gesichtsausdruck änderte sich, dann richtete sie sich schlagartig auf.

»Alice, England ist über dreitausend Meilen weit weg«, brach sie schließlich das Schweigen, und ich konnte hören, wie mühsam sie das Zittern in ihrer Stimme unterdrückte.

»Ich weiß, aber ich denke schon eine ganze Weile darüber nach«, gestand ich.

Mollys Unterlippe begann zu zittern. »Wie lange ist eine ganze Weile? Und warum weiß ich so absolut gar nichts davon?« Zutiefst bekümmert fummelte sie am Armband ihrer Garmin-Smartwatch herum.

»Vielleicht seit sechs Monaten oder so, aber noch intensiver, seit ich das hier bekommen habe.« Langsam atmete ich aus und drehte meinen Laptop so zu ihr um, dass sie die Nachricht lesen konnte, die Grace mir am Anfang der Woche über Facebook geschickt hatte.

Grace Anderson und ich kannten uns quasi von Geburt an. Unsere Mütter waren eng befreundet gewesen, und als Kinder waren wir stets gemeinsam unterwegs. Wir besuchten nicht nur dieselbe Schulklasse, sondern hegten auch dieselbe Leidenschaft für Tanz und Schauspiel. Jeden Samstag wurde Grace ganz in Rosa gekleidet von ihrer Mutter in Grandies Ballettschule abgeliefert, in der meine Mutter als Tanzlehrerin arbeitete. Jeder hielt uns für Schwestern, wenn wir mit unseren nahezu identischen, langen kaffeebraunen Zöpfen, den blauen Augen und den Sommersprossen auf der Nase durch den Raum wirbelten. Damals waren wir unzertrennlich gewesen, engste Freundinnen bis zu dem Tag, an dem ich England verlassen musste.

Ich erinnerte mich noch gut daran, wie Grace sich auf der Treppe an mich klammerte und mir das Versprechen abnahm, ihr so bald wie möglich zu schreiben. Dieses Versprechen hatte ich nie gebrochen, und wir standen immer noch in engem Kontakt. Im Laufe der Jahre war es leichter geworden, den Kontakt aufrechtzuerhalten. Inzwischen verfolgten wir das Leben der jeweils anderen in den sozialen Medien, und ich freute mich für sie, dass sie ihren Traum verwirklicht hatte und im Theater in Birmingham auftrat, obwohl ich zugeben musste, dass ich ein bisschen neidisch war, weil ihre Karriere so viel besser verlief als meine.

Ich spürte, wie mein Herz schneller schlug, als Molly die Nachricht zu lesen begann:

Liebe Alice,
ich hoffe, du benimmst dich anständig in der großen alten Stadt … und sie ist nett zu dir.

Verzeih mir, dass ich so spät noch störe. Ich denke seit etwa vierundzwanzig Stunden darüber nach, ob ich überhaupt etwas sagen soll, habe aber entschieden, dass ich es an deiner Stelle wissen wollen würde. Ich fürchte, deinem Großvater geht es nicht gut. Mit seiner Gesundheit ging es in den letzten Monaten bergab, und er ist ins örtliche Krankenhaus eingewiesen worden. Mum kümmert sich nach wie vor als Haushälterin um die Honeysuckle Farm. Er hat ihr gegenüber erwähnt, dass er dich gern ein letztes Mal sehen würde. Natürlich weiß ich, dass das unter den gegenwärtigen Umständen schwierig sein kann, aber ich dachte, du müsstest es trotzdem erfahren.

Wenn du beschließt zurückzukommen, dann denke daran: Hier bei mir ist immer ein Bett für dich frei. Ich würde mich sehr freuen, dich wiederzusehen.

Grace xx

»Weiß deine Mum davon?« Mit Augen, so groß wie Untertassen, schaute Molly mich an und setzte sich wieder auf ihre Füße.

Ich schluckte und schüttelte den Kopf.

»Du wirst ihr sagen müssen, dass du nach England zurückgehst. Du kannst nicht einfach packen und ohne ein Wort verschwinden.« Auf Mollys Lippen war ein Anflug eines Lächelns zu sehen. »Du musst dorthin, Alice.« Ihre Stimme brach, als sie mir den Laptop zurückgab und ich ihn langsam zuklappte. »Du musst deinen Großvater besuchen. Niemand lebt ewig, und Zeit ist kostbar.«

Ich wusste, dass Molly recht hatte, und auch wenn ich keineswegs die Absicht hatte, einfach zu packen und abzureisen, gefiel mir der Gedanke, Mum zu informieren, überhaupt nicht. Wie würde sie reagieren? Ich hatte keine Ahnung. Grandies Name war seit Jahren nicht mehr gefallen. Genau genommen gar nicht mehr seit dem Tag, an dem wir die Farm verlassen hatten. Allein der Gedanke daran drehte mir fast den Magen um.

»Keine Sorge, ich werde dir zur Seite stehen«, versicherte Molly mir und lächelte mich aufmunternd an.

»Danke, Mol, das bedeutet mir viel.«

»Bist du dir deiner Sache ganz sicher?«

Ich nickte. »Ganz sicher. Ich muss ihn wiedersehen. Das ist vielleicht meine letzte Gelegenheit.«

»Ich weiß.« Mollys Antwort war kaum lauter als ein Flüstern.

»Grace hätte mir diese Nachricht nicht geschickt, wenn es nicht ernst wäre. Außerdem habe ich das Gefühl, dass ich versuchen muss, die Angelegenheit zu bereinigen.«

»Wie meinst du das?«, fragte sie zaghaft.

»Ich habe Grandie geliebt. Ich liebe ihn immer noch. Aber als wir damals fortgingen, hatte ich keine Wahl, ich war ja erst zehn. Heute dagegen habe ich eine Wahl. Ich bin erwachsen, treffe meine eigenen Entscheidungen, und was immer zwischen ihm und Mum vorgefallen ist, hat nichts mit mir zu tun.«

Molly nickte verständnisvoll. »Hast du eine Ahnung, worum es bei dem Streit zwischen ihnen ging?«

»Nein.« Ich schüttelte den Kopf und spürte, wie ich bei der Erinnerung an jenen Tag zu zittern begann. »Ich habe nicht den leisesten Schimmer. Ich weiß nur, dass Grandie wütend war und schrie, sie habe ihn irgendwie hintergangen.« Der Schmerz von damals zuckte mir durch die Eingeweide, als ich nur an seine Worte dachte.

»Hast du viele Erinnerungen an England?«

Lächelnd nickte ich, und Wärme durchströmte mich beim Gedanken an das Zuhause meiner Kindheit. »Grandie lebt auf der Honeysuckle Farm, und wir wohnten in einem Anbau, der an das Farmhaus grenzte.« Bis zu diesem Moment war mir gar nicht klar gewesen, wie sehr ich ihn vermisste.

»Klingt großartig.«

»Das ist es.« Ich versetzte mich zurück in die Vergangenheit, stellte mir das dreistöckige Backsteingebäude mit den Holzbalken an der Decke und den riesigen steinernen Kaminen vor, in denen im Winter stets ein Feuer loderte. »Und hinterm Haus gab es eine geheime Wendeltreppe.«

»Sehr idyllisch, wie aus einem Liebesroman.«

Ich lächelte. Ja, die Honeysuckle Farm war idyllisch, umgeben von vielen Hektar Land mit Feldsteinmauern, Ponys und Hühnern. »Irgendwann musst du mich dort besuchen.«

»Das würde ich sehr gern tun.«

»Dann war da noch die Tanzschule, in der ich meine Liebe zum Ballett und Schauspiel fand. Mum war dort Lehrerin und half Grandie bei der Leitung der Tanzschule. Ursprünglich sollte sie sie ganz übernehmen, wenn Grandie sich aus dem Geschäft zurückzog.«

Molly zog sorgenvoll die Stirn kraus. »Weißt du, was daraus geworden ist? Gibt es sie noch?«

»Ich bin mir nicht sicher. Ich vermute, dass sie letztendlich geschlossen wurde.« Der Gedanke daran tat weh. Ich hatte Grace nie danach gefragt, ob die Tanzschule noch existierte, geschweige denn darüber nachgedacht, was mit ihr passiert war. Dabei hatte dieser kleine Ort doch den Traum in mir geweckt, eines Tages als Musicaldarstellerin auf der Bühne zu stehen. Ich hatte unglaublich gern dort getanzt.

»Wie schade.«

Ich nickte. »Brook Bridge würde dir gefallen. Es ist ein hübsches Dorf, ein idyllisches Nest mit entzückenden Teashops. Alles sehr urig.«

»Durch und durch englisch!«

Wärme durchströmte mich plötzlich, das Gefühl, dorthin zu gehören, ausgelöst durch meine Erinnerungen.

»Es war ein wunderbarer Ort, aber ich weiß nicht, wie es heute dort aussieht.« Und ich fragte mich, ob sich etwas verändert haben mochte, und wenn ja, wie viel.

Plötzlich schlug Mollys Stimmung um. Sie biss sich auf die Unterlippe und ließ den Blick sinken. »Wenn es auch sonst nichts gebracht hat, so hat dein Umzug hierher doch dafür gesorgt, dass wir uns kennengelernt haben.«

»Mol«, rief ich, »ich gehe doch nur für kurze Zeit zurück, höchstens für ein paar Wochen. Ich muss meine Akkus wieder aufladen. Ich glaube, ich brauche dringend einen Tapetenwechsel. Mit etwas Glück geht es mir anschließend besser, und ich bringe mein Leben auf die Reihe.«

»Gut, wann wirst du es Rose sagen?« Molly schien meine Gedanken lesen zu können.

Ich atmete aus und holte tief Luft. »Darüber denke ich gerade nach«, sagte ich, während mir die Sache durch den Kopf ging.

»Und wann willst du abreisen?«

»Ich schaue heute noch nach passenden Flügen. Eine Kreditkarte habe ich schon beantragt. Die ist gestern gekommen. Je schneller ich abreise, desto schneller bin ich wieder hier.«

»Alice Parker, ich werde die Tage bis zu deiner Rückkehr zählen.« Molly breitete die Arme aus, und ich ließ mich hineinfallen, drückte meine Freundin fest an mich.

Sosehr ich Molly auch vermissen würde, der Gedanke an eine Rückkehr nach England auf eigene Faust ließ einen ganzen Schwarm aufgeregter Schmetterlinge in meinem Bauch tanzen. Bot sich mir hier eine Chance, mein Leben wieder auf die Reihe zu bringen? Ich konnte es kaum erwarten, Grandie wiederzusehen und Grace und natürlich die Honeysuckle Farm. Das Einzige, was mir zu schaffen machte, war der Umstand, dass Mum ganz bestimmt nicht mitkommen würde.

2. Kapitel

Vierundzwanzig Stunden später hatte die warme Luft des frühen Abends die meisten Stadtbewohner aus ihren Wohnungen gelockt. Molly und ich saßen auf den bequemen Sitzen einer Dach-Jazzbar und genossen den Blick auf die riesigen Leuchtreklamen, die die Stadt erhellten. Der klare tiefblaue Himmel bildete den perfekten Hintergrund für die Wolkenkratzer, die im Abendlicht glitzerten. Ich liebte diese Bar, hier wurde Gipsy gespielt, es gab umwerfend raffinierte Cocktails, und obendrein war sie nur einen Katzensprung von dem Radiosender entfernt, in dem Molly arbeitete. Das Ambiente war absolut stimmig mit dem schwach beleuchteten Innenraum, den Pflanzen an den Wänden und den Lichterketten, die die Bar schmückten. Die Dachterrasse war klein und intim, auf der Eckbühne spielte eine Band.

Molly hatte mich dazu überredet, mit ihr auszugehen. Sie wollte zahlen, aber da ihr Freund Jay hier der Barmanager war, mussten wir sowieso nur selten für unsere Drinks bezahlen. Jay hatte uns unseren Lieblingstisch reserviert, und als er uns entdeckte, lächelte er und salutierte zu uns herüber.

Nur Sekunden später stand er mit zwei Prosecco-Cocktails auf einem runden silbernen Tablett an unserem Tisch.

»Wenn das kein Service ist.« Molly lächelte Jay liebevoll an und gab ihm einen Kuss auf die Wange. »Können wir eine Rechnung aufmachen?«

Er zwinkerte ihr zu. »Nicht, solange ich bediene. Ihr schenkt mir euer Lächeln, und ich schenke euch die Drinks«, erwiderte er mit fröhlich blitzenden Augen, bevor er mir rasch einen Kuss auf die Wange hauchte.

»Abgemacht«, antworteten Molly und ich wie aus einem Mund und mussten lachen.

Molly hatte Jay vor fast fünf Jahren in ebendieser Bar kennengelernt. Seitdem waren sie ein Paar und passten offenbar perfekt zueinander. Auch er war ein echter New Yorker, in der Stadt geboren und aufgewachsen. Sein Lächeln würde zu den Dingen zählen, die ich wirklich vermissen würde, wenn ich nach England zurückkehrte.

»Anstrengender Tag?«, fragte er, als er uns die Cocktails auf den Tisch stellte.

»Ja, die Radioshow hat heute Abend Spaß gemacht, und Missy hier …« Sie lächelte mir zu. »… hat ihre letzte Schicht als Putzfrau hinter sich gebracht und angefangen, ihren Koffer zu packen.«

»Häh?« Jay war sichtlich verwirrt.

»Ich wusste, dass du mir nicht zugehört hast, als ich es dir erzählt habe!« Scherzhaft knuffte Molly ihm in die Rippen.

»Was erzählt?! Ich höre immer zu«, meinte er augenzwinkernd, »aber vielleicht nicht unbedingt um drei Uhr morgens, wenn ich gerade geschafft von der Arbeit komme und nur noch schlafen möchte.«

»Hmm, dann ist dir das verziehen«, alberte Molly.

Jay wandte sich mir zu. »Wohin gehst du?«

»Ich mache eine Reise … zurück nach England.«

»Das hätte ich nicht erwartet.« Er zog eine Braue hoch und setzte sich auf die Armlehne meines Stuhls. »Gibt es dafür einen bestimmten Grund?«

»Mein Großvater ist krank, und es ist sehr lange her, dass ich ihn gesehen habe. Es kann durchaus sein, dass ich ihn zum letzten Mal sehe«, erläuterte ich und schenkte Jay ein trauriges Lächeln.

»Kommst du wieder?«

»Natürlich. Ich weiß im Moment noch nicht, wann, aber allzu lange werde ich nicht fortbleiben«, versprach ich.

»Du wirst mir fehlen, Mary Poppins.«

Ich musste lachen. Schon in dem Moment, in dem ich die Bar zum ersten Mal zusammen mit Molly betreten hatte, erriet Jay, dass ich Engländerin war. Im Laufe der Zeit hatte ich offensichtlich einen amerikanischen Akzent angenommen, aber der ursprüngliche englische war immer noch ein bisschen herauszuhören. Er nannte mich deshalb Mary Poppins, und dieser Spitzname war hängen geblieben.

»Du mir auch, Jay.«

»Wann reist du ab?«

»Übermorgen.«

Jay schwieg einen Moment, um diese Mitteilung zu verdauen. »So bald schon.« Ein Blick zu Molly, deren Augen inzwischen in Tränen schwammen. »Die Drinks gehen heute Abend definitiv auf meine Rechnung.« Zögernd berührte er meinen Arm, bevor er an die Bar zurückging.

Eine Weile schauten Molly und ich schweigend hinaus in den eindrucksvollen Nachthimmel und nippten gedankenversunken an unseren Cocktails. Dann brach sie das Schweigen.

»Mit wem soll ich trinken, wenn du fort bist?«

»Das klingt ja, als hättest du sonst keine Freunde! Dabei hast du doch einen ganzen Haufen davon beim Sender.« Ich lächelte sie an.

»Das ist aber nicht dasselbe, weißt du?« Schmollend schob sie die Unterlippe vor. »Du bist meine beste Freundin.«

»Ich werde erreichbar sein, am anderen Ende eines iPads, wir können uns per Facetime unterhalten, und ich werde im

Handumdrehen wieder hier sein.« Die Worte klangen leer und nicht überzeugend, sie überzeugten nicht einmal mich selbst.

Molly deutete mit dem Zeigefinger auf mich. »Wehe, wenn nicht. Sonst komme ich und hole dich zurück.«

Obwohl wir beide lachten, war mir, als lastete eine Atmosphäre der Unsicherheit und Ungewissheit auf mir. Wollte ich wirklich in dieses Leben zurückkehren? Ich konnte mir nicht vorstellen, dass sich an meiner Misere hier etwas ändern würde, solange in meinem Alltag alles beim Alten blieb.

Die Band in der Ecke war inzwischen in Schwung gekommen, und eine gut gelaunte Gruppe genoss den Anfang einer Nacht mit ein paar Cocktails an der Bar. Jay war damit beschäftigt, sie zu unterhalten und ihnen ihre Drinks zuzubereiten.

Molly musterte mich vorsichtig, während der Strohhalm ihres Cocktails vor ihren Lippen schwebte. »Möchtest du über heute Nachmittag reden?«, fragte sie. »Ich war überrascht, als ich deine SMS bekam.«

Ich schaute sie an, schluckte und spürte, wie mir das Blut aus den Wangen wich. Diese Frage hatte sie schon den ganzen Abend stellen wollen, so viel war mir klar.

»Ich hätte dich begleitet, weißt du«, fuhr sie fort, »du hättest das nicht allein durchstehen müssen.«

An diesem Nachmittag war ich so nervös gewesen wie noch nie in meinem Leben. Für eine Hauptrolle in einer Produktion vorzuspielen war eine Sache – da war ich immer nervös –, aber meiner Mum zu beichten, dass ich nach England reisen wollte, war eine ganz andere. Meine Hände waren schweißnass, mir war übel, und ich glaubte allen Ernstes, gleich ohnmächtig zu werden.

»Ich weiß, danke. Aber nachdem ich mich endlich dazu durchgerungen hatte, sie zu besuchen, musste ich es auf der

Stelle tun. Ich musste es so schnell wie möglich hinter mich bringen.«

»Und? Darf ich fragen, wie es war?« Molly lehnte sich zurück und musterte mich besorgt.

Mum hatte vor Freude gestrahlt, als sie mir die Tür öffnete, und kam mir dann gleich mit den üblichen Bemerkungen: dass sie mich nicht erwartet habe und dass ich entschuldigen müsse, wie es in der Wohnung aussehe. Natürlich war die Wohnung makellos sauber und ordentlich. Und dann, wie jedes Mal, wenn ich unerwartet auftauchte, folgte das ewig gleiche Spielchen – wenn sie gewusst hätte, dass ich komme, hätte sie Lebensmittel besorgt und so weiter und so fort. Ich wusste nur zu gut, dass sie ebenso zu kämpfen hatte, sich über Wasser zu halten. Oft hatte ich daran gedacht, wieder zu ihr zu ziehen, aber als ich aufs College ging, erlangte ich damit meine Unabhängigkeit. Ich wollte selbst entscheiden, was ich wie tat, musste mich entwickeln und reifen. Wieder zu ihr in die kleine Wohnung zu ziehen wäre für uns beide belastend geworden.

Ich leerte mein Glas. »Eins kannst du mir glauben: Das Thema Grandie auch nur anzuschneiden war schwierig. Ich hatte die ganze Zeit das Gefühl, auf Eiern zu laufen. Schließlich habe ich ihr einfach auf meinem Smartphone die Nachricht gezeigt, die Grace mir geschickt hat.«

»Und?«

»Und sie hat eine Minute lang draufgestarrt und kein Wort gesagt. Dann hat sie weiter die frisch gewaschene Wäsche zusammengelegt, als hätte sie die Nachricht gar nicht gelesen.«

Ein verdutzter Ausdruck machte sich auf Mollys Gesicht breit. »Und dann?«

»Ich habe ihr gesagt, dass ich nach England reisen werde. Sie meinte darauf nur: ›Tu, was du tun musst.‹ Ich konnte sehen, dass die Sache sie nicht kaltließ, sie wurde blass, und

Tränen stiegen ihr in die Augen, aber sie starrte nur auf ihre zitternden Hände. Es hat mich ziemlich aus der Fassung gebracht, sie so zu sehen.«

»Weiß sie, wann du abreist?«

Ich nickte. »Ja, das habe ich ihr gesagt. Sie stand auf, verschwand für eine Weile in ihrem Schlafzimmer, und ich konnte hören, dass sie in irgendwelchen Schränken wühlte. Dann kam sie zurück und hatte ein kleines blaues Büchlein in den Händen.«

»Was war das?«

»Ein Sparbuch ...« Ich holte tief Luft. »Sie erzählte mir, dass Grandie schon, als ich noch ein kleines Mädchen war, Geld auf dieses Sparbuch für mich eingezahlt hatte. Ob er das immer noch tat, konnte sie nicht sagen, denn das Sparbuch konnte hier nicht aktualisiert werden, aber wenn ich erst mal in England bin, kann ich damit zur Bank gehen, den Kontostand überprüfen und Geld abheben.«

»Wie viel ist darauf?«, fragte Molly.

»Fünftausend Pfund, aber das ist der Stand von vor dreizehn Jahren.«

Ich war völlig baff, als ich das Sparbuch zum ersten Mal aufschlug, schließlich hatte ich nicht einmal geahnt, dass Grandie für mich ein Sparkonto angelegt hatte. Mum erklärte, sie habe bisher nichts davon gesagt, weil sie kein Geld von ihm annehmen wollte. Außerdem wusste sie nicht, ob und wie man mit dem altmodischen Sparbuch Geld abheben konnte. In England jedoch sollte das Problem für mich leicht zu lösen sein. Das Geld gehörte mir, und ich brauchte nur meine Geburtsurkunde und meinen Führerschein als Identitätsnachweis.

Molly stieß einen leisen Pfiff aus. »Das ist ja mal eine Überraschung.«

Ich nickte. »Ehrlich gesagt hätte sie zu keinem günstigeren Zeitpunkt kommen können. Und das bedeutet, dass ich meinen Flug nicht mit Kreditkarte bezahlen muss. Du weißt, dass solche Dinge mir Angst machen, und die Schuldzinsen summieren sich schnell.«

»Ja«, nickte Molly, »aber mit diesem Geld kannst du dein Kreditkartenkonto schnell ausgleichen, und dir bleibt noch genug Geld für den Heimflug.«

»Richtig.« Ich lächelte. »Ich habe Mum sogar gebeten mitzukommen, aber sie schüttelte nur den Kopf.«

»Hast du versucht, sie umzustimmen?«

»Natürlich habe ich das, aber sie ließ einfach nicht mit sich reden. Sie sagte, ich solle das Thema ruhen lassen, wiederholte, ich sollte tun, was ich tun müsse, und stand dann auf, um weiter die Wäsche zusammenzulegen. Dabei wirkte sie wie in Trance. Es war, als hätte ich überhaupt nichts gesagt.«

Nachdem ich Mum informiert hatte, fühlte ich mich um eine zentnerschwere Last erleichtert. Trotzdem machte ich mir Sorgen um sie. Sie wirkte so angespannt, so gebrochen; ganz so, als trage sie die Last der Welt auf ihren Schultern. Ich war mir darüber im Klaren, dass ich sie nicht weiter drängen durfte, aber eines Tages, das nahm ich mir fest vor, würde ich das Geheimnis lüften, das uns aus England vertrieben hatte.

»Das muss ein grauenvoller Streit gewesen sein«, meinte Molly.

»Das war es, und es gibt nur zwei Menschen, die wissen, worum es dabei ging, nämlich Mum und Grandie. Mum redet nicht – hat sie nie getan –, aber ich sehe, dass sie leidet. Sie vermisst ihn bestimmt auch.«

»Verletzter Stolz.«

»Verbohrter Stolz. Wie kann man es nur so weit kommen lassen?«

»Ich weiß nicht recht, aber eins habe ich in meinem Leben gelernt: Es gibt nichts Merkwürdigeres als Streitereien innerhalb der Nachbarschaft und innerhalb der Familie.«

Ich wusste, dass der Streit, den ich beobachtet hatte, sehr heftig gewesen war und die Familie gespalten hatte, aber das Ganze war mir immer noch ein Rätsel. Wir hatten ein gutes Leben auf der Farm, alles war friedlich und ruhig gewesen, und wir hatten beide eine wertvolle und enge Beziehung zu Grandie – bis zu jenem Tag.

In New York hatte Mum viele verschiedene Jobs angenommen, genau wie ich. Überwiegend Jobs, die sie verabscheute, mit Arbeitszeiten jenseits von Gut und Böse. Jedoch verdiente sie genug Geld damit, um uns zu ernähren. Nach außen wahrte sie allen gegenüber den Schein, aber ich wusste, dass sie in Wahrheit niedergeschlagen war und die Lebensfreude verloren hatte, die sie in England stets ausgestrahlt hatte.

Dort war sie eine geachtete Tanzlehrerin gewesen und hatte im Familienunternehmen gearbeitet. Jedes Jahr choreografierte sie das Dorffest. Die Dorfkinder wie auch die älteren Herrschaften waren in ihre Tanzstunden geströmt und hatten voller Begeisterung daran teilgenommen. Natürlich vermisste sie ihr Leben in England. Wenn ich nur die Zeit zurückdrehen könnte zu dem Tag vor dem Streit, dann wäre unser beider Leben vermutlich anders verlaufen.

Mehr als ein schwaches Nicken brachte ich nicht zustande. »Was, wenn er stirbt, Mol, und sie hat sich nicht mit ihm ausgesöhnt?« Bei dem bloßen Gedanken daran kamen mir schon wieder die Tränen. »Wie soll sie damit leben?«

Molly sprang auf und nahm mich fest in die Arme. »Quäl dich nicht mit solchen Fragen. Die Entscheidung liegt bei ihr. Du hast sie gebeten, mit dir nach England zu kommen, und sie hat Nein gesagt. Was könntest du mehr tun? Es ist ihre Entscheidung. Du tust das Richtige, tust, was du tun musst. Das ist das Einzige, was zählt«, versicherte sie mir, aber es half nichts. Es beunruhigte mich immer noch, Mum allein in Amerika zu lassen. Ich wünschte mir so sehr, dass sie mitkäme.

»Du wirst mir fehlen, Molly.«

»Jetzt werde bloß nicht sentimental, sonst fange ich an zu weinen«, warnte sie mich. Sie versuchte, sich nichts anmerken zu lassen, aber ihre Stimme drohte zu brechen.

»Hey, ihr beiden, in meiner Bar wird nicht geflennt.«

Plötzlich stand Jay an unserem Tisch. »Und eure Gläser scheinen leer zu sein«, fügte er grinsend hinzu und präsentierte uns zwei weitere Gläser, gefüllt mit einem perlenden Prosecco-Cocktail. Er sammelte die beiden leeren Gläser ein und stellte sie auf sein Tablett.

»Weißt du, Jay, du bist der beste Barkeeper der ganzen Stadt«, meinte Molly und zwinkerte ihm zu.

»Danke, Jay, du bist ein Superstar«, ergänzte ich mit tränenerfülltem Lächeln.

»Nimmst du mich in die Arme, Ms. Poppins, bevor du abreist?«

»Natürlich tue ich das.« Ohne zu zögern, stand ich auf.

Jay drückte mich fest an sich. »Beeil dich mit deiner Rückkehr. Nicht nur Molly wird dich vermissen.«

»Kümmere dich gut um sie, während ich fort bin.«

Ich nickte zu Molly hinüber, die sich bemühte, ihre Tränen wegzublinzeln.

»Das werde ich ganz sicher«, erwiderte er und breitete die Arme aus. »Kommt schon, Umarmung zu dritt. Und wenn du wiederkommst, werde ich meine beiden Lieblingsladys groß ausführen.«

»Dafür lohnt sich das Wiederkommen doch«, sagte ich lächelnd. Ich gab mir Mühe, trotz meiner Tränen tapfer zu erscheinen, aber ich wusste nur zu gut, wie unwahrscheinlich es war, dass ich schon bald wieder hier sein würde.

3. Kapitel

Ich lag mit meinem geöffneten Notebook auf dem Bett und scrollte durch meine Nachrichten. Es war nichts besonders Interessantes dabei. Nur ein paar E-Mails, die Vorsprechen für diverse Rollen betrafen, und Newsletter-Mitteilungen zu demnächst anlaufenden Broadway-Shows, die ich abonniert hatte. Seufzend klickte ich den Button, um das Abonnement zu beenden. Welchen Sinn hatte es, mich selbst damit zu quälen, dass ich diese E-Mails las? Schließlich kamen doch immer nur neue Absageschreiben dabei heraus.

Nach dem Einloggen bei Facebook klickte ich auf das Profil meiner Freundin Grace, die ein Portfolio des Erfolgs hatte, verglichen mit meiner eigenen enttäuschenden Timeline. Zurzeit spielte sie eine Hauptrolle im Musical *Mamma Mia* in Birmingham. Ich hatte in den letzten Jahren ihre Karriere verfolgt und staunte nur darüber, wie gut sie sich machte. Sie lebte den Traum – unseren Traum –, den wir als kleine Kinder geteilt hatten, als beste Freundinnen. Natürlich freute ich mich für sie, aber ein ganz klein wenig beneidete ich sie auch um die Rollen, die sie gespielt hatte – und um ihren Erfolg.

Mir fiel auf, dass sie ein neues Fotoalbum hochgeladen hatte: sie und die gesamte Besetzung des Musicals bei einem gemeinsamen Drink. Sie sah umwerfend aus, ihre gewellten rostroten Haare berührten gerade so ihre Schultern, und ihre Augen strahlten. Das Cath-Kidston-Kleid mit Blumenmuster, zu dem sie einen Vintage-Cardigan mit Bogenkanten trug, wirkte wie aus einer Modezeitschrift. Auf den Fotos stand sie mit verschiedenen Leuten zusammen, einen Drink in der

Hand und stets ein perfektes Lächeln auf den Lippen. Beiläufig klickte ich mich durch das Album, kannte außer ihr aber niemand anderen. Sie alle trugen diesen makellosen, polierten West-End-Look, zeigten ein strahlendes Lächeln und waren perfekt frisiert.

Als mein Blick das nächste Foto erfasste, stellten sich mir die Nackenhaare auf, und eine Gänsehaut lief mir über den Rücken. Ich starrte in ein Paar hypnotisierend dunkelbraune Augen und ein fast symmetrisches Gesicht. Dieser Mann ließ mich zu meiner Überraschung restlos erstarren.

»Ohne Zweifel ein verdammt gut aussehender Mann«, murmelte ich in mich hinein. Er verschlug mir den Atem, und ich beugte mich vor, um den Namen zu lesen, der unter seinem Foto stand: Sam Reid.

»Genauer gesagt: geradezu orgasmisch gut.« Mir war klar, dass ich Selbstgespräche führte, aber ich konnte den Blick nicht von dem Foto abwenden. Immer noch starrte ich das Gesicht an und spürte, wie eine Hitzewelle meinen Körper erfasste. Irgendetwas in mir war plötzlich erwacht. Ich war ganz einfach hin und weg von ihm. Seine Augen blickten so sanft, sein Lächeln war so freundlich, dass er mich geradezu magisch in seinen Bann zog. Er bewegte sich auf dem schmalen Grat zwischen gut aussehend und ausgesprochen sexy. Es war nur ein Foto von einem Menschen, dem ich noch nie begegnet war, aber ich spürte eine spontane Verbindung, ein Gefühl, das ich schon sehr lange nicht mehr erlebt hatte.

»Mit wem redest du?«, fragte Molly, die plötzlich grinsend in der Tür stand. »Muss ich die Männer in den weißen Jacken rufen?«

Obwohl ich Molly erwartet hatte, fuhr ich zu Tode erschrocken zusammen. »Haha, sehr witzig. Ich habe nur Selbstgespräche geführt, so wie du auch oft«, gab ich lächelnd zurück. »Eigentlich schaue ich mir nur die Fotos an, die Grace gestern

Abend hochgeladen hat«, fügte ich hinzu und scrollte zurück zum ersten Foto.

Molly deutete auf den Bildschirm und setzte sich neben mich. »Ihr Kleid gefällt mir – durch und durch englisch.«

»Sie versteht es, sich zu kleiden.«

»Und wer ist das?« Molly riss die Augen auf und deutete mit dem Finger auf genau das Foto, das auch mir aufgefallen war.

»Laut Facebook heißt er Sam Reid.«

Ich schaute mir das Foto noch einmal näher an. Er stand neben Grace, hatte ihr einen Arm um die Schulter gelegt und trug ein ausgeblichenes Vintage-T-Shirt und Levi's-Jeans.

»Ich hätte nichts dagegen, mich an diese Brust zu werfen«, meinte Molly und verdrehte die Augen.

»Molly! Du bist vergeben«, erwiderte ich leicht verschnupft, obwohl mir klar war, dass sie nur scherzte und Sam Reid am anderen Ende der Welt lebte. Außerdem wussten wir ja gar nicht, ob er mit jemandem liiert war oder nicht.

»Dieses T-Shirt sitzt ja wie angegossen. Betont … nun ja, sämtliche Muskeln, und diese Augen, das verwuschelte braune Haar …« Sie legte den Kopf schräg und drückte ihre Hand verträumt auf ihr Herz.

»Er gehört dir, Molly. Stalke ihn, so viel du willst, während ich noch mal im Bad verschwinde.« Ich stand auf und stieg über meinen gepackten Koffer, bevor ich einen Blick auf die Uhr warf. »Die Zeit rennt, in fünfzehn Minuten kommt mein Taxi.« Gemischte Gefühle machten sich bemerkbar, einerseits war ich traurig, Molly zurücklassen zu müssen, andererseits war mir klar, dass das Leben mir in letzter Zeit keine neuen Herausforderungen bot. In nur wenigen Stunden würde ich einmal um die halbe Welt fliegen, und wer weiß, was mein Abenteuer für mich bereithielt? Bei dem Gedanken keimte ein wenig Vorfreude in mir auf.

»Ich weiß. Ich will aber nicht daran denken, und dieser Sam Reid wird uns helfen, die Zeit herumzubringen, bis du ins Land der Bauernhöfe und der Leute, die wie die Queen reden, abdüst«, meinte Molly, bemüht, das Ganze mit englischem Akzent zu sagen. Dann zog sie den Laptop zu sich heran und beugte sich über den Bildschirm.

»Nicht jeder hat dort denselben Akzent wie die Queen, weißt du«, klärte ich sie lächelnd auf und verschwand im Bad.

»Er arbeitet in derselben Produktion wie Grace«, rief sie mir nach, »sagt sein Facebook-Profil, aber ich kann nicht sehen, ob er alleinstehend ist oder nicht. Er gibt seinen Beziehungsstatus nicht an.«

»Nicht jeder breitet sein ganzes Leben öffentlich auf Facebook aus, weißt du.« Ich grinste mein Spiegelbild an, während ich auf Mollys Protest wartete.

»Soll das etwa eine Anspielung sein?«, rief sie beleidigt, obwohl ihr durchaus bewusst war, dass sie sich in jeder Bar auf Facebook einloggte und ihr Leben dokumentierte, als wäre es eine Reality-Show im Fernsehen.

»Es gibt da so ein Sprichwort in England: Wem der Schuh passt, der muss ihn auch tragen.«

»Lustige Redewendungen habt ihr, aber … oh nein!«, rief sie genau in dem Moment, als ich das Zimmer wieder betrat.

»Was hast du getan?«, fragte ich, weil mir das schadenfrohe Glitzern in ihren Augen nicht entging.

Sie tat unschuldig. »Ich hoffe, es macht dir nichts aus, aber ich habe beim Scrollen durch sein Profil aus Versehen eine Freundschaftsanfrage abgeschickt.«

»Oh Gott! Sag mir, dass du das nicht getan hast!« Hastig schaute ich auf den Bildschirm.

»Er wird keinen blassen Schimmer haben, wer ich bin!«, gab ich mich entrüstet. Insgeheim war ich aber neugierig, ob er bemerken würde, dass ich mit Grace befreundet war, und die Anfrage deshalb annehmen würde. Ich klappte meinen Laptop zu und verstaute ihn in meiner Tasche.

»Ich habe das Gefühl, das wird eine sehr interessante Reise ins kleine alte England! Ich werde jeden deiner Schritte stalken, Alice Parker, und dich dabei entsetzlich vermissen!«

Spielerisch schlug ich nach ihrem Arm. »Wenn ich in England angekommen bin, wirst du feststellen, dass ich dich in all meinen sozialen Netzwerken geblockt habe.«

»Spielverderberin«, erwiderte sie lachend und verdrehte die Augen. »Manchmal sind Engländer grässlich verklemmt!«

4. Kapitel

Ich holte tief Luft, bezahlte den Taxifahrer und stieg aus. Meinen Rollkoffer zog ich hinter mir her, den Rucksack über eine Schulter geworfen. Mein erstes Etappenziel hatte ich erreicht, Newark Airport. Der Schwall klimatisierter Luft im Terminalgebäude bot eine willkommene Erleichterung nach der brütenden Hitze draußen. Zugleich spürte ich einen Stich von Traurigkeit, als ich durch die Drehtüren trat.

Mich begleitete ein ungutes Gefühl in Bezug auf Mum. In der Hoffnung, sie sei doch gekommen, um mich zu verabschieden, hatte ich beim Einsteigen ins Taxi noch einen letzten Blick über meine Schulter geworfen, aber sie war nirgends zu sehen. Ich hatte ihr eine SMS geschickt, um sie darüber zu informieren, dass ich unterwegs zum Flughafen war. Es erleichterte mich ein wenig, als sie antwortete und mir eine gute Reise wünschte und mir sagte, dass sie mich liebte.

Ich schob meine Sonnenbrille auf den Kopf und warf einen Blick auf meine Armbanduhr. Da ich sehr früh zum Flughafen gefahren war, würde ich genug Zeit haben, um mich zu entspannen und meine Nervosität abzubauen, nachdem ich eingecheckt hatte.

Zum Glück zeigte mir ein Blick auf den Bildschirm mit den Abflugzeiten, dass der Flug nach Manchester pünktlich starten würde. Bisher war ich erst einmal geflogen, und das war der Flug vor dreizehn Jahren von England nach Amerika gewesen. Dennoch hatte ich dafür gesorgt, dass mein Pass seine Gültigkeit nie verlor, denn tief in meinem Innersten hatte ich immer gewusst, dass ich eines Tages nach England zurückkehren würde.

Im Terminalgebäude herrschte reges Treiben: Die Leute eilten über die glänzenden weißen Bodenfliesen, zogen ihre Rollkoffer hinter sich her, schauten auf ihre Armbanduhren, tippten auf ihren Smartphones herum. Überall schienen blankes Chaos und unterschwellige Panik zu herrschen. Zwei gläserne Aufzüge führten zu den oberen Ebenen, und überall gab es Verkaufsstände, in denen abgekämpfte Kassierer ihren Dienst taten. Ich kaute auf meiner Unterlippe und sah mich verwirrt um. Vor Nervosität war mir leicht übel, und ich hatte keine Ahnung, wohin ich gehen und was ich tun musste.

»Alles in Ordnung mit Ihnen?« Peinlich berührt schaute ich auf und sah einen Flughafenangestellten vor mir, der mich freundlich anlächelte.

»Ich bin mir nicht sicher. Ich habe keine Ahnung, wo ich hinmuss.« Flugticket und Pass hielt ich so fest umklammert, als hinge mein Leben davon ab.

»Es ist nicht so schwierig, wie es aussieht«, meinte er. »Ich kann Ihnen helfen.« Mit dem Kopf nickte er in eine Richtung. »Einchecken können Sie an den Maschinen dort drüben.«

Ich schaute in die Richtung, die er mir wies. Dort standen ein im Gesicht rot angelaufener Geschäftsmann, der auf eine der Maschinen einhämmerte, und eine Mutter mit einem weinenden Baby auf dem Arm, die verwirrt auf den Bildschirm der nächsten Maschine starrte.

Oh Gott.

»Kommen Sie, ich helfe Ihnen«, meinte der Flughafenmitarbeiter freundlich und führte mich zu den Geräten. »Sie beißen nicht und sind sehr einfach zu bedienen.«

Hier kam mir überhaupt nichts einfach vor. Mit öffentlichen Verkehrsmitteln hatte ich keine Probleme, die U-Bahn benutzte ich täglich, schaffte es mühelos, mir ein Taxi heranzuwinken, und auf den Bürgersteigen von New York war ich zu Hause, aber das hier kam mir vor wie ein fremder Planet. Alles wirkte so außerirdisch.

»Danke, Lewis, Sie sind sehr nett«, sagte ich mit einem Blick auf das glänzende Namensschild an seiner Jacke, erleichtert, dass er mir seine Hilfe angeboten hatte.

Wir warteten, bis ich an der Reihe war, und ich sah zu, wie er meinen Pass einscannte. Wie von Zauberhand zeigte die Maschine daraufhin meinen Namen und meine Flugnummer an. Er stellte mir noch ein paar Fragen, und schließlich überreichte er mir breit grinsend und mit einem freundlichen »Bitte schön, Miss Parker« einen Gepäckanhänger.

»Das war alles?«, fragte ich und lächelte dankbar, obwohl es mich ein wenig einschüchterte, dass sich hinter mir eine Schlange gebildet hatte.

»Das war alles. Ganz einfach, wie gesagt. Befestigen Sie den Anhänger am Koffergriff, legen Sie den Koffer auf das Förderband dort drüben, und dann nehmen Sie die Treppe da.« Er deutete auf eine weiße Treppe. »Sie gehen durch die Passkontrolle und von dort in die Departure Lounge. Ich wünsche Ihnen einen guten Flug nach England«, fügte er lächelnd hinzu.

Ich konnte ihm gar nicht genug danken. Zwanzig Minuten später stand ich in der Departure Lounge, die auf mich eher wie ein kleines Einkaufszentrum wirkte. Es gab mehrere offene Bereiche mit blauen, stoffbezogenen Sitzen. Darauf saßen Leute, die lasen oder mit ihren Smartphones beschäftigt waren. Kinder vertrieben sich mit Malbüchern die Zeit. Ich entdeckte einen leeren Platz in der Nähe der großen Fenster, durch die man die Rollbahnen überblicken konnte. Neugierige Kinder standen davor, die Hände an die Glasscheiben gedrückt. Sie beobachteten die Flugzeuge beim Starten und Landen.

In den folgenden Stunden versuchte ich, mich zu entspannen, aber hier im Flughafen zu sitzen kam mir sehr surreal vor. Ich versetzte mich in Gedanken dreizehn Jahre zurück, als wir Staffordshire verließen und zum Terminal 2 des Manchester Airport fuhren. Ich hatte nur meinen Rucksack dabei und meinen Teddybären sicher unter meinen Arm geklemmt. Wir gingen an Bord eines Flugzeugs, das uns in ein ganz neues Leben bringen sollte, und ich wusste noch, wie verängstigt ich war. Meine Mum hielt mich fest an der Hand, als hätte sie Angst, mich loszulassen. Damals schien sie mir nervös und unruhig, schaute immer wieder über die Schulter zurück. Vielleicht hielt sie nach Grandie Ausschau, aber der kam nicht. Warum sie sich für New York entschieden hatte, wusste ich bis heute nicht, aber diese Entscheidung hatte mein Leben verändert.

Ich atmete tief durch. Es war so weit: Ich kehrte nach Hause zurück und konnte es immer noch nicht ganz glauben. Allerdings hatte ich keinen blassen Schimmer, wie Grandie auf meine Rückkehr reagieren würde, und es ließ sich nicht leugnen: Auch wenn ich mich unglaublich danach sehnte, ihn wiederzusehen, machten sich doch Beklemmung und nervöse Unruhe in mir breit.

Zu meiner Überraschung verflog die Zeit im Nu, und schneller als gedacht wurde mein Flug über Lautsprecher aufgerufen.

»Ich gehe jetzt an Bord«, schickte ich rasch eine SMS an Molly, von plötzlichem Triumphgefühl erfüllt. Gleich würde ich ein Flugzeug besteigen. Ich tat es wirklich.

Mein Smartphone meldete beinahe sofort mit einem Ping den Eingang von Mollys Antwort: »Vermisse dich jetzt schon. Guten Flug, und vergiss nicht, dich gleich nach deiner Landung bei mir zu melden.«

Dann schickte ich eine letzte SMS an Mum: »Gehe jetzt

an Bord, liebe dich auch.« Ich schaltete mein Smartphone aus und stopfte es tief in meinen Rucksack. Mir drehte sich fast der Magen um, aber ich folgte tapfer der Menge über den Flugsteig zur Maschine.

Als ich mich zu Sitz 39A durchgekämpft hatte, konnte ich mein Glück kaum fassen, denn auf dem Sitz neben meinem entdeckte ich einen elegant gekleideten Mann mit kantigen Wangenknochen und einem ausgesprochen schönen Mund. Er blätterte in einer Zeitung. Vielleicht gab es ja doch einen Gott, und diesen Mann hatte er mir geschickt, damit mir auf meiner langen Reise nach England nicht langweilig wurde. Ich lächelte ihn strahlend an, als er aufschaute und unsere Blicke sich trafen. Eigentlich hätte er jetzt galant anbieten müssen, mein Handgepäck im Gepäckfach über den Sitzen zu verstauen, aber es sollte nicht sein. Jemand tippte mir leicht von hinten auf die Schulter.

Überrascht drehte ich mich um. Hinter mir stand eine attraktive Frau. »Das ist mein Platz«, erklärte sie lächelnd. »Ich würde niemandem wünschen, heute die schlechte Laune meines Mannes ertragen zu müssen.« Dabei nickte sie ihm kurz zu.

»Entschuldigen Sie, mein Fehler«, sagte ich enttäuscht und kramte nach meinem Ticket, während ich rot anlief. »Mein Platz ist 36A.«

Also drehte ich wieder um, entdeckte meinen Platz, und wunderbarerweise war der Sitz neben mir noch unbesetzt. Mit einem Seufzer der Erleichterung ließ ich mich mit meinem Kindle in der Hand schließlich auf dem engen Fensterplatz nieder. Mein Rucksack war verstaut, das Handgepäckfach verschlossen. Schon bald würden wir abheben, und in etwa sieben Stunden würde ich in England ankommen.

Soweit ich mich erinnern konnte, war ich als Kind wahrhaft glücklich gewesen, wenn ich absolut sorglos mit dem Welpen

Marley an meiner Seite auf der Farm herumlief. Glück. Das waren für mich die köstlichen Gerüche, die vom AGA-Herd aufstiegen, der Duft nach frisch gebackenem Brot, die Eintöpfe, die auf dem Herd vor sich hin köchelten. Mit Begeisterung plantschte ich im Bach herum, pflückte Brombeeren, sammelte die Eier der Hühner ein und ritt auf Billy im Sonnenschein durch das hohe Gras. Und auf einmal wurde mir bewusst, wie sehr ich all das vermisste. Vielleicht konnte ich es ja wiederhaben? Vielleicht konnte ich Mum umstimmen und sie dazu bewegen, mit mir zurück nach England zu gehen? Angst überkam mich plötzlich. Was, wenn sich alles verändert hatte? Was, wenn Brook Bridge ganz und gar nicht mehr so war, wie ich es in Erinnerung hatte, und wenn Grandie mich nicht mit offenen Armen willkommen hieß? Möglich war das immerhin, und ich hatte keine Ahnung, was ich dann tun sollte. Beunruhigt rutschte ich auf meinem Sitz herum und fragte mich plötzlich, ob ich wirklich das Richtige tat.

»Ich glaube, ich sitze neben Ihnen.«

Jäh wurde ich aus meiner Grübelei gerissen.

Eine Dame stand im Gang und lächelte mich freundlich an, was mich sofort beruhigte.

Ich schätzte sie auf etwa Mitte sechzig, und ihrem Akzent nach zu urteilen stammte sie aus der Gegend um Manchester. Wie lange hatte ich diesen Akzent nicht mehr gehört …

»Hallo, setzen Sie sich nur«, erwiderte ich lächelnd und schaltete meinen Kindle ein, in Gedanken immer noch bei meiner Ankunft in England.

»Ein amerikanischer Akzent mit englischer Betonung«, stellte sie fest, als sie sich auf den Sitz neben mir fallen ließ.

Ich nickte. »Ich fliege zurück nach Hause. Seit langer Zeit zum ersten Mal.«

»Ah, dann verstehe ich. Beruflich?«

Ich schüttelte den Kopf. »Mein Großvater ist krank.«

Ihre Miene wurde ein wenig ernster. »Das tut mir leid zu hören, meine Liebe«, sagte sie traurig, zog eine Zeitschrift aus ihrer Tasche und schnallte sich an. »Ich hoffe, er erholt sich wieder«, fügte sie ernstlich interessiert hinzu. »Großeltern sind etwas sehr Kostbares. Sorgen Sie dafür, dass Sie so viel Zeit wie nur irgend möglich mit ihm verbringen. Ich bin übrigens Hetty, Ihre neue Nachbarin – jedenfalls für die Dauer dieses Fluges.«

»Alice«, erwiderte ich lächelnd, wobei mir durch den Kopf ging, wie recht sie doch hatte. Natürlich tat ich genau das Richtige, wenn ich nach England reiste, um Grandie zu sehen, auch wenn ich noch vor wenigen Augenblicken Zweifel gehegt hatte.

Hetty wedelte mit der Zeitschrift in der Luft herum. »Ich weiß nicht, warum ich diesen Müll lese. Das ist nur Geldverschwendung. Von den meisten der Leute habe ich noch nie gehört. Meistens sind es ja diese Reality-Show-Stars, wenn man so etwas als Star bezeichnen kann. Wozu sollte jemand sein Privatleben auf dem Bildschirm ausbreiten wollen, wo es jeder sehen kann?«

»Für Ruhm und Geld, nehme ich an.«

»Und Talent spielt offenbar keine Rolle mehr?« Sie verdrehte die Augen und öffnete eine Tüte Bonbons.

»Nehmen Sie sich eins … für Ihre Ohren beim Start«, bot sie an.

»Danke. Was führt Sie zurück nach England?«

»Dieses kleine Bündel Freude«, erwiderte sie und zeigte mir beinahe platzend vor Stolz auf ihrem Smartphone ein Foto von einem Baby, das in eine blaue Webdecke gehüllt war. »Mein erstes Enkelkind. Elvis.«

»Auf dem Weg zu großem Ruhm – bei dem Namen«, meinte ich grinsend. Sie warf einen Blick auf ihr Smartphone. »Ich bin mir nicht sicher, ob der Name passend ist, aber da mische ich mich nicht ein. Und ich kann es kaum erwarten, ihn in den Armen zu halten.« Damit steckte sie das Telefon wieder weg.

In den nächsten zehn Minuten wurde das Flugzeug zunächst rückwärts aus der Parkposition geschoben. Dann hörte ich, wie die Triebwerke angelassen wurden. Als die Maschine zu rollen begann, schwoll das Dröhnen der Triebwerke an, das Flugzeug wurde langsam schneller, und nur Sekunden später wurde ich fest in meinen Sitz gedrückt. Kurz darauf nahm die Maschine die Nase hoch, und schon brausten wir gen Himmel. Beim Start hatte meine Unterlippe ein wenig gezittert, und meine Kehle fühlte sich trocken an. Ich musste an Mum denken und fühlte mich schuldig, sie allein gelassen zu haben, aber irgendetwas in mir sagte mir nun mal, dass ich gehen musste. Ich wünschte nur, sie würde zur Vernunft kommen und die Vergangenheit ruhen lassen. Grandie war alt, er hatte uns die meiste Zeit seines Lebens gewidmet. Da war es doch sicher das einzig Richtige, in der jetzigen Situation seinen Stolz herunterzuschlucken und ihn ein letztes Mal zu besuchen.

Ich sah die Häuser und Bäume unter uns immer kleiner werden, dann erreichte das Flugzeug die Wolken, und Minuten später konnte ich nur noch tiefblauen Himmel sehen.

»Ich hoffe, Sie haben eine Jacke mit«, meinte Hetty kichernd. »Das wird der letzte Sonnenschein sein, den Sie für eine Weile zu sehen bekommen. In Manchester regnet es ständig.«

Lächelnd lehnte ich mich gegen die Kopflehne, während ich daran zurückdachte, wie oft ich als Kind meine Gummistiefel angezogen hatte und am Samstagmorgen auf dem Weg zur Tanzschule durch die Pfützen gestapft war.

Ein letzter Blick zurück Richtung Manhattan, dann schob ich meine Sonnenbrille auf die Nase und schloss die Augen.

In Gedanken war ich wieder auf der Farm, dem Zuhause meiner Kindheit, einem Ort überwältigender Schönheit. Ich konnte mich noch gut an mein Schlafzimmer erinnern, ein großes Zimmer auf der Rückseite des Anbaus. Vom Fenster aus hatte man einen überwältigenden Ausblick übers Tal. Im Frühling beobachtete ich wie hypnotisiert die weißen Wattewölkchen, die gemächlich dahinzogen, im Winter die dunklen, zornigen Wolken, die vom Wind über den Himmel gepeitscht wurden.

Es gehörte zu Grandies morgendlicher Routine, mit einem Becher dampfendem Tee für Mum über den Hof zu kommen und mir einen Abschiedskuss zu geben, wenn ich zur Schule ging. Niemals versäumte er das. Ich war sein Mädchen, und wir hatten einander damals sehr nahegestanden. Wieder begann Unruhe an mir zu nagen. Was sollte ich sagen? Was tun? Obendrein quälte mich die Frage, was er mir gegenüber empfinden würde. Es musste ihm das Herz gebrochen haben, als wir fortgingen, und ich war traurig und wütend zugleich, dass mir dreizehn lange Jahre mit ihm entgangen waren. Ich hatte mich nach jenem Ort gesehnt, und jetzt erst wurde mir klar, wie sehr.

Eh ich mich versah, wurde ich sanft gerüttelt. »Aufwachen.«

Ich schlug die Augen auf, und schnell wurde mir klar, dass ich offenbar den ganzen Flug verschlafen hatte.

»Willkommen in Manchester, England. Wir haben 6:45 Uhr Ortszeit«, verkündete die leitende Flugbegleiterin über die Sprechanlage.

»Ich hab's ja gesagt«, meinte Hetty grinsend und nickte zum Fenster hinüber. »Sehen Sie? Es regnet in Manchester.«

Schlagartig setzte ich mich auf. »Du liebe Güte, wie konnte ich nur die ganze Zeit schlafen?« Ich konnte es kaum glauben und streckte meine Beine, so gut es in der engen Sitzreihe ging.

»Sie ahnen ja nicht, wie froh Sie darüber sein können. Ich überlege schon seit Stunden, wie ich ihn umbringen kann.«

»Häh?«, fragte ich verwirrt.

Sie zog die Brauen hoch und schaute bedeutungsvoll zu dem Mann auf der gegenüberliegenden Seite des Ganges hinüber. »Er hat die ganze Zeit geschnarcht«, meinte sie und verdrehte dabei die Augen. »Das hat mich fast wahnsinnig gemacht.«

»Oh nein, ich hoffe doch …«

»Von Ihnen habe ich keinen Ton gehört«, beruhigte sie mich lächelnd.

Der Pilot lenkte das Flugzeug zum Terminal hinüber und schaltete die Triebwerke ab. Kaum stand die Maschine still, hörte man, wie überall in der Passagierkabine die Sicherheitsgurte gelöst und die Gepäckfächer über den Sitzen geöffnet wurden.

Ich brauchte nicht lange, um durch die Passkontrolle zu kommen, meinen Koffer vom Gepäckband zu holen und durch den Zoll zu gelangen. Den Koffer hinter mir herziehend, marschierte ich auf ein Meer fremder Gesichter zu, die zu allen Ankommenden herüberstarrten. Wartende hielten Schilder in die Höhe, um geliebte Menschen auf sich aufmerksam zu machen, die sie schnellstmöglich in die Arme schließen wollten.

Es war ausgemacht, dass ich Connie vor dem Terminalgebäude treffen würde. Grace hatte mich instruiert, mich einfach nur hinzustellen; ihre Mutter würde mich schon finden. Da ich Connie sehr lang nicht mehr gesehen hatte, fragte ich mich natürlich, ob sie mich überhaupt erkennen würde.

Hetty hatte tatsächlich recht gehabt. Der blaue Himmel, den ich hinter mir gelassen hatte, versteckte sich hier hinter einer Armee schwarzer, bedrohlich wirkender Wolken, die in eiligem Marsch dahinzogen, vor sich hergetrieben von einem scharfen Wind. Regen prasselte herab, und überall standen tiefe Pfützen. Ich zog mir die Kapuze über den Kopf und kuschelte mich, so gut es ging, in meinen Hoodie, während ich draußen auf Connie wartete.

Langsam wurde ich nervös; da waren so viele Autos, die entweder am Bordstein hielten oder vorbeisausten.

Und dann hörte ich eine Stimme. »Du liebe Güte! Lass dich anschauen, Alice Parker, du bist ja erwachsen geworden!« Ich fuhr herum und sah eine weißhaarige Frau auf mich zueilen.

»Connie!«, rief ich, erleichtert, dass sie mir mit offenen Armen entgegenkam und einladend lächelte.

»Willkommen zu Hause!«, rief sie und schloss mich so fest in die Arme, dass mir fast die Luft wegblieb. »Ist das schön, dich wiederzusehen.«

Die Umarmung kam von Herzen, und Tränen schossen mir in die Augen. »Danke!«, keuchte ich nach Luft schnappend, sowie sie mich losließ. Schlagartig fiel meine Nervosität von mir ab.

Sie trat einen Schritt zurück und musterte mich eingehend. »Also wirklich, du bist deinem Großvater wie aus dem Gesicht geschnitten.«

Mit ihm verglichen zu werden erfüllte mich mit einem starken Glücksgefühl, dabei hatte ich doch keine Ahnung, wie er heute aussehen mochte.

»Wie geht es ihm?«

»Er ist schwach, aber völlig klar im Kopf, und er redet ständig von dir.«

»Tatsächlich? Im Ernst? Weiß er denn, dass ich komme?«

Connie schüttelte den Kopf. »Wir haben ihm nichts davon gesagt, nur für den Fall, dass du es doch nicht schaffst. Wir wollten ihm keine falschen Hoffnungen machen. Rose ist nicht mitgekommen?«

»Leider nein«, erwiderte ich kopfschüttelnd.

»Wie schade. Egal, jetzt bringen wir dich erst mal nach Hause. Reden können wir unterwegs. Grace kann es kaum erwarten, dich wiederzusehen!«

Wir eilten durch den strömenden Regen zu ihrem Auto, verstauten mein Gepäck im Kofferraum und machten uns auf den Heimweg nach Brook Bridge.

»Wie geht es dir?«, fragte Conny, als sie sich von der stark befahrenen Flughafenausfahrt auf die Fernstraße eingefädelt hatte.

In dem Moment, als das Flugzeug gelandet war, war ich angespannt gewesen, ja, sogar ein wenig panisch, da ich nicht wusste, was mich erwartete. Was, wenn ... Was, wenn meine Entscheidung, hierher zurückzukehren, falsch war? Was, wenn Grandie mich nicht sehen wollte? Aber kaum hatte ich den Fuß wieder auf britischen Boden gesetzt, lösten sich meine Befürchtungen in Luft auf. Ich erkannte unwillkürlich das heimelige Gefühl, die Gerüche und die vertraute Umgebung, in der ich mich als Kind sicher, geborgen und glücklich gefühlt hatte.

»Ich bin heilfroh, wieder zu Hause zu sein«, erwiderte ich, und das kam aus tiefstem Herzen.

5. Kapitel

Connie bremste ab und schaltete herunter, bevor sie in den Kreisel einfuhr und von dort in die kopfsteingepflasterte Hauptstraße abbog, auf der ich als Kind so oft unterwegs gewesen war. Zum ersten Mal seit dreizehn Jahren war ich wieder im Dorf, und ein aufgeregtes Kribbeln lief mir den Rücken hinunter.

Mit großen Augen starrte ich aus dem Seitenfenster und ließ den Anblick auf mich wirken. Es war, als wäre die Zeit hier stehen geblieben und ich nie fort gewesen. Gegenüber vom Dorfpub säumte eine Reihe verschiedenfarbiger Cottages die Straße. Ich lächelte in mich hinein. An den meisten Abenden nach der Schule waren Grandie und ich hier spazieren gegangen. Wir gingen stets gemeinsam zum Pub, wo Grandie sich ein Bier genehmigte und mir ein Tütchen Chips mit Essig und Salz zusteckte. Dann setzten wir uns auf die Bänke vor dem Pub, und er fragte mich nach den Farben der Häuser. Um mir etwas beizubringen, behauptete er. Natürlich kannte ich in dem Alter bereits alle Farben, aber es war irgendwie Teil unseres gemeinsamen Vergnügens. Glückliche Kindheitserinnerungen waren das. Abgesehen von den Neubaugebieten am Rand des Dorfes schien alles noch genau wie früher zu sein.

»Da ist Mr. Cross«, rief ich erstaunt, als ich ihn durch die Eingangstür seines Hauses verschwinden sah. Ihm gehörte der kleine Buchladen an der Ecke Bridge Lane mitten im Dorf. »Er hat sich kein bisschen verändert.« Genauso hatte ich ihn in Erinnerung, bekleidet mit einer grün karierten Wolljacke mit braunen Lederflicken an den Ellenbogen über einem eleganten Pullover. »Gehört der Süßigkeiten-Laden immer noch Mrs. Berry?«, fragte ich, als wir an dem Laden vorbeifuhren.

»Aber sicher, und die Kinder umschwärmen ihn nach Schulschluss immer noch wie Bienen einen Honigtopf«, erwiderte Connie lächelnd, bevor sie in die nächste Straße abbog.

»Was ist mit dem Old Teashop? Sag bitte, den gibt es auch noch.«

»Du hast ein gutes Gedächtnis. Ja, Mrs. Jones ist immer noch da und hat im Laufe der Jahre viele Preise für ihre köstlichen Kuchen gewonnen.«

»Ich muss sie unbedingt besuchen, während ich hier bin. Ob sie mich wohl erkennen wird?«

»Ich denke schon. Wenn man dich anschaut, sieht man deinen Großvater. Deine Gesichtszüge, deine Eigenheiten sind exakt die gleichen wie bei ihm, aber deine Aussprache könnte Aufsehen erregen. Hier hört man nicht oft einen amerikanischen Akzent.«

Connie betätigte den Blinker und bog nach links in die Croft Lane ab. »Da drüben steht das Haus, das Grace gehört. Das mit der blauen Tür.« Sie nickte zu einer Reihe von drei Cottages hinüber, deren kunstvoll aus Eichenbalken gezimmerte Veranden von rosa Kletterrosen umrankt waren. Jedes dieser Cottages hatte sein eigenes individuell gestaltetes Gartentor. Farbenfrohe Blüten quollen über den Rand von Blumenampeln, und jeder Rasen war sauber gemäht und getrimmt.

»Wie hübsch! Fast wie aus einer Gartenzeitschrift.«

»Sie wohnt jetzt seit etwas mehr als zwei Jahren dort. Du weißt, dass Grace und Finn sich getrennt haben, oder?«, wollte Connie wissen, den Blick auf die Fahrbahn gerichtet.

»Ja, das weiß ich. Wir haben uns trotzdem unheimlich viel zu erzählen«, erwiderte ich. Ich wusste nur zu gut, dass

Grace am Boden zerstört gewesen war, als sie dahinterkam, dass Finn eine Affäre hatte, nachdem sie zusammengezogen waren.

»Sie wird erst in etwa einer Stunde nach Hause kommen. Gestern Abend war die letzte Vorstellung, und sie ist mit einigen Darstellern, die nach London zurückkehren, zusammen essen gegangen. Hast du Lust, zur Farm hinauszufahren und dich dort umzusehen, bevor sie nach Hause kommt?«

»Was für eine Frage!« Ich lächelte sie an, ebenso neugierig wie aufgeregt. Allein schon, wenn ich an mein altes Zuhause dachte, lief es mir heiß und kalt den Rücken hinunter. Ob noch alles so war, wie ich es in Erinnerung hatte? Und wie würde ich empfinden, wenn ich es nach so langer Zeit wiedersah? In wenigen Minuten würde ich es wissen.

»Aber was ist mit Grandie?«, fragte ich, weil ich auch ihn schnellstmöglich wiedersehen wollte.

Connie warf mir einen raschen Blick zu. »Ich weiß, dass du es eilig hast, ihn wiederzusehen, aber heute hat er Besuch. Warum machst du dich nicht erst ein bisschen frisch, packst deinen Koffer aus und richtest dich ein? Und dann fahren wir morgen als Allerserstes zu ihm? Dann hast du jede Menge Zeit, dich mit ihm zu unterhalten.«

Ich nickte, und obwohl ich ein bisschen enttäuscht war, wusste ich doch, dass Connie recht hatte. Ich wollte ihn nicht vor anderen Leuten überrumpeln und ihm den Schock seines Lebens verpassen. Außerdem hatten wir morgen alle Zeit der Welt.

Zwei Sekunden später fuhren wir die Horsey Lane hinauf. Alles war mir hier so vertraut. In meinem Bauch tanzte plötzlich ein ganzer Schwarm von Schmetterlingen. Connie bremste genau vor dem schmiedeeisernen Tor ab, und ich ermahnte mich, langsam und ruhig zu atmen. Mein Herz raste wegen einer Mischung aus Beklemmung und Vorfreude.

Ich konnte es kaum erwarten, das Zuhause meiner Kindheit endlich wiederzusehen. Es hatte Zeiten gegeben, in denen ich geglaubt hatte, es nie wieder zu Gesicht zu bekommen. Und jetzt war ich hier, wartete gespannt darauf, dass das Tor sich öffnete. Das war so surreal!

Connie drückte den Knopf einer kleinen schwarzen Fernbedienung, die auf dem Armaturenbrett ihres Autos lag, und die Tore öffneten sich langsam und quietschend.

Ich schaute die Einfahrt hinauf zur Honeysuckle Farm. Glücklicherweise hatte es endlich aufgehört zu regnen. Die Sonne blitzte zwischen den Wolken hervor und brachte das rot gedeckte Dach des Farmhauses zum Glänzen. Ein strahlender Regenbogen erstreckte sich über den gewaltigen Kirschbäumen, die die Einfahrt säumten, und ihre Zweige schwangen leicht im Wind hin und her.

»Zu Hause«, sagte ich kaum hörbar zu mir selbst.

Der Anblick war umwerfend und verschlug mir den Atem. Das war eine ganz andere Welt als die Wolkenkratzer von New York. In sämtlichen Blumenbeeten blühte es in prächtigen Farben, der Garten war so perfekt gepflegt, als gehörte er zu einem herrschaftlichen Anwesen.

Das dreistöckige Farmgebäude sah immer noch ganz genauso idyllisch aus, wie ich es in Erinnerung hatte, ja, es war einfach vollkommen.

Alles wirkte ruhig und friedlich.

»Wie fühlst du dich?«

»Ein bisschen seltsam, um ehrlich zu sein. Es ist irgendwie unheimlich. Ich habe früher hier gelebt. Ich habe in diesem Bach herumgeplantscht und – oh, ich fasse es nicht: Da ist Billy.« Völlig überrascht starrte ich zu dem braunen Welsh Pony hinüber, das sein Hinterteil genüsslich am alten Apfelbaum schubberte. Freudentränen stiegen mir in die Augen.

»Ja, er ist immer noch gut in Form«, meinte Connie lächelnd und lenkte den Wagen langsam die lange Kieseinfahrt hinauf. »Und sieh dir nur diesen Regenbogen an. Wenn das kein Willkommensgruß ist! Sehr beeindruckend.«

Sie schaltete den Motor aus, und wir stiegen aus dem Auto.

»Kannst du das riechen?« Ich packte Connie am Arm und schnupperte.

»Was riechen?«, fragte Connie amüsiert zurück.

»Die Landluft, den Geruch der Farm, Eau de Kuhdung. Himmel, wie ich das vermisst habe.«

Connie lachte in sich hinein. »Ich kann mich nicht entscheiden, ob ich lache, weil du den Geruch nach Kuhdung vermisst hast oder weil dein Akzent so lustig klingt. Du bist es zwar, aber du klingst nicht so, als wärst du es ... falls du verstehst, was ich meine.«

»Trautes Heim, Glück allein«, seufzte ich zufrieden.

Einen Moment lang stand ich wie angewurzelt da und schwieg. Ich schaute am Farmhaus hoch und konnte den Blick nicht abwenden. Vor meinem geistigen Auge sah ich Grace und Connie das letzte Mal an der Tür stehen und winken, als ich fortging. Unwillkürlich warf ich ganz automatisch einen raschen Blick hoch zum Schlafzimmerfenster, in der Hoffnung, Grandie dort stehen und mich anschauen zu sehen, aber natürlich war er nicht da.

Mein plötzliches Schweigen beunruhigte Connie offenbar, denn sie griff nach meiner Hand und drückte sie.

»Weißt du, ich habe nicht geglaubt, dass du jemals wieder hierher zurückkommst.« Ihr Blick folgte meinem, und ihre Stimme zitterte kaum merklich.

»Mir ist, als könntest du Gedanken lesen«, entgegnete ich leise. »Ich habe schon eine ganze Weile darüber nachgedacht, aber ich glaube, erst die Nachricht von Grace hat mir den nötigen Anstoß gegeben.«

»Es muss schwer für dich sein, so wie die Dinge zwischen deinem Großvater und deiner Mum stehen.«

»Ich verstehe es einfach nicht. Mum redet nicht darüber. Ich weiß nach wie vor nicht, warum wir fortgegangen sind. Weißt du es?«

Connie schüttelte den Kopf. »Die Umstände waren sehr eigenartig, und Ted weigert sich ebenfalls, darüber zu reden. Was immer zwischen den beiden vorgefallen ist, ihm hat es das Herz gebrochen, und ich habe nicht die leiseste Ahnung, was es war. Er hat sich nie ganz davon erholt, dass ihr beide so plötzlich fortgegangen seid.«

Schuldgefühle überfielen mich. Zwar wusste ich, dass ich seinerzeit nichts hätte tun können, aber vielleicht hätte ich früher den Mut aufbringen sollen, den Kontakt wiederaufzunehmen. All die Jahre war er auf sich gestellt gewesen.

»Familien, hmm?«, sagte ich langsam, während mir die bizarre Situation noch einmal durch den Kopf ging.

»Ach komm, jetzt bist du hier, und das allein zählt.« Sie schenkte mir ein freundliches Lächeln. Dann folgte ich ihr die Steintreppe hinauf und wartete hinter ihr, während sie den Schlüssel im Schloss herumdrehte. Im selben Moment, in dem sie die Tür aufstieß, hörte ich ein Wuff, dann das Geräusch von Pfoten, die eilig über den Holzfußboden der Diele glitten. Mein Herz schlug schneller und heftiger. Nein, das war unmöglich … Ich hielt den Atem an und traute meinen Augen nicht, als ein schwarz-weißer Cockerspaniel auftauchte und erneut ein Wuff von sich gab.

»Marley! Oh mein Gott, Marley!« Ich ließ mich auf die Knie fallen, und die Tränen liefen mir nur so übers Gesicht. Es war die Untertreibung des Jahrhunderts, zu behaupten, ich würde mich nur freuen, ihn wiederzusehen. Marley wedelte mit dem Schwanz, rannte immer wieder um mich herum und schnupperte an mir wie wild. Ich schlang meine Arme um ihn, drückte mein Gesicht an seinen Hals und atmete tief den vertrauten Geruch ein. Dann wuschelte ich ihm das Fell am Kopf durch, während er begann, mir das Gesicht abzulecken.

»Ich kann es nicht glauben ... ich kann es einfach nicht glauben. Ich hätte nicht gedacht, dass er immer noch da ist.«

Connie schaute lächelnd auf uns herab. »Na, wenn das kein herzliches Willkommen ist. Er ist inzwischen ein sehr alter Herr.«

»Glaubst du, er erinnert sich noch an mich?«

»Ich kann auf jeden Fall sagen, dass ich in all den Jahren nie erlebt habe, dass er jemanden so begrüßt hat.«

Als ich aufstand, blieb Marley dicht an meiner Seite. Neben der imposanten Standuhr blieb ich stehen und sah mich mit großen Augen um. Ein Sturm gegensätzlicher Gefühle tobte in mir. Einerseits war ich traurig, weil ich wusste, dass Grandie hier allein herumgegeistert war, seit wir ihn verlassen hatten. Andererseits war ich stolz auf ihn, dass er die Farm behalten hatte.

»Wie hat er es geschafft, die ganze Zeit hier allein zu leben?«, fragte ich und sah mich um. Selbst jetzt wirkte das Haus immer noch riesig auf mich.

»Gar nicht. Als Grace zu Hause ausgezogen ist, habe ich unser Haus verkauft und bin in den Anbau gezogen. Bis dahin war ich jeden Tag von acht Uhr morgens bis acht Uhr abends oder sogar noch später hier. Aber als es Ted immer schwerer fiel, sich im Haus zu bewegen, schien es die einfachste Lösung zu sein, hier einzuziehen. Ich hätte ihn niemals im Stich lassen können. Für mich ist er wie ein Familienangehöriger. All die Jahre hat er sich um mich und Grace gekümmert, sodass es mir nie an etwas fehlte.«

»Er hat großes Glück, dich zu haben.«

»Ich bin diejenige, die Glück hat. Ich liebe meine Arbeit hier und will sie niemals aufgeben.« Connie versagte die Stimme, und sie musste blinzeln, weil ihr die Tränen kamen.

Ich wusste, was sie dachte, und berührte sachte ihren Arm. »Lass uns jetzt nicht daran denken«, meinte ich leise und hakte mich bei ihr unter. »Grandie wird ewig leben, er ist ein zäher Knochen.« Natürlich wusste ich, dass das nicht stimmte, aber genau wie Connie ertrug ich den Gedanken an ein Leben ohne ihn nicht. Jeden Moment, den ich mit ihm hatte, wollte ich genießen.

»Hoffen wir das Beste.« Sie drückte leicht meine Hand. »Er hat sein Schlafzimmer ins ehemalige Esszimmer verlegt, als ihm das Treppensteigen zu schwer fiel. Ich bereite alle Mahlzeiten für ihn zu, und normalerweise nutzt er nur das kleine Wohnzimmer neben der Küche. Dieses Haus ist über sechzig Jahre lang sein Zuhause gewesen. Jim ist übrigens auch noch hier. Erinnerst du dich an ihn?«

Ich brauchte nur eine Sekunde, um Jim einzuordnen. »Ja … ja, natürlich. Jim, der Gärtner mit seiner Schiebermütze und dem grünen Overall.«

»Wahrscheinlich immer noch dieselbe Schiebermütze und derselbe Overall«, meinte Connie scherzhaft. »Er kümmert sich um den Garten und alles, was an Hausmeisterarbeiten anfällt.«

Wir durchquerten die Diele, und ich verharrte vor der antiken Kommode, auf der einige gerahmte Fotos standen. »Sieh nur«, sagte ich und griff nach einem Foto in einem silberfarbenen Rahmen. »Mum sieht noch so jung aus, und ich reite auf Billy. Da muss ich ungefähr fünf Jahre alt gewesen sein.« In Gedanken kehrte ich zu jenem Tag zurück. Die Sonne schien, und ich ritt auf Billy über eine Wiese voller Butterblumen. Mum und ich sangen Lieder aus allen Musicals, die uns einfielen, und wir picknickten auf der Wiese am Bach. Ich spielte im Bach herum, während Mum es sich mit einem Buch auf der rot karierten Decke bequem machte.

»Glückliche Zeiten.«

Auf dem Weg zur Küche führte Connie mich durch die gewaltige Galerie. Schwere Gobelinvorhänge schmückten die riesigen Fenster am anderen Ende des Raumes. An den Wänden hingen immer noch die Tapeten mit den Jagdmotiven, den Pferden und Füchsen.

Ich warf einen Blick zum steinernen Kamin, und da war sie, beobachtete mich mit funkelnden Augen, wie sie das schon getan hatte, als ich noch ein Kind war.

»Grandma ist also auch noch hier?«

»Ja, das ist sie, die schöne Florrie Parker, die große und einzige Liebe deines Großvaters. Ich glaube nicht, dass er jemals eine Beziehung mit einer anderen Frau hatte, nachdem sie gestorben ist.«

»Das ist so herzzerreißend … Mum spricht nie über sie. Sie spricht überhaupt nie über Dinge, die mit England zu tun haben«, sagte ich traurig und starrte immer noch das Porträt an.

Ich hatte meine Großmutter nie kennengelernt. Sie starb vor meiner Geburt, aber Grandie behauptete immer, ich wäre genauso wie sie: charakterstark und schön von innen wie auch von außen. Mich erinnerte sie an eine Königin, die Königin dieses herrschaftlichen Anwesens. Ihre Haare waren so frisiert, und auch ihre Haut war vornehm blass. Wenn ich den Raum durchquerte, hatte ich immer das Gefühl gehabt, sie blinzelte mir zu.

Connie wandte sich mir zu. »Was hältst du von einer Tasse Tee?«

»Das wäre großartig.«

Auch die Küche sah noch ganz genauso aus wie vor dreizehn Jahren. Geblümte Vorhänge umrahmten die Fenster, die den Blick über die Felder freigaben. Von den alten Holzbalken an der Decke hingen Töpfe und Pfannen herab. Der grüne AGA-Herd war blitzblank, und neben dem Teekessel standen sogar immer noch dieselben Tee- und Kaffeedosen.

Am Fenster hielt ich inne und schaute hinaus. Von hier aus konnte ich die Kuppe des Hügels sehen, wo der Wald von Brook Bridge in Ackerland überging. Graue Steinwälle verliefen kreuz und quer übers Land, und in der Ferne schlängelte sich ein kleines Stück Straße dahin. Das Vieh auf der nahen Weide graste, und die Kälber schwangen ihre Schwänze neben ihren Müttern hin und her. Dieser Anblick war mir schmerzlich vertraut, ein Anblick, den ich als Kind geliebt und schrecklich vermisst hatte. Um nicht in Gefühlsduselei zu versinken, schüttelte ich mich innerlich. Hier war es so anders als in New York. Hier fühlte ich mich zu Hause.

Ich wandte mich ab und setzte mich an den übergroßen Kiefernholztisch, während Connie sich um den Tee kümmerte. Marley ließ sich dicht neben mir nieder.

»Wie lange wird Grandie im Krankenhaus bleiben müssen?«

Connie schaute kurz zu mir herüber, bevor sie zwei Becher aus dem obersten Schrankfach kramte.

»Ich bin mir nicht ganz sicher. Mit etwas Glück kann uns der Arzt morgen schon mehr sagen«, meinte sie und setzte sich mir gegenüber.

Auf der Heimfahrt hatte sie mir von Grandies Sturz erzählt. Sie hatte vom Fenster des Anbaus mit angesehen, was passiert war. In der einen Minute stand er da, in der nächsten war er fort – purzelte die Treppe hinunter, die zur Veranda führte. Binnen Sekunden war sie bei ihm, aber er hatte sich den Kopf an der Ecke der Steinmauer angeschlagen und fühlte sich benommen. Die Ärzte hatten die Platzwunde genäht und beschlossen, ihn zur Beobachtung im Krankenhaus zu behalten.

Endlich begann der Kessel zu pfeifen, Connie stand auf und goss für uns beide je einen Becher Tee auf.

»Danke, Connie«, sagte ich. »Ich bin dir sehr dankbar

für alles, was du für ihn tust.« Jetzt, wo ich wieder hier war, konnte ich selbst sehen, dass es für jeden, der allein zurechtkommen musste, ein harter Kampf wäre, das Farmhaus in Schuss zu halten. Erst recht für einen alten Mann wie Grandie.

»Du brauchst mir nicht zu danken. Dein Großvater hat mir einen Job gegeben, als ich am Tiefpunkt meines Lebens war, und dafür werde ich ihm immer dankbar sein.« Sie setzte sich wieder und schob mir meinen Becher über den Tisch zu.

»Ich hätte die Ehe mit Paul nicht länger ausgehalten. Er hatte mir all mein Selbstvertrauen und Selbstwertgefühl genommen. Es war eine einschneidende Entscheidung, es allein mit einem Kind zu versuchen. Etwas musste geschehen.«

»Was ist zwischen euch vorgefallen? Hatte er eine Affäre?«

»Das wäre untertrieben.« Sie verdrehte die Augen. »Aber inzwischen bin ich darüber hinweg und habe ihn nicht mehr gesehen seit dem Tag, an dem er fortging.«

»Und Grace?«

»Hat ihn auch nie wiedergesehen. Er hat nie Kontakt aufgenommen, ist quasi vom Erdboden verschwunden. Ich habe eine Zeit lang Abstand von Beziehungen genommen und mich darauf konzentriert, für mich und Grace ein glückliches Leben aufzubauen.«

Ich schenkte ihr ein vorsichtiges Lächeln. »Und jetzt?«, fragte ich und zog eine Augenbraue spielerisch in die Höhe.

»Das Leben nimmt manchmal seltsame Wendungen«, erwiderte sie und umfasste ihren Teebecher mit beiden Händen. »Jim …« Sie zögerte. »Ich und Jim, wir sind ein Paar. Wir hatten das Glück, schon jahrelang befreundet gewesen zu sein. Als ich in den Anbau zog, fand ich jeden Morgen frische Lebensmittelpakete auf der Türschwelle.«

»Wie romantisch«, meinte ich lächelnd bei dem Gedanken daran, wie wundervoll es war, dass ihre Freundschaft über die Jahre Knospen getragen hatte.

Connie lief rot an, und plötzlich wuffte Marley, setzte sich auf und klopfte mit dem Schwanz auf den Boden.

»Zusammengebracht durch Spargel und Erdbeeren«, mischte sich unerwartet eine weitere Stimme in unsere Unterhaltung ein.

Sofort fuhren wir beide herum und erblickten Grace, die uns mit Tränen in den Augen anstrahlte.

»Oh mein Gott … Alice Parker. Du bist zu Hause!«, kreischte sie.

Jeden Moment drohten fette Freudentränen sich ihren Weg zu bahnen. Grace quietschte, dann quietschte ich. Hastig schob ich meinen Stuhl beiseite, als sie mit weit ausgebreiteten Armen auf mich zuschoss. Sie drückte mich fest an sich.

Wir hüpften auf und ab wie Kinder auf Pogo Sticks. »Ich kann es noch gar nicht fassen, dass du wirklich hier bist … Alice Parker, sieh dich nur an, in Wirklichkeit noch schöner als auf Fotos. Du hast dich kein bisschen verändert … bis auf diesen verdächtig klingenden Akzent«, stieß sie atemlos hervor.

Mir gefiel, wie sie meinen vollen Namen mit englischem Akzent aussprach.

»Was stört dich an meinem Akzent?«, fragte ich lachend und betonte ihn dabei umso mehr. »Und nach den endlosen Stunden im Flugzeug würde ich mich keinesfalls als schön bezeichnen. Mein Make-up hat sich schon vor Stunden verabschiedet!«

»Wer braucht schon Make-up?« Sie trat einen Schritt zurück, um mich noch einmal von oben bis unten zu betrachten. »Du bist echt, du bist wirklich hier. Wir haben so viel zu bereden!«

Connie beobachtete uns sichtlich belustigt. »Woher wusstest du, dass wir hier sind?«

Grace wandte sich ihrer Mutter zu und küsste sie auf die

Wange. »Ihr wart nicht in meinem Haus, und du lebst quasi hier. Das macht die Sache einfach. Also dachte ich, ich komm einfach vorbei. Ich konnte es nicht länger abwarten, Alice endlich zu sehen.« Damit drehte sie sich wieder zu mir um.

»Komm, setz dich, ich mache dir etwas zu trinken«, sagte Connie und stand auf, um den Teekessel wieder aufzusetzen.

»Wie geht es dir? Bist du müde?«, fragte Grace, ließ sich auf dem Stuhl ihrer Mutter nieder, griff über den Tisch nach meinen Händen und umklammerte sie fest. »Der Jetlag wird sich bald bemerkbar machen. Ich kann es immer noch nicht ganz glauben, dass du da bist … Oh Mann, jetzt labere ich dich voll, nicht wahr?« Angesichts ihrer Aufregung hatte ich Mühe, ein Kichern zu unterdrücken.

»Im Augenblick geht es mir ganz gut. Ich glaube, das ist das Adrenalin. Und zum Glück konnte ich den ganzen Flug über schlafen.«

»Ich bin schon den ganzen Tag hypernervös!«, gab Grace zu und nahm den Becher Tee entgegen, den Connie ihr reichte. »Als ich heute Morgen aufgewacht bin, habe ich mich tatsächlich auf das Schlimmste gefasst gemacht. Ich fürchtete, du würdest es dir im letzten Moment noch anders überlegen und nicht kommen.«

»Fast hätte ich das getan. Ich kann kaum glauben, dass ich gestern noch in New York war, und heute bin ich hier, in Brook Bridge.« Ich grinste Grace an. »Das ist so surreal.«

»Dafür sind Flugzeuge schließlich da! Und wie empfindest du es, das Dorf wiederzusehen? Das Haus hier?«

»Ich wusste nicht, was ich empfinden würde, aber jetzt, wo ich hier bin, muss ich zugeben, dass ich das alles stärker vermisst habe, als mir bewusst war. Und Marley …« Ich schaute hinüber zu dem Hund. »Ich hätte nie gedacht, dass ich ihn jemals wiedersehen würde.«

Connie und Grace lächelten mir zu.

»Es ist schön, dich wieder hierzuhaben«, warf Connie ein.

»Es fühlt sich so richtig an. Ich war viel zu lange fort. Mir macht nur zu schaffen, dass Mum nicht mitgekommen ist. Ich wünschte, sie wäre auch hier.«

Grace lächelte mitfühlend und nahm einen Schluck von ihrem Tee.

Die nächste halbe Stunde verbrachten wir damit, in Erinnerungen an das Leben vor New York zu schwelgen: unsere Ausflüge zum Süßwarenladen, um dort Kaugummi zu kaufen, und das eine Mal, wo wir uns so sehr im alten Apfelbaum im Obstgarten verstiegen hatten, dass beinahe die Feuerwehr gerufen worden wäre, um uns herunterzuholen.

»Hast du Lust, nachher mit mir in den Pub zu gehen? Fühl dich nicht gedrängt, wenn du lieber bei einer Flasche Wein die Füße hochlegen und einfach nur abhängen möchtest«, meinte Grace, als wir unseren Tee getrunken hatten.

»Ich komme gern mit in den Pub«, erwiderte ich. Die Sonntagnachmittage fielen mir wieder ein, an denen ich neben Grandie gesessen hatte, während er mit Freunden Domino spielte. Was waren das für schöne Erinnerungen. »Aber ich entschuldige mich lieber schon mal im Voraus für den Fall, dass ich am Tisch einfach einschlafe.«

»Sag einfach Bescheid, wenn es dir reicht für heute.«

»Und was machen wir jetzt?«, mischte Connie sich ein. »Sollen wir zu dir nach Hause fahren, Grace, oder möchtest du, dass ich uns hier etwas zu essen mache?« Während sie sprach, sammelte sie die leeren Becher ein und spülte sie unterm Wasserhahn aus.

»Was ist mit Jim?«, fragte Grace zurück.

»Genießt einen Abend für sich allein. Deshalb dachte ich, wir drei können zusammen eine Kleinigkeit essen.«

»Wollen wir dann bei mir essen, und du richtest dich schon mal häuslich ein?«, wandte Grace sich an mich.

»Das klingt nach einem perfekten Plan«, erwiderte ich strahlend und stand auf. »Ich kann immer noch nicht glauben, dass ich wieder zu Hause bin«, wiederholte ich erneut und ließ noch einmal die Umgebung auf mich wirken.

»Es gibt nichts Schöneres als das eigene Zuhause.« Connie lächelte und nahm ihren Autoschlüssel vom Tisch. »Kommt, ihr beiden, ich habe einen Bärenhunger. Du doch sicherlich auch, Alice?«

»Ja, tatsächlich, jetzt, wo du es sagst. Ich habe es geschafft, mir sämtliche Mahlzeiten an Bord entgehen zu lassen.«

»Da ist dir vermutlich nicht viel entgangen«, meinte Grace grinsend.

Marley schlief inzwischen tief und fest in seinem Hundebett neben dem AGA-Herd. Ich kniete mich hin und tätschelte ihm den Bauch. Für einen kurzen Moment öffnete er ein Auge, nur um es sofort wieder zu schließen. »Bis demnächst, Marley.«

Nachdem Connie abgeschlossen hatte, stiegen wir ins Auto. Grace und ich saßen hinten. Connie startete den Motor und lenkte den Wagen in Richtung des schmiedeeisernen Tors.

Ich schaute über die Schulter zurück und erhaschte einen letzten Blick auf das Farmhaus, bevor der Wagen durch das offene Tor fuhr und auf die Straße einbog. Der Gedanke, es wieder hinter mir zurückzulassen, ließ mich erschaudern, und in dem Moment wusste ich Bescheid. Die leise Stimme in meinem Unterbewusstsein verschaffte sich endlich Gehör. Schon als ich das Flugzeug verließ, überwältigte mich ein Gefühl von Sicherheit und Zufriedenheit. Tief in meinem Innersten wusste ich, dass ich keineswegs vorhatte, nach New York zurückzukehren. Ich war endlich wieder zu Hause, und jetzt musste ich nur noch Mum davon überzeugen, ebenfalls nach Hause zu kommen.

6. Kapitel

»Da wären wir!« Stolz lächelnd sprang Grace aus dem Auto. »Willkommen in meinem Zuhause: Wild Rose Cottage.«

Sie öffnete das Gartentor. Gemeinsam gingen wir den Pfad entlang zur Haustür.

Ihr Vorgarten war umwerfend, ja, geradezu verblüffend schön, überall blühten Blumen, in den Beeten herrschte ein Feuerwerk an Farben. »Das ist so bezaubernd und idyllisch«, sagte ich mit bewunderndem Blick auf die rosa Kletterrosen in den Hecken. »So typisch für ein englisches Dorf.« Kein Vergleich mit meinem eigenen Vorgarten in New York, nicht zuletzt deswegen, weil ich keinen hatte. Durch die Tür zu meinem Wohnblock, grau mit einem verchromten Zahlenschloss, gelangte man in ein düsteres Treppenhaus. Mir war nicht einmal der Luxus eines Balkonkastens am Fenster vergönnt. Dort, wo ich lebte, war es durch und durch trist und farblos.

»Und diese Rosen! Einfach wundervoll.« Ich beugte mich vor und atmete tief den intensiven Duft der Blüten ein, die in der leichten Brise tanzten.

»Ich habe hart an diesem kleinen Stück Paradies gearbeitet, als wir uns das Haus gekauft haben. Nie hätte ich gedacht, dass ich schon kurze Zeit später allein darin leben würde«, meinte Grace und angelte den Hausschlüssel aus ihrer Handtasche. »Zu Anfang war es schwierig, aber inzwischen habe ich alles so eingerichtet, wie ich es haben möchte. Es ist mein Zuhause, und ich liebe es.« Damit stieß sie die Tür auf, und ich folgte ihr in den kleinen Flur.

»Sag Harry Guten Tag.« Grace ging in die Knie und nahm einen schwarz-weißen Langhaarkater hoch. »Er ist der einzige Mann in meinem Leben, auf den ich mich verlassen kann, und das bleibt auch so – vorerst jedenfalls«, sagte sie grinsend und reichte mir das niedliche Bündel mit dem kuschelweichen Fell. Der Kater begann sofort zu schnurren und lehnte sanft sein Köpfchen an mein Gesicht.

»Der ist ja bezaubernd«, rief ich.

»Gib mir deinen Koffer, und ich zeige dir dein Zimmer. Komm mit«, kommandierte Grace, hängte ihre Jacke auf einen Haken und stieg die Treppe hinauf, während Connie durch den Flur nach hinten verschwand.

»Dort ist das Bad, das ist mein Schlafzimmer.« Sie nickte zur Tür am hinteren Ende des Flurs. »Und du schläfst hier.« Mit dem Fuß schob sie die Tür auf und zog den Koffer hinter sich her. Ich setzte Harry zurück auf den Boden. Er sprang sofort aufs Bett und begann, wohlig auf der Bettdecke mit seinen Vorderpfoten zu treten. Ich schaute mich um.

»Sieh an, alles in Shabby Chic.« Auf dem Nachttischchen standen eine Lampe und eine kleine Vase mit einem bunten Blumenstrauß. Die Bettwäsche mit dem Rosenstraußmuster wirkte unglaublich einladend. An den blassrosa Wänden hingen überall blumengemusterte Wimpelgirlanden und Lichterketten. Das ganze Zimmer wirkte unglaublich gemütlich und heimelig. Es gab einen schmalen Kleiderschrank und ein Schminktischchen, auf dem Holzfußboden lag ein rosa gestreifter Läufer, und der Blick aus dem Fenster bot Idylle pur. »Das nennt man mal ein Zimmer mit Aussicht«, stellte ich verblüfft fest und starrte hinaus auf die Felder und Wiesen. Der Ausblick unterschied sich zu hundert Prozent von dem, den ich in New York gewohnt war.

»Ein toller Anblick, nicht wahr?« Grace stellte sich neben mich und schaute ebenfalls aus dem Fenster. »Ursprünglich sollte das hier ein Kinderzimmer werden, aber die Dinge ändern sich manchmal schnell.« Leise Traurigkeit lag in ihrer Stimme.

»Ich weiß nicht, was ich sagen soll«, gab ich zu, während mir durch den Kopf ging, wie glücklich Grace gewirkt hatte, als sie mir mitteilte, sie hätten endlich die Schlüssel zu diesem Haus bekommen.

»Was sollst du schon sagen? Finn war nicht der Mensch, für den ich ihn gehalten habe. Nur Stunden nachdem ich dahintergekommen war, dass er eine Affäre hatte, hatte ich all seine Sachen aus dem Haus geschafft und die Schlösser ausgewechselt. Du hättest nicht mehr erkennen können, dass er jemals hier gewohnt hatte. Er zog direkt zu ihr und überschrieb mir das Haus.«

»Schuldgefühle?«

Grace nickte. »Vermutlich. Manchmal fällt es mir schwer, die Hypothekenzahlungen aufzubringen. Kein Wunder bei meinem Beruf – ich habe ja kein regelmäßiges Einkommen, da kann es schon mal eng werden. Aber *Mamma Mia* hat mir ordentlich Geld eingebracht, und ich konnte genug für die nächsten paar Monate zurücklegen für den Fall, dass es schwierig werden sollte, wieder ein neues Engagement zu finden.«

»Hast du schon irgendetwas in Aussicht?«, fragte ich und hob den Koffer auf das Bett. Ich dachte an meine eigene trostlose Wohnung in New York, die sich so drastisch von der wohligen Gemütlichkeit dieses Hauses unterschied. Ich hätte damit leben können, dass es bei mir so »eng« wurde wie bei Grace, wenn ich zum Ausgleich jeden Abend in solch ein Zuhause zurückkehren könnte: ein schönes Cottage mit fantastischer Aussicht und ohne dröhnende Musik über meinem Kopf bis in die frühen Morgenstunden. Das hier war in meinen Augen der Himmel auf Erden.

»Demnächst stehen ein paar Vorspieltermine an, zu denen mein Agent mich angemeldet hat. Du darfst mir die Daumen drücken, aber du musst mir unbedingt erzählen, was du alles so getrieben hast. Nach deinem Abschluss in Darstellender Kunst – gut gemacht, übrigens – hast du deinen Status gar nicht mehr auf den neuesten Stand gebracht. Du musst also extrem beschäftigt sein.«

»Oh ja, sehr beschäftigt«, erwiderte ich. Die Worte sprudelten einfach so hervor, bevor ich auch nur darüber nachdenken konnte, was ich sagen sollte. Ich schämte mich, zuzugeben, dass ich gescheitert war. Ich schämte mich, Grace gegenüber einzugestehen, dass ich in einer schäbigen Wohnung lebte, kaum meine Rechnungen bezahlen konnte und jeden Cent umdrehen musste. Was würde sie von mir denken?

»Ja, also ...« Ich redete immer noch drauflos, ohne das Gehirn einzuschalten. »Im Moment warte ich nur auf das Ergebnis eines Vorspielens ... es geht um eine gewaltige Show, die demnächst am Broadway anlaufen wird.«

Alice, was tust du nur! Sag doch einfach die Wahrheit! Die Stimme in meinem Kopf klang außer sich vor Entsetzen. Ich konnte einfach nicht glauben, dass ich Grace belog. Ich kam mir richtig mies vor, aber sie ging davon aus, dass es mir an nichts mangelte, und ich schaffte es einfach nicht, ihr gegenüber zuzugeben, dass es in Wahrheit ganz anders aussah.

Grace war erfolgreich, sie lebte unseren Traum. Ich nicht. Ich wollte nicht, dass unsere Unterhaltung sich um mich drehte, war ich doch gerade erst angekommen. Darüber zu reden, wie gründlich schief alles für das Mädchen in New York gelaufen war, das wollte ich auf keinen Fall. Der Grund, warum ich mein Profil auf Facebook nicht regelmäßig auf den neuesten Stand brachte, lag nicht darin, dass ich keine Zeit dafür hatte. Es lag vielmehr daran, dass es nichts Neues zu berichten gab. Bestimmt konnte eine winzige Notlüge keinen Schaden anrichten.

»Wie aufregend! Ich wusste, dass du groß rauskommen würdest – und dann noch in New York. Du hattest dieses umwerfende Talent ... jeder konnte das sehen, sogar schon, als du noch klein warst. Ich erzähle allen meinen Freunden von dir ... Meine Freundin ist ein Star in New York! Alle sind neidisch ... Ich kann nur davon träumen, jemals so erfolgreich zu sein.«

Jetzt fühlte ich mich erst recht furchtbar, weil ich Grace so in die Irre führte. Ich musste sie sofort aufklären ... Aber ich tat es nicht. Ich schluckte, öffnete meinen Mund, aber die Worte kamen nicht heraus. Dabei hatte ich nicht einmal vorgehabt, den Eindruck zu erwecken, ich sei etwas Besonderes. Ganz im Gegenteil. Zum ersten Mal seit langer Zeit glaubte tatsächlich jemand, dass auch ich erfolgreich war und in der Lage, meine Träume zu verwirklichen. Bei dieser Vorstellung wurde mir warm ums Herz, ich schöpfte Hoffnung, und mein Selbstvertrauen wuchs ein klein wenig. Deshalb war ich nicht wirklich bereit, damit herauszurücken, wie problematisch meine Situation in New York wirklich war. Musste das unbedingt jemand wissen?

Schuldbewusstsein erfüllte mich, weil ich Grace bewusst einen falschen Eindruck vermittelt hatte. Ich musste mich innerlich zur Ordnung rufen, um auch nur einen Anflug eines Lächelns über die Lippen zu bringen.

»Wenigstens kannst du deinen Akku aufladen, während du hier Urlaub machst«, fuhr Grace fort.

Urlaub. Das Wort hallte in meinem Kopf nach. Normalerweise bezeichnete man mit Urlaub eine kurze Zeitspanne fern der Arbeit, und anschließend ging es wieder nach Hause. Aber ich fühlte mich jetzt schon, nur wenige Stunden nach meiner Ankunft, fern den grellen Lichtern der Stadt, entspannter. Das war seit Langem nicht mehr der Fall gewesen. Brook Bridge schlug mich bereits in seinen Bann; dabei hatte ich Grandie noch gar nicht gesehen.

»Was treibt ihr beiden da oben?«, rief Connie von unten die Treppe herauf. »Das Essen ist fertig.«

Dankbar für die Ablenkung und dafür, dass das Thema zunächst beendet war, stieß ich einen leisen Seufzer der Erleichterung aus.

»Wir kommen«, rief Grace. »Ist es dir recht, wenn Harry auf deinem Bett schläft?« Der Kater hatte sich zusammengerollt und schlief tief und fest am Fußende des Bettes.

Lächelnd betrachtete ich ihn. »Das ist vollkommen in Ordnung. Es macht mir absolut nichts aus.«

Tiere hatten ganz selbstverständlich zu meinem Leben gehört, als ich noch in England lebte, und ich vermisste die bedingungslose Liebe, die sie einem entgegenbrachten. Als ich meinen Mietvertrag in New York unterschrieb, war die Enttäuschung groß gewesen, weil im letzten Absatz ausdrücklich vermerkt war, dass Haustierhaltung nicht gestattet sei. Nicht einmal ein Goldfisch war erlaubt.

»Kann ich noch kurz das Bad benutzen und mich frisch machen?«, fragte ich, holte meine Kulturtasche aus meinem Koffer und bürstete mir rasch die Haare.

»Natürlich. Frische Handtücher liegen bereit. Nimm dir, was du brauchst, und fühl dich ganz wie zu Hause.«

Fünf Minuten später fühlte ich mich schon deutlich wohler und wanderte in die Küche. Connie hatte rasch einen Schinken-Eier-Salat gemacht, der ausgesprochen lecker aussah; dazu gab es selbst gemachtes Zwiebelchutney und frisches Krustenbrot. »Die Eier stammen von den Hühnern der Honeysuckle Farm«, verkündete sie lächelnd. »Einfach göttlich. Dazu hausgemachte Essiggurken.«

»Das sieht fantastisch aus«, erklärte ich hungrig und setzte mich Grace gegenüber an den Tisch. Sie hielt ihr Smartphone in der Hand.

»Ich habe auf Facebook eine Nachricht von Molly erhalten.« Sie hielt mir ihr Telefon hin. »Sie fragt, ob du gut angekommen bist.«

»Ach du Schreck. Ich habe vergessen, ihr und Mum eine SMS zu schicken, als ich gelandet bin. Das hole ich jetzt gleich nach. Wo wir schon von Facebook reden, ich habe in deinem neuesten Fotoalbum gestöbert.« Warum mir das Foto von Sam Reid sofort in den Sinn kam, war mir nicht ganz klar. »Du hast toll ausgesehen.«

Grace griff nach Messer und Gabel. »Danke. Der letzte Abend, den wir als Truppe gemeinsam verbracht haben. Es ist immer traurig, wenn der Vorhang nach der letzten Aufführung fällt. Jedes Mal deprimiert mich das aufs Neue. Eine Weile beherrscht das Stück dein Leben total, und dann auf einmal – aus, vorbei, nichts mehr. Aber du kennst das Gefühl ja sicherlich.« Grace warf mir einen kurzen Blick zu.

Ich schwieg dazu, während sich erneut Schuldgefühle in mir breitmachten, weil ich den beiden nicht die Wahrheit über meine aktuelle Situation gestehen konnte.

»Haben deine Ohren eigentlich geklingelt? Du warst das Topthema der Unterhaltung«, meinte Grace neckisch und zwinkerte mir zu.

»Ha! Ich?«, fragte ich verblüfft, als mir klar wurde, dass sie es ernst meinte. »Wie kommt's?«

Grace nahm einen Schluck Wasser und stellte das Glas zurück auf den Tisch. »Ich habe dich einem aus der Truppe gegenüber erwähnt, erzählt, dass meine beste Freundin von der anderen Seite des großen Teiches ein Superstar ist und aus New York zu Besuch kommt.«

»Von wegen Superstar«, brachte ich mühsam über die Lippen.

»Sagt diejenige, die viel zu viel um die Ohren hat, um ihr Profil in den sozialen Medien auf den neuesten Stand zu bringen!«

Grace lächelte mir wissend zu, und ich spürte, wie ich rot anlief bei dem Gedanken, dass meine kleine Notlüge mich jetzt schon wieder einholte. Warum nur hatte ich einen falschen Eindruck erweckt? Es war mir peinlich, und Schuldgefühle quälten mich erneut. Schließlich wusste ich, dass ich kein Superstar war. »Mächtig übertrieben.« Meine Antwort fiel ein wenig schärfer aus als beabsichtigt.

»Keine falsche Bescheidenheit. Ehre, wem Ehre gebührt, und außerdem habe ich nur mit Sam darüber geredet.«

Ich spitzte die Ohren. »Sam?«

»Ja, Sam … Sam Reid; er hat die Hauptrolle in dem Stück gespielt, das gerade ausgelaufen ist.«

Jetzt raste mein Puls.

»Es hat ihn sehr beeindruckt, dass ich eine Freundin in New York City habe. Während du hier bist, müssen wir unbedingt einen Cocktail mit ihm trinken; darauf hat er bestanden.«

Natürlich war ich nervös bei der Aussicht, den Mann von dem Foto zu treffen, den ich aus der Ferne angehimmelt hatte. Ein bisschen Vorfreude mischte sich aber auch in die Nervosität. »Ich glaube, ich habe ihn auf einem deiner Fotos gesehen: eng anliegendes T-Shirt, Levi's.«

»Er ist dir aufgefallen, und du hast sein Foto genauer unter die Lupe genommen, wie mir scheint«, meinte Grace lächelnd.

»Vielleicht ein bisschen.« Ich lief rot an.

»Ihr würdet euch gut verstehen, ihr seid beide spitze in eurem Fach … sag mal, wirst du etwa rot?«

»Lass das Mädchen in Ruhe. Gib Alice Zeit, sich einzuleben, bevor du sie aufziehst«, mischte Connie sich ein, ein

Versuch, mich vor den prüfenden Blicken meiner Freundin zu retten.

Dass ich rot geworden war, lag tatsächlich vor allem an Sam Reid, allerdings nicht zuletzt auch an dem hohen Podest, auf das mich alle anscheinend stellten, wozu ich wiederum selbst erheblich beigetragen hatte, indem ich nicht gleich mit der Wahrheit über mein Leben und meine Karriere herausgerückt war.

»Was ist aus den Kindern geworden, die mit uns die Schulbank gedrückt haben? Sarah, Sian, Lizzie und Ben – leben die immer noch in der Gegend?« Ein Versuch, die Unterhaltung schnellstmöglich von meiner gescheiterten Karriere wegzusteuern.

»Die meisten sind nach dem Studium fortgezogen. Sarah ist Tierärztin, Sian Arzt, Lizzie arbeitet für eine der nationalen Tageszeitungen in London. Sie alle haben sich für ein Leben außerhalb des Dorfes entschieden, aber Ben lebt noch hier.«

»Er arbeitet für die Baugesellschaft seines Vaters. Der Bauhof ist immer noch am selben Ort, in der Nähe der Captain's Lane. Es läuft sehr gut, soweit man hört. Das neue Bauprojekt, an dem wir vorhin vorbeigefahren sind, ist ihres«, warf Connie ein.

Ich stieß einen leisen Pfiff aus. »Dann hat er echt seinen Weg gefunden.« Das drückte nur noch mehr auf meine Stimmung. Anscheinend war ich die Einzige aus der alten Gang, die kein bisschen erfolgreich war. Seit gut zwölf Monaten steckte ich in einem tiefen Loch und sah einfach keinen Ausweg. Jeder Tag war aufs Neue ein Kampf, immer wieder der alte Trott, und es hatte sogar Tage gegeben, an denen ich so deprimiert war, dass ich nicht einmal aus dem Bett steigen und die Bühne des Theaters fegen mochte. Es musste sich dringend etwas ändern, und vom Erfolg meiner ehemaligen

Mitschüler zu hören rüttelte mich auf. In mir zündete ein Funken von Entschlossenheit, ähnlich dem Gefühl, das ich gehabt hatte, als ich als kleines Mädchen von einem Leben auf der Bühne träumte.

»Gibt es die Tanzschule noch?« Ich schaute Connie an und trank einen Schluck.

Sie blickte auf. »Leider nein. Sie wurde an dem Tag geschlossen, an dem ihr fortgegangen seid.«

Fragend zog ich die Brauen hoch. »An dem Tag, an dem wir fortgegangen sind? Tatsächlich? Das ist ja traurig.« Wehmut erfasste mich, aber irgendwo hatte ich, offen gesagt, nicht wirklich etwas anderes erwartet.

»Ja, das war sehr traurig. Die ganze Dorfgemeinschaft hat darunter gelitten. All die Kinder und Erwachsenen, die plötzlich ohne Tanzunterricht dastanden. Einige besuchten die Schule schon seit Jahren. Auch Teds Psyche hat darunter sehr gelitten. Er hatte das Gefühl, alle enttäuscht zu haben; deshalb verkroch er sich eine Weile im Farmhaus, wollte niemanden sehen, wollte nicht mit Fragen konfrontiert werden.«

»Gab es eine Chance, dass er die Schule jemand anderem übergeben hätte?«, fragte ich, obwohl ich die Antwort schon kannte. Traurigkeit schwang in meiner Stimme mit.

Connie schüttelte bedauernd den Kopf. »Nein, das war Florries Schule, ein Familienunternehmen. Niemals hätte er sie jemand anderem anvertraut.«

Die Lippen fest zusammengepresst, saß ich da und wusste nicht, was ich sagen sollte.

»Ich schätze, ohne Rose' Unterstützung wäre er nur schwer zurechtgekommen. Er wollte niemanden neu einstellen«, fügte Connie hinzu und sah mich traurig an.

»Was ist aus der Schule geworden? Hat Grandie sie verkauft?«, fragte ich. Wenn ja, hatte sie bestimmt neuen Häusern weichen müssen.

»Nein, er hat sie nicht verkauft. Ist schon komisch, Jim und ich haben erst letzte Woche darüber gesprochen. Die Tanzschule ist immer noch verschlossen, und Jim schaut einmal wöchentlich nach dem Rechten.«

»Wirklich?«, fragte ich erstaunt zurück. »Und sie ist seitdem nie mehr benutzt worden?«

»Ted konnte es nicht ertragen, sich davon zu trennen«, sagte Connie traurig. »Erinnerungen, nehme ich an.«

Warum ich plötzlich so bewegt war, hätte ich nicht sagen können, aber Tränen bahnten sich ihren Weg, und die Kehle schnürte sich mir zu. Obwohl es damals nicht meine Entscheidung gewesen war fortzugehen, wurde ich erneut von Schuldgefühlen heimgesucht. An dem Tag, an dem wir nach New York abreisten, hatte Grandie alles verloren: uns, die Tanzschule und seinen Platz in der Dorfgemeinschaft. Es war traurig, das zu hören.

Mir kam eine Idee, und ich schlug entschlossen mit der Hand auf den Tisch. »Ich würde sie mir gern ansehen, solange ich hier bin«, stieß ich hervor. Hoffentlich war das möglich. »Jim hat die Schlüssel, sagst du?«

»Richtig«, erwiderte Connie, »und natürlich kannst du sie dir ansehen. Ich bin sicher, dein Großvater hätte absolut nichts dagegen.«

Erfreut über Connies Zustimmung, erkannte ich, dass die Tanzschule in meinem Herzen immer noch einen besonderen Platz einnahm. Das war das Reich meines Großvaters gewesen, seine große Leidenschaft und ein bestimmender Faktor meiner Kindheit. Wie mochte es sich anfühlen, jenes Gebäude noch einmal zu betreten? Der Gedanke löste kribbelnde Vorfreude aus.

In den nächsten zwanzig Minuten genossen wir unsere Mahlzeit und plauderten nebenher über all die Leute im Dorf, an die ich mich eventuell erinnern könnte. Connie und Grace beteten eine lange Liste von Namen herunter, hauptsächlich aus der Tanzschulzeit, aber ich konnte mich nicht einmal an die Hälfte der Leute erinnern, die sie erwähnten.

»Nachtisch?«, fragte Connie, stand auf und sammelte die leeren Teller ein.

»Für mich nicht, danke.«

»Für mich auch nicht. Setz dich wieder hin, Mum. Ich räume den Tisch gleich ab«, meinte Grace lächelnd.

»Wenn du meinst.«

»Natürlich.«

»Ich hoffe, es stört euch nicht, aber ich mache mich jetzt auf den Heimweg und lasse euch beide allein«, sagte Connie, schlüpfte in ihre Jacke und griff nach ihrer Handtasche.

»Danke, dass du mich vom Flughafen abgeholt hast«, sagte ich und lächelte dankbar.

»Das habe ich sehr gern getan. Soll ich morgen Vormittag gegen elf vorbeikommen, damit wir deinen Großvater besuchen können? Wäre dir die Uhrzeit recht?«

»Perfekt«, antwortete ich ein wenig angespannt. Allmählich wurde ich nervös beim Gedanken, ihn wiederzusehen.

Connie musste mir das angesehen haben. »Kein Grund, nervös zu sein. Versprochen.«

Grace stand auf und gab ihrer Mum einen Abschiedskuss auf die Wange.

»Hier, schau dir das mal an, während ich abwasche.« Grace reichte mir ein Programmheft der letzten Produktion, in der sie aufgetreten war.

»Ich helfe dir beim Abräumen und Abwaschen.«

»Kommt gar nicht in die Tüte. Setz dich, entspann dich, es dauert nicht lange.«

»Daran könnte ich mich gewöhnen.«

Grace ließ heißes Wasser ins Spülbecken, während ich in dem dicken Heftchen blätterte, das sie mir gegeben hatte.

»Wow! Das ist ja ein tolles Foto von dir!« Ich war unglaublich stolz auf sie. »Überleg nur mal, wo das alles angefangen hat – in einer kleinen Dorftanzschule.«

»Ich weiß, zwei Superstars aus demselben Ort.« Sie grinste mich an und stellte die Teller auf dem Trockengestell ab.

Das war die Gelegenheit für mich, Farbe zu bekennen, Grace zu erzählen, dass ich es nie auf die Bühne geschafft hatte, dass ich nie über ein Vorspielen hinausgekommen war, ja, oft genug nicht einmal eine Absage bekommen hatte. Niemals würde man mein Gesicht in einem Programmheft entdecken. Aber ich sagte es ihr nicht. Stattdessen schwieg ich, weil ich nicht bemitleidet werden wollte. Die Leute sollten nicht erfahren, wie sehr ich versagt hatte. Also überging ich die Bemerkung einfach und behielt die Tatsache für mich, dass ich gescheitert war.

Beim lässigen Blättern in dem Programmheft war mir natürlich klar, dass mich jeden Moment Sam Reid von einer der Seiten anstarren würde, und tatsächlich, da war er – auf Seite zwölf –, und prompt richteten sich meine Nackenhärchen auf.

Grace war offenbar aufgefallen, dass ich plötzlich still geworden war, und schaute mir über die Schulter.

»Sam Reid, der ganz große Schwarm des Birmingham Hippodrome.« Grace presste ihre Lippen zusammen und stieß einen leisen Pfiff aus.

»Konkurrenzlos, nehme ich an.« Ich wusste, dass ich wie blöde das Bild anstarrte. »Ein harter Job, aber irgendwer muss ihn ja übernehmen«, murmelte ich, immer noch unfähig, meinen Blick von dieser Seite abzuwenden.

»Ganz genau.«

»Wird Sam Reid heute Abend auch in den Pub kommen?« Ich biss mir auf die Unterlippe, um mich nicht durch ein Lächeln zu verraten.

»Nein, leider nicht, aber ich bin sicher, dass ihr euch über kurz oder lang über den Weg laufen werdet.«

»Schade, dass er heute Abend nicht da sein wird.«

»Du guckst wie ein Auto!«

»Seine Augen wirken hypnotisierend. Irgendetwas hat dieser Sam Reid an sich.«

»Und das wäre?«

»Sehr fotogen.« Ich zögerte. »Wie ist der Beziehungsstatus dieses gut aussehenden Mannes?«

»Single!«, meinte Grace breit grinsend.

7. Kapitel

Nach einer kurzen Dusche hängte ich meine Sachen in den Kleiderschrank und entschied mich für ein schlichtes Outfit aus weißen Skinny Jeans und einer hellblau gestreiften Bluse, bevor ich mich an den Schminktisch setzte. Ein bisschen Mascara, ein Hauch von nudefarbenem Lipgloss, einmal mit der Bürste durch die Haare gefahren, etwas Parfum aufgelegt, und fertig war ich.

Inzwischen machte sich der Jetlag bemerkbar, aber wenn ich noch ein paar Stunden durchhielt, fiel es mir hoffentlich leichter, mich an die britische Zeit anzupassen.

Grace klopfte an die Tür. »Bist du noch wach?«, fragte sie und lehnte sich gegen den Türrahmen.

»So gerade eben noch«, erwiderte ich und schlüpfte in meine ebenso bequemen wie ausgetretenen Pumps. »Ich erlaube dir hiermit, mir an die Ohren zu schnipsen, wenn ich einfach einschlafe.«

»Ha! Das wird schon nicht passieren. Wenn du erst einmal da bist, wirst du über den toten Punkt hinwegkommen … sag einfach Bescheid, wenn es dir zu viel wird und das Bett ruft. Es sind nur fünf Minuten Fußweg. Höchstens.«

»Zu welchem Pub gehen wir?«, fragte ich, schnappte mir meine Handtasche und eine Strickjacke.

»The Malt Shovel. Das ist der an der Hauptstraße.«

Als Grace und ich untergehakt, die warme Abendsonne im Gesicht, losgingen und uns dem Pub näherten, erfüllte mich tiefe Zufriedenheit. Dies war der Pub, vor dem Grandie und ich so oft gesessen hatten … Glückliche Erinnerungen aus einer Zeit, bevor sich alles geändert hatte, kamen erneut in mir hoch.

Die Bänke draußen vor dem Pub waren bereits rappelvoll mit Leuten, die sich unterhielten, lachten und das herrliche Wetter genossen. Grace ging voran durch die schwere Eichentür, drängte sich zwischen den durstigen Gästen hindurch und winkte dem Kellner an der Bar zu. Der Pub hatte einen Charme, der mich sofort in seinen Bann schlug; als Kind war mir das nie aufgefallen. Das hier war etwas ganz anderes als die Dachbar mit dem Blick über Manhattan. Die so typisch englische, sehr niedrige Decke, die von Holzbalken getragen wurde, der Steinfußboden und die offenen Kamine machten den Schankraum urgemütlich. Das Mahagoniregal an einer Wand beherbergte dekorativen Krimskrams und Bücher. Vom Münzspielautomaten in der Ecke kam das Geklimper fallender Münzen, als ein Mann aufstand und seinen Gewinn einstrich.

Grace blieb stehen, und ich verharrte hinter ihr. Sobald er das Mädchen neben uns bedient hatte, wandte sich der Kellner hinter der Bar mit strahlendem Lächeln an Grace.

»Guten Abend, erinnerst du dich noch an Alice?« Damit deutete Grace zu mir hinüber.

Ich lächelte. Sein Gesicht kam mir bekannt vor, aber ich konnte ihn nicht einordnen. »Hi«, grüßte ich, kniff die Augen leicht zusammen und musterte ihn genauer.

»Das ist kein Akzent hier aus der Gegend … Amerikanisch?« Er zog eine nachdenkliche Miene und biss sich auf die Unterlippe.

»Was du nicht sagst, Sherlock«, meinte Grace kichernd. »Eindeutig ein amerikanischer Akzent.«

Er musterte mein Gesicht.

»Lebte hier in der Gegend bis zum Alter von zehn. Meine Mum arbeitet auf der Farm, die ihrem Großvater gehört …«

Als der Groschen fiel, wich die Verwirrung in seiner Miene einem breiten Grinsen. »Du machst doch Witze … Alice … Alice Parker.«

»Die einzig wahre«, entgegnete Grace mit einem Blick zu mir hinüber.

Immer noch ahnungslos, wer er war, lächelte ich ihn an.

»Das ist Henry Carter. Du erinnerst dich ganz sicher an Henry, Bens jüngeren Bruder.«

»Alice Parker …« Er holte tief Luft. »Das Mädchen, das meinem Bruder das Herz gebrochen hat, als es nach New York gezogen ist.« Er streckte mir über die Bar hinweg die Hand entgegen, und ich schüttelte sie kräftig.

»Mein Gott, Henry! Du bist groß geworden!«, sagte ich erstaunt. Lockiges blondes Haar umrahmte goldbraune Haut, und aus seinen blauen Augen strahlte Herzlichkeit.

»So was passiert«, meinte er grinsend.

»Ich habe ihm nicht wirklich das Herz gebrochen, oder?«, fragte ich rasch nach.

»Er ist nie darüber hinweggekommen.« Grace zwinkerte Henry zu.

»Hört auf, mich zu veralbern, ihr beiden. Wie geht es ihm?«

»Er kommt nachher noch vorbei, kannst ihn also selbst fragen. Er wird dich zweifellos sehen wollen. Na schön, was kann ich euch beiden zu trinken geben?«

»Gin Tonic, bitte«, machte ich den Anfang.

»Ich nehme das Gleiche«, fügte Grace hinzu.

»Das geht aufs Haus. Willkommen daheim, Alice. Geht schon mal, sucht euch einen Tisch, ich bringe euch die Drinks vorbei.«

»Danke«, sagten wir wie aus einem Munde.

»Was für eine nette Begrüßung. Wenn ich gewusst hätte, dass meine Willkommensfeier hier so freundlich ausfällt, wäre ich früher zurückgekommen.« Ich zog mir einen Stuhl heran und setzte mich an den Tisch.

Lachend ließ sich Grace auf dem Stuhl mir gegenüber nieder. »Du warst hier immer willkommen, und das weißt du auch. Also, dreizehn Jahre haben wir durchzuhecheln. Womit, zum Teufel, fangen wir an?«

»Schule, erste Verabredungen, College, Arbeit – die Liste ist lang.«

Es gab nicht viel, das ich nicht über Grace und ihr Leben wusste. Ihre ständigen Updates auf Instagram und Facebook hielten mich auf dem Laufenden. Ich wusste von ihrer Trennung, von jedem Job, den sie angenommen hatte, von jeder Show, in der sie aufgetreten war. Mein Facebook-Profil war dagegen ziemlich dünn. Was ich in der Vergangenheit gepostet hatte, hatte ich sorgfältig ausgewählt, und es gab nie etwas über mein tatsächliches Leben preis, geschweige denn darüber, wie mies es mir ging.

Ich fasste die Haare in meinem Nacken zusammen, drehte sie zu einem Knoten und sicherte ihn mit einem Band, das ich am Handgelenk getragen hatte.

»Okay, wo fangen wir an?« Ich setzte mich aufrecht hin. »Eines weiß ich allerdings mit Sicherheit, nämlich, dass die Tausenden von Meilen unserer Freundschaft nichts anhaben konnten. Wir sind immer noch die engsten Freundinnen.«

Grace nickte. »Ich weiß ... das macht eine echte Freundschaft aus. Wir hängen zwar nicht ständig zusammen, aber – da gebe ich dir recht – was sind schon dreitausend Meilen zwischen besten Freundinnen?«

»Bitte sehr, die Damen.«

Wir blickten auf. Lächelnd stand Henry neben unserem Tisch und stellte zwei Gin Tonic auf die Bierdeckel vor uns.

»Ich hoffe, es ist dir recht, dass ich Ben eine SMS geschickt und ihm mitgeteilt habe, dass du hier bist.«

»Wie nett von dir.« Es war mir sehr recht. »Ich würde mich freuen, ihn nach all den Jahren wiederzusehen.«

»Und wie geht es deinem Großvater? Er ist schon eine Weile nicht mehr hier gewesen. Normalerweise sitzt er an Sonntagnachmittagen mit seinem Ale an der Theke.«

»Kann ich mir vorstellen … Genau deshalb bin ich hier. Im Augenblick geht es ihm nicht besonders gut«, erläuterte ich und nahm einen Schluck von meinem Drink.

»Das tut mir leid zu hören.« Ein mitfühlendes Lächeln begleitete seine Aussage.

»Das Alter – sagt man jedenfalls.«

»Grüß ihn von mir und wünsche ihm gute Besserung.«

»Mach ich.«

»Ich will niemals alt werden«, erklärte Grace, kaum dass Henry an die Theke zurückkehrte.

»Ich auch nicht.« Plötzlich kam mir in den Sinn, wie ich mit achtzig immer noch in der feuchten kalten Wohnung hocke, eingehüllt in zahllose Decken, weil ich mir immer noch nicht leisten kann, anständig zu heizen. Immer noch die grässliche Musik in den Ohren, die bis in die frühen Morgenstunden hinein von oben durch die Decke dröhnt.

»Hast du einen Typen?«, fragte Grace und musterte mich aus schmalen Augen.

Ich schüttelte den Kopf. »Zurzeit nicht.«

»Zwischen den Jobs aber.«

Ich nickte. Das war nicht direkt gelogen, die ganze Wahrheit war es aber auch nicht.

»Übrigens, was war mit Finn?« Mir war vor einiger Zeit aufgefallen, dass Grace ihren Beziehungsstatus auf Single geändert hatte, aber die Sache war noch so frisch gewesen, dass sie nicht darüber reden konnte. Die Inszenierung, in der sie gerade auftrat, lief noch, und so konnte sie ihre Situation nur bewältigen, indem sie jeden Tag so nahm, wie er kam.

Grace sah aus, als würde sie gleich in Tränen ausbrechen. »Ich hätte schon nach dem schäbigen Heiratsantrag wissen müssen, dass es nichts Dauerhaftes werden würde. Er kniete vor mir nieder nach ein paar Bier, einem Karaoke-Abend und einem fettigen Kebab ... so hatte ich es mir erträumt.« Ihr Sarkasmus war nicht zu überhören.

»Ich hatte trotzdem nicht damit gerechnet, dass ihr euch trennen würdet ... es schien immer alles so ...«

»... okay auf Facebook?«, ergänzte sie und verdrehte die Augen.

»Also, was ist passiert?«, hakte ich zögernd nach.

»Womit soll ich anfangen?« Ihre Stimme hob sich um eine Oktave. »Vielleicht damit: Lebe nie dein Leben auf Facebook, denn wenn es vorbei ist, stehst du da wie ein Idiot.« Sie stieß ihren Atem aus, streckte die Beine und blinzelte, um die Tränen zurückzudrängen.

»Ehrlich gesagt kam es für mich auch überraschend. In der einen Minute war er noch da, in der nächsten fort aus meinem Leben für alle Zeiten. Ich hatte das Gefühl, man hätte mir das Herz aus der Brust gerissen, so sehr hat es wehgetan.« Ihre Stimme zitterte.

Ich beugte mich vor und drückte ihre Hand. »Möchtest du darüber reden?«

Seufzend drehte sie einen Bierdeckel in ihrer Hand und nickte, schwieg einen Moment und holte tief Luft. »Er schob die Verantwortung auf mich, behauptete, ich sei schuld daran, dass wir uns auseinandergelebt hätten. Das halte ich für ziemlich frech, da mir nicht einmal bewusst war, dass wir uns überhaupt irgendwie entfremdet hätten.«

»Woran hat er das festgemacht?« Meine Brauen schossen in die Höhe.

»Er sagte, er wäre jeden Abend einsam und allein gewesen.«

»Wenn du auf der Bühne gestanden hast?«

»Ja, aber er wusste doch Bescheid über meinen Job. Ich stehe auf der Bühne; während eine Inszenierung läuft, sind die Arbeitszeiten mörderisch – du kennst das ja –, aber genau das macht mich aus. Das ist die Person, in die er sich verliebt hatte. Ich habe mich nicht geändert.« Sie holte Luft. »Und als er mir vorwarf, ich hätte eine Affäre mit Sam, der männlichen Hauptrolle, konnte ich es nicht glauben. Das war lächerlich.« Sie nahm einen Schluck von ihrem Drink.

Ich konnte ihr ansehen, wie sehr sie das schmerzte.

»Wenn ich raten müsste, würde ich sagen, dass es an seiner eigenen Unsicherheit lag.«

»Wohl eher ein Fall von ... Angriff ist die beste Verteidigung. Ich hatte nie Interesse an anderen Männern, und als ich monatelang rund um die Uhr mit Sam Reid auf der Bühne stand, geriet ich nicht *ein Mal* in Versuchung. Niemals hätte ich Finn das angetan, zumal ich ja wusste, was Mum mit meinem Dad durchgemacht hatte, mit seinen Affären, seinen Lügen. Ich würde nicht einmal im Traum daran denken, jemandem so wehzutun.«

»Das liegt daran, dass du ein guter Mensch bist.«

»Es wäre gar nicht so schlimm gewesen, wenn er nicht versucht hätte, die Schuld auf mich abzuwälzen! Wenn er mir gesagt hätte, dass er unglücklich war, na schön, aber fast sechs Monate hinter meinem Rücken mit einer anderen ... Ich kam mir wie eine Idiotin vor. Ich hatte ja keine Ahnung, weil ich jeden Abend gearbeitet hatte. Er war immer bereits von ihr zurück, bevor ich nach Hause kam, und spielte den pflichtbewussten Partner.«

»Wie hast du erfahren, dass er etwas mit einer anderen hatte?«

»Das war an einem meiner freien Tage. Ich wollte ihn im Büro besuchen und damit überraschen, zu zweit essen zu gehen. Nur war die Überraschung dann auf meiner Seite. Der

Empfangstresen war nicht besetzt, also habe ich mir nichts dabei gedacht, einfach in sein Büro zu gehen, um zu schauen, ob er da war. Er war da, ganz recht, und trieb es mit ihr in seinem Büro. Was für ein Klischee. Abstoßend ist gar kein Ausdruck dafür.«

Mit offenem Mund starrte ich Grace an. »Was hast du getan?«

»Meine Würde gewahrt, mich umgedreht und auf den Weg nach Hause gemacht. Dort habe ich alles, was ihm gehörte, in Mülltüten gestopft und im Vorgarten deponiert. Dann habe ich angefangen, mir Gedanken darüber zu machen, wie ich allein die Hypothek abzahlen sollte. Er ist bei ihr eingezogen, aber ich habe gerüchteweise gehört, dass die beiden sich schon kurz darauf getrennt haben. Sicher weiß ich das nicht, weil ich jeden Kontakt abgebrochen habe. Jeder war schockiert, selbst seine Eltern waren am Boden zerstört. Ich bin nur froh, dass ich ihm nicht noch mehr Jahre meines Lebens geschenkt habe oder gar Kinder mit ihm hatte. Stell dir das nur mal vor!«

Der Kummer in ihrer Stimme war unüberhörbar. Ganz offensichtlich litt sie immer noch sehr unter der traurigen Situation. Finn hatte ihr tatsächlich das Herz gebrochen.

»Ganz ehrlich, er muss bescheuert sein, dich aufzugeben.«

»Das ändert nur leider nichts an dem Schmerz, nicht wahr?«

Ich schüttelte den Kopf. »Wie kamst du bei der Arbeit zurecht?«

»Sam war ein wahrer Schatz. Kannst du dir vorstellen, Abend für Abend auf die Bühne zu treten und dich zum Lächeln zu zwingen, wenn du dich am liebsten unter der Bettdecke verkriechen würdest? Er hat mich aufrecht gehalten, hat dafür gesorgt, dass ich regelmäßig esse und trinke, hat mich bei der Arbeit abgelenkt. Er war gut zu mir.«

»Und er ist nur ein Freund?« Ich musterte sie aus schmalen Augen und hoffte auf ein Ja.

»Fang du nicht auch noch an! Finn hat mir genug zugesetzt mit solchen Anschuldigungen.«

»Entschuldige, ich wollte dich nicht verärgern.«

»Hast du nicht. Finn ist mit solchen Vorwürfen gekommen, als er versucht hat, seine eigenen Schuldgefühle zu überspielen.«

»Und wie kommst du jetzt zurecht?«, fragte ich und leerte mein Glas.

»Gut. Sogar verdammt gut. Ich arbeite hart in dem Beruf, den ich unglaublich liebe, und dein Timing hätte auch nicht besser sein können. Jetzt, wo die Produktion ausgelaufen ist, habe ich Zeit und freue mich darauf, sie mit meiner ältesten Freundin zu verbringen.« Ihre Augen funkelten vergnügt, als sie mich freundlich anlächelte.

»Ich kann es noch gar nicht ganz glauben, dass ich wirklich hier bin, Grace.«

Wenn mir jemand vor zwei Wochen gesagt hätte, ich würde schon bald in meinem Heimatdorf Brook Bridge in einem Pub sitzen, hätte ich ihn für völlig verrückt erklärt. Wie sich die Dinge in kürzester Zeit ändern konnten. Ich wusste, dass Grandies Erkrankung der entscheidende Anstoß gewesen war, den ich brauchte, um meine Heimkehr nach England zu rechtfertigen. Vielleicht wäre ich nie gekommen, wenn Grace mich nicht benachrichtigt hätte, aber jetzt war ich hier und hatte schon das Gefühl, hierherzugehören, ja, nie wirklich fort gewesen zu sein.

»So, genug Trübsal geblasen. Erzähl mir von New York. Es muss doch fantastisch sein, dort zu leben und zu arbeiten, in all dem großen Rummel? Stimmt es, dass die Stadt niemals schläft? Ich wette, du lebst in einer Luxuswohnung mit allem nur denkbaren Komfort, hast vermutlich sogar berühmte Nachbarn! Und erzähl mir von den Inszenierungen, in denen du mitgespielt hast. Du solltest wirklich mehr Fotos posten, weißt du.« Das alles sprudelte aus Grace in einem Atemzug hervor.

Und ich wusste nicht, wie ich darauf antworten sollte. Hier bot sich mir eine weitere perfekte Gelegenheit, Farbe zu bekennen und Grace gegenüber zuzugeben, dass mein Leben alles andere als großartig war ... *Sag ihr die Wahrheit.* Diese Worte schossen mir durch den Kopf. *Jetzt oder nie!* Ich holte Luft, aber womit sollte ich anfangen?

Ich schluckte, öffnete den Mund, um endlich zu reden.

»Alice Parker ist wieder im Land!«, kam mir eine Stimme in die Quere.

Ich wurde von Ben Carter »gerettet«. Ich erkannte ihn sofort, denn er hatte sich kein bisschen verändert.

Seine Begeisterung und seine ausgebreiteten Arme brachten mich zum Strahlen. »Alice Parker, welch wunderschöner Anblick. Ich wusste, dass du eines Tages zu mir zurückkehrst!«

»Du warst schon immer ein Witzbold.« Ich brach in Gelächter aus, sprang auf und umarmte ihn fest.

»Und konntest schon immer flirten wie kein anderer«, warf Grace lachend ein.

Sein leichter Kuss auf die Wange überraschte mich. Dann trat er einen Schritt zurück und nahm meine Hände in seine. »Ehrlich gesagt hätte ich nie geglaubt, dass unsere Wege sich noch einmal kreuzen. Verheiratet? Alleinstehend?«, fragte er, die Brauen hoffnungsvoll in die Höhe ziehend. »Und dann dieser Akzent!«

»Der könnte daran liegen, dass ich seit dreizehn Jahren in New York lebe! Wie geht es dir?« Grinsend versuchte ich, das Thema zu wechseln, weil ich nicht über mein nicht vorhandenes Liebesleben reden wollte. »Hol dir einen Stuhl und setz dich zu uns.«

Ben schnappte sich einen Stuhl vom Nebentisch und setzte sich. »Drinks ... Ihr habt nichts mehr zu trinken. Die nächste

Runde geht auf mich. Henry«, rief er und wedelte mit der Hand, um auf sich aufmerksam zu machen, »wir brauchen etwas zu trinken! Was nehmt ihr beiden?«

»Gin Tonic, danke, nett von dir.«

Ben schaute über seine Schulter, aber Henry war damit beschäftigt, andere Gäste an der Theke zu bedienen.

»Zwei Sekunden. Lauft mir ja nicht weg.« Er sprang auf, und ich sah, wie Henry ihm zu verstehen gab, er möge sich selbst bedienen.

»Beeil dich, Alice wollte mir gerade von ihrem Leben in New York erzählen.«

Die freudige Erregung in ihrer Stimme dämpfte meine gute Laune sofort wieder ein wenig.

Grace wedelte mit der Hand. »Komm schon, leg los. Wir wollen alles wissen. Und Molly, sie ist auch ein Star ... Radiomoderatorin ... Freunde auf höchster Ebene?«

Erdboden, tu dich auf und verschlucke mich ...

Schon der Gedanke, dieses Gespräch führen zu müssen, brachte mich ins Schwitzen. Ein wenig wehmütig lächelte ich Grace an. »Lass uns das auf ein anderes Mal verschieben«, bat ich, in der Hoffnung, erneut von mir abzulenken. »Ich möchte alles über Ben erfahren und das Bauunternehmen, in dem er arbeitet.«

Grace musterte mich aufmerksam und hoch konzentriert. »Verstehe ... du möchtest vor Ben nicht wie eine Angeberin wirken ... Stadtmädchen ... Leben in New York ... unglaublich erfolgreich ... dann quetsche ich dich eben später aus.« Natürlich entging ihr völlig, wie unwohl ich mich fühlte und wie ich mich innerlich wand. Ein Stadtmädchen mochte ich sein, aber von Erfolg konnte man nicht reden.

»Genau, kannst du dir das vorstellen? Er wird mich für eine eingebildete Amerikanerin halten«, stimmte ich zu. Dabei kam ich mir zwar schäbig vor, war aber zugleich erleichtert, mir noch ein wenig Zeit verschafft zu haben, bevor ich mich dem peinlichen Gespräch stellen musste, das mir schon die ganze Zeit durch den Kopf ging.

»Dann dreht sich also alles um Ben, sowie er zurückkommt. Das wird ihm gefallen«, lachte sie in sich hinein. »Ganz ehrlich, er ist der größte Weiberheld des Dorfes, flirtet immer und mit jeder.«

»Also vermutlich alleinstehend?«

»Aber so was von«, lachte Grace.

Und sie hielt Wort. Als Ben an unseren Tisch zurückkehrte, verwickelte Grace ihn in ein Gespräch über seine Arbeit und darüber, dass sein Dad ihn zum Teilhaber des Unternehmens machen wollte.

Dass sie so unglaublich nett zu mir war, machte meine Notlüge noch unerträglicher. Ich wusste, dass ich so bald wie möglich reinen Tisch machen musste, aber je länger sie in mir etwas sah, was ich nicht war, desto schwerer fiel es mir, ihr die Wahrheit zu sagen.

8. Kapitel

Am nächsten Morgen machten sich wieder Unsicherheit und Beklommenheit in mir breit, kaum dass wir das Frühstücksgeschirr abgeräumt hatten.

Grace musste aufgefallen sein, dass meine Stimmung kippte. »Alles in Ordnung mit dir?« Besorgt musterte sie mich und reichte mir eine Tasse Tee.

Ich brachte ein knappes Lächeln zustande und setzte mich an den Küchentisch.

»Ich bin nur ein bisschen …«

»Du brauchst dir keine Sorgen zu machen, es hat sich nichts geändert. Er liebt dich immer noch«, fiel Grace mir ins Wort, um mich aufzumuntern. Es war, als hätte sie meine Gedanken gelesen.

Zweifelnd schaute ich sie an und lächelte kurz. Natürlich wollte ich ihr glauben, aber es war so viel Zeit vergangen. Ich hatte keine Ahnung, warum Grace sich so sicher war, wie Grandie reagieren würde. In den letzten dreizehn Jahren war sehr viel geschehen. Erneut überfiel mich eine bange Vorahnung, Angst davor, zurückgewiesen zu werden. Was, wenn … was, wenn er mich nicht sehen wollte?

Gleichzeitig schauten wir auf die Küchenuhr. »Es wird langsam Zeit«, sagte Grace leise. Ich atmete aus und folgte ihr ins Wohnzimmer. Nebeneinander standen wir da, sahen aus dem Fenster und warteten angespannt darauf, dass Connie kam, um mich abzuholen. Als wir sahen, wie ihr Wagen in die Straße einbog, schauten wir einander an.

Mein Herz raste. »Wie sehe ich aus?«, fragte ich nervös und strich mein Top glatt.

»Großartig. Hör endlich auf, dir Sorgen zu machen. Ted ist ein großartiger Mensch, du hast keinen Grund, unsicher zu sein«, versicherte sie mir. »Also geh jetzt und mache einen alten Mann glücklich.«

Einen Sekundenbruchteil starrte ich ausdruckslos aus dem Fenster, dann winkte ich Connie zu und zwang mich zu einem Lächeln. Grace reichte mir meine Handtasche, küsste mich hastig auf die Wange und scheuchte mich zur Tür.

Mir drehte sich fast der Magen um, und meine Beine zitterten, als ich auf das Auto zuging. Ein fahriger Blick zurück über die Schulter, der Versuch eines tapferen Lächelns, dann nickte Grace mir noch einmal aufmunternd zu.

Nervös stieg ich auf der Beifahrerseite in Connies Wagen ein und holte tief Luft.

»Bereit?«, fragte Connie. Der Motor lief, ihre Hand lag auf dem Schalthebel.

»Bereit«, presste ich hervor, zwang mich zu einem Lächeln und fragte mich, was mich wohl erwartete.

Jetzt war es so weit. Ich war auf dem Weg, zum ersten Mal seit dreizehn Jahren meinen Großvater zu sehen. Grace war es gelungen, mich ein wenig zu beruhigen, und meine Stimmung hob sich ganz leicht. In meinem Herzen wusste ich, dass ich das tun musste, trotz des Zerwürfnisses zwischen ihm und Mum. Außerdem sehnte ich mich unglaublich danach, ihn wiederzusehen.

Den größten Teil der Fahrt verbrachten Connie und ich in einvernehmlichem Schweigen. Connie überließ mich meinen Gedanken und konzentrierte sich auf die Fahrbahn, während ich aus dem Fenster schaute und die hübschen Häuser an mir vorbeiziehen sah. Überall waren kunstvolle Blumenarrangements zu sehen, und die frisch gemähten Rasenflächen konnte ich förmlich riechen. Am Rand des Dorfes verlief ein Bach, an dem die Leute gern ihre Hunde ausführten.

Hinter der Kirche endete das Dorf, und in Gedanken wanderte ich zurück zu dem Streit zwischen Grandie und Mum, den ich als kleines Kind mit angehört hatte. Auch heute noch brachte die Erinnerung an dieses Drama mein Herz zum Klopfen. Was, um alles in der Welt, war an jenem Tag vorgefallen?

Sie waren beide so aufgebracht gewesen, wie ich es noch nie zuvor erlebt hatte. Ihre zornigen Worte hatten sich fest in mein Gehirn eingebrannt. Es war schon schmerzlich genug, dass die zwei Menschen, die ich über alles in der Welt liebte, sich so heftig stritten, aber am schlimmsten war, dass dieser Streit mein Leben für immer verändert hatte. Um die Wahrheit zu sagen: Je mehr ich darüber nachdachte, desto wütender machte es mich. Ich hatte mein Zuhause verloren, meine Freunde, Grandie und mein Leben in Brook Bridge. Warum war ihr Ärger nicht einfach wieder verraucht? Warum hatte Mum zugelassen, dass dieser eine Streit mein Leben so grundlegend veränderte und uns ans andere Ende der Welt verschlug? Ich fragte mich, ob Grandie wohl bereit sein mochte, jetzt darüber zu reden? Würde ich endlich erfahren, worüber sie sich an jenem Tag so erbittert gestritten hatten?

Nein, ich wollte jetzt nicht an Vergangenes denken und scheuchte die Erinnerung fort. Heute ging es darum, eine neue Beziehung zu meinem Großvater aufzubauen, eine Beziehung, die ich schmerzlich vermisst hatte. Hoffentlich schafften wir es, nach vorn zu blicken und nicht zurück.

Allein schon der Gedanke an die Honeysuckle Farm, jenen magischen Ort, der mir Trost und Freude schenkte, zauberte ein Lächeln auf mein Gesicht. Hier war ich zu Hause gewesen, in einer stabilen Familie geborgen, und selbst heute noch fühlte ich mich wahrlich privilegiert, solche schönen Kindheitserinnerungen zu haben. Nach wie vor hatte ich keine Ahnung, warum Mum die ländliche Idylle verlassen hatte, um ans andere Ende der Welt zu ziehen, mitten in die grellen, anonymen Lichter der Großstadt, in der überall Wolkenkratzer das Bild beherrschten. Dabei hatten wir doch am schönsten Ort der Welt gelebt.

Wir brauchten nicht lange, um das kleine ländliche Krankenhaus zu erreichen, und nachdem Connie den Wagen auf dem Parkplatz abgestellt hatte, gingen wir gemeinsam zum Eingang, vorbei an den Krankenwagen, die aufgereiht vor dem Gebäude standen.

Kaum hatten wir das Gebäude betreten, spürte ich, wie ich zu zittern begann.

Lächeln, Alice, lächeln.

»Ich begleite dich nach oben zu Teds Zimmer, und dann setze ich mich dort hinein.« Connie nickte zu der kleinen Cafeteria im Erdgeschoss hinüber. »Ich gönne mir einen Kaffee und habe ein Buch dabei, um zu lesen. Nimm dir also so viel Zeit, wie du brauchst. Ich habe es nicht eilig.«

»Danke.« Mehr brachte ich nicht über die Lippen, konnte ich doch kaum die Tränen zurückhalten.

Glänzend weißer Fußboden und kunststoffvertäfelte Decken überall auf dem Weg zum zweiten Stock.

»Wir sind da. Das ist sein Zimmer.« Connie blieb stehen und nickte zur Tür hinüber, vor der wir standen, bevor sie mich rasch auf die Wange küsste. »Viel Glück«, flüsterte sie und wandte sich dann wortlos ab.

»Connie.« Ich schluckte gegen die Enge in meiner Kehle, und sie drehte sich sofort wieder zu mir um. »Was, wenn er mich nicht sehen will? Wenn er mich abweist?«

Rasch machte sie wieder einen Schritt auf mich zu, lächelte mich freundlich an und griff nach meinen Händen. »Sei nicht so hart zu dir. Dein Großvater liebt dich, und das wird sich niemals ändern. Und jetzt geh und bereite ihm eine Riesenfreude.«

Ihre freundlichen Worte ließen die Tränen kullern. In dem Versuch, mich wieder zu fassen, blieb ich einen Moment stehen und sah ihr nach, wie sie den Flur hinunterging, bis sie um die Ecke verschwand.

Einen Sekundenbruchteil verharrte ich noch vor der Tür von Grandies Krankenzimmer. Als Nervosität konnte man das nicht bezeichnen, nein, ich hatte panische Angst. Immerhin war es eine Erleichterung, dass er ein Einzelzimmer hatte und nicht mit mehreren Patienten in einem Zimmer lag, denn ich hatte ja keine Ahnung, wie dieses Wiedersehen verlaufen würde. Würde er mich voller Zorn zurückweisen oder mit offenen Armen willkommen heißen? So oder so würde es ein sehr emotionales Zusammentreffen werden. Freudige Erwartung und ängstliche Befürchtung beherrschten mich gleichermaßen. Es gab nur eine Möglichkeit, diese schmerzliche Beklemmung zu lindern. Ich atmete aus und öffnete langsam die Tür, obwohl mir das Herz in die Hose rutschte und meine Hände heftig zitterten.

Sonnenstrahlen fielen zwischen den Lamellen der Jalousie hindurch und warfen schmale Lichtstreifen an die cremeweißen Wände. Hundert wild gewordene Schmetterlinge tanzten in meinem Bauch, und mein Blick huschte hinüber zu seinem Bett.

Da war er.

Grandie lag unter einem weißen Baumwolllaken und einer darüber ausgebreiteten blauen Decke, die ihm bis unters Kinn gezogen worden war. Seine Augen waren geschlossen. Ich schlich mich auf Zehenspitzen zu dem blauen Plastikstuhl – von der Sorte, wie man sie in jeder Schule, jeder Dorfgemeinschaftshalle und jedem Krankenhaus findet –

auf der anderen Seite des Raumes. Seine Haare waren schütter und grau, seine Wangen eingefallen und bleich. Er sah so zerbrechlich aus, dünner, als ich ihn in Erinnerung hatte. Schmale Kabel schlängelten sich unter der Decke hervor zu einem Monitor neben seinem Bett, der alle paar Sekunden piepte.

Von meinen Gefühlen überwältigt, versuchte ich, den Tränen Einhalt zu gebieten, jedoch vergebens; sie kullerten mir über die Wangen, und ich versuchte, sie hastig fortzuwischen. So sehr hatte ich ihn vermisst. Mein Herz quoll über vor Liebe zu ihm und Bedauern für all die verlorenen Jahre, die nicht zurückgeholt werden konnten. Noch nie hatte ich mich so hilflos gefühlt wie in diesem Augenblick.

Leise stellte ich den Stuhl neben sein Bett und setzte mich schweigend. Ich wollte ihn nicht wecken, er sah so friedvoll aus, wie er da lag. Ich band meinen Pferdeschwanz neu, verschränkte die Arme und hielt den Atem an. Ob er mich überhaupt erkennen würde, wenn er aufwachte?

Im Zimmer war es warm, friedlich und still, und plötzlich wurde ich müde. Zwar hatte ich es geschafft, in der Nacht zuvor ein bisschen Schlaf zu bekommen, aber erst, nachdem ich mich bis drei Uhr morgens schlaflos hin und her gewälzt hatte. Zweifellos hatte der Jetlag mich daran gehindert, früher einzuschlafen, als ich normalerweise in New York schlafen ging. Ich streckte meine Beine aus und spürte, wie mein Kopf langsam nach vorn sank, während meine Lider sich schlossen.

Als Nächstes hörte ich ein Husten und rührte mich. Offenbar war ich tatsächlich eingenickt. Als ich die Augen aufschlug, brauchte ich einen Moment, um zu begreifen, wo ich war. Ein rascher Blick auf meine Armbanduhr verriet mir, dass ich etwa zwanzig Minuten geschlafen haben musste. Dann, als ich zu Grandie hinüberschaute, begegnete ich seinem fragenden Blick. Eine seltsame Spannung lag plötzlich in der Luft, während ich darum kämpfte, ganz wach zu werden. Verlegen rutschte ich auf meinem Stuhl herum, und einen Moment lang sagte keiner von uns ein Wort.

Dann richtete er sich auf, griff nach seiner Brille auf dem Nachttischchen und setzte sie sich langsam auf, ohne den Blick von mir zu wenden. Immer noch sagte er nichts, blinzelte nur und starrte mich an.

»Hi, Grandie«, sagte ich leise.

»Alice ... Alice, bist du es?«, murmelte er hörbar überrascht und zog seine buschigen Brauen hoch. Seine Stimme klang genau so, wie ich sie in Erinnerung hatte.

Ich ließ langsam meinen Atem entweichen. »Ja, Grandie, ich bin es.« Damit beugte ich mich vor und ergriff sanft seine Hände.

Er keuchte auf, die Kinnlade klappte herunter, und dann verzogen sich seine Lippen zu einem Lächeln.

Erneut wurde ich von Gefühlen übermannt und musste meine Tränen wegblinzeln.

»Sieh dich an, sieh dich nur an – und dieser Akzent!« Er schloss seine Hände um meine und holte tief Luft. »Du hast mir einen Schock versetzt, weißt du, einen guten Schock. Groß bist du geworden, ganz erwachsen und so schön ... schön. Ich hätte nie gedacht ...« Seine Stimme verklang, er nahm die Brille ab und trocknete sich die Tränen mit dem Ärmel seines Schlafanzugs.

»Wie geht es dir, Grandie, wie fühlst du dich?«

»Grandie ... Grandie«, wiederholte er. »Ich hätte nie gedacht, dass ich jemals wieder dieses Wort von dir hören würde. Ich fasse es nicht, dass du hier bist. Du hast einen alten Mann sehr glücklich gemacht.«

Dabei lächelte er mich so strahlend an, dass ich auch nicht aufhören konnte zu lächeln. »Du ahnst nicht, wie sehr ich mich freue, das zu hören.« Erleichterung erfüllte mich, weil er mich nicht abgewiesen hatte.

»Ich komme mir vor wie ein dummer alter Narr, so nutzlos, wie ich hier liege. Dieser blöde Sturz«, meinte er lächelnd. »Nur ein paar Schürfwunden und eine Beule, nichts, worüber man sich Sorgen machen müsste.« Er berührte den Verband um seinen Kopf. »Sieht schlimmer aus, als es ist.«

»Wofür ist das Gerät da gut?«

»Überwacht meinen Herzschlag, glaube ich. Glücklicherweise piept es immer noch, was wohl bedeutet, dass ich noch am Leben bin.« Er lachte leise in sich hinein.

Ich tätschelte ihm beruhigend den Arm. »Gut zu hören!«

»Wie lange bist du schon hier?«, fragte er, setzte sich ganz auf und griff nach dem Glas auf seinem Nachtschränkchen.

»Warte, ich gieße dir frisches Wasser ein«, bot ich an.

»Ich würde etwas Stärkeres vorziehen.«

»Beim nächsten Mal denke ich daran«, erwiderte ich grinsend, nahm ihm das Glas ab, spülte es in dem schmalen Waschbecken in der Ecke des Zimmers aus und füllte es aus dem Wasserkrug auf, der neben seinem Bett stand. »Ich bin gestern in England angekommen.«

»Ich hatte keine Ahnung, dass du kommen würdest. Nicht, dass ich mich darüber beklagen würde. Wo bist du untergebracht? Wie lange wirst du bleiben?«

Ich reichte ihm das Glas. »Bei Grace. Connie hat mich vom Flughafen abgeholt. Es war schön, die beiden wiederzusehen, und sie haben mich sehr freundlich aufgenommen, so als wäre ich nie fort gewesen. Wir haben uns viel zu lange nicht mehr gesehen.«

Er nickte. »Die beiden sind Gold wert. Ich fasse es nicht, dass sie das vor mir geheim gehalten haben.«

»Ja, das sind sie«, gab ich zu, dankbar dafür, dass sie sich all die Jahre um ihn gekümmert hatten.

»Erzähl alles! Erzähl mir von dir … Was treibst du so?« Fasziniert wackelte er mit den Brauen. »Ich will alles über meine Alice wissen.«

Die vergangenen dreizehn Jahre gingen mir durch den Kopf, vor allem aber die letzten paar. Ich kämpfte mit meinem eigenen Gewissen. Die Entscheidung, was ich als Nächstes sagen sollte, fiel mir sehr schwer. Wenn ich Grandie jetzt sofort die Wahrheit über mein Leben sagte, würde er sich nur Sorgen machen, und ich wollte nicht, dass er sich meinetwegen grämte, während es ihm gesundheitlich nicht gerade bestens ging. Belügen wollte ich ihn aber auch nicht. Mich quälten sowieso schon Schuldgefühle, weil ich Grace an der Nase herumführte. Ich wusste, dass ich das in Ordnung bringen musste, und nahm mir vor, das heute Abend noch zu tun.

»Sag mir bitte, dass du immer noch tanzt?« Hoffnung leuchtete in seinen Augen.

»Ich habe in New York darstellende Kunst studiert«, wich ich der Frage aus, »und meine Abschlussprüfungen mit Bravour bestanden.« Das entsprach der Wahrheit.

»Ich bin so stolz auf dich, Alice, wie stolz, kannst du dir gar nicht vorstellen.« Er klopfte sich mit der Hand auf die Brust, und sein Herzmonitor piepte laut.

Erschrocken drückte ich meine Hand auf meine Brust, schaute zum Monitor hinüber und schnappte nach Luft. »Gr…Grandie«, stotterte ich, die Augen panisch aufgerissen, weil ich befürchtete, irgendetwas Schlimmes sei passiert.

»Schon gut, es ist alles in Ordnung«, beruhigte er mich mit einem raschen Blick auf das Gerät, dessen Piepen sich wieder normalisierte. »Das Gerät reagiert nur auf mich.«

»Grandie, tu doch so etwas nicht!« Ich war zu Tode erschrocken, als das Gerät plötzlich wie wild zu piepen begonnen hatte.

»Tut mir leid! Das wollte ich nicht.« Er lächelte. »Ich bin immer noch da.«

Dann begann er, in sich hineinzulachen, und unwillkürlich war ich dankbar für seinen Sinn für Humor.

»Ich wusste schon in der Minute deiner Geburt, dass du eine Darstellerin bist. Hier drin habe ich es gewusst.« Diesmal legte er seine Hand nur leicht auf seine Brust. »Ich bin Tänzer, du bist Tänzerin, es liegt in unseren Genen, und daran lässt sich nichts ändern. Ich bin froh, dass du diesen Weg weiterverfolgt hast. New York, sagst du … Welten von Brook Bridge entfernt, aber ungeheuer viele Möglichkeiten, schätze ich, dir ein schönes Leben zu machen.«

Damit hatte er nicht unrecht, die zwei Orte hätten kaum unterschiedlicher sein können.

»Wusstest du nicht, wohin wir gingen?«

Er schüttelte den Kopf, und in seinen Augen spiegelte sich tiefer Schmerz. »Zuerst hatte ich überhaupt keine Ahnung«, sagte er und ließ langsam seinen Atem entweichen.

Die Traurigkeit in seiner Stimme brach mir förmlich das Herz.

»Erst als Grace deinen ersten Brief erhielt, hat Connie mir erzählt, wo ihr abgeblieben seid. Wir konnten es nicht glauben … New York!« Er rang nach Luft. »Vorher hatte ich keine Möglichkeit, dich zu finden oder zu kontaktieren. Glaub mir, ich habe dir sehr oft geschrieben. Ich habe Connie nach der Adresse gefragt – die stand auf dem Brief an Grace –, aber ich habe die Briefe nie abgeschickt. Ich wusste nicht, ob sie dich erreichen würden.«

»Schon gut, lass uns nicht darüber nachdenken. Jetzt bin ich ja hier«, versicherte ich ihm und tätschelte seine Hand.

»Wie wahr.« Er lächelte.

»Und ich gehe nirgendwohin.«

»Ich wünschte nur … all die verlorenen Jahre.«

»Ich weiß, Grandie, reg dich nicht auf.«

Er nickte. »Ich bin froh, dass du immer noch singst und tanzt.«

Das wäre das Stichwort für mich gewesen, der richtige Moment, ihm zu sagen, dass ich keine tolle Karriere gemacht hatte, aber als ich ihn so da liegen sah – nein, das konnte warten. Vorerst.

»Ich bin auch froh, immerhin hatte ich mal den bestmöglichen Lehrer«, erwiderte ich strahlend und dachte an all die vielen Male, wo er neben der Bühne gestanden und mir im Unterricht Mut gemacht hatte. Und daran, wie er mich jeden Abend am Geländer im Flur des Farmhauses meine Ballettschritte vorführen ließ.

Einen Moment schauten wir einander liebevoll an.

»Es tut mir so leid«, sagte ich, vergebens bemüht, meine Stimme unter Kontrolle zu behalten.

»Was sollte dir leidtun?«

Ich berührte seine Hand und drückte sie leicht. »Dass ich fortgegangen bin. Ich wollte nicht fort von dir. Ich habe dich so sehr vermisst.« Zu spät, meine Stimme brach, von Gefühlen überwältigt.

»Ich habe dich auch vermisst«, sagte er und reichte mir ein Taschentuch aus der Tasche seines Schlafanzugs. »Das ist sauber«, fügte er rasch mit einem Lächeln hinzu.

»Danke.« Ich tupfte mir die Augen ab.

»Du weißt, dass es nicht deine Schuld war?« Unsere Blicke trafen sich.

»Ich habe keine Ahnung, was passiert ist oder warum wir in New York gelandet sind«, antwortete ich, verzweifelt bemüht, aus der Sache schlau zu werden.

»Sieh mal.« Er schluckte. »Was geschehen ist, ist geschehen und lässt sich nicht ändern. Ich bin einfach froh und dankbar, dass du jetzt hier bist. Das ist das Einzige, was für mich zählt.

Du bist zu mir zurückgekommen.«

»Das bin ich.«

Einen Moment starrten wir einander nur an, ließen den Anblick des jeweils anderen auf uns wirken, und dann drängte sich mir plötzlich eine Frage auf. Bevor ich es mir anders überlegen konnte, platzte ich auch schon damit heraus. »Möchtest du gar nicht wissen, wie es Mum geht?«

Ganz kurz zuckte sein Blick zum Fenster hinüber. »Alice …« Schmerz klang in seiner Stimme, und ich konnte sehen, dass er nicht die Absicht hatte, sich jetzt oder in naher Zukunft über dieses Thema zu unterhalten.

»Es geht ihr gut«, erklärte ich.

Er nickte zum Zeichen, dass er mich gehört hatte. Nun hing ein ungemütliches Schweigen in der Luft.

»Willst du mir sagen, was damals passiert ist? Mum hat nie darüber geredet, weißt du.«

Ein tief verletzter Blick traf mich. »Nicht jetzt, Alice.«

Ich nickte verständnisvoll. Seine Stimmung war umgeschlagen, und ich wollte ihn wieder lächeln sehen. Nur zu gern hätte ich weiter gebohrt, aber noch mehr Schmerz wollte ich ihm nicht zufügen.

Zum Glück für uns beide löste sich die Spannung, als genau im richtigen Moment eine Krankenpflegerin hereinkam, um sich die Aufzeichnungen des Herzmonitors anzuschauen. Zufrieden notierte sie etliche Zahlen auf einer Tabelle, die am Fußende seines Bettes befestigt war, und lächelte uns beiden zu, bevor sie das Zimmer wieder verließ. »Ich wollte dich nicht aufregen«, sagte ich.

»Das hast du nicht, aber ich habe etwas mit dir zu besprechen«, erwiderte er leise.

»Das klingt beunruhigend.« Ich rutschte voller Anspannung auf die Kante meines Stuhls.

»Nicht beunruhigend«, versicherte er mir, »aber …« Er

holte tief Luft. »Ich wollte dich schon sehr, sehr lange etwas fragen.«

»Okay.« Worum mochte es wohl gehen?

»Bist du glücklich in New York, Alice?«

Von dieser Frage völlig überrumpelt, zögerte ich mit meiner Antwort. War jetzt der richtige Moment, mit der Wahrheit herauszurücken und zuzugeben, wie jämmerlich mein Leben in New York wirklich war? Ihm zu sagen, dass ich unter erbärmlichen Bedingungen wohnte, und ihm zu guter Letzt zu gestehen, dass ich lediglich als Reinigungskraft im Theater arbeiten konnte und nicht als Star der Show?

Ich atmete heftig aus, meine Schultern sanken herab, und in meinem Kopf drehte sich alles. Was sollte ich sagen?

»Nenn es Intuition, selbst jetzt noch, nach all dieser Zeit: Du sitzt nicht etwa hier und schwärmst mir vor, wie fantastisch alles ist. Ich sehe dich lächeln, aber deine Augen schauen traurig.« Sein eigenes Lächeln war jetzt von seinen Lippen verschwunden, und er schaute mich besorgt an. »Rede mit mir.«

Nach all der Zeit durchschaute er mich immer noch.

»Du hast recht, es läuft nicht gut, aber das ist eine lange Geschichte«, gab ich erleichtert zu. Es nahm mir viel Gewicht von den Schultern, dass ich ihm nichts vormachen musste, wie ich es bisher Grace gegenüber getan hatte.

»Ich gehe nirgendwohin.« Er sprach leise, und sein Blick drängte mich, mit ihm zu reden.

Meine Unterlippe begann zu zittern, und ich holte sehr tief Luft. »Grandie, es ist alles andere als großartig.« In den nächsten zehn Minuten erzählte ich ihm alles und beschönigte nichts. Es war nicht leicht, ihm zu sagen, wie unglücklich ich mit meinem Leben in New York war, und irgendwo hatte ich auch das Gefühl, mich meiner Mutter gegenüber illoyal zu verhalten. Aber er hörte aufmerksam zu, während ich ihm müde berichtete, dass es mir nicht gelungen war, mich einzuleben, und Mühe hatte, auch nur einen brauchbaren Job zu finden, von dem ich die Miete für meine schäbige Wohnung bezahlen und mich über Wasser halten konnte. Letzten Endes machte das Leben in der Großstadt mich nicht glücklich. Alles verlief viel zu hektisch und zu schnell, und obwohl ich erst so kurz wieder im ländlichen England weilte, fühlte ich mich hier bereits mehr zu Hause als jemals in den letzten dreizehn Jahren in New York.

Schließlich liefen uns beiden die Tränen.

»Es tut mir so leid, Alice, du hast viel Besseres verdient.«

»Es ist nicht deine Schuld.« Ich brachte kaum mehr als ein Flüstern heraus. »Es ist einfach nur schwer gewesen in den letzten paar Jahren.«

»Deswegen musst du dich nicht schämen. Das ändert nichts daran, wer du bist, und ich sehe vor mir eine nette, schöne junge Frau, die noch nicht ganz herausgefunden hat, wofür sie bestimmt ist, aber das wirst du noch ... das verspreche ich dir.«

Ihm zu sagen, wie ich mich fühlte, hatte mir eine erdrückende Last von den Schultern genommen. Es war mir schwergefallen, mit Mum darüber zu reden, denn manchmal hatte ich das Gefühl, wenn ich ihr erzählte, wie unglücklich ich war, wäre das wie ein Schlag ins Gesicht für sie. Sie würde sich selbst die Schuld geben, und es ließ sich nicht leugnen, dass sie immer ihr Bestes für mich getan hatte und mich von Herzen liebte.

»Jeden Tag habe ich mir gewünscht, dass du zurückkommst. In jedem Moment habe ich an dich gedacht, und heute hast du mir meine Träume erfüllt. Ich kann es immer noch nicht glauben, dass du endlich hier bist.«

»Ich bin es.«

Er schaute mir in die Augen. »Eine Sache, Alice. Ich werde nicht jünger, und auch wenn es toll wäre, ewig zu leben ...«

Er hielt inne. »Zieh die Schublade für mich auf.« Damit nickte er zu dem Nachttisch hinüber. »Mach schon, öffne sie.«

Ich stand auf und zog die oberste Schublade des Schränkchens auf. »Soll ich dir die Bibel geben?«, fragte ich verdutzt.

»Nein«, gab er lächelnd zurück und verdrehte die Augen. »Natürlich nicht.«

»Aber da ist sonst nichts außer einem Schlüsselbund.«

»Genau darum geht es«, erwiderte er und hielt mir die offene Hand hin.

Ich reichte ihm den Schlüsselbund und setzte mich wieder.

»Die Schlüssel waren mein Leben«, erklärte er und umklammerte sie fest. »Die Schlüssel zu unendlichen Möglichkeiten. Das hier habe ich auf einer Reise nach Blackpool zusammen mit deiner Großmutter gekauft.« Ich warf einen Blick auf den Anhänger am Schlüsselring und musste lächeln: Er enthielt ein Foto, auf dem sie beide auf einem Esel saßen und Hüte mit der Aufschrift »Kiss me quick« trugen.

»Du erinnerst mich sehr an sie. Sie war eine wunderbare Frau – nett, liebevoll, lebenslustig, der Mittelpunkt jeder Party«, sagte er mit Tränen in den Augen. »Und viel zu früh aus dem Leben gerissen.«

»Ich wünschte, ich hätte sie kennengelernt.«

Ein freundliches Lächeln war die Antwort.

»Diese Schlüssel könnten dir gehören.« Er starrte mir direkt in die Augen.

Fragend sah ich ihn an. »Wie meinst du das?«

»Honeysuckle Farm, der Anbau …«

Meine Augen wurden groß.

»Das könnte alles dir gehören. Ich habe so viele Jahre gewartet, diese Worte auszusprechen, und wusste dabei nicht einmal, ob der Moment jemals kommen würde.« Er nahm einen Schluck Wasser, strich seine Schlafanzugjacke glatt und sammelte sich, bevor er fortfuhr.

»Alice, ich würde mich unglaublich freuen, wenn du Honeysuckle Farm zu deinem Zuhause machen würdest.« Seine Augen leuchteten, und ich hörte die Aufregung in seiner Stimme.

Ich war geschockt und wusste nicht, was ich sagen sollte. Damit hatte ich überhaupt nicht gerechnet. So etwas passierte mir einfach nicht.

»Das Haus ist seit Generationen im Besitz der Familie, und ich könnte es nicht ertragen, wenn es an irgendwen verkauft werden würde. Ich möchte, dass du es bekommst, aber unter zwei Bedingungen …«

»Die wären?«, fragte ich, wohl wissend, dass dieses Erbe eigentlich an Mum fallen sollte. Schließlich war sie seine nächste Verwandte.

»Dass ich weiter dort wohnen kann bis zu dem Tag, an dem ich die Reise durch die Perlentore antrete …«

»Grandie«, unterbrach ich ihn, weil ich nicht einmal daran denken mochte, dass er irgendwann nicht mehr da sein würde.

»Und …« Sein Blick hielt mich fest. »Dass du diesen Schlüssel nimmst und die Tanzschule neu eröffnest … Bring wieder etwas Schwung in die Gemeinde, sorge dafür, dass sie wieder tanzen. Denk wenigstens darüber nach.« Mit ernster Miene schaute er mich an.

Ich brauchte einen Moment, um zu begreifen, was er sagte. Was für ein Angebot! Ich wusste nicht, was ich sagen sollte. »Ist das dein Ernst?«

»Ganz und gar.«

Plötzlich in Hochstimmung, schnappte ich nach Luft. Zweifellos würde dieses großzügige Angebot all meine Probleme lösen, mir etwas geben, auf das ich mich konzentrieren und auf das ich hinarbeiten konnte. Mein Herz raste wie wild. »Aber ich lebe in New York«, stieß ich hervor.

»Und du hast mir erzählt, wie unglücklich du dort bist.«

Sofort überschlugen sich meine Gedanken in dem Bemühen, zu begreifen, was hier gerade passierte. Ein ganzer Sturm an gegensätzlichen Gefühlen tobte in mir, und jedes einzelne versuchte sich in den Vordergrund zu drängen. Einerseits war sein Angebot wie ein Hauptgewinn im Lotto, zugleich erfüllte es mich mit Unsicherheit, wenn ich an Mum dachte. Sie lebte in New York. Ich konnte sie dort nicht im Stich lassen.

»Das könnte alles dir gehören, Alice, du musst nur Ja sagen.« Er meinte es ernst, daran konnte es keinen Zweifel geben. Sein Tonfall, sein Gesichtsausdruck waren eindeutig.

Mehr als ein Nicken brachte ich nicht zustande. Meine Kehle war wie zugeschnürt, und ich wagte nicht zu sprechen. War es sinnvoll, auch nur über eine Rückkehr nach England nachzudenken?

»Ich habe mein Herz und meine Seele in diesen Betrieb gesteckt, und weißt du, warum?«

Mein Blick huschte zu ihm zurück.

»Wegen meines Vaters, deines Großvaters.«

Ich starrte ihn an und hörte gebannt zu.

»Alfie Parker war meiner Meinung nach einer der besten Theaterstars, die jemals im West End aufgetreten sind. Mag sein, dass ich voreingenommen bin …« Er kicherte in sich hinein. »Aber zu seiner Zeit hat man Leute wie ihn schräg angeschaut«, fuhr er feierlich fort.

»Was meinst du damit … Leute wie er?«, hakte ich verwirrt nach.

»Männer, die tanzen wollten. Zu seiner Zeit hat die Gesellschaft jedem vorgeschrieben, sich in einem angemessenen Job zu verdingen, was so viel bedeutete, wie Arbeit in der Fabrik, bei der Royal Mail oder der Eisenbahn anzunehmen. Aber Dad hat nie seinen Traum aufgegeben. Er hat an sich geglaubt, hat sich gegen das ständige Stigma gewehrt, gegen

Spott und Häme im Pub, und er hat auch mir das Tanzen beigebracht. Er kämpfte leidenschaftlich dafür, alle Gesellschaftsschichten davon zu überzeugen, dass es normal und in Ordnung war zu tanzen. Als ich Florrie kennenlernte, spornte sie mich dazu an, die Leidenschaft meines Vaters fortzuführen und die Tanzschule zu eröffnen. Also taten wir das gemeinsam. Diese Tanzschule wurde zum Mittelpunkt der Gemeinde.«

»Das klingt, als wäre er eine echte Inspiration gewesen.«

»Das war er«, meinte Grandie stolz. »Du hättest ihn geliebt.«

Daran hegte ich keinen Zweifel.

»Aber mir fehlt jede kaufmännische Erfahrung«, dachte ich laut.

»Wir können jedes Hindernis überwinden, Alice. Hiermit könntest du etwas aus dir machen, mit deiner eigenen Tanzschule. Ballettunterricht für die Kinder, Foxtrott für die Rentner. Ich konnte damit ganz gut meinen Lebensunterhalt bestreiten – was meinst du? Bist du bereit, es zu versuchen?«

Ich wusste nicht, was ich sagen sollte; mir fehlten die Worte.

»Du könntest dich mit einem guten Team umgeben. Ich bin sicher, dass Connie und Grace dir helfen würden. Dann müsstest du Grace natürlich die Wahrheit über New York erzählen, aber ich bin sicher, sie wird Verständnis haben. Und ich bin ja schließlich auch noch da.«

Da bot sich mir eine unglaubliche Gelegenheit, und ich nickte, nahm jedes Wort in mich auf.

»Darf ich fragen, was du denkst?«

Schweigend und nachdenklich starrte ich ihn an, völlig überrumpelt von seinem Vorschlag. Ich atmete heftig aus. In meinem Kopf focht ich einen Kampf mit meinem Gewissen aus – Loyalität gegenüber Mum, Loyalität ihm gegenüber.

Ich saß buchstäblich zwischen zwei Stühlen. Wenn ich sein Angebot annahm, würde mein Lebensweg eine völlig neue Richtung nehmen. Irgendwann in der Zukunft würde mir mein eigenes Farmhaus gehören, ein Zuhause von überragender Schönheit. Und ich hätte mein eigenes Unternehmen. Klar, ich würde improvisieren müssen, ganz von vorn anfangen, aber harte Arbeit konnte mich nicht schrecken. Ich konnte mir sogar vorstellen, den Anbau in den kommenden Jahren zu einem Ferienhaus umzubauen. Aufregung und Vorfreude machten sich in mir breit, Gefühle, die ich schon sehr, sehr lange nicht mehr verspürt hatte.

Und dann meldete sich der Selbstzweifel zu Wort. Ich konnte nicht einmal eine kleine Rolle in einer Inszenierung ergattern. Wie konnte ich dann gut genug sein, um eine Tanzschule zu eröffnen und die Gemeinde zu unterrichten? In New York war ich gescheitert – warum sollte es hier anders sein?

Und dann war da natürlich noch Mum. Ich wusste ganz genau, wie sie das alles finden würde. Konnte ich wirklich so egoistisch sein und meine eigene Karriere und meine Sehnsucht, zur Honeysuckle Farm zurückzukehren, über sie stellen? Sie wartete in New York darauf, dass ich zurückkam, und wenn ich dieses unglaublich großzügige Angebot annahm, wäre sie ganz allein, Tausende von Meilen von mir entfernt.

Das war alles so kompliziert.

Eine Sekunde lang spürte ich, wie Grandie meine Miene musterte, dann schaute ich kurz zu ihm hinüber. Meine Gedanken überschlugen sich, eine Mischung aus Angst und Freude. Ich stand auf, ging ans Fenster und schaute hinaus. Ungeahnte Möglichkeiten taten sich auf, und mir verschlug es fast den Atem. Dies war die Gelegenheit, etwas aus mir zu machen, etwas für mich selbst zu tun, aber was, wenn ich scheiterte? Was, wenn ich Grandie nicht mit Stolz erfüllen konnte und das Ganze in einer Katastrophe endete? Was dann? Dann hätte ich ihn und die ganze Gemeinde enttäuscht. Und was war mit Mum? Würde sie je bereit sein, nach Hause zu kommen?

Grandie brach das Schweigen. »Es ist eine gute Zukunft, Alice. Dir würde es an nichts fehlen.«

Ich drehte mich zu ihm um. »Aber es würde bedeuten, dass ich in England bleibe und Mum allein in New York zurücklasse. Das kann ich nicht.«

Er antwortete nicht sofort. »Das ist ein Problem, das nur du selbst lösen kannst«, meinte er schließlich, und ein leiser Hauch von Verbitterung lag in seiner Stimme.

Ich hoffte auf mehr. Ich hoffte, seine Einladung würde auch sie miteinbeziehen.

War es dumm, auch nur darüber nachzudenken, dauerhaft nach England zurückzukehren?

»Was denkst du, Alice?«

»Ich weiß es nicht.« Mein Herz kämpfte gegen meinen Verstand. »Ich wollte nur ein paar Wochen fort sein, nicht den Rest meines Lebens.«

»Das verstehe ich.«

Aber verstand er es wirklich? War ihm wirklich klar, was er da von mir verlangte?

»Hier, nimm sie.« Er legte mir den Schlüsselbund in die Hand und schloss meine Finger darum. »Geh hin, schau es dir selbst an. Die Tanzschule ist immer noch da. Verschaffe dir ein Gefühl für sie«, drängte er. »Schau sie dir an, in all ihrer Pracht, und versprich mir wenigstens, dass du darüber nachdenken wirst.«

»In Ordnung …« Ich zögerte. »Ich werde darüber nachdenken.«

»Ich sehe es in deinen Augen, Alice, hier ist dein Zuhause. Nimm die Schlüssel – du gehörst hierher.«

Mehr als ein Nicken brachte ich nicht zustande. In meinem Kopf drehten sich die Gedanken, all die aufregenden Möglichkeiten, die sich auftaten, und mein Herz raste.

»Komm zurück, Alice, komm nach Hause.« Seine Worte hallten nach. Trotz meiner Bedenken wegen Mum war sein Angebot mehr als verlockend. Seitdem wir vor so vielen Jahren England verlassen hatten, hatte ich mich isoliert gefühlt, als fehlte ein Teil von mir. Jetzt – ganz plötzlich – hatte er mir eine Rettungsleine zugeworfen. Ich spürte, wie Vorfreude und Hoffnung in mir aufkeimten, und lächelte Grandie an. Es ließ sich nicht leugnen: Das war die perfekte Gelegenheit, mein Leben wieder auf Kurs zu bringen.

9. Kapitel

Als ich am nächsten Morgen die Augen aufschlug, zeigte mir ein rascher Blick auf die Uhr, dass ich endlich ganze acht Stunden am Stück geschlafen hatte, ohne zwischendurch aufzuwachen. Deutlich frischer als am Vortag und hochzufrieden damit, den Jetlag anscheinend überwunden zu haben, warf ich meine Bettdecke zurück und zog die Vorhänge auf. Ein wenig dämpfte es meine gute Stimmung, als ich wahrnahm, dass sich nicht der kleinste Sonnenstrahl blicken ließ und stattdessen dunkle Wolken den Himmel verdunkelten. Die Kühe auf der Weide hatten sich unter der mächtigen Eiche niedergelassen, als wollten sie sich vor dem Regen schützen, der jeden Moment auf sie niederzuprasseln drohte.

Ich schlüpfte in meine Pantoffeln und tappte nach unten in die Küche. Heute war ich allein zu Hause. Grace war schon früh gegangen, um in der Stadt vorzuspielen, und würde hoffentlich um die Mittagszeit zurück sein, sodass wir ins Café gehen und dort essen konnten. Am Abend zuvor hatte ich weder Grace noch Connie von Grandies erstaunlichem Angebot erzählt. Ich wollte erst einmal in Ruhe allein darüber nachdenken, bevor ich ihnen die Wahrheit über mein Leben in New York offenbarte.

Erst nachdem ich den Wasserkocher gefüllt und eingeschaltet hatte, entdeckte ich den Zettel mitten auf dem Tisch.

Tut mir leid, Alice! Ich habe den letzten Rest Milch verbraucht. Nimm dir etwas Geld aus der Dose und hole Milch im Laden an der Ecke. Grace x

Neben dem Brotkasten hatte Grace eine alte Kaffeedose stehen, die bis zum Rand mit Kleingeld gefüllt war. Der Wasserkocher schaltete sich ab, ich nahm mir eine Handvoll Münzen und schaute nachdenklich aus dem Fenster. Der Laden war gleich am Ende der Straße, hin und zurück würde ich nur ein paar Minuten brauchen. Das sollte reichen, um rechtzeitig vor dem Einsetzen des Regens wieder im Haus zu sein.

Obwohl ich mich lieber erst richtig angezogen hätte, schlüpfte ich rasch in meine Pumps, schnappte mir die Schlüssel vom Küchentisch und eilte zum Laden.

Ich hatte mir eingeredet, dass mein Schlafanzug problemlos als Homewear durchgehen würde, bis mir die seltsamen Blicke und das Gemurmel eines älteren Paares auffielen, das hinter mir im Laden anstand. Rasch bezahlte ich die Milch und trat aus dem Laden. Im selben Moment öffnete der Himmel seine Schleusen.

Verdammt.

Zugegeben, diese Aktion war nicht gerade eine meiner besten Ideen aller Zeiten.

Was da herunterkam, war nicht einfach Regen, sondern ein Platzregen aus riesigen fetten Tropfen. Ein Regen, der einen binnen Sekunden bis auf die Knochen durchweichte. Die Milch an mich gedrückt, rannte ich, so schnell ich konnte, und wich dabei den Pfützen aus. Ich konnte das Gartentor schon sehen, als hinter mir ein Auspuff dröhnte. Ein Blick über die Schulter zeigte mir ein Auto, das keinen halben Meter von mir entfernt vorbeirauschte.

Ich sprang vom Bordstein weg, aber es war zu spät. Ich erstarrte wie ein Kaninchen im Scheinwerferkegel und gab einen quietschenden Laut von mir, als eine wahre Sturzwelle kalten, schlammigen Wassers mich traf und von oben bis unten durchnässte.

»Idiot!«, wetterte ich und starrte mit weit ausgebreiteten Armen voller Abscheu dem Auto nach, während das Wasser an mir herabtropfte. »Ja, kümmere dich nur nicht um mich«, rief ich dem Auto hinterher. Plötzlich fuhr es an den Straßenrand und blieb stehen. Der Motor verstummte, die Fahrertür wurde geöffnet.

»Igitt«, grummelte ich und streifte das Wasser von meinen nackten Armen.

»Tut mir leid, tut mir sehr leid, ich habe die Pfütze nicht gesehen«, entschuldigte sich jemand.

Ich blickte auf, und für einen Moment brachte mich das Paar dunkelbrauner Augen völlig aus dem Konzept. Das waren dieselben Augen, die mich schon am Computer und im Programmheft des Theaters fasziniert hatten, die Augen von Sam Reid.

»Sie …« Weiter kam ich nicht. »Schauen Sie mich nur an«, begann ich von vorn, vor Kälte zitternd. Meine Haare waren mir an den Kopf geklatscht, Regentropfen fielen von meiner Nasenspitze, und ich war bis auf die Haut durchnässt.

Er trat vorsichtig einen Schritt zurück und musterte mich von oben bis unten. So hatte ich das nicht gemeint, ich spürte, wie mir das Blut in die Wangen schoss.

»Ich schaue …«, sagte er und strich sich mit den Händen durch sein nasses, widerspenstiges Haar. Ich funkelte ihn zornig an. Sein Hemd, inzwischen ebenfalls klatschnass, klebte an seinem Körper und betonte jeden einzelnen Brustmuskel. Dann folgte ich seinem Blick und stellte entsetzt fest, dass mein durchweichtes Top ganz genauso an meinen Brüsten klebte.

Oh Gott.

Hastig verschränkte ich die Arme vor der Brust, um seinen Blick von dort auf mein Gesicht zu lenken.

»Wie Sie sehen, ist meine Kleidung ruiniert«, stellte ich leicht verärgert fest.

»Für mich sieht das nach einem Schlafanzug aus«, meinte er grinsend und blendete mich mit seinem strahlenden Lächeln.

»Ich würde mich ja gern mit Ihnen streiten, aber es regnet, mir ist kalt, und ich brauche einen Kaffee«, stellte ich berechtigterweise zornig fest. »Sie hätten mich fast ersäuft.«

Kaum waren die Worte über meine Lippen gekommen, da war mir auch schon klar, dass ich ein wenig überdramatisierte.

»Das ist ein bisschen unfair«, protestierte er sichtlich amüsiert. »Ich bin nicht etwa heute Morgen aufgewacht mit dem Vorsatz, durch eine möglichst große Pfütze zu fahren und dabei ein schönes Mädchen auf der Straße zu ersäufen.«

»Ach, wirklich, sind Sie da ganz sicher?«, grollte ich. Das Wort »schön« war mir nicht entgangen. Ich versuchte, mich nicht daran aufzuhängen, aber mein Herz schlug trotzdem schneller, und mein Ärger begann zu verrauchen.

»Ganz sicher«, meinte er grinsend und streckte mir seine Hand hin. »Fangen wir noch mal neu an? Ich heiße Sam.«

Ich zögerte, dann schüttelte ich ihm die Hand.

Er zog die Brauen hoch.

»Alice«, rückte ich schließlich mit der Sprache heraus.

»Der Akzent ist nicht aus der Gegend hier.«

»Amerika«, grummelte ich.

»Und wohin wolltest du heute Morgen, so herausgeputzt, Alice?« Er grinste immer noch, die Brauen spöttisch hochgezogen. »Kann ich dich irgendwohin fahren? Das wäre das Mindeste, was ich tun könnte.«

»Schon gut, ich bin schon zu Hause.«

»Zu Hause?«, hakte er nach und warf einen zweifelnden Blick auf das Wild Rose Cottage.

»Ich wohne hier.« Was natürlich nicht ganz der Wahrheit entsprach.

»Nenne es männliche Intuition, aber ich werde den Verdacht nicht los, dass wir einander noch oft begegnen werden«, meinte er lächelnd.

»Sei dir da nicht zu sicher«, erwiderte ich, sehr darauf bedacht, nicht zu zeigen, wie sehr mir sein kokettes Lächeln schmeichelte. »Ich muss jetzt reingehen, bevor ich an Unterkühlung sterbe.«

Damit drehte ich mich um und ging aufs Gartentor zu. Er folgte mir.

»Was tust du?«

»Ich gehe nach Hause.« Er hielt seine Schlüssel hoch, klimperte damit, und ich sah ihm erstaunt nach, wie er den Vorgarten des Cottage nebenan betrat. Meine Kinnlade musste mir fast bis an die Knie heruntergesackt sein – Sam Reid wohnte gleich nebenan?

»Du wohnst da?«

»Allerdings.«

Oh Gott.

»Ich bin sicher, dass wir uns sehr bald wiedersehen, Alice ...«

»... Parker«, beendete ich den Satz für ihn.

Er schaute mir eine Sekunde länger in die Augen als nötig, bevor ich mich hastig abwandte. Inzwischen glühte mein Gesicht. Sam hatte irgendetwas an sich, das mich rot anlaufen ließ, ohne dass ich etwas dagegen unternehmen konnte.

Es ließ sich nicht leugnen, dass ich heimlich hocherfreut war, weil Sam gleich nebenan wohnte. Nur fünf Minuten in seiner Gegenwart hatten gereicht, mir klarzumachen, dass ich mehr Zeit mit ihm verbringen und ihn richtig kennenlernen wollte. Ungeschickt hantierte ich mit dem Haustürschlüssel, nahm meinen ganzen Mut zusammen und riskierte einen letzten Blick über die Schulter zurück, nur um festzustellen, dass er zu mir herübersah. Dümmlich grinsten wir einander an.

Um mein Lächeln zu verbergen, presste ich die Lippen fest aufeinander. Dann platschte ich in den Flur, erleichtert, endlich wieder im Warmen zu sein. Ich schloss die Tür hinter mir und musste mich stark zusammenreißen, um keine triumphierenden Jubelschreie von mir zu geben.

Sam Reid wohnte nebenan! Kalt und nass, wie ich war, erwärmte diese Neuigkeit doch mein Herz.

»Igitt-igitt.« Immer noch vor Kälte zitternd, zog ich mir die nassen Schuhe aus und betrachtete meine dreckige nasse Kleidung. Rasch stellte ich die Milch in den Kühlschrank, sprang dann unter die Dusche und ließ so lange heißes Wasser über meinen Körper laufen, bis mir endlich wieder warm war und ich mich wie ein Mensch fühlte.

Etwa dreißig Minuten später saß ich schließlich auf dem Sofa und wärmte meine Hände an meinem heißen Morgenkaffee. Ich schaltete meinen Laptop ein, und während er hochfuhr, blätterte ich noch einmal das Programmheft von *Mamma Mia* durch, das immer noch auf dem Couchtisch lag.

Dabei ging mir alles Mögliche durch den Kopf. Seit Jahren träumte ich davon, auf der Bühne zu stehen und mein Gesicht in einem dieser Programmhefte zu sehen, aber war das wirklich meine Bestimmung? Bisher hatte es nicht funktioniert. Grandies Vorschlag schwirrte immer noch in meinem Kopf herum, und ich seufzte. Das war die perfekte Gelegenheit für einen Neuanfang – sofern ich Mum überreden konnte, ebenfalls nach England zurückzukehren.

Ich blätterte bis zu der Seite, auf der Sam vorgestellt wurde, und wieder starrte ich in die Augen des Jungen von nebenan.

Entschlossen schnappte ich mir mein Smartphone und schickte Grace eine SMS.

Warum, zum Teufel, hast du mir nicht gesagt, dass SAM REID nebenan wohnt? Entschuldige das Geschrei in Großbuchstaben, aber findest du nicht, das wäre eine wichtige Information gewesen?

Beinahe sofort kündigte ein Ping die Antwort an.

Ich dachte, das findest du früh genug heraus!

Ich verdrehte die Augen.

Du hättest es mir sagen können!

Immer noch grinsend über die SMS, die Grace mir geschickt hatte, loggte ich mich bei Facebook ein. Natürlich war ich im Laufe der Jahre mit verschiedenen Männern gegangen, aber nie hatte etwas einen solch umwerfenden Effekt auf mich gehabt wie der Blick von Sam Reid. Sein Selbstvertrauen und das Blitzen in seinen Augen sorgten dafür, dass ich mich sofort zu ihm hingezogen fühlte.

Eine neue Benachrichtigung machte auf sich aufmerksam, und ich klickte auf das Symbol. »Sam Reid hat deine Freundschaftsanfrage angenommen.«

Ich schluckte; damit hatte ich vollen Zugang zu seinem Profil, und das freute mich.

In den nächsten zehn Minuten klickte ich mich einmal komplett durch sein Profil, seine Fotos, seine Status-Updates, die Kommentare anderer. Er hatte über sechshundert Freunde, und jetzt war noch jemand in die Liste aufgenommen worden … ich.

Erneut erhielt ich eine Benachrichtigung und klickte darauf. »Du bist jetzt mit Sam Reid verbunden«, stand da, »sag Hallo.« Der grüne Kreis neben seinem Namen verriet mir, dass er online war. Eine Sekunde lang zögerte ich, unsicher, ob ich auf den Button klicken sollte oder nicht, aber dann traute ich meinen Augen nicht: Er war nämlich schneller als ich.

»Danke für die Freundschaftsanfrage. x«

Ein strahlendes Lächeln machte sich auf meinem Gesicht breit.

»Es war mir ein Vergnügen! x«

10. Kapitel

Später am Tag hörte es auf zu regnen, und die Sonne schien mir ins Gesicht, als ich die lange Einfahrt zum Farmhaus hinaufschlenderte, Grandies Schlüssel fest umklammert.

Grace war zurück vom Vorspielen, aber da sie noch ein paar Dinge zu erledigen hatte, hatte Connie sie in die Stadt gefahren. Somit waren beide ein paar Stunden beschäftigt. Ich nahm die Gelegenheit wahr, zur Farm zu gehen und mich in aller Ruhe umzusehen. Mir war klar, dass ich irgendwann im Laufe des Tages daheim anrufen und mit Mum reden musste, aber noch zögerte ich diese Unterhaltung so lange hinaus wie nur irgend möglich.

Grandies Vorschlag spukte mir im Kopf herum, und ich wollte ein paar Stunden ganz für mich allein sein. Nachdem ich Marley aus der Küche gelassen und ihn ausgiebig begrüßt und gekrault hatte, begaben wir beide uns in den Hof. Billy stand in seinem Stall, den Kopf über die Tür gestreckt, und als ich ihm die Nüstern rieb, stupste er mich freundschaftlich an. Früher hatte ich Stunden damit verbracht, seine drahtige Mähne zu striegeln. Ein Pony zu striegeln hat etwas sehr Entspannendes. Ich blieb stehen und schaute mich verstohlen um; natürlich war weit und breit niemand zu sehen. »Na schön, Billy, wie wäre es mit einem Ausritt?« Billy warf den Kopf zurück und wieherte leise. »Das heißt dann wohl Ja«, meinte ich lächelnd. Meine Güte, wie lange war es her, dass ich auf einem Pferd gesessen hatte? Dabei hatte es Zeiten gegeben, in denen ich mit Begeisterung auf seinem Rücken umhergestreift war. Der Wind zerzauste mir das Haar, und meine Gummistiefel baumelten an meinen dünnen Beinen, die nicht lang genug waren, um die Steigbügel richtig zu erreichen. Ich schaute mich im Stall um, Sattel und Zaumzeug hingen immer noch an derselben Stelle wie früher. Der Sattel wirkte winzig, aber dennoch legte ich Billy lächelnd das Zaumzeug an.

»Ganz wie in alten Zeiten, Billy«, sagte ich, klopfte ihm den Hals und öffnete das Stalltor. Dann stellte ich mich auf eine alte Lattenkiste, schwang ein Bein über seinen Rücken, und schon saß ich im Sattel.

»Hoppla!« Zunächst hatte ich ein bisschen Mühe, das Gleichgewicht zu halten, und das Gefühl, viel höher zu sitzen, als ich in Erinnerung hatte, aber dann musste ich mich zusammenreißen, nicht vor Freude zu jauchzen, als mein Instinkt übernahm und ich die Zügel packte.

»Bist du bereit, Marley?«

Er tappte aufgeregt von einer Pfote auf die andere und wedelte wild mit dem Schwanz.

Sachte drückte ich die Fersen gegen Billys Leib, und er setzte sich langsam in Bewegung. Marley lief fröhlich an unserer Seite. Zwischen Scheunen und anderen Farmgebäuden hindurch steuerten wir einen Saumpfad an, der sich rund um die Farm zog. Die Hennen stoben gackernd auseinander und beeilten sich, ans andere Ende des Hofes zu gelangen, als sie das Hufgetrappel auf dem rauen Betonboden hörten. In einer abgelegenen Scheune verkündete eine Henne mit lautem Gegacker, dass sie ein Ei gelegt hatte. Diese Töne hatte ich in New York nie gehört und schmerzlich vermisst.

Mir fiel wieder ein, wie Grandie mir zu meinem achten Geburtstag eine eigene Henne geschenkt hatte. Ich gab ihr den Namen Enid. Alle meine Schulkameraden fanden es absolut toll, eine eigene Henne zu haben, und an ebenjenem Tag wurde ich zur Geschäftsfrau, denn Grandie übertrug mir die Verantwortung für die Eier. Ich musste sie jeden Tag einsammeln, was leichter klingt, als es ist, denn die Hennen suchten sich ständig neue Legeplätze. Also suchte und fand ich bunte Gelege in den Ecken, in Heuballen und einmal sogar in Grandies altem Strohhut, den er in der Scheune liegen gelassen hatte.

Jeden Morgen stellte ich die Eierkartons zusammen mit einer Vertrauenskasse in den Selbstbedienungsstand vor dem Tor der Honeysuckle Farm, und jeden Abend nach der Schule rannte ich nach Hause und zählte die Münzen.

In jenem Sommer half ich Grandie, riesige Weidenkörbe zur Streuobstwiese zu schaffen, um die heruntergefallenen Äpfel einzusammeln und an die Nachbarn zu verteilen – da gab es Apfelkuchen ohne Ende. Die Erinnerung brachte mich zum Lächeln, während ich im Sonnenschein dahinritt. »Das ist das Leben«, sagte ich laut und genoss in vollen Zügen den Frieden und die Ruhe hier draußen, die so stark im Gegensatz zum hektischen Lebenstempo in New York standen.

Vom Saumpfad aus hatte ich einen herrlichen Ausblick nach allen Seiten. Eine Kuh muhte und ließ mich zusammenzucken, als sie ihren Kopf durch eine Lücke in der Hecke schob. Unten im Tal bildeten Schafe weiße flauschige Punkte auf den Weiden. Ich duckte mich unter einem tief hängenden Ast hindurch und hielt an, um einem Reh nachzuschauen, das durch den Wald sprang. Dieser schöne Anblick erfüllte mich mit tiefer Freude.

Mit einem leichten Zug am Zügel brachte ich Billy zum Stehen und nahm mir einen Moment Zeit, um einen Blick zurück auf das Farmhaus zu werfen. Da stand sie, die Honeysuckle Farm, in all ihrer Pracht. Wie Grandie betont hatte, waren das Haus und das Land seit Generationen im Besitz der Familie. Im Geiste war ich längst wieder hierhergezogen. Ich wollte nicht, dass dieses Fleckchen Erde an irgendwen verkauft wurde. Dort lebten doch unsere Erinnerungen, die

Geschichte unserer Familie. Ich holte tief Luft, streckte meine Hand aus und tätschelte Billy den Hals. Dies war mein Zuhause, aber ganz so einfach war es leider nicht. Tief in meinem Inneren hoffte ich, dass Mum zur Vernunft kommen würde, denn ich konnte mir einfach nicht vorstellen, dass jemals jemand anders hier leben würde. Es kam mir einfach nicht richtig vor.

Ich ließ Billy weiterlaufen, und dreißig Minuten später waren wir zurück am Stall. Bestens gelaunt und herrlich entspannt sprang ich ab und band das Pony an einem Holzpfosten fest, bevor ich ihm eine Handvoll Möhren gab. Marley trabte schnurstracks zum Wassertrog, wo er ausgiebig trank, bevor er sich auf den Boden legte. An der Scheunenwand lehnte eine Mistgabel, und ich machte mich daran, den Dung aus dem Stall auf eine Schubkarre zu laden. Es war lange her, seit ich das letzte Mal einen Stall ausgemistet hatte, aber als Kind war mir die Mistgabel sehr viel größer und unhandlicher vorgekommen. Mir fiel auf, wie schnell und leicht ich wieder ins Landleben zurückfand.

Aus dem Augenwinkel entdeckte ich Jim, der im Gewächshaus Tomaten pflückte. Er sah genauso aus, wie ich ihn in Erinnerung hatte, trug denselben grünen Overall und dieselben grünen Gummistiefel. Ich nahm mir vor, ihm Hallo zu sagen, bevor ich zu Grace' Cottage zurückging.

Der Ausritt auf Billy hatte mich in Hochstimmung versetzt. Völlig entspannt und zufrieden striegelte ich ihn, um ihn dann auf der unteren Weide laufen zu lassen. Er steuerte sofort den Bach an, um zu trinken.

Da ich mich hier so wohlfühlte, beschloss ich, noch ein Weilchen zu bleiben, und mir fiel die wackelige Scheune links vom Anbau ins Auge. Ich öffnete den rostigen Riegel, der das Tor versperrte, schob es auf und sah mich um. Hier hatte ich mich oft aufgehalten und mir einen Spaß daraus gemacht, von den Heuballen herunterzuspringen und zu den Dachsparren hochzuklettern, die mit Brettern vernagelt waren. An den Wänden stapelten sich Blumentöpfe, Gartenwerkzeuge hingen von der Decke, und sogar mein altes gelbes Fahrrad stand noch dort. Allerdings hatte es einen platten Reifen. Ich konnte kaum glauben, dass es nach all der Zeit immer noch da war. Es wirkte so winzig, wie es da an der Wand lehnte. In einer Ecke stapelten sich Säcke mit Hühnerfutter neben einem altmodischen Rasenmäher, der über und über von Spinnweben bedeckt war. Ich nahm eine Handvoll Getreide aus dem offenen Sack und warf es draußen den Hühnern hin.

»Hey, was ist das für eine Art, einen zu begrüßen? Du musst mich nicht mit Getreide bewerfen!«

Erschrocken fuhr ich mit klopfendem Herzen herum – und schaute in das lächelnde Gesicht von Ben.

»Tut mir leid! Das wollte ich nicht. Was tust du hier?«, fragte ich ihn, trat in den Sonnenschein hinaus, zog das Tor zu und schob den Riegel wieder vor.

»Ich reinige die Regenrinnen und erledige ein paar Malerarbeiten für deinen Großvater. Er greift oft auf unsere Firma zurück.«

»Ah, verstehe.«

»Und was tust du hier?« Er zog seine Jacke aus und hängte sie an den Haken neben dem Scheunentor.

»Ich dachte, ich genieße einen Moment mit ihm hier«, ich beugte mich zu Marley hinunter und wuschelte ihm den Kopf, »und um der alten Zeiten willen bin ich gerade auf Billy eine Runde auf dem Saumpfad geritten.«

»Wenn ich mir die Farbe deiner Wangen so ansehe, hat es dir Spaß gemacht.«

»Oh ja.«

Wir setzten uns in Bewegung, und Marley folgte mir dicht auf dem Fuß.

»Es ist schön, dich wieder hier zu sehen, wo du hingehörst. Du hast deinem Großvater gefehlt, weißt du? Er hat ständig von dir geredet.«

Ich nickte. »Er hat mir auch gefehlt – das alles hier.«

Seine Mundwinkel zuckten leicht nach oben. »Mit diesem leichten amerikanischen Akzent klingst du lustig.«

»Gib mir ein, zwei Wochen, dann wird davon nichts mehr zu hören sein«, erwiderte ich grinsend.

»Weißt du noch, dass ich dich für ungeheuer reich gehalten habe, als ich erfuhr, dass du ein Pony hast und hier wohnst?«

»*Lady Alice* hast du mich genannt und dich vor mir verneigt. Größer als der Buckingham Palace, hast du gesagt.«

Ben lachte in sich hinein. »Es ist ein so schöner, beruhigender Ort.«

»Das ist wahr.« Ich blieb einen Moment stehen und ließ das Anwesen auf mich wirken, bevor wir weitergingen.

»Ich arbeite ungeheuer gern hier, dieser Ausblick, der Frieden und die Ruhe, das ist viel besser als die Arbeit auf einer lauten Baustelle.«

Als wir auf der kleinen Holzbrücke über dem Bach waren, hielten wir erneut an. Marley war schon im Wasser und plantschte darin herum. Ben bückte sich und reichte mir einen Stock, den ich prompt ins Wasser warf, bevor ich mich auf das Geländer stützte und den Blick über die Ländereien schweifen ließ.

»Hast du Zeit für einen kleinen Spaziergang?«, fragte Ben. Ich nickte.

Er folgte mir über die Brücke, und wir gingen in Richtung Weidetor auf der anderen Seite der Koppel.

»Hast du jemals daran gedacht, einen anderen Beruf zu ergreifen als den eines Bauhandwerkers?«, fragte ich, innerlich immer noch mit Grandies Vorschlag beschäftigt. Meine Träume vom Starruhm hatten sich nie verwirklicht, und zum ersten Mal dachte ich über andere Möglichkeiten nach. Vielleicht war die Wiedereröffnung der Tanzschule genau das, was ich brauchte, um mein Leben wieder auf die Reihe zu bekommen.

»Nee, meine Leidenschaft fürs Bauhandwerk hat sich schon entwickelt, als ich noch ein kleiner Junge war. Die Ferien habe ich immer mit Dad auf der Baustelle verbracht. Ich ließ mich in der Schubkarre durch die Gegend fahren und stöberte in den Rohbauten herum, total fasziniert davon, wie daraus richtige Häuser wurden«, meinte er lachend. »Ich liebe meinen knallgelben Schutzhelm, und sieh dir nur diese Muskeln an …« Er ließ seine Bauchmuskeln spielen. »Wer braucht da noch ein Fitnessstudio?«

Ich lachte in mich hinein und verdrehte im Scherz die Augen.

»Versteh mich nicht falsch, es gibt gute und schlechte Tage. Wintertage sind am schlimmsten; da geht es nicht voran, weil es friert, und manchmal ist dir so kalt, dass du deine Finger nicht mehr spürst, aber ich würde um nichts auf der Welt etwas anderes tun wollen. Vor allem, wenn du sehen kannst, wie sich ein leeres Stück Land mit der Zeit in ein Zuhause für eine Familie verwandelt. Und das ist dein Werk.«

»Wie ist das, in einem Familienunternehmen zu arbeiten?«

»Großartig. Ich fühle mich dadurch zugehörig. Allein schon zu wissen, dass ich verdammt hart arbeite, damit eines Tages vielleicht mein eigen Fleisch und Blut mein kleines Königreich übernehmen und denselben Traum verfolgen kann, ist einfach schön.«

Seine funkelnden Augen und die Begeisterung in seiner Stimme verrieten, dass er es absolut ernst meinte.

Er wandte sich mir zu. »Und schau dich an. Du tust, was du schon immer tun wolltest, zur Tänzerin geboren, zur Darstellerin. Das ganze Dorf hält dich für einen kleinen

Superstar. Wir haben alle so halb erwartet, dich eines Tages in dieser Tanzshow zu sehen.«

Ich zog die Brauen hoch, weil mir nicht klar war, wovon er redete.

»*Strictly Come Dancing* oder *Let's Dance* … oder wie sie auch heißen mögen. Ich kenne mich mit Fernsehshows nicht so aus«, fuhr er unbekümmert fort, »aber ich würde wetten, dass Len dir eine Zehn geben würde.« Damit zwinkerte er mir zu.

Spielerisch schlug ich nach seinem Arm. »Erwarten die Leute echt, dass ich in einer Fernsehshow auftrete?«

»Das ist vielleicht etwas übertrieben, aber es scheint sehr gut für dich zu laufen drüben in den Staaten.«

Mir entfuhr ein Seufzer.

»Was ist los?«

»Nichts.« Überzeugend klang das nicht.

»Komm schon, Parker, vermisst du New York?« Für einen Moment starrte er mich an, bevor er sich auf das Weidetor schwang. »Du siehst auf einmal aus, als würdest du die Last der ganzen Welt auf den Schultern tragen.«

Er hatte ja keine Ahnung. Wieder war ich in Gedanken bei meinem eigenen Dilemma: Mum oder Grandie, England oder New York?

Ich hockte mich neben ihn auf das Tor und wandte mein Gesicht der Sonne zu. »Du ahnst nicht, wie recht du hast.« Die Worte kamen ungewollt über meine Lippen, und ich presste sie fest zusammen.

»Hey, wenn du dich bei mir ausweinen oder reden willst, nur zu.« Spielerisch stieß er mich mit der Schulter an, und ich geriet auf dem alten wackeligen Tor ins Wanken.

»Lass das, ich fall runter!« Ich lächelte ihn herzlich an und nahm dann Marley ins Visier, der einem Hasen nachsprang und ihm, als dieser prompt durch die Hecke huschte, eifrig hinterherschnupperte.

»Ich wüsste nicht, wo ich anfangen sollte … Hast du es jemals als leichte Option empfunden, nach deinem Schulabschluss für deinen Dad zu arbeiten?«, fragte ich, um das Gespräch von mir zurück auf ihn zu lenken.

Ben atmete heftig aus. »Du machst Witze, oder? Das war alles andere als einfach, wenn man bedenkt, was für einen fantastischen Ruf er hier in der Gegend hat. Er musste sich nie um Aufträge bewerben, die kamen immer durch Mundpropaganda herein. So manches Mal hat er mich härter angepackt als alle anderen Bauarbeiter, und in den ersten paar Jahren durfte ich all die untergeordneten Drecksarbeiten erledigen, die sonst keiner übernehmen wollte. Und natürlich war ich derjenige, der den Tee zu kochen hatte. Das hat mich zum Wahnsinn getrieben. Andererseits lässt sich nach all der Übung nicht leugnen, dass ich gelernt habe, einen brauchbaren Tee zuzubereiten.«

»So hat alles sein Gutes«, meinte ich lächelnd und sprang vom Tor herunter.

Wir schlenderten zurück zum Farmhaus. Marley rannte voraus, die Nase am Boden, führte er uns zum Zauntritt hinter dem Anbau.

»Es war – und ist immer noch – nicht leicht, allen Erwartungen und Anforderungen gerecht zu werden. Ja, als wir von der Schule abgingen, waren die anderen erst einmal neidisch. Ich brauchte keine Vorstellungsgespräche zu führen, musste nicht aufs College gehen, und ich konnte an meinen Aufgaben wachsen, aber trotzdem quälten mich ständig Fragen: Werde ich gut genug sein? Kann ich eines Tages wirklich allein das Unternehmen leiten und in Dads Fußstapfen treten? Aber ich brannte darauf, mich zu beweisen, und wenn man es nicht versucht, wie soll man dann je wissen, ob man es hätte schaffen können? Ohne mich selbst loben zu wollen – na ja, offensichtlich tue ich das –, glaube ich doch, dass ich mich bis jetzt ganz gut halte.« Und darauf war er stolz, wie ich seinem strahlenden Gesicht ansehen konnte.

Ich lauschte seinen Worten … wenn ich es nicht versuchte, wie sollte ich es dann je wissen …? Aber was, wenn ich Grandies Angebot annahm und es völlig vermasselte?

»Na komm, lass uns zurückgehen. Du musst noch ein bisschen Arbeit erledigen, oder ich verpfeife dich beim Boss«, scherzte ich.

»Und warum stellst du all diese Fragen?« Neugierig zog er eine Braue hoch.

Ich wollte nichts verraten, jedenfalls nicht, bevor ich mit Grace gesprochen hatte. Außerdem musste ich natürlich dringend mit meiner Mum reden.

Den Blick zu Boden gesenkt, holte ich tief Luft. »Ich habe es noch niemandem erzählt …« Ich stockte. »Aber ich muss eine Entscheidung treffen.«

»Was für eine Entscheidung?«

»Bleibe ich, oder gehe ich?«

»Häh? Ich verstehe nicht. Bleiben oder wohin gehen?« Aus zusammengekniffenen Augen musterte er mich gegen das Sonnenlicht, während er mir über den Zauntritt half.

»Ich habe schon zu viel gesagt. Sowie ich weiß, was ich tun will, wirst du es erfahren. Aber du, Ben Carter, warst mir heute eine große Hilfe. Jetzt geh und mach dich an die Arbeit.« Damit schob ich ihn sanft in Richtung Farmhaus.

Er lachte verwirrt. »Freut mich, dass ich helfen konnte, auch wenn ich nicht weiß, wie und womit.«

Winkend und vor sich hin pfeifend, marschierte er zu den Leitern, die an einer der Hauswände lehnten.

Seine Worte gingen mir wieder und wieder durch den Kopf. Nachdem ich Marley in die Küche gesperrt hatte, wählte ich Grace' Nummer auf meinem Telefon. Sie nahm beinahe sofort ab.

»Bist du wieder zu Hause?«

»Bin gerade zur Tür herein ... warum? Ist irgendetwas? Du klingst irgendwie ...«

»Ja«, fiel ich ihr ins Wort. »Es ist etwas, mehr als nur etwas. Können wir uns in fünfzehn Minuten im Old Teashop treffen?«

»Du machst mich neugierig ... klar, dann bis gleich«, erwiderte Grace und legte auf.

Als ich über die Landstraße zurück zum Dorf ging, fühlte ich mich immer noch in der Zwickmühle. Einerseits zögerte ich, Grace die Wahrheit über mein Leben zu erzählen, andererseits gefiel es mir überhaupt nicht, dass ich sie belogen hatte. Zwar machte ich mir Sorgen, wie sie auf meine Eröffnungen reagieren würde, aber ich wusste auch, dass ich das nicht länger auf die lange Bank schieben konnte. Das Gespräch mit Ben hatte mir die Augen geöffnet. Wenn ich Brook Bridge keine Chance gab und die Tanzschule nicht wieder eröffnete, wie sollte ich dann jemals wissen, ob das nicht eine Fügung des Schicksals war? Andererseits, was, wenn ich dieser Aufgabe nicht gewachsen war? Ich war weder Grandie noch Mum. Was, wenn ich den Erwartungen nicht gerecht würde, was, wenn niemand bei mir Tanzen lernen wollte? Das waren furchterregende Aussichten.

Brook Bridge war womöglich der Schlüssel zu meinem künftigen Glück, aber zunächst einmal musste ich Grace die Wahrheit sagen. Und dann hoffte ich, sie würde mir helfen, einen Plan zu entwickeln, wie ich Mum davon überzeugen konnte, zurück nach England zu kommen.

11. Kapitel

Als ich in dem malerischen Innenhof des Old Teashop angekommen war, ließ ich den Anblick erst einmal auf mich wirken. Hier sah es immer noch genauso aus wie zu meiner Kinderzeit: Etliche Künstler verkauften ihre Gemälde, Fotografen schossen vor den kleinen Läden Fotos, die allesamt mit nach Weihrauch duftenden Lederwaren vollgestopft waren. Kichernde Kinder rannten mit Eistüten in der Hand über die Steinbrücke, und Spaziergänger trödelten mit ihren Hunden fröhlich über den Hof in Richtung der Felder und des Bachs.

Die Nachmittagssonne stand hoch am Himmel, und die Tische vor dem Old Teashop waren allesamt belegt. Die Gäste saßen bei Kaffee und Kuchen unter der gelb-weiß gestreiften Markise und plauderten mit Freunden. Ich wusste, dass Grace jeden Augenblick aufkreuzen würde, und schon wurde ich zunehmend nervöser. Schließlich hatte ich keine Ahnung, wie sie reagieren würde, wenn ich ihr erzählte, dass ich praktisch ohne Geld dastand und meine Karriere gar nicht existierte. Aber da Grandies Angebot nun mal auf dem Tisch lag, musste ich Farbe bekennen.

Ich drückte die Tür auf, und über meinem Kopf schlug die Glocke an. Der Old Teashop hatte sich kein bisschen verändert. Alles war noch genauso altmodisch wie früher: die Porzellanteetassen und sogar die Wimpelgirlanden an den Wänden. Die Auslage des Tresens wurde beherrscht von einer Auswahl wunderschön dekorierter Torten unter Glaskuppeln. Mir lief sofort das Wasser im Mund zusammen, als ich den Zitronenblechkuchen mit Guss entdeckte, der förmlich danach schrie, von mir gegessen zu werden. Mrs. Jones war dabei, eine Partie Eccles Cakes neben den Lebkuchenmännern mit Schokoladenguss zu stapeln, die mit Schokoflocken und Smarties dekoriert waren und eindeutig auf kindliche Kundschaft abzielten. Auch sie sah aus wie früher. Ihre Miene war immer noch genauso freundlich, wie ich sie in Erinnerung hatte. Die rundliche Gestalt verlieh ihr eine matriarchalische Ausstrahlung, zu der ihre rosigen Wangen und die zu einem Dutt hochgesteckten grauen Haare perfekt passten.

»Was kann ich für Sie tun, meine Liebe?« Mrs. Jones schaute auf und begegnete meinem Blick. Ihre Pupillen verengten sich leicht, und ich wusste, sie hatte mich erkannt, konnte mich aber nicht recht einordnen. Ich lächelte sie herzlich an. »Hallo, Mrs. Jones, lange nicht gesehen.«

Sie verzog nachdenklich das Gesicht, und dann fiel der Groschen.

»Ich fasse es nicht! Oh, du meine Güte«, rief sie, und ihr ansteckendes Lächeln strahlte ungeheure Herzlichkeit aus. Rasch kam sie hinter dem Tresen hervor und wischte sich die Hände an ihrer Schütze ab. »Oh, du meine Güte!«, wiederholte sie. Die Augen weit aufgerissen, griff sie nach meinen Händen. »Du bist es, nicht wahr?«

»Als ich das letzte Mal in den Spiegel geschaut habe, war es noch so, ja.« Unwillkürlich strahlte ich übers ganze Gesicht. Was für eine Begrüßung!

»Unsere liebe Alice, endlich daheim, und dieser Akzent, sehr …«

»… amerikanisch«, brachte ich ihren Satz zu Ende. »Ich freue mich, Sie zu sehen, Mrs. Jones.«

»Dorothy, sag ja nicht Mrs. Jones zu mir. Ich fühle mich auch ohne das schon alt genug«, lachte sie in sich hinein und drückte mich heftig an sich.

»Lass dich anschauen«, sagte sie, als sie mich endlich wieder losließ. Sie trat einen Schritt zurück und musterte mich. »Erwachsen geworden, eine schöne junge Dame … Bert! … Bert! … Bert!«, brüllte sie zur Küchentür hinüber. »Sieh nur, wer hier ist.« Das alles in einem Atemzug.

Dorothys Mann Bert steckte den Kopf um die Ecke. »Wo brennt's denn?«

»Sieh nur, wer da ist! Die junge Alice, zurück aus Amerika.« Endlich holte sie wieder Luft.

»Ich werd nicht mehr – tatsächlich!«, rief Bert, zog seine Mütze vor mir und schüttelte mir kräftig die Hand.

»Wie geht es Ihnen, Mr. Jones?«

»Bert, sag Bert zu mir … Ich will nicht klagen. Nehme immer noch meine Befehle von Dorothy entgegen, bin seit fast fünfzig Jahren mit dieser wundervollen Frau verheiratet und schon lange reif für die Rente.« Mit funkelnden Augen schaute er zu Dorothy hinüber.

»Er macht Scherze, er würde es nie anders haben wollen.«

»Wann ist goldene Hochzeit?«

»In ein paar Wochen, aber ich sage ihm immer wieder, dass ich noch Zeit habe, ihn umzutauschen.« Sie lachte leise auf.

Genau in dem Moment trat Grace ein. »Hallo, Dorothy. Wie ich sehe, hast du schon mitbekommen, wer zurück in der Stadt ist«, meinte sie grinsend.

»Kaum zu glauben. Sie ist wirklich die Enkelin ihres Großvaters.«

»Ja … bist Ted tatsächlich wie aus dem Gesicht geschnitten«, stimmte Bert zu.

»Und wie geht es deiner Mum? Ist sie auch hier?«

»Es geht ihr gut, Dorothy, aber sie ist nicht mit hierhergereist.«

»Wie schade, wir hätten Rose gern wiedergesehen, nicht wahr, Bert?«

Er nickte.

»Setzt euch, Mädels.« Dorothy geleitete uns an einen Tisch am vorderen Fenster, von dem aus man den ganzen Innenhof überblicken konnte. »Der beste Tisch des Hauses. Und jetzt hole ich euch ein Stück Kuchen und eine Tasse Tee.«

»Danke, Zitronenkuchen mit Guss für mich«, erwiderte ich lächelnd. Darüber musste ich kein zweites Mal nachdenken.

»Für mich auch, gute Idee«, stimmte Grace zu und schlüpfte auf den Platz mir gegenüber.

Sanft scheuchte Dorothy ihren Bert zurück in die Küche, bevor sie sich wieder hinter den Tresen begab.

»Wenn das keine tolle Begrüßung war!«, strahlte ich.

»So ein nettes Paar. Dieses Café wird nicht mehr dasselbe sein, wenn die beiden in den Ruhestand gehen.« Es war offensichtlich, dass Grace die beiden mochte.

»Wie ist dein Vorspielen gelaufen? Hast du schon was gehört?«

Grace schüttelte den Kopf. »Nein, sie schicken eine E-Mail, aber in ein paar Wochen ist noch ein Vorspielen angesetzt, für *Romeo und Julia*. Willst du es nicht auch probieren?«

»Solch eine Show läuft über mehrere Monate«, erwiderte ich, wohl wissend, dass ich der Frage nur auswich. Seit Jahren kämpfte ich gegen niederschmetternde Enttäuschungen an; deshalb war ich überhaupt nicht geneigt, mich gegen so offensichtlich hochtalentierte Konkurrenten wie Grace beim Vorspielen behaupten zu wollen. Eine solche Niederlage würde ich nicht ertragen.

Grace lächelte verschlagen. »Das ist mein Plan. Siehst du, der Wahnsinn hat Methode«, meinte sie lachend und drohte mir spielerisch mit dem Finger. Ich warf einen Blick auf mein Smartphone.

Da war eine Mitteilung von Facebook, und beim Öffnen stellte ich fest, dass eine neue Nachricht auf mich wartete.

Schmetterlinge begannen, in meinem Bauch zu flattern, als ich sah, von wem die Nachricht kam … nämlich von Sam.

»Wie geht es der kleinen Miss Amerika heute? Wenn du irgendwann mal Zeit hast für einen Kaffee, sag einfach Bescheid. Sam x«

»Du lächelst«, stellte Grace fest, als ich den Blick vom Display hob.

»Tue ich nicht«, widersprach ich, obwohl ich wusste, dass ein strahlendes Lächeln auf meinem Gesicht lag.

»Irgendwas Interessantes?«, fragte Grace und musterte mich aus schmalen Augen, während ich rasch eine Antwort eingab.

»Sehr gerne. Alice x«

»Vielleicht«, meinte ich neckisch, als Dorothy mit einer Kanne Tee und zwei Stück Kuchen an unseren Tisch trat, die köstlicher aussahen als alles, was mir seit Langem unter die Augen gekommen war.

»Die gehen aufs Haus. Du musst mir aber versprechen, dass du nicht fortgehst, ohne dich zu verabschieden.«

»Danke, sehr lieb von dir. Natürlich verspreche ich das.«

Mrs. Jones drehte sich um und eilte zurück hinter den Tresen. »Unsere Alice ist wieder da, ich kann es noch nicht ganz fassen. Wie mich das freut«, murmelte sie aufgeregt vor sich hin.

Grace goss uns beiden eine Tasse Tee ein. »Na dann, Parker, schieß los. Was hast du auf dem Herzen?«

Am liebsten hätte ich dieses Gespräch nie geführt, aber ich wusste, dass ich mich Grace anvertrauen musste. Einen Moment rang ich noch mit mir selbst und holte dann tief Luft. Wie fing man ein solches Gespräch am besten an?

»Ach, komm schon, so schlimm kann es doch nicht sein. Ted geht es doch gut, oder?«, fragte Grace vorsichtig, da ihr mein Zögern nicht entging.

»Ja, es betrifft nicht Grandie.«

»Was ist denn dann? Mir kannst du es doch sagen.«

Ein leichtes Lächeln huschte über ihr Gesicht und wurde gleich darauf von einem Ausdruck der Sorge verdrängt.

Mit flatternden Nerven holte ich noch einmal tief Luft und stieß sie heftig wieder aus. »Ich war dir gegenüber nicht ganz ehrlich.«

Grace begegnete meinem Blick und hielt ihn fest.

»Wie meinst du das?«

»Selbst in einer Million Jahren könnte ich nicht für *Romeo und Julia* vorspielen …«

»Warum nicht?«

»Mir geht's nicht gut, Grace, mir geht es gar nicht gut.« Ich sprach leise, und meine Unterlippe begann zu zittern.

Jetzt war es an Grace, schweigend zuzuhören, und ich begann zu reden.

Ich sagte ihr alles, absolut alles. Angefangen damit, dass ich mich in New York nie zu Hause gefühlt hatte, beschrieb ich ihr danach meine schäbige Wohnung und fuhr mit meinen vergeblichen Versuchen fort, auch nur eine einzige Rolle zu ergattern. Ich erzählte ihr, dass mein Leben eine einzige Katastrophe war und dass es mir leichter gefallen war, ein Lächeln aufzulegen, als zu offenbaren, in welchen Schwierigkeiten ich tatsächlich steckte.

Jetzt lag die ganze Wahrheit auf dem Tisch.

Ich holte tief Luft, während Grace ihre Tasse Tee umklammerte. Es war mir nicht entgangen, wie ihre Augen sich geweitet hatten. Sie war sichtlich geschockt.

»Bist du sauer auf mich?«, fragte ich, obwohl ich mir gar nicht sicher war, ob ich die Antwort hören wollte.

Mir schnürte es die Kehle zu, während Grace mich forschend musterte. »Natürlich bin ich nicht sauer. Mir fehlen nur die Worte, das passiert mir nicht so oft.« Ein leichtes Lächeln begleitete ihre Worte, dann atmete sie geräuschvoll aus.

»Das ist eine ganze Menge. Ich muss das erst einmal verarbeiten, und für dich ist das alles so schrecklich. Warum hast du mir nicht gesagt, wie übel es für dich läuft?«

»Es tut mir leid, dass ich bei meiner Ankunft nicht aufrichtig zu dir war. Ich fühle mich grässlich, dich so in die Irre geführt zu haben – ganz ehrlich –, aber ich habe mich geschämt, wie eine Versagerin gefühlt.«

»Bitte, so darfst du nicht denken; quäl dich nicht damit. So etwas passiert nun mal. Es tut mir sehr leid, dass nichts so gelaufen ist, wie du es dir erhofft hast. Wirklich, es tut mir so leid.« Das klang so herzlich, so freundlich und aufrichtig.

»Mir auch«, gab ich zu und war nur froh, mich endlich Grace anvertraut zu haben.

»Ich wünschte, ich könnte irgendetwas für dich tun. Aber du, Alice Parker, bist keine Versagerin, also hör sofort auf, so dummes Zeug zu reden.«

»Ich fühle mich aber so nutzlos, Grace. Ich hatte Träume, so wie du. Aber der einzige Job, zu dem ich offenbar tauge, besteht darin, die Theaterbühne zu fegen.«

Wir widmeten uns unserem Kuchen, und dann stellte Grace die Frage, die mir selbst längst durch den Kopf ging: »Was ich nicht verstehe: Warum seid ihr beide immer noch dort? Was hält deine Mum in New York?«, fragte sie in dem Versuch, die Situation zu begreifen.

Ich wusste genau, was sie in New York hielt … gute altmodische Sturheit.

»Der Streit mit Grandie, er ist nie beigelegt worden, aber das ist noch nicht alles, was ich dir sagen wollte …«

»Da kommt noch mehr?«, fragte sie und nahm einen Schluck Tee.

»Ich habe es noch niemandem sonst erzählt, aber ich war heute Morgen auf der Honeysuckle Farm, nachdem du weggefahren bist.«

Damit beugte ich mich zu meiner Handtasche hinunter, angelte die Schlüssel heraus und legte sie auf den Tisch.

Verwirrung zeichnete sich auf dem Gesicht meiner Freundin ab. Sie hatte immer noch keinen Schimmer, was eigentlich los war.

Ich holte tief Luft. »Der hier … Honeysuckle Farm. Der hier … ich kann nur vermuten, dass es der Ersatzschlüssel zum Anbau ist. Der hier … weiß ich nicht. Aber der hier … die Tanzschule«, erklärte ich mit weit aufgerissenen Augen.

»Und was tust du damit?« Grace schob ihre Teetasse zur Seite, verschränkte ihre Arme vor der Brust und wartete auf meine Antwort.

»Diese … Schlüssel … sind … die … Schlüssel … zu … meiner … Zukunft«, sagte ich betont langsam, um einen dramatischen Effekt zu erzielen. »Wenn ich akzeptiere, könnte das alles mir gehören – Honeysuckle Farm, der Anbau und die Tanzschule«, erklärte ich und beobachtete, wie Grace' Miene sich änderte, als sie begriff, was ich da sagte. »Grandie hat mir das alles angeboten.«

»Hoppla, Informationsüberflutung – das ist ja fantastisch! Wie, zum Teufel, hast du es geschafft, das so lange für dich zu behalten? Bedeutet das, dass du in England bleibst? Was geht dabei in dir vor?«

»Ich bin … aufgeregt … habe Angst … Ich fühle mich hier zu Hause, dies *ist* mein Zuhause … aber ich kann nicht bleiben, oder? Ich fühle mich hin- und hergerissen zwischen dem, was ich tun möchte, und meiner Beziehung zu Mum.« Schon der Gedanke an Mum reichte, dass mir die Stimme zu versagen drohte.

»Also, wenn da nicht diese Sache zwischen den beiden wäre – würdest du dann bleiben?«

»Ehrlich gesagt glaube ich, ohne diese Sache hätte es uns nie nach New York verschlagen«, sagte ich traurig. »Ich weiß, es klingt dumm, wo ich doch gerade erst hier angekommen bin, aber tief in mir drin …« Ich klopfte mir auf die Brust. »… fühlt es sich richtig an. Ich gehöre nach England.«

»Das klingt überhaupt nicht dumm.« Grace lehnte sich auf ihrem Stuhl zurück, die Hände immer noch um ihre Teetasse gelegt, während sich in ihrem Kopf offensichtlich die Gedanken überschlugen. Langsam trank sie ihren Tee.

»Aber das wird all deine Probleme lösen«, erklärte sie schließlich und drückte sanft meinen Arm. »Du bekommst ein Zuhause, eine Existenzgrundlage. Die Tanzschule würde im Nu den Betrieb wieder aufnehmen und erfolgreich laufen. Das soll einfach so sein. Das ist deine Chance.« Vor Aufregung blitzten ihre Augen.

»Einerseits löst es all meine Probleme, andererseits wieder nicht«, entgegnete ich ernst, bemüht, einen kühlen Kopf zu bewahren, obwohl alles in mir jubelte bei dem Gedanken, in England zu bleiben. »Wie kann ich Mum in New York zurücklassen? Sie würde nie wieder ein Wort mit mir reden! Das ist alles nicht so einfach.«

»Ganz schön verzwickt.«

Wir schwiegen für einige Sekunden. »Aber du wirst doch bestimmt nicht Nein sagen? Du wärst verrückt, wenn du Nein sagen würdest. Du musst mit ihr reden. Sag ihr, wie unglücklich du bist.«

»Erstens, das Erbe gehört technisch eigentlich meiner Mutter, denn sie ist Grandies nächste Verwandte. Wie wird sie das aufnehmen, wenn sie erfährt, dass er ihr Erbe mir geben will? Das ist doch wie ein Schlag ins Gesicht für sie.«

»Na schön, ich verstehe deine Bedenken, aber die Entscheidung liegt bei deinem Großvater, und die beiden haben dreizehn Jahre nicht mehr miteinander gesprochen – das ist eine lange Zeit. Worüber, zum Teufel, haben sie sich überhaupt gestritten? Hat er irgendetwas angedeutet?«

Ich schüttelte den Kopf. »Nein, aber ich wünschte, ich wüsste, worum es ging«, seufzte ich.

»Das muss ein Wahnsinnsstreit gewesen sein. Ich habe mit Mum darüber gesprochen, aber ihr ist es genauso ein Rätsel wie dir.«

»Stehen die beiden noch in Kontakt miteinander?«, fragte ich vorsichtig nach, wohl wissend, dass Mum in den letzten Jahren nie ein Wort über Connie verloren hatte.

Grace schüttelte den Kopf. »Dieselbe Frage habe ich meiner Mum letzte Woche gestellt, als ich wusste, dass du möglicherweise nach England kommst.«

»Und?«

»Sie sagte, die letzten Worte habe sie mit deiner Mum gewechselt an dem Tag, an dem wir euch nachwinkten. Am Tag eurer Abreise nach New York. Sie war den Tränen nah, als wir darüber sprachen. Sie fühlt sich verletzt, weil sie keine Ahnung hat, was los war, obwohl die beiden doch über Jahre die besten Freundinnen waren. Was mag nur geschehen sein, dass deine Mutter meiner nicht vertrauen, geschweige denn sich ihr anvertrauen konnte?«

Ich atmete heftig aus. »Ich weiß es einfach nicht. Die Sache wird immer rätselhafter. Und dann ist da noch die Tanzschule.«

»Eine fantastische Gelegenheit.«

»Aber wie kann ich die Tanzschule wieder eröffnen und als mein Unternehmen führen? Da ist zum einen Grandie, sein Ruf. Er und Grandma waren hier in der Gegend berühmt. Sie standen beide auf der Bühne. Kann ich jemals gut genug sein, um Tanzschüler ihrem Standard angemessen zu unterrichten, wo ich es noch nicht einmal schaffe, eine Rolle in einer Aufführung zu ergattern? Ich möchte niemanden enttäuschen.« Ich lehnte mich zurück und wartete darauf, wie Grace reagierte.

»Wenn du es nicht versuchst, wird dich die Frage, ob du es nicht doch hättest schaffen können, dein Leben lang quälen. Du wirst es bereuen.«

Damit sagte Grace genau dasselbe wie Ben.

Meinem Versuch zum Trotz, mich nach außen hin tapfer zu geben, lief mir doch eine einzelne Träne über die Wange, die ich rasch mit dem Handrücken wegwischte.

Grace schaute mich an. »Dafür gibt es nur eine Lösung.« Mit wissendem Blick griff sie nach ihrem Smartphone.

Jetzt raste mein Puls, und mein Mund wurde trocken.

»Und die wäre?«, fragte ich und sah zu, wie Grace auf dem Display herumwischte.

»Fragen wir Siri! Soll Alice Parker in New York leben oder in England?«

Wir mussten beide lächeln, und unsere Stimmung hob sich ein wenig. »Grace Anderson, du bist verrückt.«

»Ha! Das stand gar nicht zur Debatte!«

In einer idealen Welt wäre geschehen, was ich mir wünschte. In der realen Welt jedoch war es unwahrscheinlich, dass ich Mum dazu bringen konnte, ihren Stolz hinunterzuschlucken und nach England zu kommen, um Grandie zu besuchen.

»Solche Dinge lösen sich meist von allein. Versuch, dir keine Sorgen zu machen«, bemühte Grace sich, mich aufzumuntern.

»Ich weiß«, erwiderte ich, erleichtert, dass Grace mir beistand.

»Aber das Wichtigste zuerst: Ruf deine Mum an und rede mit ihr.«

Mir war bewusst, dass ich das nicht länger aufschieben konnte. Natürlich hatte ich ihr eine SMS geschickt, um ihr mitzuteilen, dass ich gut angekommen war und wie herzlich Connie und Grace mich willkommen geheißen hatten. Aber immer noch stand dieser riesige rosa Elefant im Raum, und dabei hielten wir uns nicht einmal im selben Land auf. Der eine Mensch, über den zu reden wir beide vermieden: Grandie. Mit einem tiefen Seufzer nahm ich mir vor, sie noch heute anzurufen. Wenn ich einfach mit der Sprache herausrückte, rüttelte sie das vielleicht auf, und sie begriff, dass ich möglicherweise in England bleiben würde.

»Es würde mich überraschen, wenn die beiden sich überhaupt noch daran erinnern, worüber sie sich so zerstritten haben. Ich werde sie anrufen, sowie wir im Cottage zurück sind.«

»Das halte ich für das Beste. Bring es hinter dich. So bist du wenigstens aufrichtig zu ihr.«

Grace hatte recht.

»Wie schmeckt euch der Kuchen?« Dorothy tauchte erwartungsvoll neben unserem Tisch auf.

»Er ist perfekt«, meinte ich lächelnd, »der beste Zitronenkuchen mit Guss, den ich je gegessen habe.«

»Dem Urteil schließe ich mich an«, warf Grace ein.

»Das wollte ich hören. Zufriedene Gäste. Ich muss jetzt weg, aber ich will doch hoffen, liebe Alice, dass du eine Weile in der Gegend bleibst.«

»Ein paar Wochen mindestens.«

Sie legte mir die Hand auf die Schulter. »Gut, gut, das hören wir doch gern.«

»Dorothy«, rief Bert, »du hast deine Handtasche und den Ordner vergessen.«

Sie lachte in sich hinein. »Ach ja, das Alter.«

»Hast du was Nettes vor?«, fragte Grace.

»Das Übliche … Landfrauen-Angelegenheiten«, erwiderte Dorothy und nahm ihre Handtasche und den Ordner an sich.

»Die Landfrauen?« Ich schaute fragend in die Runde.

»Es geht um das Dorffest, weißt du. Das Komitee braucht den endgültigen Zeitplan. So langsam wird es eng. Du wirst dann doch noch hier sein, Alice? Oh, hoffentlich.«

»Ihr feiert immer noch das Dorffest?«, fragte ich verblüfft.

Das Dorffest war genau das, was der Name besagte: ein Tag, an dem alle ortsansässigen Unternehmen, Pfadfindergruppen, Schulklassen, Vereine und so weiter auf Umzugswagen durch das Dorf paradierten. Jeder brachte Picknickdecken mit und machte es sich im Gras bequem. Es gab Stände mit Kuchen, hausgemachten Produkten und allerlei Krimskrams, Spiel und Spaß für die Kinder und Shows, die von den Schulen und Vereinen jedes Jahr auf einer provisorischen Bühne mitten auf dem Dorfanger präsentiert wurden.

»Aber ja doch, allerdings vermissen wir jedes Jahr die Aufführung der Tanzschule. Seit sie geschlossen ist, fehlt sie doch sehr.«

»An das Dorffest hatte ich gar nicht mehr gedacht.«

»Hier hast du ein Faltblatt. Es ist immer noch Zeit, eine Aufführung mit einzuplanen. Vielleicht könnt ihr Mädchen dieses Jahr für uns tanzen?« Hoffnungsvoll schaute Dorothy uns an.

Aber noch bevor ich auf ihre Frage eingehen konnte, schwand das Lächeln in Dorothys Gesicht. Ihr Ausdruck wurde hart. Bildete ich mir das nur ein, oder nahm sie tatsächlich eine drohende Haltung an?

Ich folgte ihrem Blick und sah Sam am Old Teashop vorbeischlendern, Kopfhörer in den Ohren und den Blick geradeaus gerichtet. Mein Herz setzte einen Schlag aus, als ich ihn erblickte. »Geh du nur weiter. Du bist hier nicht willkommen«, hörte ich Dorothy murmeln.

Schockiert sah ich Grace an. »Was war das denn?«, fragte ich sie kaum hörbar, bekam aber keine Antwort.

Dorothys Augen funkelten zornig, und sie wandte den Blick nicht von Sam ab, bis er außer Sichtweite war. Unverkennbar war die heitere Stimmung im Café gekippt.

Aufgeregt murmelte Dorothy vor sich hin, als sie sich

wieder zu mir umdrehte. »Alice, meine liebe Alice, es tut mir so leid, dass du es ertragen musst, dass Leute wie er durchs Dorf flanieren.«

Mir verschlug es die Sprache.

»Dieses Dorf wird nie vergessen. Viel zu früh dahingerafft«, fuhr sie fort, und Tränen glitzerten in ihren Augen. »Wir werden es nie vergessen.« Sie tätschelte mir den Arm, dann ging sie und zog die Tür hinter sich zu.

»Oh mein Gott, was war das denn?«, fragte ich Grace verdattert. Die seltsame Spannung lag immer noch in der Luft.

Grace warf mir einen warnenden Blick zu und schaute dann bedeutsam zur Küchentür hinüber. »Nicht hier drin«, flüsterte sie kaum hörbar.

Mir kam Sam wie ein ganz normaler Typ vor, der durch die Straßen ging und sich um seine Angelegenheiten kümmerte. Was hatte er angestellt, dass Dorothy so reagierte? Und was hatte das alles mit mir zu tun? Ich hatte keine Ahnung, was gerade geschehen war, nahm mir aber fest vor, das Rätsel zu lösen.

12. Kapitel

Gleich darauf verabschiedeten wir uns von Bert und schlenderten durch den Innenhof zurück.

»Worum ging es da gerade?«, fragte ich noch einmal, immer noch peinlichst berührt von dem, was gerade im Old Teashop geschehen war.

Grace zog eine Braue hoch.

»Und warum hat sie sich bei mir entschuldigt?«, setzte ich völlig verwirrt hinzu.

»Das ist eine lange Geschichte. So läuft das nun mal in einem Dorf: Die Leute vergessen nichts.«

»Was meinst du damit? Halt, warte ... Vergiss nicht, was du mir erzählen wolltest, aber mein Telefon klingelt.« Hastig kramte ich in meiner Handtasche herum und warf einen Blick auf das Display. »Das ist Ben.«

»Keine zwei Minuten wieder im Land und schon hat er deine Mobilnummer«, zog sie mich auf.

»Scht! Hi, Ben«, meldete ich mich, als wir in die Hauptstraße einbogen.

Grace versuchte, das Gespräch zu belauschen, gab aber auf, als sie meinen verdutzten Gesichtsausdruck bemerkte. »Ja, ich kann jetzt kommen.«

»Was wollte er?«, fragte Grace, kaum dass ich das Gespräch beendet hatte. »Alles in Ordnung?«

»Ich bin mir nicht sicher, aber er hat gefragt, ob ich kurz zur Farm herüberkommen kann.«

»Soll ich dich begleiten?«, fragte Grace.

Ich schüttelte den Kopf. »Nein, ich bleibe nicht lange.

Wir sehen uns nachher im Cottage.«

»In Ordnung, wenn du dir sicher bist ...«

»Was wolltest du mir gerade über Sam erzählen?«

»Keine Sorge, das hat Zeit bis später.«

Ich nickte und machte mich auf den Weg zur Honeysuckle Farm. Als ich die Einfahrt zum Farmhaus hinaufschlenderte, empfingen mich die vertrauten Gerüche – es war herrlich. Der Geruch nach Kühen, nach dem Stroh in den Ställen und nach Rauch von verbrannten Gartenabfällen draußen auf der Weide. Jedes Mal, wenn ich hier war, erfüllte mich ein Glücksgefühl, aber zugleich lauerte im Hintergrund immer der Gedanke an Mum. Wie hatte sie all dies aufgeben können?

Hier fühlte ich mich zu Hause, und gerade jetzt, in diesem Augenblick, sagte mir mein Herz, dass ich hierbleiben musste – in Brook Bridge. Zugleich wusste ich aber, dass diese Entscheidung verheerende Konsequenzen für meine Mum nach sich ziehen würde.

Im Gebüsch pickten und scharrten die Hennen, der Hahn schüttelte sein Gefieder auf und krähte aus vollem Hals. Die Scheunentore standen offen, Billy hielt sich in seinem Stall auf und knabberte am Heusack. Ich ging zu ihm, tätschelte ihn kurz und sah mich um. Ben stand fröhlich vor sich hin pfeifend oben auf einer Leiter und strich die Dachrinne.

»Hi«, rief ich ihm zu, und er wandte sich zu mir um. Er trug einen Overall, dessen Oberteil er sich mit den Ärmeln um die Hüften gebunden hatte. Sein T-Shirt war mit Farbklecksen übersät. Ein Lächeln huschte über sein Gesicht, und er begann, die Leiter herunterzusteigen.

»Perfektes Timing. Ich wollte gerade eine Pause einlegen.« Er legte mir eine Hand auf den Rücken. »Hübsch siehst du aus.«

Heute hatte ich mich nicht zurechtgemacht, sondern trug eine ganz normale Jeans, ein blassblaues T-Shirt und meine abgewetzten alten grauen Pumps.

»Danke. Worum geht es denn nun?«, fragte ich neugierig.

Ben zog seine Arbeitshandschuhe aus und hängte sie über eine Leitersprosse.

»Da drüben«, er nickte zu der Ziegelmauer hinüber, die um Grandies Sonnengarten verlief. »Hinter der Mauer befindet sich noch ein Gebäude.«

Mein Blick zuckte hinüber.

»Nein, das ist unmöglich.«

»Ehrlich. Ich stand auf der Leiter und habe es von oben entdeckt.«

»Diese Mauer trennt das Farmhaus vom Anbau. Da kann es nirgends mehr ein anderes Gebäude geben«, widersprach ich verdattert. »Du hast vermutlich das Dach des Anbaus oder irgendetwas anderes falsch eingeordnet.«

»Ganz im Ernst, dort ist etwas. Hier.« Er hielt die Leiter fest, damit ich hochklettern konnte. »Steig hinauf und überzeug dich selbst.«

Matt lächelnd trat ich zögernd von einem Bein aufs andere, bevor ich mich auf die Leiter wagte.

»Ruhig bleiben, Alice«, sagte ich mir selbst, um meine Höhenangst in den Griff zu kriegen.

»Lass ja die Leiter nicht los«, wandte ich mich in festem Ton an Ben und schaute nach oben.

»Keine Sorge, ich halte dich.«

Mir rutschte das Herz in die Kniekehle, aber ich zwang mich trotzdem, eine Sprosse nach der anderen zu erklimmen.

»Da kannst du bleiben«, rief Ben mir von unten zu.

Ich klammerte mich so fest an die Leiter, dass meine Knöchel weiß wurden, und schaute mich vorsichtig um. »Huch! Was für ein umwerfender Ausblick.«

»Dieser Anblick würde mir nie langweilig«, meinte Ben lachend. Ich war mir nicht sicher, welchen Anblick er meinte – den Blick über das Tal oder den Blick auf meinen Hintern.

»Und jetzt schau hinüber zur Mauer.«

Ungläubig den Kopf schüttelnd, erkannte ich, dass Ben recht hatte. Da war eine Art Dach, überwuchert von Efeu, und etwas, das wie ein kleiner Innenhof aussah.

»Ich fasse es nicht. Da ist tatsächlich etwas«, sagte ich und starrte noch einen Moment hinüber, bevor ich mich langsam wieder nach unten begab, dankbar, endlich wieder festen Boden unter die Füße zu bekommen.

»Connie und Jim müssten darüber Bescheid wissen«, meinte ich. »Ist Jim da?«

Ben schüttelte den Kopf. »Heute ist Markttag. Vor sechs heute Abend ist er nicht zurück.«

»Was immer das sein mag, gut versteckt ist es jedenfalls.«

Ben zog interessiert eine Braue hoch. »Ein geheimes Zimmer, sehr mysteriös und aufregend. Wie ist dein Plan?«

»Den Weg da rein suchen«, gab ich ohne Zögern zurück.

»Ich fange hier vorn an, du da drüben«, schlug Ben vor, und wir machten uns sofort auf die Suche. Vorsichtig tasteten wir zwischen den wuchernden Efeuranken nach einem Eingang.

»Hier ist nur Stein«, sagte ich enttäuscht und klopfte gegen die Mauer.

»Mach weiter, irgendwo muss ein Eingang sein«, meinte Ben und lächelte mich aufmunternd an.

Für die nächsten paar Minuten machten wir so weiter, bis ich Ben von etwas weiter vorn rufen hörte. »Hier, hier ist etwas. Hier sind keine Ziegelsteine, sondern Holz.«

Ich schnappte nach Luft und schaute zu ihm hinüber, während sich mir die Nackenhaare aufstellten.

»Hier ist definitiv etwas … komm, fühl selbst.« Bens Stimme war in der Aufregung eine Oktave höhergerutscht.

Mir schlug das Herz bis zum Hals, als ich neben ihn trat. Er zerrte am Efeu und riss ihn von der Wand, um eine kleine Öffnung zu schaffen.

»Ja, du hast recht.« Mein Atem ging schneller, als ich das Holz unter meinen Fingern spürte. »Und hier ist definitiv eine Art Griff.«

»Geh zur hintersten Scheune. Da hängt eine Heckenschere an der Wand. Wir schneiden das hier zurück und schauen, was dahinter ist«, befahl er und löste dabei weiter mit den Händen Efeuranken von der Mauer.

Mein Herz raste, während ich zur Scheune rannte und die Heckenschere von der Wand riss.

»Hier.« Keuchend streckte ich Ben die Heckenschere entgegen, und er begann, die wuchernde Pflanze zurückzuschneiden. Ich sah voller Staunen zu, wie langsam eine Holztür zum Vorschein kam.

»Was ist das für ein Gebäude?«

»Keine Ahnung, aber das werden wir gleich herausfinden.«

Ben beseitigte den ganzen Efeu von der Tür. Sprachlos standen wir da und starrten die abblätternde blaue Farbe und den riesigen angelaufenen Messingknauf an.

»Nach dir.«

Mir hämmerte das Herz in der Brust, als ich tief Luft holte und mit zitternder Hand den Knauf ergriff.

Nichts geschah.

Die Tür war abgeschlossen.

Verdammt.

Wir starrten beide das Schloss unterhalb des Türknaufs an.

»Tja, das war's dann wohl. Es ist abgeschlossen. Sieht ganz so aus, als würde das Geheimnis bleiben, was es ist. Oder hast du vielleicht in New York gelernt, wie man Schlösser knackt?«

Ich schüttelte den Kopf. »Leider nicht.«

Ich seufzte, mir schwirrte der Kopf. Jetzt aufgeben müssen? Nein, das wollte ich nicht.

»Ich würde sagen, dazu gehört ein richtig großer Schlüssel. Das ist kein stinknormales Schloss«, meinte Ben.

Noch einmal packte ich den Knauf und rammte meine Schulter gegen die Tür. »Nicht ganz so einfach, wie es im Film immer aussieht«, meinte ich seufzend. Die Tür gab keinen Millimeter nach.

»Du wirst dir nur wehtun, wenn du so weitermachst«, sagte Ben. »Warum fragst du nicht einfach deinen Großvater, was das ist? Bittest ihn um den Schlüssel?«

»Schlüssel ... das ist es, du bist ein Genie«, rief ich strahlend. Er schaute mir verdutzt zu, wie ich meine Tasche auf den Boden warf und hektisch darin zu kramen begann.

Meine Hände zitterten sichtlich, als ich einen Schlüsselbund hochhielt. »Der hier muss es sein. Ich hatte keine Ahnung, wofür der sein könnte.«

Wir starrten beide den Schlüssel an, dann das Schloss.

»Sieht wirklich so aus, als könnte er passen. Nun mach schon, worauf wartest du noch?«, fragte Ben ungeduldig.

Angespannt, mit klopfendem Herzen und mit angehaltenem Atem steckte ich den Schlüssel ins Schloss und drehte ihn herum.

Klick.

Ben und ich tauschten einen Blick, bevor ich den Türknauf drehte und die Tür aufschob.

»Oh mein Gott«, entfuhr es mir leise, als wir eintraten. Ich warf Ben einen fragenden Blick zu. »Was ist das hier?«

Die Luft war staubig und verbraucht, es roch leicht moderig.

Er zuckte die Achseln.

Während ich mich langsam vorantastete, weiteten sich meine Augen. Das Ganze sah so aus, als wäre ein ehemaliges Büro in ein Tanzstudio umgewandelt worden. Die großen verdreckten Fenster am anderen Ende ließen nur wenig Licht herein, und eine weitere Holztür führte zu einem kleinen Innenhof. Ein gemütlicher Garten umschloss den sonderbaren Komplex.

In der Ecke stand ein Schreibtisch, auf dem sich etliche Papiere stapelten. Staub hatte sich bereits darauf gesammelt. Eine vergessene Brille lag obenauf. Entlang einer deckenhoch verspiegelten Wand verlief eine Ballettstange, an der Wand gegenüber hingen gerahmte Fotos von Ballerinen sowie einige Poster von sehr berühmten Ballettinszenierungen.

»Hier ist ja alles vertreten, vom *Nussknacker* bis zum *Sommernachtstraum*«, stellte ich staunend fest und starrte auf die Poster.

Auf dem kleinen Holztisch in der Ecke des Raumes stand ein altmodischer Kassettenrekorder. Ich blies den Staub vom schwarzen Gehäuse und öffnete den Kassettenschacht.

»Du liebes bisschen, so etwas wurde zur Zeit der Dinosaurier benutzt«, sagte ich verwundert, nahm die Kassette heraus und drehte sie um.

»Schließen wir ihn an, schauen wir mal, ob er noch funktioniert.« Damit stellte Ben den Kassettenrekorder mitten auf den Tisch und schaltete ihn ein.

»Da leuchtet ein rotes Licht«, rief ich und steckte rasch die Kassette wieder in das Gerät. »Er funktioniert.«

Als ich auf Abspielen drückte, warteten wir gespannt. Es klickte, dann surrte es leicht. Ich holte keuchend Luft, als Klänge aus dem *Nussknacker*, komponiert von Tschaikowski, den Raum erfüllten. Ein wahrlich zeitloser Klassiker.

Die Musik brachte Erinnerungen zurück, und sofort schossen mir Freudentränen in die Augen. Das war ein so gefühlsbetontes Musikstück, und ich erinnerte mich gut an einen Weihnachtsabend, an dem ich mit Grandie zusammengekuschelt unter einer Decke auf dem Sofa vor dem lodernden Holzfeuer im Kamin gesessen hatte. Wir schauten uns das Ballett auf einer alten Videokassette an, und ich verfolgte die Musik und den Tanz wie hypnotisiert. Es war reine Magie.

In Erinnerungen versunken, setzte ich mich auf den alten staubigen Stuhl, schloss die Augen und verlor mich in der Musik.

»Das ist so schön!«, sagte ich und stand auf, wie von unsichtbaren Fäden gezogen. Ganz plötzlich fand ich mich mitten im Zimmer wieder.

Ich balancierte auf einem Bein, streckte das andere nach hinten. Mit geradem Rücken streckte ich beide Arme vor mir aus. Den Bruchteil einer Sekunde überließ ich mich der Musik. Das Gefühl, in der Luft zu schweben, erfasste meinen ganzen Körper. Ich bewegte mich elegant zur Musik, meine Arme und Beine begannen zu gleiten und sich zu drehen. Alles war synchron, sogar mein Atem, aber als ich mich drehte, trafen sich Bens und mein Blick, und ich hielt inne.

»Hör nicht auf … hör nicht auf!«, bat Ben. »Das war umwerfend, absolut umwerfend.« Bens Stimme überschlug sich fast vor Begeisterung.

Ich spürte, wie ich atmete, ein, aus, meine Brust hob und senkte sich.

»Mehr … mehr«, forderte er in spielerischem Singsang. »Das war atemberaubend. Du, Alice Parker, bist zum Tanzen geboren.«

»Ich kann nicht«, sagte ich und spürte plötzlich nur noch meine Unzulänglichkeit. Die vielen ablehnenden Briefe und E-Mails fielen mir wieder ein. Ich ließ die Schultern hängen und mich auf den Stuhl zurückfallen.

»Ich verstehe nicht. Was meinst du mit: Ich kann nicht?«

Er setzte sich auf eine Ecke des Tisches und wartete auf meine Antwort.

»Alles in Ordnung mit dir?« Jetzt wirkte er ehrlich besorgt.

Da beschloss ich, mich Ben anzuvertrauen; schließlich war er einer meiner ältesten Freunde im Dorf.

»Es ist nur so … für den Bruchteil einer Sekunde fühlte ich mich wieder wie mein altes Ich«, seufzte ich.

»Was meinst du damit? Dein altes Ich?«

»Ich bin nicht ganz das, was ich zu sein scheine«, gab ich zu, drückte die Stopptaste des Kassettenrekorders und schaltete ihn aus. »Und komme mir vor wie eine Schwindlerin.«

Ben machte einen verwirrten Eindruck.

Ein bisschen kleinlaut offenbarte ich ihm die Wahrheit über mein Leben in New York und die Tatsache, dass ich es nie zur Tänzerin gebracht hatte oder gar am Broadway aufgetreten war.

Er atmete scharf aus, fuhr sich mit den Händen durchs Haar und stieß einen leisen Pfiff aus. »Damit habe ich nicht gerechnet.«

»Die Leute gehen anscheinend die ganze Zeit davon aus, dass ich etwas bin, was ich eigentlich nicht bin. Ich wünschte, ich wäre diese Person, das wünschte ich wirklich, aber … über ein Vorspielen bin ich nie hinausgekommen. Ich bin nie gut genug gewesen, um eine auch nur einigermaßen bedeutsame Rolle zu ergattern. Jede andere junge Frau war besser. Oder hatte das passendere Gesicht. Ich habe es inzwischen aufgegeben, auch nur vorzuspielen, weil ich keine weitere Absage ertragen könnte.«

»Du hast eine Begabung, ein Talent, auf das du stolz sein kannst und solltest. Hast du jemals nach Feedback gefragt? Um Hilfe gebeten?«

Ich schüttelte den Kopf. »Grace versucht, mich dazu zu überreden, mit ihr nächste Woche zum Vorspielen zu gehen, aber wie soll ich das denn schaffen? Bis jetzt habe ich jedes, aber auch wirklich jedes Vorspielen vermasselt. Warum sollte es ausgerechnet diesmal anders laufen?« Ich seufzte.

»Das würde bedeuten, dass du eine Weile bleibst. Ich dachte, du wärst nur für einen Urlaub hier?«

»Das war ich … bin ich … aber die Fragen, die ich dir gestellt habe … zum Geschäft, zu deiner Arbeit im Familienunternehmen … Ich habe gefragt, weil Grandie mir die Tanzschule angeboten hat.«

»Das ist doch ein tolles Angebot!« Ben war sichtlich aus dem Häuschen.

»Hmm, einerseits ja, anderseits nein. Ich lebe am anderen Ende der Welt, Mum ebenfalls«, erwiderte ich. Nur zu gern hätte ich Bens Begeisterung geteilt.

»Aber wenn du es nicht mal versuchst?«

»Aber was, wenn ich versage? Wenn ich nicht geeignet bin, Tanzunterricht zu geben?«, gab ich zurück. Selbst ich konnte den Frust in meiner Stimme hören.

Ein leichtes Lächeln zog über sein Gesicht. »In so etwas bin ich nicht gut, schließlich bin ich nur Bauhandwerker, aber wie mein Großvater zu sagen pflegte: Glaub immer an dich selbst. So etwas geschieht nicht ohne Grund. Das wird sich alles ergeben. Tut es immer.«

Schweigend wanderten wir beide zu den Fenstern im hinteren Teil des Raumes.

Davor lag ein kleiner beschaulicher Innenhof mit zwei schmiedeeisernen Stühlen und einem Tisch. Eine rot-blau blühende Kletterpflanze rankte an der Mauer hoch, während der Efeu von der anderen Seite herüberwucherte. Selbst jetzt leuchtete an diesem kleinen verborgenen Ort ein Feuerwerk von Farben.

Ich schaute Ben an. »Was meinst du? War das Grandies Büro?«

»Sieht so aus. Vielleicht hat er die Geschäfte der Tanzschule von hier geleitet und den Raum für choreografische Zwecke genutzt oder so etwas Ähnliches.«

Während Ben noch redete, drehte ich mich um, und mein Blick fiel auf einen rostigen alten Aktenschrank in einer Ecke des Raumes. Sicher konnte es nicht schaden, einen neugierigen Blick hineinzuwerfen. Also zog ich eine Schublade auf und blätterte einige Ordner durch.

»Der Papierkram hier reicht Jahre zurück. Hier sind noch uralte Rechnungen abgeheftet, für jeden, der jemals die Tanzschule besucht hat ... und Kontoauszüge. Warum liegt das alles nach so langer Zeit noch hier, und warum hat man diesen Raum so zuwuchern lassen, dass er nicht mehr auffindbar und in Vergessenheit geraten ist?«

»Wer weiß?« Ben schaute sich noch einmal um.

»Das ist mir ein absolutes Rätsel«, fuhr ich fort, während ich in einer alten Zeitung blätterte, die ganz hinten in der Schublade gelegen hatte. »Es ist doch irgendwie schade drum. Aber vielleicht hat er ja einfach einen Schlussstrich gezogen, als er die Tanzschule aufgegeben hat, hat sich umgedreht und die Tür hinter sich abgeschlossen.«

Ich setzte mich an den Tisch, um die uralte Zeitung näher in Augenschein zu nehmen. Mein Blick fiel auf eine Schlagzeile auf Seite fünf, die mir in fetten Lettern ins Auge sprang. Mein Herzschlag beschleunigte sich, und mir wurde ein wenig schwummerig.

Ich begann zu zittern, Tränen schossen mir in die Augen, und ich biss mir auf die Unterlippe.

»Alice, alles in Ordnung mit dir? Was ist los?« Ben schaute mich fragend an.

Wortlos hielt ich ihm die Zeitung hin, sodass er die Schlagzeile lesen konnte.

»Tänzerin am Premiereabend getötet«, las Ben laut vor.

»Laut dem Bericht war das meine Großmutter.« Meine Stimme versagte mir den Dienst, und eine Träne rollte mir über die Wange, als ich den ganzen Artikel in der Zeitung las.

Oscar Bennett wurde überführt, zusammen mit anderen Einbruchdiebstähle und Raubüberfälle in den West Midlands begangen und durch gefährliche Fahrweise einen tödlichen Unfall verursacht zu haben.

Im Stafford Crown Court wurde am Mittwoch, dem 3. Juni, festgestellt, dass die Männer Luxusautos stahlen und sie für eine Reihe gewalttätiger Verbrechen benutzten.

Nach Einschätzung des Gerichts hat Oscar Bennett am Abend des 6. Mai ein Auto gestohlen, die Kontrolle über das Fahrzeug verloren, ist auf den Gehweg geraten und hat die Ballerina Florrie Rose Grant angefahren und tödlich verletzt. Sie war sofort tot. Das geschah am Premiereabend des Nussknackers *im Birmingham Hippodrome, Birmingham. Florrie Grant war verheiratet mit dem Tänzer Ted Grant und hinterlässt eine Tochter, Rose. Die Ehepartner, die beide vor über fünfundzwanzig Jahren selbst in ebendiesem Theater den* Nussknacker *getanzt hatten, besuchten als Ehrengäste die Vorstellung.*

Oscar Bennett wurde für schuldig befunden und zu zehn Jahren Haft verurteilt.

»Das war eine schreckliche Tragödie«, meinte Ben mitfühlend. »Meine Grandma hat mir die Geschichte erzählt. Ich weiß nicht mehr, wie das Gespräch darauf gekommen ist, aber sie sagte, das habe die Leute im Dorf damals sehr getroffen.«

Mit tränenerfüllten Augen schaute ich zu ihm hoch. »Wie, das hast du gewusst?« Meine Kehle fühlte sich an wie zugeschnürt.

Er nickte feierlich. »Jeder in Brook Bridge weiß das. Deine Grandma wird in diesem Dorf schmerzlich vermisst. Ted und

Florrie waren das Herz dieser Gemeinde. Ich ging davon aus, dass du das auch wusstest?«

Noch bevor ich auch nur Luft holen konnte, beantwortete er sich die Frage selbst. »Deinem Gesichtsausdruck entnehme ich, dass du keine Ahnung hattest.«

»Nein, ich wusste das nicht.« Meine Stimme zitterte.

Ich war zutiefst bestürzt, und die Tränen flossen in Strömen. Was für eine Tragödie. Und warum hatte mir niemand davon erzählt? Am Boden zerstört, las ich den Artikel noch einmal. Armer Grandie, arme Mum. Florrie wurde wegen eines sinnlosen Verbrechens aus der Mitte ihres Lebens gerissen.

Ich schluckte gegen die Enge in meiner Kehle. »Ich hatte nicht die leiseste Ahnung. Alles, was ich wusste, war, dass sie vor meiner Geburt starb. Als ich alt genug war, um Fragen zu stellen, konnte ich es vermutlich nicht mehr, weil wir fortgegangen waren, und Mum hat nie wieder über Grandie oder Grandma gesprochen.«

»Hier, nimm das«, sagte Ben und reichte mir ein Taschentuch. »Das muss für dich ein Schock sein, es so zu erfahren.«

Mühsam nickte ich, atmete zittrig aus und starrte immer noch mit tränennassen Augen auf den Zeitungsartikel. An jenem Tag musste für Mum und Grandie eine Welt zusammengebrochen sein.

»Was soll ich jetzt tun?«

»Wie meinst du das?« Ben musterte mich mitfühlend.

»Das Verhältnis zwischen Mum und mir ist sowieso schon angespannt. Kann ich es wirklich wagen, ihr zu sagen, was ich entdeckt habe? Meinst du, ich kann ihr Fragen stellen?« Das Foto meiner Großmutter in der Zeitung starrte mich an, die Ähnlichkeit zwischen uns beiden war unverkennbar. Bei dem Gemälde, das in der Eingangshalle des Farmhauses hing, war mir das nie aufgefallen, aber das Foto zeigte eine frappierende Ähnlichkeit.

»Das ist doch bestimmt kein großes Geheimnis? Steht doch sogar in der Zeitung.«

Ich zuckte die Achseln. »In einer uralten Zeitung, die ich nie hätte zu Gesicht bekommen sollen. Wenn wir hier nicht eingebrochen wären, hätte ich das nie erfahren.«

»Aber jeder im Dorf weiß von dem tragischen Tod deiner Großmutter, er ist kein Geheimnis. Sprich mit Grace und Connie darüber. Sie gehen womöglich davon aus, dass du das alles längst weißt.«

Mir war gar nicht der Gedanke gekommen, Connie könne Bescheid wissen, aber natürlich wusste sie davon. Sie war damals nicht nur Mums beste Freundin gewesen, sie arbeitete auch für meinen Großvater.

»Ich finde es nur merkwürdig, dass nie darüber geredet wurde.« Auch wenn ich nicht wusste, warum, aber mein Bauchgefühl sagte mir, dass mehr dahintersteckte. Immer noch unter Tränen schaute ich zu Ben hoch. »Meinst du, dass er deshalb aufgehört hat zu tanzen und öffentlich aufzutreten und nur noch die Tanzschule betrieben hat?«

»Kann sein.« Er zuckte die Achseln.

Ich las den Artikel erneut und schluckte. Ein einfacher Krimineller hatte Grandma das Leben gekostet. Nur der Bruchteil einer Sekunde hatte genügt, um es zu beenden.

Das hatte Grandie und Mum sicherlich stärker zusammengeschweißt. Ich wusste, dass es so war. Wir lebten zehn Jahre hier – bis zu jenem Abend, an dem der grässliche Streit außer Kontrolle geriet, Mum unsere Sachen packte und wir fortgingen.

Der tragische Tod meiner Großmutter machte mich tieftraurig. Warum nur hatte mir nie jemand erzählt, was geschehen war? Bisher hatte ich mir darüber keine Gedanken gemacht, dachte einfach … in Wirklichkeit wusste ich nicht, was ich gedacht hatte.

»Komm, wir müssen hier raus, bevor Jim uns ertappt oder Connie nach Hause kommt«, stieß ich hervor, als mir plötzlich bewusst wurde, dass ich Grandies persönliches Versteck ohne seine Erlaubnis durchsucht hatte.

»Und du gehst besser wieder an die Arbeit. Ben … könntest du das bitte alles für dich behalten, bis ich Gelegenheit hatte, mit Connie und Grandie zu reden?«

»Natürlich.«

Binnen Sekunden hatten wir die Tür wieder verschlossen, und Ben stand wieder auf der Leiter. Ich trottete ein wenig benommen die Straße entlang zurück zum Wild Rose Cottage, während mir immer wieder die gleichen Gedanken durch den Kopf gingen. Am Ende der Straße angelangt und in Gedanken ganz woanders, stolperte ich über den Bordstein, verlor das Gleichgewicht und stürzte.

»Alles in Ordnung?« Die Stimme hinter mir klang besorgt, und als ich aufblickte, sah ich direkt in die wunderschönen Augen von Sam. Er streckte mir seine Hand hin und zog mich auf die Füße, sodass mein Gesicht seinem plötzlich gefährlich nahe war.

»Ich denke schon«, erwiderte ich, ohne den Blick von ihm zu wenden. Mein Herz schlug so laut, dass ich meinte, er müsste es hören können. »Ich bin wohl gestolpert. Habe nicht darauf geachtet, wohin ich meine Füße setze«, sagte ich und klopfte mir den Straßenstaub ab. Woher war Sam so plötzlich gekommen? »Was tust du hier?«

Lächelnd schaute Sam an sich herab.

»Du joggst«, beantwortete ich mir meine eigene Frage, während ich seinen in trendige Sportsachen gekleideten Körper musterte. Schlank, mit straffen Muskeln, wirkte er ungemein attraktiv auf mich.

»Wohin willst du?«, fragte er mich.

Rasch hob ich meinen Blick zu seinen Augen und hielt den Atem an. Hoffentlich konnte er keine Gedanken lesen, denn gerade jetzt dachte ich, er sei vollkommen. »Nach Hause«, brachte ich hervor und zog dann scharf die Luft ein.

Der Schmerz in meinem Knie, der sich plötzlich bemerkbar machte, lenkte meinen Blick auf das Blut, das durch den zerrissenen Stoff meiner Jeans sickerte.

»Du blutest. Komm, setz dich auf die Bank, atme erst einmal durch.« Sam legte mir seinen Arm um die Schulter und stützte dabei mit der Hand meinen Ellenbogen. Seine dunkelbraunen Augen hielten meinen Blick fest, und ich spürte, wie ich am ganzen Körper zitterte.

»Ehrlich, mir geht es gut«, erwiderte ich, obwohl mir das Knie wehtat. »Ich hätte schauen sollen, wohin ich gehe.«

»Beschäftigt dich etwas?«

»Das könnte man so sagen.«

Der Schmerz pochte jetzt kurz und scharf in meinem Knie. Sam ging vor mir in die Hocke und krempelte langsam mein Hosenbein hoch. Dann griff er nach meiner Hand, drückte sie und lächelte aufmunternd. »Ich glaube, du wirst es überleben, aber die Wunde sollte gesäubert werden. Da ist Schmutz hineingeraten. Kannst du gehen, oder muss ich dich huckepack tragen?« Ein belustigtes Lächeln umspielte seine Lippen.

Schau an, er flirtete tatsächlich ein wenig.

»Huckepack? Jederzeit«, meinte ich nachdenklich und biss mir auf die Lippe, als ich mir vorstellte, wie Sam mich auf seinen Rücken hob und ich meine Arme fest um seine breiten Schultern schlang.

Er ließ sein strahlendstes Lächeln aufblitzen, und mein Herz setzte einen Schlag aus. Dann reichte er mir seine Hand, und ich ergriff sie. Er half mir, sicher auf die Beine zu kommen, und wir machten uns langsam auf den Weg die Straße hinauf.

»Danke, Sam, ich komme mir wie eine Idiotin vor.«

»Ach was, so etwas passiert«, erwiderte er immer noch lächelnd und fuhr sich mit der freien Hand durchs Haar.

»Ich habe deinen Lauf unterbrochen.«

»Jederzeit, wenn es darum geht, einer Jungfrau in Nöten zu helfen.« Sein Blick traf meinen, und ich begann, innerlich zu strahlen. Ganz sicher spürte er die Anziehungskraft zwischen uns beiden auch.

»Wie lange bleibst du in England?«, fühlte er vorsichtig nach.

Gerade wollte ich antworten, als wir hörten, dass neben uns ein Lastwagen langsamer wurde. Wir drehten uns um, sahen, wie Bert sich vorbeugte und das Fenster auf der Beifahrerseite herunterließ.

»Was geht hier vor?«, fragte er ziemlich schroff und musterte mich scharf. Sein Verhalten überraschte mich.

»Ich bin über den Bordstein gestolpert, und Sam hilft mir nach Hause.«

»Das übernehme ich ab jetzt.« Berts Ton war sehr direkt, beinahe aggressiv. Und was hatte dieser Blick zu bedeuten, den er Sam zuwarf?

Einen Moment herrschte unbehagliches Schweigen, Spannung lag in der Luft.

Es war ganz offensichtlich, dass es zwischen den beiden Männern irgendwelche Reibereien gab. Da ich es vorhin eilig gehabt hatte, zur Farm zu kommen, hatte Grace keine Zeit gehabt, mich darüber aufzuklären, was ich am Morgen im Old Teashop beobachtet hatte.

»Ehrlich, Bert, mir geht es gut. Sam wird mich zum Cottage zurückbegleiten«, sagte ich, weil ich mich nicht von ihm herumkommandieren lassen wollte. »Wir kommen zurecht.«

Bert warf einen raschen Blick auf mein Bein. Offenbar hatte er nicht die Absicht, ein Nein zu akzeptieren. »Ich bringe dich zur Farm, die liegt näher. Connie ist gerade mit deinem Großvater nach Hause gekommen … steig ein.« Dabei bohrte sich sein Blick in Sams Augen, der unbehaglich sein Gewicht von einem Bein aufs andere verlagerte und langsam meine Hand losließ.

Berts Beharrlichkeit ärgerte mich ein bisschen, aber als ich hörte, dass Grandie aus dem Krankenhaus entlassen worden war, wusste ich, dass ich ihn sofort besuchen musste.

»Geh nur«, meinte Sam und wich meinem Blick aus.

»Bist du sicher?«, fragte ich.

Er war blass geworden, und die Nähe, die ich eben noch zwischen uns gespürt hatte, war wie weggeblasen.

»Ja, geh nur, ist besser so«, beteuerte er, und zu meiner völligen Überraschung wandte er sich um, setzte sich in Bewegung und begann, die Straße hinaufzulaufen. Er ließ mich einfach stehen.

Was sollte das heißen – ist besser so? Eben noch Hand in Hand mit mir, ein wenig flirtend, und gleich darauf konnte er nicht schnell genug von mir wegkommen.

Frustriert kletterte ich in Berts Wagen. Was, zum Teufel, war hier gerade geschehen?

Schweigend legte Bert den Gang ein und fuhr los. »Bert, ich muss schon sagen, ich bin ziemlich überrascht. Mir scheint, du warst eben nicht gerade freundlich.«

»Halt dich von Leuten wie ihm fern.« Bert sah mich nicht an, als er den Wagen auf die Einfahrt der Honeysuckle Farm lenkte.

»Leuten wie ihm?«

»Ja, Leuten wie ihm. Sprich mit meiner Dorothy. Sie wird dich schon aufklären.«

Bevor ich weitere Fragen stellen konnte, hatte Bert den Wagen bereits abgestellt, und die Beifahrertür wurde geöffnet. Ben stand davor. »Gutes Timing, sieht ganz so aus, als wäre dein Großvater zu Hause!«, meinte er strahlend und nickte Bert grüßend zu.

»Tolle Neuigkeiten!« Das klang fröhlicher, als mir zumute war.

Als ich aus dem Wagen steigen wollte, legte Bert kurz seine Hand auf meine. »Sprich mit Dorothy.«

Völlig durcheinander betrat ich das Farmhaus, wo ich von Marley begrüßt wurde.

»Connie, Grandie, seid ihr da?«, rief ich in den Flur hinein. Binnen Sekunden tauchte Connie in der Küchentür auf und trocknete sich die Hände an einem Geschirrtuch ab. Natürlich entdeckte sie sofort meine zerrissene und blutbefleckte Jeans, die ich in den letzten fünf Minuten fast vergessen hatte.

»Du liebes bisschen, was hast du denn angestellt?« Eilig bugsierte sie mich zu einem Stuhl in der Küche und ließ warmes Wasser in eine Schüssel laufen.

»Ich bin über den Bordstein gestolpert. Das sieht schlimmer aus, als es ist ... autsch!« Connie hatte begonnen, mit einem Baumwolltupfer die kleinen Steinchen abzutupfen, die in der Schürfwunde steckten.

»Wo ist Grandie? Ist er zu Hause?«

»Ja, das ist er.« Sie hörte auf zu tupfen und schaute mir direkt in die Augen. »Alice, darf ich fragen, ob du heute in Grandies altem Büro gewesen bist?«

Mir drehte sich leicht der Magen um. »Ja«, antwortete ich kleinlaut. »Ben hat es von der Spitze der Leiter aus entdeckt, und die Neugier hat gesiegt. Ist das ein Problem? Ist Grandie ärgerlich auf mich?«

Connie klebte ein Pflaster auf mein Knie. »Das sollte jetzt so gehen«, sagte sie und spülte die Schüssel unterm Wasserhahn aus. »Ich würde sagen, es hat ihn ein bisschen geschockt, nach so langer Zeit sein altes Büro entdeckt zu sehen. Er hat sich erst einmal hingelegt.«

»Ich wollte niemanden verletzen«, beteuerte ich zaghaft.

»Woher hattest du den Schlüssel?«

»Von Grandie. Er hat mir einen Schlüsselbund gegeben, und nachdem wir die Tür freigelegt hatten, wurde mir klar, dass einer der Schlüssel ins Schloss passt. Warum war das alles verschlossen und überwuchert?«, fragte ich, während Connie mir einen Becher Tee hinschob.

»Schmerzliche Erinnerungen für Ted. Das war der Mittelpunkt ihres Lebens. Die Tanzschule war eine Sache, für die Gemeinde, aber dort tanzten sie spätabends miteinander. Dort erarbeiteten sie ihre Choreografien, unterstützten einander, probten. Aber nachdem Florrie …« Ihre Stimme zitterte, und sie blinzelte gegen die aufsteigenden Tränen an.

»Connie, ich habe gerade erst erfahren, was mit Grandma passiert ist.«

Connie schaute mich traurig an, griff nach meiner Hand und rieb sie sanft. »Ach, du Ärmste«, sagte sie leise, als ihr klar wurde, dass das alles neu für mich war.

»Niemand hat es mir je erzählt, Mum hat nie über sie geredet – jedenfalls nicht mit mir. Wusstest du, was geschehen ist?«

Connie nickte. »Ja, natürlich, das ganze Dorf hat getrauert. Alle waren am Boden zerstört.« Sie schauderte, und ich konnte sehen, wie sie eine Gänsehaut bekam.

Sie holte tief Luft. »Ich war da an jenem Abend.«

Mir sackte die Kinnlade herab. »Im Theater?« Sie wurde kreidebleich. »Und?« Aus schmalen Augen musterte ich sie. »Erzähl's mir bitte.«

Erneut holte sie Luft. »Das war ein großer Abend für Ted und Florrie. Sie waren vom Theater eingeladen worden, der Premiere beizuwohnen, und die Pressefotografen warteten darauf, Fotos von ihnen schießen zu können. Der *Nussknacker* wurde zum ersten Mal wieder aufgeführt, seitdem deine

Großeltern ihn so viele Jahre zuvor getanzt hatten. Sie waren lokale Berühmtheiten, Ehrengäste. Ted hatte ein paar weitere Plätze reserviert und sie mir und deiner Mum überlassen.

Wir hatten verabredet, uns um kurz vor sieben vor dem Theater zu treffen, aber zehn nach sieben war sie noch nicht da. Sie hatte am Nachmittag allein eine Veranstaltung besucht und sollte auch Ted erst vorm Theater treffen. Soweit wir wussten, war sie im Verkehr stecken geblieben und verspätete sich deshalb. Wir warteten draußen, bis Ted uns vorschlug, ins Foyer zu gehen, bevor wir uns auf unsere Plätze begaben.« Connie blinzelte ihre Tränen fort. »Also taten wir das … und in dem Moment hörten wir es.«

»Hörten was?«

»Den Aufprall, die Schreie, die quietschenden Bremsen. Wir rannten nach draußen, wo sich ein Haufen Leute um einen Körper versammelt hatte, der auf dem Boden lag … Florrie. Der Rettungswagen kam, aber sie konnten sie nicht retten. Sie starb in den Armen deines Großvaters.«

Jetzt wurde ich von meinen Gefühlen überwältigt, und auch meine Tränen begannen zu fließen. »Ich weiß nicht, was ich sagen soll.« Meine Stimme zitterte.

Einen kurzen Moment schloss Connie die Augen. »Gerade in diesem Moment tauchte deine Mum wie aus dem Nichts auf … Ted saß auf dem Gehweg, deine Grandma in die Arme geschlossen. Es war eine herzzerreißende Szene. Die Polizei kam, und wir erfuhren, dass der Wagen gestohlen und der Fahrer auf den Gehweg geraten war. Der Mistkerl wurde auf der Stelle verhaftet, glücklicherweise angeklagt und schließlich ins Gefängnis gesteckt, aber all das konnte Florrie natürlich nicht zurückbringen.«

Mir war, als hätte man mir einen Fußtritt in den Magen versetzt. Der Schmerz war so frisch und unverarbeitet, wenn ich nur daran dachte, was alle an jenem Abend durchgemacht hatten. Ich saß still da, wie betäubt, wusste nicht, was ich tun oder lassen sollte. Was konnte ich sagen? Grandma war durch die Tat eines egoistischen Menschen aus ihrem Leben gerissen worden.

Bilder von meiner Mum drängten sich mir auf. Wie sehr hatte sich ihr Leben im Bruchteil einer Sekunde geändert. Der Gedanke an ihre Trauer, an das, was sie durchgemacht hatte, machte mich tieftraurig. Es musste ihr manchmal sehr schwergefallen sein, mich ohne eigene Mutter großzuziehen.

Dass ich jetzt die Wahrheit kannte, brachte mich nur noch mehr in die Zwickmühle. Meine eigene Entscheidung, in England zu bleiben, war damit wieder infrage gestellt. Was würde ich Mum nach so langer Zeit damit antun, dass ich sie verließ – nach all dem, was ich gerade erfahren hatte? Ich fühlte mich hin- und hergerissen zwischen meiner Liebe zu ihr und meinem Wunsch, mir selbst ein erfolgreiches Leben aufzubauen, ein Zuhause, ein eigenes Unternehmen. All die Jahre hatte sie loyal zu mir gestanden, sich um mich gekümmert, war immer für mich da gewesen, und plötzlich hatte die Aussicht auf ein ganz neues Leben in England mir den Kopf verdreht.

Schuldgefühle machten mir zu schaffen. Konnte ich wirklich so egoistisch sein? Ich liebte meine Mum so sehr, und eine Zukunft ohne sie war für mich unvorstellbar.

Connie berührte meine Hand und drückte sie kurz. »Auch wenn es schon über zwanzig Jahre her ist, haben uns die Ereignisse jenes Abends nie losgelassen. Deine Mum wurde von einer Sekunde zur anderen in Trauer und Chaos geworfen. Sie war gerade mit dir schwanger geworden, und durch den Stress verlor sie so viel Gewicht, dass wir schon befürchteten, sie würde dich verlieren.«

»Wie schrecklich!«, keuchte ich.

»Offen gesagt, als du dann auf die Welt kamst – drei Wochen zu früh übrigens –, war das trotz allem ein Segen.

Es gab uns etwas, worauf wir uns konzentrieren konnten. Du hast die Freude in unser aller Leben zurückgebracht, und dein Großvater hat dich vergöttert.«

Unsere Blicke trafen sich. Sie war sichtlich aufgewühlt und schluckte schwer.

»An dem Abend, an dem bei Rose die Wehen einsetzten, waren wir alle hier. Wir saßen hier im Wohnzimmer. Der Tag war sowieso schon hart gewesen.«

»Warum?«

Connie ließ die Schultern hängen und schloss für eine Sekunde fest ihre Augen. »Es war Florries Geburtstag, der erste Geburtstag, den wir ohne sie verbrachten. Wir hatten den Tag auf dem Friedhof verbracht.«

Ich ließ den Kopf in meine Hände sinken und schluchzte. »Willst du damit sagen, dass ich am selben Tag Geburtstag habe wie Grandma?«

Connie nickte. »Ja«, sagte sie leise.

Ich brauchte einen Moment, um mich zu fassen, aber endlich redete jemand. Endlich bekam ich mehr Informationen über die Vergangenheit. »Das heißt, ich erinnere sie jedes Jahr an Grandma …«

»Zerbrich dir darüber nicht den Kopf, das ist keine schlechte Sache. Sie war eine bemerkenswerte, warmherzige Frau, körperlich wie charakterlich schön. So etwas findest du heute nur selten bei den Leuten. Geh und rede mit deinem Großvater. Er ist nicht zornig auf dich, aber er vermisst Florrie immer noch sehr.«

Ich nickte, stand auf und ging in den Flur hinaus. Dann holte ich tief Luft und begann, die Treppe hinaufzusteigen.

13. Kapitel

Mühsam atmend öffnete ich vorsichtig die Schlafzimmertür. Als ich den Raum betrat, wurde mir klar, dass ich vergessen hatte, wie herrlich geräumig er war. Ich hatte gar nicht mehr in Erinnerung, was für schöne, hervorragend erhaltene historische Möbel darin standen. Beherrscht wurde das Zimmer von einem großzügigen Himmelbett mit goldbesticktem Überwurf. Hinter einer zweiten offenen Tür konnte man das prachtvolle Bad aus Marmor sehen.

Hier passte alles. Es gab eine Kommode mit einer silberfarbenen Bürste und einem altmodischen Parfumflakon. Ein Paar Ballettschuhe hingen über dem Spiegel, und zwei Stühle standen so vor dem Fenster, dass man von dort einen herrlichen Ausblick hatte.

Grandie saß auf der Bettkante, blickte hinaus auf den Garten der Farm und Felder und Weiden dahinter, die sich meilenweit erstreckten. In seinen Augen schwammen Tränen, mit der Hand umklammerte er sein Hochzeitsbild.

Mir wurde schwer ums Herz wie nie zuvor.

»Hi, Grandie«, sagte ich zögernd.

Er schaute auf und legte das Foto langsam neben sich auf das Bett. Dann streckte er mir seine zitternde Hand entgegen, ich ergriff sie rasch und setzte mich neben ihn.

Einen Moment sagte er kein Wort, hielt einfach nur meine Hand fest. Dann legte er seine freie Hand darüber und wandte sich mir zu.

Ich war diejenige, die das Schweigen brach. »Ich wollte dich nicht aufregen oder ärgern.« Die Stimme drohte mir zu versagen. »Meine Neugier hat die Oberhand gewonnen. Ich weiß, dass das keine Entschuldigung ist.«

Er wurde blass. »Ich weiß, ich weiß«, stammelte er. »Die Tür offen zu sehen …« Er tätschelte mir die Hand. »Es macht nichts«, fügte er traurig hinzu.

»Doch, es macht durchaus etwas, ich hätte dich fragen sollen, bevor ich herumschnüffelte.«

»Wie hast du es entdeckt?«

»Das war Ben. Er hat es von der Spitze der Leiter aus gesehen. Als ich selbst nachschaute, konnte ich es kaum glauben. Warum ist es so zugewuchert?«, fragte ich vorsichtig. »So versteckt?«

Grandie zog ein Taschentuch aus seiner Tasche und tupfte sich die Augen ab. »Weil es alles zu sehr wehtat. Florrie und ich hatten diesen Ort und die Tanzschule, wo wir herumgeisterten, aber dieser kleine Raum war unser Zufluchtsort. Dorthin konnten wir flüchten, dort konnte die Magie wirken. Unser eigener privater Raum, in dem wir ganz wir selbst sein und miteinander tanzen konnten. Glückliche Erinnerungen – auch traurige –, aber nachdem Florrie nicht mehr war, konnte ich keinen Fuß mehr hineinsetzen. Die Trauer hat mich schier überwältigt.«

Grandie schaute sich im Zimmer um. »Mit diesem Zimmer ist es genauso. Das war unser Schlafzimmer, alles ist noch so wie zu ihren Lebzeiten. Manche halten so etwas für ein bisschen makaber, aber ich empfinde es als seltsam tröstlich. Schon bald nach ihrem Tod bin ich auf die andere Seite des Hauses gezogen, aber Connie wischt hier jede Woche Staub und saugt überall einmal durch.«

»Es ist ein wunderschönes Zimmer, und dann dieser Ausblick – einfach unglaublich.«

Ein leichtes Lächeln zeichnete sich auf seinem Gesicht ab. »Florrie hat oft auf dem Stuhl gesessen und gelesen und gelesen. Wenn sie nicht gerade tanzte, dann las sie. Ich saß ihr gegenüber mit meiner Zeitung, stundenlang konnten wir es so aushalten, ohne zu reden.«

»Sie fehlt dir immer noch.«

»Eindeutig ja, jeden Tag. Niemand hätte die Liebe, die wir füreinander empfanden, je ersetzen oder ihr auch nur nahekommen können. Sie war die eine unter Millionen.«

»Ich weiß jetzt, wie sie gestorben ist. Ich habe den Zeitungsartikel gelesen.«

Ich konnte sehen, wie er tief durchatmete. »Hast du vorher gar nichts gewusst?«

»Gar nichts. Warum hat mir niemand davon erzählt?«

»Ich schätze, wir haben uns irgendwie durchgewurstelt. Die Ereignisse jenes Abends verfolgen mich immer noch, und du warst noch ein kleines Mädchen, aber es tut mir leid, dass du es auf diese Weise erfahren hast.«

Ich nickte. »Vielleicht gilt für Mum dasselbe. Sie hat nie mit mir darüber gesprochen.« Ich holte Luft. »Connie hat mir gerade erzählt, dass ich am selben Tag wie Grandma Geburtstag habe. Auch das habe ich nicht gewusst.«

»Stimmt … dieses Datum wurde für mich noch schmerzlicher, nachdem ihr fortgegangen wart.«

Ich mochte mir gar nicht vorstellen, was er Jahr für Jahr durchgemacht hatte, erst die Trauer um Grandma und dann auch noch der Schmerz, mich verloren zu haben.

»Aber genau das verstehe ich einfach nicht«, meinte ich kopfschüttelnd. »Hätte diese Sache dich und Mum nicht einander näherbringen müssen?« Ich schluckte. Mir war klar, dass ich ihn bedrängte, aber jetzt, wo er sich endlich ein wenig öffnete und Bereitschaft zeigte, über Mum zu reden, musste ich einfach fragen.

Erneute tupfte er seine Augen ab. Es kostete ihn sichtlich Überwindung zu reden. Seine Stimme zitterte.

»Es gab eine Zeit, in der Connie und ich uns große Sorgen machten, Rose könnte eine Fehlgeburt erleiden. Sie nahm drastisch ab aufgrund ihrer Trauer. Rose und Florrie standen sich sehr nah, weißt du. Sie hatten eine ganz besondere Mutter-Tochter-Bindung. Aber zum Glück für uns alle kamst du heil und gesund zur Welt.« Damit legte er mir eine Hand aufs Knie. »Du hast uns wieder Hoffnung gegeben, neue Liebe geschenkt. Du warst diejenige, die mir die Kraft gab, mich wieder dem Leben zuzuwenden.«

»Und Mum?«, drängte ich weiter.

»Wir standen uns sehr nahe, als du geboren wurdest.« Mehr sagte er dazu nicht.

»Das klingt, als hättet ihr beide einander geholfen, das alles zu überstehen«, meinte ich leise.

Er nickte. »Die ganze Gemeinde war betroffen. Im Laufe der Jahre hatten Florrie und deine Mum so vielen Kindern und Erwachsenen im Dorf das Tanzen beigebracht. Vor der Einfahrt zur Honeysuckle Farm wurde ein Blumenmeer abgelegt, meilenweit nichts als Blumen. Die Kinder, die die Tanzschule besuchten, hängten ihre Ballettschuhe ans Tor. Es war für alle herzzerreißend. Man hätte meinen können, sie gehörte zur Familie des Königshauses«, fügte er leise in sich hineinlachend hinzu. »Sie hat die Herzen vieler Familien in der Gegend berührt.«

»Ich wünschte nur, ich hätte die Chance gehabt, sie kennenzulernen und Zeit mit ihr zu verbringen.«

Verständnisvoll nickte er. »Du bist ihr sehr ähnlich, hast dieselben strahlend blauen Augen, bist schön und liebenswürdig.« Er hielt inne, holte tief Luft, und seine Stimme schwankte, als er fortfuhr: »Deine Grandma wäre stolz auf dich gewesen, so wie ich es bin. Eröffne die Tanzschule wieder, Alice. Sie war viel zu lange geschlossen, und ich werde nicht jünger.«

Jetzt liefen mir Tränen über die Wangen. »Aber … aber wenn ich versage? Wenn ich dich enttäusche?«

Er zog die Brauen hoch.

»Ich bin nicht gut genug, um in deine, Grandmas oder auch in Mums Fußstapfen zu treten.« Mein Selbstzweifel gewann wieder einmal die Oberhand.

»Du bist ein Edelstein, Alice, und du brauchst nur eine Chance, poliert zu werden, damit du immer strahlender leuchten kannst. Das könnte deine Berufung sein. Öffne die Schule, die ganze Gemeinde wird dich unterstützen.«

»Ich bin sehr versucht, aber du kennst die Zwickmühle, in der ich stecke.«

Er schwieg, sein Blick war ernst.

Jetzt blieb mir nichts anderes übrig – ich musste fragen, solange ich seine ganze Aufmerksamkeit hatte.

»Was, wenn ich Mum überreden könnte, nach Brook Bridge zurückzukehren und mit den letzten dreizehn Jahren abzuschließen? Wir könnten die Tanzschule gemeinsam wieder eröffnen, als ein Team … eine Familie.« Soweit ich das sehen konnte, hielt sie nichts in New York. »Was meinst du?«

Er schüttelte den Kopf. »Deine Mum würde niemals zurückkommen.«

Ich nagte an meiner Unterlippe. »Warum ist alles so schiefgegangen? Warum sind wir nach New York gezogen? Was ist zwischen euch vorgefallen?«

Die Frage hing zäh in der Luft.

»Diese Frage wirst du *ihr* stellen müssen.«

»Aber ich frage dich. Wie kann ich eine Entscheidung bezüglich meiner Zukunft treffen, ohne alle Fakten zu kennen?«

»Ich kann dir nur sagen, dass hier dein Zuhause ist. Du gehörst hierher, und all das hier wartet nur auf dich.«

Technisch gesehen gehörte all das nicht mir, das wusste ich. Eigentlich war es Mums Erbe. Grandie verlangte verdammt viel von mir, im Grunde forderte er, dass ich meine Verbindung zu ihr abbrach. Aber ihr Streit war nicht mein Streit. Sicherlich verstanden sie das beide, aber dennoch konnte ich mich Mum gegenüber nicht illoyal verhalten.

»Alice, du bist so ein schönes Mädchen. Deine Mum hat gute Arbeit geleistet und dich zu einer liebevollen, umsichtigen Frau erzogen, aber manchmal muss man im Leben wählen – und einen Weg einschlagen, den man gehen will. Das heißt nicht, dass gleich jeder davon begeistert ist, aber mit der Zeit …« Er brachte den Satz nicht zu Ende.

In meinem Kopf überschlugen sich die Gedanken. Wollte er damit sagen, dass er glaubte, Mum würde mir schließlich doch zurück nach England folgen, wenn ich diese Gelegenheit wahrnahm? Aber woher wollte er das wissen? Sicher war gar nichts.

»Möchtest du, dass sie zurückkommt?«, fragte ich, völlig durcheinander und von der Situation zutiefst frustriert.

Grandie ignorierte die Frage und wechselte das Thema: »Komm, wir holen uns eine Tasse Tee.«

»Bitte, Grandie, ich bin kein Kind mehr. Eine Tasse Tee bringt nicht alles wieder ins Reine. Meinst du nicht, ich hätte ein Anrecht auf die Wahrheit?«, bettelte ich, während er seinen Stock ergriff und sich hochstemmte.

»Connie wird sich fragen, wo wir so lange bleiben.«

Ich muss wohl nicht betonen, dass ich mit meinen Versuchen, der Sache auf den Grund zu gehen, scheiterte.

Inzwischen war ich einem Zusammenbruch nahe, der Frust über die Situation forderte seinen Tribut. Warum nur wollte mir niemand sagen, was wirklich los war? Was war vor all den Jahren geschehen? Was hatte Grandie und Mum auseinandergebracht, obwohl seine Tränen und die gequälte Miene eindeutig verrieten, dass er Mum immer noch liebte?

Da Mum nun mal in New York lebte, blieb mir gar nichts anderes übrig, als tiefer zu graben, um die Wahrheit ans Licht zu bringen. Also beschloss ich, sie anzurufen, ihr zu sagen, ich hätte mich entschieden, in England zu bleiben und die Tanzschule wieder zu eröffnen, und zwar mit ihr gemeinsam. Dann lag wenigstens das Angebot schon mal auf dem Tisch. Sollte sie es ausschlagen, konnte ich nichts weiter tun.

14. Kapitel

Auf dem Weg nach Hause schwirrte mir der Kopf. Der Schmerz im Knie hatte nachgelassen, aber der dringliche Telefonanruf bei meiner Mutter bereitete mir Kopfzerbrechen. Wieder und wieder überlegte ich, was ich sagen sollte, wie sie reagieren würde – und kam zu keinem Ergebnis.

Kaum hatte ich den Flur des Wild Rose Cottage betreten, winkte Grace mich schon in die Küche.

»Du siehst aus, als hättest du alle Sorgen der ganzen Welt auf deine Schultern geladen«, stellte sie fest und stellte zwei Gläser Wasser auf den Tisch, auf dem schon der Garnelensalat, den sie zum Mittagessen vorbereitet hatte, wartete und mir das Wasser im Mund zusammenlaufen ließ.

»Was du nicht sagst. Das war ein Nachmittag, wie ich ihn nicht erwartet hatte«, erwiderte ich niedergeschlagen, schleuderte meine Pumps von den Füßen und ließ mich schwer auf den Küchenstuhl fallen.

Ich atmete geräuschvoll aus und verschränkte meine Arme auf dem Tisch. Das Lächeln in Grace' Gesicht erlosch schlagartig. »So ernst? Was ist passiert?«

Die nächsten zehn Minuten verbrachte ich damit, Grace alles zu erzählen: angefangen mit der Entdeckung des geheimen Raumes über den Zeitungsartikel und die unerwartete Entlassung Grandies aus dem Krankenhaus bis hin zu unserem emotional belastenden Gespräch.

»Da hast du schrecklich viel zu verarbeiten.«

Ich nickte. »Ist es dir recht, wenn ich Mum anrufe, bevor

wir essen?« Ich fürchtete, sie gar nicht anzurufen, wenn ich das nicht auf der Stelle erledigte.

»Natürlich, mach nur, das Essen kann warten.«

»Danke, Grace.«

»Offenbar ziehst du Teds Vorschlag ernstlich in Betracht, denn sonst müsstest du ihn deiner Mum gegenüber gar nicht erwähnen.« Sie musterte mich mit hochgezogenen Brauen.

»Weißt du was, Grace Anderson? Manchmal bist du schlauer, als du denkst. Ich kann ihr nur anbieten, das mit mir zusammen zu tun. Die Entscheidung liegt bei ihr.«

»Aha. Du hast also nicht nur ein hübsches Gesicht«, meinte sie grinsend. »Viel Glück.«

Mehr als nur nervös eilte ich mit meinem Telefon nach oben und ließ mich im Schneidersitz auf meinem Bett nieder. Das Herz schlug mir bis zum Hals, und ich wappnete mich für das vermutlich härteste Gespräch, das ich je mit meiner Mum führen würde. Allerdings war ihr sicher klar, dass ich, wenn ich erst in England war, möglicherweise nicht wieder nach New York zurückkehren wollte.

War es wirklich ein so verrückter Plan, nach England umzuziehen, sich auf der Honeysuckle Farm niederzulassen und meinem Leben in New York Lebewohl zu sagen?

Du kannst das, Alice. Unzählige Male hallten diese Worte in meinem Kopf wider. *Je eher du mit ihr darüber sprichst, umso besser.*

Tief durchatmen, tief durchatmen.

Beklommen wählte ich ihre Nummer.

Ich zitterte wie Espenlaub, als der Anruf durchging und ich den Rufton am anderen Ende hörte. In meinem Kopf hämmerte es, meine Hände waren schweißnass, aber jetzt gab es kein Zurück mehr. Ich konnte nicht ewig so weitermachen. Ich musste eine Entscheidung treffen.

Nach dreimaligem Klingeln nahm Mum ab.

»Hi, Mum, wie geht es dir?«

»Alice, wie schön, von dir zu hören. Hier ist eine Bullenhitze, und die Klimaanlage zickt rum, aber ich will nicht klagen. Wie ist das Wetter da drüben?«

»Im Moment scheint die Sonne, aber wir hatten auch viel Regen. Ich war im Old Teashop und habe dort Kuchen gegessen. Dorothy und Bert lassen grüßen. Sie sagten, sie würden dich gern mal wiedersehen.«

»Wie lieb von den beiden. Grüß sie auch von mir.«

»Grace und Connie lassen dich auch grüßen«, plapperte ich weiter, in der Hoffnung, möglichst sanft auf das kommende Thema überleiten zu können.

»Versteht ihr euch gut?«, fragte sie.

»Ja, so gut, als wären wir nie getrennt gewesen.«

Dann folgte ein leicht verlegenes Schweigen – jetzt oder nie.

»Mum.« Meine Stimme drohte mir den Dienst zu versagen. »Es gibt da etwas, worüber ich mit dir reden muss.«

Wieder Schweigen.

»Bist du noch dran?«, fragte ich und zupfte unbehaglich an meiner Socke herum.

»Ich bin noch dran«, erwiderte sie schließlich. Ihre Stimme zitterte. Ganz sicher war ihr klar, dass ich früher oder später auf Grandie zu sprechen kommen würde. Ich versuchte, möglichst munter und fröhlich zu klingen. »Ich habe die Honeysuckle Farm besucht. Stell dir nur vor, Marley ist noch da und Billy auch. Ich konnte es kaum glauben.« Ich wusste, dass ich anfing zu schwafeln.

Mums Atem war über die Leitung zu hören, und ich hatte sie innerlich vor Augen, wie sie am Küchentisch saß und aus dem Fenster starrte.

»Wie schön.«

Wieder eine lange Pause.

»Und ich habe Grandie im Krankenhaus besucht, aber inzwischen ist er wieder zu Hause.« Na also, jetzt war das Wort Grandie gefallen, hing präsent in der Luft. Jetzt gab es kein Zurück mehr. Ich beschloss, die Sache jetzt durchzuziehen und einfach weiterzureden. Selbst wenn sie nicht bereit war, sich mit mir über ihn zu unterhalten, so wusste ich doch, dass sie mir aufmerksam zuhörte.

»Er ist gestürzt.«

Mum sagte immer noch nichts.

»Es geht ihm gut, aber er ist ziemlich schwach, Mum.«

Mir war, als hörte ich ein Schniefen am anderen Ende der Leitung – vielleicht auch nur ein Störgeräusch? Ich konnte es nicht mit Sicherheit sagen.

»Da ist noch etwas.«

»Was denn, Liebling?«

Der Klang ihrer Stimme brachte mich aus dem Konzept. Sie klang definitiv zittrig. Jetzt musste ich sehr vorsichtig und überlegt vorgehen.

»Er wird nicht jünger, und ich glaube, es ist so weit, dass er seine Angelegenheiten regeln möchte, um ruhig schlafen zu können. Er möchte mir die Farm überschreiben, Mum, und den Anbau, aber unter einer Bedingung.«

»Die wäre?« Sie sprach langsam, aber in ihrer Stimme klang hörbares Interesse mit.

»Er will mir auch die Tanzschule übergeben. Er möchte, dass ich nach England zurückkomme und den Betrieb wieder aufnehme.«

Am anderen Ende der Leitung war zu hören, wie Mum scharf die Luft einzog.

»Wir könnten das gemeinsam tun, Mum. Wir könnten nach England zurückgehen und zu zweit die Tanzschule wieder eröffnen.«

Einen Moment herrschte Schweigen.

»Ich bin sicher, dieser Vorschlag stammt nicht von deinem Großvater.«

»Das ist mein Vorschlag. Wir könnten zusammenarbeiten, tun, was wir beide am liebsten tun, singen, tanzen, Talente fördern, sie darauf vorbereiten, für Engagements vorzuspielen. Unser eigenes Geschäft ... du und ich als Partner.« Ich merkte, wie aufgeregt und enthusiastisch ich auf einmal klang.

»Ich bin sicher, das ist nicht das, was dein Großvater will.«

»Aber es ist das, was ich will. Er wird sich damit arrangieren, besonders wenn das bedeutet, dass ich zurück nach England gehe.«

»Willst du das? Willst du zurück nach England gehen? Woher kommt diese Idee so plötzlich? Du wolltest doch nur für ein paar Wochen bleiben.«

»Was hält uns denn in New York, Mum? Was ist das für ein Leben, das wir dort führen?«

»Ich lebe in New York, wir leben in New York.«

»Ich weiß, das kommt dir jetzt alles ein bisschen viel vor, so aus heiterem Himmel«, fuhr ich sanft fort, »aber es ist doch nicht so, dass wir Jobs haben, die uns dort festhalten, und wir wohnen nur in Mietwohnungen. Du machst dich kaputt damit, in Diners zu putzen, während du ebenso gut hier leben, Tanzunterricht geben und auf der Honeysuckle Farm wohnen könntest. Hier fühlt es sich an wie zu Hause, Mum. Es ist unser Zuhause.«

»Und du glaubst, dein Großvater lässt zu, dass ich einfach angetanzt komme, mein altes Leben auf der Farm wieder aufnehme und Tanzunterricht gebe? Das wird niemals geschehen, Alice.« Jetzt klang sie ein bisschen hysterisch.

»Ehrlich gesagt, Mum, einer von euch muss den ersten Schritt tun. Um der Wahrheit die Ehre zu geben: Wir wissen nicht, wie viel Zeit ihm noch bleibt, und könntest du dich noch im Spiegel anschauen, wenn du weißt, dass du die Chance hattest, euer Verhältnis wieder einzurenken, sie aber nicht ergriffen hast?«

»Das geht unter die Gürtellinie, Alice, und das weißt du auch.«

Jetzt war es an mir zu schweigen. Diesen Ton kannte ich, diesen Ton schlug sie nur an, wenn ich zu weit gegangen war.

»Er hat mir klipp und klar gesagt, dass ich niemals zurückkommen solle, niemals wieder über seine Schwelle treten, und da er mir nie etwas anderes gesagt hat …«

»All das wurde im Eifer des Gefechts gesagt, vor so vielen Jahren! Wäre es nicht an der Zeit, die Vergangenheit ruhen zu lassen?« Ich bemühte mich, die Stimme der Vernunft zu sein und ruhig zu sprechen.

»Du hast keine Ahnung, was los war, Alice«, fiel sie mir ins Wort.

»Gut, warum sagst du es mir dann nicht einfach?« Inzwischen klang ich deutlich frustriert und genervt.

»Dieses Gespräch endet hier, Alice«, erwiderte sie und übernahm damit die Kontrolle.

Wieder herrschte Schweigen. Ich spürte, wie mir die Tränen kamen.

»Mum, das ist doch lächerlich. Er ist ein alter Mann. Es muss doch möglich sein, einen Streit, der vor x Jahren stattgefunden hat, ad acta zu legen«, sagte ich wehmütig.

»Ich rufe dich nächste Woche an, um zu hören, wie es dir geht.«

»Mum, bitte.«

Ohne ein weiteres Wort legte sie auf.

Zu meiner Erleichterung, dieses Gespräch hinter mir zu haben, mischte sich Unmut; ich hatte keine Gelegenheit gehabt, ihr zu sagen, dass ich herausgefunden hatte, was mit Grandma geschehen war. Kaum hatte ich aufgelegt, klopfte es leise an der Zimmertür.

Grace kam herein und nahm mich in den Arm. Prompt begannen die Tränen, die ich bis jetzt hatte zurückhalten können, zu laufen.

»Tut mir leid, ich habe sozusagen vor der Tür gelauscht … schwieriges Gespräch?«

Mühsam nickte ich, und wir setzten uns einander gegenüber im Schneidersitz aufs Bett.

»Und was ist dabei herausgekommen?«, fragte sie vorsichtig.

»Nicht das, was ich erhofft hatte.«

»Hast du erfahren, worüber die beiden sich gestritten haben?«

»Ich habe immer noch keine Ahnung.« Ich schüttelte den Kopf.

»Meinst du, es könnte etwas mit Geld zu tun haben? Die Leute zerstreiten sich immer über Geld.«

»Ehrlich, ich weiß es nicht.«

»Wie hat sie Teds Angebot aufgenommen?«

»Ich habe es ein bisschen geschönt. Habe ihr erzählt, dass er mir die Farm und den Anbau angeboten hat und möchte, dass ich die Tanzschule wieder eröffne. Zugleich habe ich sie gebeten, mit mir nach England zurückzukehren, damit wir sie gemeinsam eröffnen können, als Partner in einem Unternehmen.«

»Guter Plan, und wie hat sie reagiert?«

»Einfach aufgelegt! Die ganze Sache sorgt nur für noch mehr Ärger.«

»Ihr steckt also in einer Sackgasse. Irgendwer muss den Anfang machen.«

»Mein Reden. Jetzt brauche ich etwas frische Luft. Hast du Zeit für einen kurzen Abstecher zur Tanzschule? Ich habe sie mir noch gar nicht angesehen.«

»Natürlich. Ich habe seit dem Tag eurer Abreise das Gebäude nicht mehr betreten.«

»Dann los«, erwiderte ich und schnappte mir mein Telefon. »Was du heute kannst besorgen …«

»Weißt du, was ich glaube, Alice Parker? Deine Mum wird über euer Gespräch nachdenken und zur Vernunft kommen.«

»Hoffentlich hast du recht, denn ich habe eine Entscheidung getroffen«, erklärte ich und spürte, wie sich meine Stimmung deutlich hob.

»Die wäre?«

»Ich ertrage es nicht, in mein trostloses Dasein in New York zurückzukehren, und Grandies Angebot ist zu gut, um es auszuschlagen. Ich wäre verrückt, es nicht wenigstens zu versuchen.«

»Du bleibst also tatsächlich?« Grace schaute mich mit großen Augen an.

»Das tue ich. Siehst du … jetzt habe ich es ausgesprochen.«

Grace schloss mich in die Arme. »Wenn du mich fragst: Das ist eine sehr gute Entscheidung.«

»Finde ich auch. Ich habe das Gefühl, als wäre es jetzt an der Zeit, an mich zu denken. Ich möchte etwas für mich selbst tun. Hältst du mich deshalb für egoistisch?«

»Nein, natürlich nicht.«

Meine Entscheidung war gefallen.

Obwohl Mum immer noch meine Gedanken beherrschte, musste ich Grandies Angebot einfach annehmen. Er hatte mich mit offenen Armen empfangen, und es war nicht meine Aufgabe, ihre Beziehung zueinander wieder in Ordnung zu bringen. Das war ihre Sache, zumal wenn sie beide so dickköpfig waren und mich im Dunkeln tappen ließen. Mehr konnte ich nicht tun. Mir war, als wäre eine große Last von mir abgefallen.

»Gut, dann lass uns losgehen und uns in der Tanzschule umsehen.« Ich konnte selbst hören, wie aufgeregt und voller Vorfreude ich war.

Brook Bridge war wieder mein Zuhause, und als wir uns unsere Handtaschen schnappten, wusste ich zum ersten Mal seit Langem wieder, wohin ich gehörte.

15. Kapitel

Wir waren noch gar nicht ganz aus der Tür heraus, als Grace plötzlich stehen blieb.

»Mein Telefon, ich habe mein Handy vergessen.« Mit diesen Worten kramte sie in ihrer Tasche herum, rannte dann zurück ins Haus und ließ mich vor der Tür stehen. Ich hörte, wie eine Autotür zugeschlagen wurde, und entdeckte Sam. Er hatte sich umgezogen. Statt der Sportkleidung trug er jetzt eine Jeans und ein dunkelblaues Poloshirt. Ganz kurz hellte sich seine Miene auf, aber dann wanderte sein Blick in Richtung Boden, und er wandte sich rasch ab. Er wollte mich doch nicht etwa ignorieren?

Ich holte tief Luft und beschloss mit klopfendem Herzen, trotz eines unguten Gefühls wegen seines merkwürdigen Verhaltens zu ihm hinüberzugehen.

»Hey?«, sagte ich leise.

Erneut schaute er zu mir. Die leichte Brise trieb den Duft seines Aftershaves zu mir herüber, und sofort kribbelte es in meinem Bauch.

»Hey, was macht dein Knie?«

»Ist versorgt, alles wieder in Ordnung.«

Und das war's. Er wirkte, als wollte er noch etwas sagen, hätte es sich aber anders überlegt. Zwischen uns herrschte plötzlich eine seltsame Befangenheit, und das versetzte mir einen Stich.

Ich hörte, wie die Cottagetür hinter mir ins Schloss fiel. Demnach war Grace jetzt wieder aus dem Haus gekommen. »Ich gehe jetzt besser«, stieß ich hervor, froh, dass meine Stimme wenigstens nicht zitterte.

Er nickte, aber irgendwie lag Traurigkeit in seinem Blick, als er mich ansah. Das verwirrte mich, denn es hatte zwischen uns gefunkt, und ich war mir sicher, dass er das genauso spürte wie ich. Ich sah ihm nach, wie er seine Einkäufe zur Haustür trug, ein paar Worte mit Grace wechselte und dann in seinem Cottage verschwand. Jedes Mal, wenn ich ihn anschaute, wurden mir die Knie weich, aber sollte die gerade erst entstehende Freundschaft zwischen uns bereits Vergangenheit sein? Bevor sie überhaupt richtig angefangen hatte? Sein Verhalten mir gegenüber hatte sich von einer Sekunde auf die andere verändert, als Bert mit seinem Lastwagen neben uns gehalten hatte. Warum zeigte er mir auf einmal die kalte Schulter?

Ich tat so, als wäre nichts passiert, und näherte mich Grace, ohne zu wissen, wie ich mit dieser Situation umgehen sollte. Wie schnell und drastisch sich die Dinge doch ändern konnten.

»Alles in Ordnung mit dir? Du wirkst irgendwie verstört.«

Müde schaute ich auf.

»Hey, du fängst ja gleich an zu weinen. Was ist los?«

Ich konnte nicht anders. Den ganzen Tag war ich schon einem Sturm der Gefühle ausgesetzt gewesen, und ich verstand nicht, warum Sam mich plötzlich so behandelte. Vielleicht war ich ja zu empfindlich, aber ich war mir trotzdem sicher, dass etwas nicht stimmte.

»Wenn ich das nur wüsste«, antwortete ich seufzend. »Hier geht etwas Seltsames vor. Eben noch verstehen Sam und ich uns blendend, dann hält Bert mit seinem Lkw neben uns, und schlagartig ist alles anders. Sam verhält sich jetzt abweisend mir gegenüber.« Meine Stimme brach. »Ich habe keine Ahnung, was los ist.«

»Lkw? Was war mit Bert?«

Also erzählte ich Grace, was am Nachmittag geschehen war. »Warum hat Dorothy im Teeladen sich Sam gegenüber so feindselig geäußert, und warum meint Bert mir sagen zu müssen, ich sollte mich von Sam fernhalten?« Ich begriff gar nichts mehr.

Grace hakte sich bei mir unter, und ein flüchtiger Blick zurück über meine Schulter zeigte mir, dass Sam am Fenster stand und uns beobachtete. Wir gingen los. Grace schwieg, und ich musterte sie aufmerksam. »Warum drängt sich mir der Eindruck auf, dass es da etwas gibt, was du mir nicht sagst?«

»Du magst ihn, oder?«

»Ja, das tue ich ... also sag schon, was hier vorgeht. Warum verhalten Dorothy und Bert sich ihm gegenüber so seltsam?«

Grace schaute mich direkt an, und ich wartete darauf, dass sie endlich den Mund aufmachte.

»Glaube bitte nicht, dass ich nicht zu dir und deiner Familie halte, denn das tue ich natürlich, aber ich mag Sam. Er ist immer gut zu mir gewesen, und ich will wirklich nicht Partei ergreifen.«

»Partei ergreifen? In welcher Angelegenheit?« Allmählich wurde ich wirklich nervös.

Grace schien regelrecht in Panik zu geraten.

»So schlimm kann es doch nicht sein«, drängte ich.

»Leider ist es in einer so engen Gemeinschaft wie unserem Dorf so, dass die Leute bestimmte Sachen nicht vergessen, und Florrie spielte im Dorf eine sehr wichtige Rolle. Jeder mochte sie.«

Schon wieder war ich den Tränen nah. »Was hat Grandma denn damit zu tun?«, fragte ich betont fröhlich – fröhlicher, als ich war.

»Oscar Bennett ...«

Den Namen hörte ich heute schon zum zweiten Mal.

»Der Mann, der für den Tod deiner Grandma verantwortlich ist.«

»Was ist mit ihm?«, fragte ich. Inzwischen klopfte mein Herz, als wollte es zerspringen.

»Oscar Bennett war Sams Onkel.«

Keuchend holte ich Luft. »Du machst Witze, oder?« Alles drehte sich.

Sie schüttelte den Kopf. »Leider nein.«

Ich brauchte einen Moment, um diese unglaubliche Information zu verdauen.

»Du sagtest, er *war* sein Onkel?«

»Oscar Bennett ist bei einem Verkehrsunfall ums Leben gekommen, nachdem er seine Haftstrafe abgesessen hatte.«

»Um der Wahrheit die Ehre zu geben, tut es mir nicht allzu leid, das zu hören, aber was hat das alles mit Sam zu tun?«

»Die Leute, die Florrie nahestanden, sind nie darüber hinweggekommen. Oscar Bennett hatte Brüder, allesamt Kleinkriminelle, die noch in der Gegend leben.«

»Und Sam wird mit seiner Familie über einen Kamm geschoren?«

»Genau.«

»Wie kann man nur so lange an einem Groll festhalten?«

»Auch heute noch werden die meisten kleineren Straftaten hier in der Gegend von einem von ihnen begangen.«

»Aber Sam hat doch damit nichts zu tun?« Ich fand es hochgradig unfair, ihn für die Taten eines anderen verantwortlich zu machen, und das obendrein nach so langer Zeit.

»Nein, soweit ich weiß, redet er nicht einmal mit ihnen. Er kümmert sich um seine eigenen Angelegenheiten, kämpft gegen das Stigma an und hat es allein durch harte Arbeit und Entschlossenheit geschafft, erfolgreich zu sein, der Beste in seinem Fach. Egal, wie manche Leute sich ihm gegenüber verhalten, er geht erhobenen Hauptes durchs Leben.«

»Wenn es hier so übel für ihn läuft, warum bleibt er dann überhaupt in der Gegend?«

»Weil er hofft, dass eines Tages die Leute über die Tatsache hinwegsehen, dass er mit Oscar verwandt ist, ihn als den akzeptieren, der er ist, und ihn nicht nach dem Ruf seines Onkels beurteilen.«

Schweigend gingen wir weiter, während ich über das nachdachte, was Grace mir gerade erzählt hatte. Die Feindseligkeit, die Sam im Dorf entgegengebracht wurde, führte mir deutlich vor Augen, wie im Laufe der Zeit bestimmte Situationen völlig aus dem Ruder laufen konnten. Ich wusste nur zu gut Bescheid über Menschen, die zu lange an einem Groll festhielten, Geheimnisse bewahrten und Dinge schwären ließen, ohne darüber zu reden. Dafür musste ich mir nur anschauen, wie es zwischen Grandie und Mum aussah. Und obwohl ich emotional involviert war, schien es mir offensichtlich, dass Sam unfair behandelt wurde, und es tat mir sehr leid für ihn.

Eins stand jedenfalls fest: Er hatte beachtliches Durchhaltevermögen, wenn er es so lange ertrug, wie ein Aussätziger behandelt zu werden. Warum konnte der Rest des Dorfes nur nicht sehen, dass Oscar und Sam nichts verband außer der Blutsverwandtschaft? Sam war nicht Oscar, er hatte eigene Ziele und Wertvorstellungen.

»Was denkst du?«, brach Grace das Schweigen. »Du bist doch nicht sauer auf mich, oder?« Ihre Miene war ernst.

»Weil du mit Sam befreundet bist? Natürlich nicht. Was wäre ich für ein Mensch, wenn ich deswegen sauer auf dich wäre?«, erwiderte ich leise. Ich fühlte mich ein bisschen überfordert.

Es ließ sich nicht leugnen, dass dieser Tag sehr emotional für mich gewesen war, weil ich die Wahrheit über Grandmas tragischen Tod herausgefunden hatte. Aber das war nicht Sams Schuld. Er hatte nicht am Steuer des Unglücksautos gesessen.

Dann kam mir ein unbehaglicher Gedanke. Warum hatte sich Sams Verhalten mir gegenüber so plötzlich verändert, als Bert neben uns hielt und mir mitteilte, dass Grandie aus dem Krankenhaus entlassen worden war? In dem Moment musste ihm klar geworden sein, wer ich war, nämlich Florrie Parkers Enkeltochter. Ich wusste, dass ich mit ihm reden musste, aber was, wenn er das nicht wollte und sich von mir fernhielt? Der Gedanke versetzte mir einen Stich.

»Ich muss mit ihm reden, Grace.«

»Das wirst du, aber schau, wir sind da.«

Wir blieben auf dem Gehsteig stehen, schirmten unsere Augen gegen die frühe Abendsonne ab und schauten hoch zu dem großen Firmenschild an der Gebäudefront.

»Florrie Rose' Tanzschule«, las Grace laut vor.

»Meine Großmutter«, fügte ich hinzu und bekam eine Gänsehaut.

16. Kapitel

Das letzte Mal hatte ich als zehnjähriges Kind hier gestanden, glücklich und sorgenfrei, bevor das Leben kompliziert wurde. Ich konnte noch nicht ganz glauben, dass ich jetzt wieder hier war. Mir kam alles so unwirklich vor. Aufregung und Vorfreude ergriffen von mir Besitz und spiegelten sich unmissverständlich in meinem strahlenden Gesicht wider. Den Schlüsselbund hielt ich fest umklammert. Das hier konnte tatsächlich mir gehören, der Schlüssel in meiner Hand konnte der Schlüssel zu meiner Zukunft sein.

Grace musterte mich neugierig. »Bist du bereit? Ich bin jedenfalls aufgeregt, wie sollst du da erst empfinden!« Damit legte sie mir einen Arm um die Schulter und drückte mich kurz an sich.

»So bereit, wie ich es jemals sein werde«, antwortete ich, schob den Schlüssel ins Schloss und drehte ihn langsam herum, um den Augenblick auszukosten. »Ich kann es kaum glauben, dass ich hier bin. Das ist so bizarr.«

»Geht mir genauso«, meinte Grace, die ungeduldig hinter mir auf dem Gehsteig wartete. Ich schob die Tür auf und hielt einen Moment inne.

»Was tust du da?«, fragte Grace verdutzt und spähte über meine Schulter.

»Ich warte auf die Sirene, aber es scheint keine Alarmanlage zu geben. Sind wir bereit?«

»Ieek!«, kreischte Grace mir ins Ohr.

»Das betrachte ich als ein Ja«, erwiderte ich lachend.

»Ich spüre gerade so etwas wie ein ganz klein wenig Neid«,

gab Grace zu, als sie mir ins Foyer folgte. »Das alles könnte dir gehören.«

»Nun schau dir das an!« Ich ließ meinen Blick durch den Raum wandern.

Hier sah es aus, als wäre die Zeit stehen geblieben. Obwohl Jim sich um das Gebäude kümmerte und ab und zu nach dem Rechten sah, wirkte alles völlig unberührt. Am Garderobenständer hinter dem Tresen hing noch eine alte Jacke, auf dem Fensterbrett stand eine vertrocknete Zimmerpflanze.

Ich zog die Jalousie hoch und musste husten, da mir eine Staubwolke entgegenkam. Sonnenlicht strömte in den Raum, und Grace holte keuchend Luft.

»Oh mein Gott, das Schwarze Brett hängt immer noch«, rief sie und zeigte mit ausgestrecktem Arm auf die große Korktafel, die an der Wand befestigt war.

»Zusätzliche Proben fürs Ballett«, las ich vor.

»Und sieh nur, da stehen unsere Namen.« Mit dem Finger strich sie über die Besetzungsliste.

Das DIN-A4-Blatt am Schwarzen Brett enthielt Informationen für sämtliche Tanzkurse: Ballett, Jazz, Tapdance, moderne Tänze. Unter jedem Kurs waren die Namen der Kinder aufgeführt, die teilnahmen, auf einem weiteren Blatt waren die Erwachsenen vermerkt.

»Der Big-Band-Abend war besonders beliebt«, erinnerte ich mich, während ich die Liste in Augenschein nahm. »Dorothy und Bert nahmen regelmäßig teil.«

Ehrfürchtig sah ich mich um – all diese Namen, all die ausgebuchten Kurse, die den Schülern so viele Stunden Freude bescherten –, und jetzt gab Grandie mir die Chance, das alles wieder zum Leben zu erwecken. All das konnte mir gehören.

»Warum hat Ted sie nicht weiterbetrieben? Es gab hier doch auch noch andere Tanzlehrer außer deiner Mum?« Fragend wandte sich Grace zu mir um.

»Ich glaube, sein Herz war gebrochen, und das hier war ein Familienunternehmen«, erwiderte ich, während ich meine Umgebung auf mich wirken ließ.

Zu wissen, dass die Schule nach dem Streit zwischen Grandie und Mum geschlossen worden war, stimmte mich ein wenig traurig, aber angesichts dessen, was ich inzwischen erfahren hatte, war mir klar, dass es Grandie sehr schwergefallen wäre, ohne Mum weiterzumachen. Und er wollte bestimmt nicht, dass einfach irgendwer das Geschäft übernahm. Er wollte, dass es in der Familie blieb, genauso wie die Farm.

»Komm, lass uns mal dort hinten hineinschauen.« Grace folgte mir zu der Doppeltür am anderen Ende des Foyers, und ich stieß sie auf.

»Als Kind kam mir dieser Raum immer riesig vor«, meinte Grace lächelnd und griff sofort nach der Ballettstange. »Erste Position, zweite Position … Ich fühle mich, als wäre ich wieder zehn.« Sie lachte.

Der Raum war genauso, wie ich ihn in Erinnerung hatte: Eine Wand war verspiegelt, davor eine kleine Bühne, eingerahmt von roten Samtvorhängen, die dem Ganzen etwas Majestätisches verliehen. Klappstühle waren neben der Bühne gestapelt, und dort stand auch das alte, abgewetzte und verstimmte Klavier, auf dem der Hausmeister, Mr. Cork, spielte, wenn er gebraucht wurde.

»So wie es aussieht, ist alles noch da, sogar die Fundsachen«, stellte Grace fest, als sie die Schranktür öffnete und sich mit einem Haufen alter Kleidungsstücke konfrontiert sah. »Nun schau doch nur, wie winzig die sind. Geradezu goldig.« Sie hielt einen ganz besonders niedlichen, klitzekleinen Ballettschuh hoch.

»Es wäre gar nicht schwer, das hier wieder herzurichten«, sagte ich nachdenklich.

»Ein bisschen Farbe, Fenster putzen, gründlich kehren und wischen – du könntest im Nu wieder einsteigen«, stimmte Grace mir zu.

»Kann es sein, dass du eine winzige Kleinigkeit vergisst?«, meinte ich lächelnd und zeigte mit Daumen und Zeigefinger an, wie winzig. »Die Schüler.«

»Du musst Werbung machen ... Handzettel an den örtlichen Schulen verteilen. Das Fraueninstitut im Dorf und die Vereine wären sicherlich sofort dabei. Dorothy würde ein Poster im Old Teashop aufhängen, Mundpropaganda ... genau das braucht Brook Bridge.« Grace hatte alles bereits durchdacht, als sie mir in die Küche folgte.

»Das hier erinnert mich an eine Schulmensa.« Ich deutete auf den großen Heißwasserbereiter aus Edelstahl, der an der Wand hing, und die kleinen Tische und Stühle überall im Raum. »Hier haben wir gesessen und unsere Pausenmahlzeit gegessen, weißt du noch?«

»Und diese Durchreiche muss man doch lieben«, kicherte Grace und steckte den Kopf hindurch.

»Alles ist noch da – Tassen, Becher, Besteck«, staunte ich, während ich Schubladen aufzog und den Inhalt inspizierte. »Es gibt sogar noch ein paar uralte Kekse!« Damit hielt ich eine längst abgelaufene Packung Teegebäck hoch.

»Igitt!« Grace verzog angewidert das Gesicht. Sie setzte sich auf einen der winzigen Tische, und ich schwang mich auf den Tresen.

»Rück raus mit der Sprache, ich sterbe vor Neugier.« Grace nagelte mich mit ihrem Blick fest. »Wie findest du all das hier?«

»Ich finde ...« Eine Sekunde überlegte ich. »Jetzt, wo ich das alles wiedergesehen habe, finde ich, dass ich das tun muss!« Ein breites Grinsen setzte sich auf meinem Gesicht fest.

»Meinst du das ernst?«

»Ich denke schon.«

Grace juchzte. »Mit dir am Steuer, was soll da noch schiefgehen? Hiermit machst du dir einen Namen. Abgesehen davon wird das eine kleine Goldmine.«

Die Vorfreude, die in meinem Magen kribbelte, sagte mir genau dasselbe.

»Ich werde dir helfen, ein Faltblatt zu entwerfen, zu entscheiden, welche Kurse wir für welche Altersklassen anbieten und wie wir Interesse für die Tanzschule wecken können.«

»Wir?«

»Ja, wir! Du glaubst doch nicht etwa, ich lasse dich das alles allein machen, oder? Und ich wette, wenn wir Mum ganz lieb bitten, wird sie dir bei der Buchhaltung helfen, bis du so weit bist, das alles selbst zu übernehmen. Sie führt auch die Bücher auf der Farm.«

Ich lauschte Grace' aufgeregtem Geplapper und konnte sehen, wie sich der Raum direkt vor meinen Augen verwandelte.

»Ich werde das tun, ich werde das wirklich tun!«, quietschte ich in dem Gefühl, dass dies meine Zukunft war, ein Projekt, an dem ich mich festbeißen konnte. Allein schon der Gedanke daran machte mich noch aufgeregter. Ich hoffte wirklich, dass Mum mir zur Seite stehen würde, wenn sie erst einmal erkannte, dass es mir ernst war und ich hierbleiben würde.

»Wenn das jemand schaffen kann, dann du«, lächelte Grace mir aufmunternd zu.

»Hmm, und was glaubst du, wie lange wir brauchen, um das hier zum Laufen zu bringen?« Mein Blick schweifte durch den Raum, während ich intensiv nachdachte. Im kalten Tageslicht sah alles sehr heruntergekommen und alt aus. Die Ausstattung musste ein bisschen modernisiert werden, das Studio konnte eine gründliche Reinigung vertragen, und trotzdem konnte der Laden im Nu wieder auf Vordermann gebracht und neu eröffnet werden.

»Sechs Monate, vielleicht weniger. Das Gebäude ist solide, es geht nur darum, alles aufzuhübschen. Frische Farbe, und das Ganze sieht in null Komma nichts völlig anders aus. Ich denke, wir werden auch Jim überreden können zu helfen. Diese Schule ...« Sie hielt inne und schaute sich um. »Sie schreit förmlich danach, wieder zum Mittelpunkt der Dorfgemeinschaft zu werden.«

»Ich hoffe, du hast recht.«

»Ich habe immer recht«, erklärte sie grinsend.

»Klopf, klopf, jemand zu Hause?«, rief eine Männerstimme, und Grace sprang vom Tisch.

Berts besorgtes runzeliges Gesicht tauchte im Türrahmen auf.

»Mädels, ihr habt mir fast einen Herzanfall beschert ... und ich will so was nicht in meinem Alter.« Bert lachte leise in sich hinein, aber seine Hand drückte fest auf seine Brust.

»Oder in irgendeinem anderen Alter«, ergänzte Grace lächelnd.

»Die Vordertür stand sperrangelweit offen. Ist alles in Ordnung?«

»Ja, wir haben nur in Erinnerungen geschwelgt«, meinte ich fröhlich.

Bert trat ganz ein und seufzte zufrieden. »Nun sieh dir das hier an. Dorothy und ich hatten hier jeden Donnerstagabend unseren Spaß. Twinkle-Toes hat sie mich genannt, obwohl ich ihr wer weiß wie oft auf die Zehen getreten bin. Und ich verrate euch nicht, mit welchen Schimpfwörtern sie mich dann betitelt hat.«

Wir mussten beide lachen.

Bert erzählte uns, wie viel Freude dieses kleine Unternehmen der Dorfgemeinschaft von Brook Bridge bereitet hatte.

Er hatte nicht nur die Tanzabende genossen, sondern sich auch über die Freundschaften gefreut, die er hier geschlossen hatte. Gute langjährige Freundschaften. Mir wurde warm ums Herz, als er uns von den sommerlichen Tagesausflügen ans Meer erzählte, die Grandie und Mum für alle organisiert hatten, und von den winterlichen Quizz-Abenden im Pub.

»In unserem Alter braucht man Orte wie diesen, um zusammenzukommen. Wir haben unheimlich viel gelacht, und es gab immer etwas, worauf wir uns freuen konnten, und jetzt ... und jetzt ... seht ihr, jetzt werde ich rührselig. Dieser Ort wird immer etwas Besonderes für mich und Dorothy sein ... was waren das glückliche Zeiten, als ich noch beweglicher war. Heutzutage kann ich mich nur noch auf das Kreuzworträtsel in der *Daily Mail* freuen und ein Auge auf die Backöfen im Old Teashop haben, damit die Kuchen nicht verbrennen.«

Das war so traurig, so deprimierend, aber dann fiel es mir wie Schuppen von den Augen. Dieser Ort war nicht einfach nur eine Tanzschule, er war für jeden, der in Brook Bridge lebte, sehr viel mehr, nämlich eine Quelle von gemeinschaftsfördernden Aktivitäten, von Freude am Tanz und an der Gesellschaft der anderen.

»Wir hatten gehofft, die Schule würde wieder eröffnet werden, aber im Laufe der Zeit wurde jedem klar, wie unwahrscheinlich das war.«

»Manche Dinge sind es wert, wieder zum Leben erweckt zu werden«, warf Grace ein und nickte vielsagend zu mir herüber, ein strahlendes Lächeln im Gesicht.

In Berts Augen zeigte sich ein Hoffnungsschimmer. »Denkst du etwa daran, die Tanzschule wieder zu öffnen, Alice?«

Lächelnd ließ ich meinen Blick zwischen Grace und Bert hin- und herwandern. »Genau das tue ich, Bert!«

»Ich wusste es!«, rief er. »Ich wusste, dass dieser Ort dir unter die Haut gehen würde. Das habe ich schon zu Dorothy gesagt. Ich kann's kaum abwarten, ihr das zu erzählen! Die junge Alice tritt in Teds Fußtapfen. Florrie wäre so stolz auf dich. Wir vermissen sie immer noch sehr, besonders meine Dorothy.«

»Bert, wegen heute Nachmittag …« Aufmerksam wandte er sich mir zu. »Grace hat mich aufgeklärt …« Ich holte tief Luft, wollte nicht respektlos klingen. »Grandmas Tod liegt lange Zeit zurück. Ich weiß, dass ihr beide, Dorothy und du, eng mit ihr befreundet wart, aber wenn ich hierher zurückziehe, brauche ich Ruhe. Ich kann nicht die Kämpfe anderer weiterführen. Verstehst du, was ich damit sagen möchte? Ich möchte nach vorn schauen, die Zukunft vor Augen haben. Diese Tanzschule wird jedem offen stehen.«

Er nickte verständnisvoll. »Schon gut, Mädchen. Brauchst nicht mehr zu sagen.«

»Und ich hoffe, du und Dorothy werdet wieder durch diese Türen schreiten und tanzen.«

»Kannst ja versuchen, uns daran zu hindern! Das sind großartige Neuigkeiten fürs Dorf.«

»Freut mich, dass du so denkst.«

Mit Tränen in den Augen lupfte Bert seine Mütze. »Dieser Ort hat Dorothy und mich gerettet, nachdem Janice von uns gegangen ist. Hier konnten wir uns in der Musik verlieren und unsere Trauer wegtanzen.«

Janice war ihre einzige Tochter gewesen und vor zwanzig Jahren gestorben, nachdem sie ihren kurzen Kampf gegen den Brustkrebs verloren hatte.

»Beim Dorffest wird unter anderem auch für die Krebshilfe gesammelt, die zum Gedenken an Janice gegründet wurde«, warf Grace ein. »Eine großartige Sache.«

Bert trocknete seine Tränen mit einem Taschentuch und fasste sich dann wieder. »Das ist wahr, alle sind sehr großzügig. Ted und deine Mum haben immer viel zum Dorffest beigetragen, und wenn es Ted besser ginge, würde ich ihn jetzt um Hilfe bitten, statt zu versuchen, mit der Technik von heute zurechtzukommen.«

»Hilfe bei was?«, fragte ich interessiert.

»Unsere goldene Hochzeit ... dieses dumme Weib, das ich habe, hält sich immer noch für Ginger Rogers und mich für Fred Astaire.«

Grace zog die Brauen hoch. »Soll heißen?«

»Soll heißen, dass ich mir diese Tube-Videos anschaue.«

Grace lachte kurz auf. »YouTube.«

»Dorothy hat schon immer gern getanzt, und ich möchte sie überraschen. Ich habe mir vorgestellt, sie auf dem Dorffest auf der Bühne herumzuwirbeln und vor ganz Brook Bridge mit ihr den Foxtrott zu tanzen. Das würde unsere goldene Hochzeit für sie zu etwas ganz Besonderem machen, wisst ihr. Und ich möchte, dass meine Dorothy glücklich ist ... das erleichtert mir das Leben, wenn sie glücklich ist«, fügte er augenzwinkernd hinzu.

»Oh, wie romantisch!«, rief Grace. »Wenn du nicht schon vergeben wärst, Bert, würde ich mir dich schnappen. Du bist einer, den man nie wieder hergeben sollte.«

Bert lachte in sich hinein. »Stimmt, das sage ich ihr schon seit Jahren«, erklärte er und entlastete seine Beine, indem er sich gegen den Tisch lehnte.

»Aber ich bin kein Anton du Beke.« Er zog eine buschige Braue hoch. »Die alten Beine machen nicht mehr so mit wie früher ... Nur dass ihr's wisst, ich werde natürlich einen Smoking tragen! Es kommt aber überhaupt nicht infrage, dass ich mich in irgendeinen bunten Lycra-Anzug zwänge und mich darin vor den gesamten Landfrauen präsentiere – oder vor der versammelten Einwohnerschaft von Brook Bridge. Da ist für mich Schluss mit lustig.«

»Wir haben dich schon verstanden, Bert«, meinte ich grinsend.

»Aber ...« Er ließ die Schultern hängen. »Es fällt mir schwer.« Ein halbherziges Lächeln huschte über sein Gesicht. »Diese Füße haben seit mehr als zehn Jahren nicht mehr getanzt. Und glaubt ihr etwa, ich kann mich noch an die Schrittfolgen erinnern?« Er verdrehte die Augen. »Nein. Deshalb wollte ich Ted eigentlich bitten, mir ein bisschen Nachhilfe zu geben, damit ich meine gute alte Lady nicht enttäusche.« Er atmete heftig aus.

Dass Bert seine schöne Dorothy liebte, war absolut offensichtlich. Er wollte ihr wirklich eine goldene Hochzeit bereiten, die sie nie vergessen würde.

Grace fing meinen Blick auf und grinste. »Ich bin sicher, dass Alice dir helfen kann. Du könntest ihr erster Schüler sein!«

In Berts Augen glomm ein Funken Hoffnung auf. »Foxtrott, sagtest du, Bert?«, fragte ich.

»Dorothys Lieblingstanz.«

»Das ist auch einer meiner Lieblingstänze. Ich würde dir sehr gern helfen.«

Berts Blick bohrte sich in meinen. »Wirklich? Das würdest du für mich tun ... für uns?«

»Ja, wirklich. Ich kann doch nicht zulassen, dass du Dorothy nach so vielen Jahren enttäuschst. Da könnte ich ja nachts nicht mehr schlafen. Bereiten wir ihr eine goldene Hochzeit, die sie nie vergessen wird.«

Seine Augen strahlten, er sprang auf, und Grace tat es ihm nach. Die Freude leuchtete aus seinem Gesicht. »Aber versprich mir, dass ich keinen Lycra-Anzug tragen muss.«

»Kein Lycra«, versicherte ich ihm grinsend.

Mit ausgestreckter Hand schoss er auf mich zu. »Danke, ich danke dir, Alice, aber das behalten wir bitte für uns. Dorothy darf nichts davon erfahren.«

»Dein Geheimnis ist bei uns sicher aufgehoben.«

»Wann machen wir uns an die Arbeit?«

»Wie wäre es mit morgen früh?«, schlug ich vor und spürte, wie mein Herz hüpfte angesichts seiner Vorfreude und der Herausforderung, die vor mir lag.

Bert salutierte. »In aller Frühe, das heißt, heute Abend verzichte ich lieber auf meinen Cidre. Sehen wir uns nachher noch?«

»Nachher?«, fragte ich verdutzt.

»Beim Scheunentanz im Malt Shovel.«

»Das hatte ich ganz vergessen«, antwortete Grace und sah mich an. »Das macht eigentlich immer viel Spaß.«

Ich zuckte die Achseln. »Meinetwegen können wir kurz reinschauen.«

»Gut, gut, dann mache ich mich jetzt am besten wieder auf den Weg, und noch mal danke, Alice. Du hast einen alten Mann sehr glücklich gemacht.« Er schüttelte mir kräftig die Hand, bevor er sich umdrehte und fröhlich pfeifend durch die Tür verschwand. Grace und ich standen beide breit grinsend da und sahen ihm nach.

»Siehst du«, flüsterte Grace mir ins Ohr, »schon hast du deinen ersten Kunden. Ein Neuanfang.«

Ich atmete langsam auf, um mich zu beruhigen.

»Team Bert und Dorothy. Bereiten wir Dorothy eine Feier zur goldenen Hochzeit, die sie nie vergessen wird. Ich hoffe nur, dass ich der Aufgabe gewachsen …«

»Hör sofort auf damit, Alice. Du wirst das fantastisch meistern«, fiel Grace mir ins Wort, und ihre Augen funkelten vergnügt.

»Das hoffe ich«, gab ich zurück, schließlich wollte ich niemanden enttäuschen.

17. Kapitel

»Als ich mich bereit erklärt habe, heute Abend zum Scheunentanz in den Pub zu gehen, war keine Rede davon, mich lächerlich kostümieren zu müssen«, protestierte ich, während ich mein rot getupftes Halstuch zurechtrückte und an dem ausgeliehenen, löchrigen Blaumann hinunterschaute, den Grace mir aufgezwungen hatte.

»Das wird ein Heidenspaß, wird dir gefallen«, sagte Grace und zog eine Bürste durch mein Haar.

»Autsch, du bist die schlechteste Friseurin der Welt.«

»Marmor, Stein und Eisen bricht, du weißt ja ... Halt einfach still, hörst du? Ich bin fast fertig«, befahl sie streng, und ich wagte mich nicht mehr zu rühren.

Ein paar Sekunden später reichte sie mir einen Spiegel. Ich starrte auf meine zwei langen Zöpfe und die gewaltigen Schleifen, mit denen sie gehalten wurden. »Ich sehe aus, als würde ich auf einem Bauernhof leben.«

»Das war der Sinn der Sache, ich habe den Look also perfekt getroffen.« Zufrieden rieb sie sich die Hände. »Du gehörst auf eine Farm. Jedenfalls schon bald.« Rasch drückte sie meine Schulter. »Jetzt brauchst du nur noch eine Sache.«

»Und die wäre?«

Grace verschwand in Richtung Schrank am Ende des Flurs. »Ich weiß, dass sie irgendwo hier drin sind«, rief sie, während sie im Schrank kramte. »Na also, da sind sie ja ... Gefunden!«

Zurück in der Küche, hielt sie mir so abgewetzte Cowboystiefel unter die Nase, wie ich sie noch nie gesehen hatte.

»Die sind jedenfalls abgetragen«, meinte ich nachdenklich, als ich sie entgegennahm.

»Falsch, heiß und innig geliebt!« Sie lächelte. »Ich habe sie vom Fundus bekommen, als ich in *Calamity Jane* auftrat, aber sie waren so herrlich bequem, dass ich sozusagen vergessen habe, sie zurückzugeben.«

»Ein Bonus deines Jobs!«

»Jedenfalls passen sie perfekt zu deinem Outfit.«

»Danke … oder so ähnlich«, sagte ich lachend und zog die Stiefel an.

»Ich bin froh, dass Bert mich an die Veranstaltung heute Abend erinnert hat. Sie gehört zu denen, die man nicht verpassen sollte. Apfelcidre aus den dörflichen Apfelplantagen, Livemusik, Schwein vom Spieß, und das ganze Dorf wird da sein«, verkündete sie grinsend.

»Das ganze Dorf?«, fragte ich, und natürlich dachte ich dabei an Sam. Als wir von der Tanzschule zurück waren, ging Sam mir immer noch durch den Kopf. Ich hatte ihm eine Nachricht über Facebook geschickt, nur belangloses Geplauder ohne Tiefgang, denn ich wollte warten, bis ich von Angesicht zu Angesicht mit ihm reden konnte, aber er hatte mir bis jetzt nicht geantwortet.

»Die Beteiligung ist eigentlich jedes Jahr gut. Können wir?«

»Ye-haw, Cowgirl, dann wollen wir mal.« Ich klatschte mir mit der Hand auf den Oberschenkel, denn so allmählich bekam ich doch Spaß an der Sache.

Wir marschierten los, überquerten die Brücke, gingen an einer Reihe von Geschäften vorbei und nahmen eine Abkürzung zwischen den Häusern hindurch zum anderen Ende der Hauptstraße. Dann folgten wir dem Klang der Musik und den Grüppchen von Leuten in abgeschnittenen Jeans, gerüschten Tops und Cowboyhüten, die vor uns gingen.

Schon von Weitem sah der Pub einfach spektakulär aus. Jeder Baum, jeder Strauch, jeder Stand war mit blinkenden Lichterketten und Girlanden geschmückt. Bevor ich irgendetwas sagen konnte, hielt ein großer als Cowboy verkleideter Mann mit schütterem Haar und dunkel gerahmter Brille uns einen Eimer mit Kleingeld hin und schüttelte ihn auffordernd.

Wir warfen eine Handvoll Münzen in den Eimer und betraten das Gelände des Pubs. Vor uns war ein riesiges Festzelt aufgebaut, beeindruckend viele Heuballen gaben dem Ganzen einen authentischen Touch. Einige der Ballen lagen sauber aufgestapelt an den Zeltwänden, andere waren zu Vierecken ausgelegt. Darauf saßen Leute, aßen, tranken und plauderten.

Jeder, an dem wir vorbeikamen, lächelte uns freundlich zu, und im Nu hatte die fröhliche Atmosphäre uns in ihren Bann gezogen.

Im Festzelt herrschte Shabby Chic vor, Blumengirlanden hingen kreuz und quer unterm Zeltdach, und auf den Tischen lagen hübsche gepunktete Tischdecken. Am anderen Ende spielte eine Folkband Livemusik, und bereits jetzt tanzten ein paar Leute auf der provisorischen Tanzfläche.

Gegenüber vom Eingang des Festzeltes ließ der Duft nach am Spieß gebratenem Schwein einem das Wasser im Mund zusammenlaufen. In einem vorn geöffneten Speisezelt standen außerdem riesige Alutöpfe mit hausgemachtem Rindergulasch. Ein paar Männer drängten sich um die provisorische Bar, stießen mit ihren Gläsern an und lachten aus vollem Hals. Die leichte Beklommenheit, die ich empfunden hatte, als Grace diese Veranstaltung erwähnte, fiel schnell von mir ab. Kein Wunder inmitten all der freundlichen Gesichter und dem netten Geplauder.

»Was zu trinken?«, fragte Grace.

»Wenn's unbedingt sein muss.«

»Gehen wir an die Bar, oder bleiben wir draußen?«

»Grace! Alice!«, donnerte eine Stimme hinter uns, bevor ich die Frage beantworten konnte.

Wir fuhren herum und entdeckten Connie und Jim an der Getränkeausgabe des Cidre-Zeltes. Grandie saß neben ihnen in einem Rollstuhl, eine Decke war über seine Beine ausgebreitet.

»Ich wusste nicht, dass du auch kommen würdest«, begrüßte ich ihn strahlend.

»Nach der Zeit im Krankenhaus halte ich es drinnen nicht mehr aus. Ich dachte, die frische Luft würde mir guttun, und dieser Apfelcidre ist was besonders Gutes.«

»Was hat es mit dem Rollstuhl auf sich?«

»Unter uns gesagt …« Grandie beugte sich vor. »Connie hält es für eine Sicherheitsmaßnahme. Ihr Irrsinn hat Methode …«

Ich musste grinsen.

»Sie glaubt, wenn ich hiervon zu viel trinke …« Damit hielt er eine fast leere Flasche Cidre hoch. »… und in dieser Vorrichtung sitze, dann kann ich wenigstens nicht fallen und meinen Kopf noch einmal anschlagen.« Scherzhaft verdrehte er die Augen.

»Ich stehe direkt neben dir«, mischte Connie sich ein und versetzte ihm einen spielerischen Schlag auf den Arm, »und kann jedes Wort hören.«

»Daran hege ich keinen Zweifel«, gab Grandie in ebenso spielerischem Tonfall zurück.

»Das Krankenhaus hätte dir keinen Rollstuhl mitgegeben, wenn man es nicht für nötig gehalten hätte, und wir bleiben sowieso nicht lange. Gerade lange genug, um uns blicken zu lassen und allen kurz Hallo zu sagen.«

Nach Grandies und Jims Gesichtsausdruck zu urteilen hatten sie wohl andere Vorstellungen, und Jim öffnete geschickt eine weitere Flasche Cidre, die er gegen Grandies inzwischen leere Flasche austauschte.

»Das habe ich gesehen!« Connie entging nichts. »Wollt ihr was zu trinken, Mädels?«

»Sofern die beiden nicht bereits die ganze Bar geleert haben«, meinte Grace grinsend und suchte in ihrer Tasche nach Kleingeld.

Jim reichte ein paar Flaschen über den Tresen. »Vorsicht, das Zeug hat es in sich. Trinkt nicht zu viel davon auf leeren Magen«, warnte er mit freundlichem Lächeln. »Und lass stecken, das geht auf meine Rechnung.« Damit warf er etwas Kleingeld in den Eimer, der als Kasse diente.

»Danke, Jim, sehr freundlich«, erwiderte Grace, wandte sich dann Connie zu und küsste sie auf die Wange. »Wir mischen uns ein bisschen unter die Leute. Bis später.«

Wir schlenderten durch die Menge, um uns herum nur typische Dorfbewohner in Feierlaune. Vor uns hüpften ein paar Cowboys in Stiefeln und Strohhüten zur Musik einer kreischenden Geige herum und tranken dabei aus ihren Cidre-Flaschen.

»Ein kleines Tänzchen?«

Mein Entsetzen stand mir vermutlich ins Gesicht geschrieben.

»Das war ein Scherz. Bevor ich so etwas tue, brauche ich noch etwas mehr hiervon«, meinte Grace kichernd und hakte sich bei mir unter.

»Überall sind Leute«, sagte ich und schaute zu einer Gruppe Männer hinüber, die sich einen Wettbewerb im Tauziehen lieferten.

»Nun ja, abgesehen vom Dorffest gibt es hier nicht allzu viel, was man unternehmen könnte, und diese Art Veranstaltung bringt die Leute zusammen. Das ist jedes Mal ein echtes Gemeinschaftstreffen. Außerdem erhalten die Leute so Gelegenheit, zu kosten, was jeder so produziert.« Sie nickte zu Dorothy hinüber, die an einem Tapeziertisch stand und mit hochrotem Gesicht Kuchenstücke servierte.

Bert schaute hoch, ließ seinen Blick schweifen und entdeckte uns. Er tippte sich leicht gegen die Nase und zwinkerte uns zu, um uns daran zu erinnern, dass wir sein Geheimnis nicht verraten sollten.

Wohin ich auch sah, überall war etwas los, selbst aufgedrehte Kleinkinder machten mit, stampften in ihren Gummistiefeln zum Takt der Musik, die Hotdogs mit Ketchup fest umklammert.

Der Duft von leckeren Speisen lockte uns zurück zu dem Spieß, an dem ein riesiges Schwein über dem Feuer gedreht wurde. Wir stellten uns hinter den anderen Wartenden an. »Jim hatte recht, das Zeug hat es in sich«, sagte ich, »sehr … cidrig!« Damit nahm ich einen weiteren Schluck.

Grace kicherte. »Dummes Ding, du, das wurde aus Äpfeln der Honeysuckle Farm produziert.«

»Wirklich?«

»Ja, wirklich.«

»Wer hätte das gedacht, selbst gemachter Cidre mit Äpfeln direkt von meiner Türschwelle? Erfrischend und sehr lecker.«

Endlich erreichten wir das Ende der Schlange. Der Typ im blau karierten Hemd, der hinter dem Tapeziertisch stand, lupfte seinen Cowboyhut.

»Was darf ich den Damen servieren?«, fragte er mit übertrieben ländlichem Akzent. Dabei kaute er auf einem Strohhalm und warf uns beiden ein freches Grinsen zu.

»Zwei davon, bitte«, nickte Grace zu dem Stapel heißer Scheiben Schweineschinken hinüber. Wir nahmen uns jeder eine Serviette, dankten dem Cowboy und ließen uns mit unseren Tellern auf einem Heuballen nieder, von dem aus wir die Tanzfläche im Blick hatten.

Wir stellten unsere Getränke auf dem Boden ab und machten uns dann über unser Essen her. Irgendwann verlor ich den Überblick darüber, wie oft Grace zugenickt oder zugewinkt wurde. Hier kannte offenbar jeder jeden. In New York dagegen wusste man kaum, wer in der Wohnung nebenan wohnte. Alle Nachbarn, denen man gelegentlich im Treppenhaus zunickte oder höflich Hallo sagte, wenn man ein Paket entgegennahm, waren Fremde.

Nachdem wir unsere übergroßen Brötchen, die dick mit Schinkenbraten belegt waren, verputzt hatten und ich mir die Apfelsauce vom Kinn gewischt hatte, eilte ich nach drinnen, um auf die Toilette zu gehen, während Grace zum Cidrestand zurückging, um mit Connie und den anderen zu plaudern.

Der Pub war rappelvoll, die durstigen Gäste standen in Fünferreihen an der Bar. Statt mich durch die Menge zu zwängen, entschied ich mich für den einfacheren Weg durch eine Seitentür zurück auf die Hauptstraße. Dort entdeckte ich Sams Wagen, der gegenüber der Post geparkt war. Er selbst stand in der Schlange vor dem Bankautomaten, wie üblich in Jeans, dazu ein eng anliegendes weißes T-Shirt, das sich an seinen perfekt modellierten Oberkörper schmiegte. Das Herz schlug mir wie wild in der Brust. Ich blieb an seinem Auto stehen und hoffte auf eine Gelegenheit, unter vier Augen mit ihm zu reden. Schließlich war er an der Reihe, überquerte dann die Straße und verstaute dabei die Scheine in seiner Geldbörse.

»Sam.«

Er schaute auf, unsere Blicke trafen sich. Sofort spürte ich, dass die Funken sprühten.

»Hey«, sagte ich leise.

»Ebenfalls hey«, erwiderte er und musterte mein Outfit. »Der Countrylook steht dir sehr gut.« Er schaute mich neckisch an.

»Hmmm, davon bin ich nicht überzeugt, zumal Grace für mich diese alten Dinger ausgebuddelt hat.« Ich hob ein Bein und wackelte mit dem Fuß, damit er die Cowboystiefel bewundern konnte. »Hat sie mitgehen lassen von ihrem Auftritt in *Calamity Jane*.«

»Sie komplettieren dein Outfit hervorragend.«

Erleichtert stellte ich fest, dass zwischen uns offenbar keine Spannung herrschte und Sam völlig unbefangen mit mir redete.

»Kommst du auf einen Drink mit rein? Ich lade dich ein«, fragte ich voller Hoffnung.

Kaum hatte ich die Frage gestellt, da verlagerte Sam unbehaglich sein Gewicht von einem Fuß auf den anderen und warf einen Blick über seine Schulter. Seine Stimmung schien sich schlagartig zu ändern. »Nicht heute Abend, sieht sehr voll aus da drin.«

»Das ist milde ausgedrückt«, erwiderte ich, ohne die Enttäuschung in meiner Stimme verbergen zu können.

»Ich melde mich bald bei dir. Viel Spaß noch.« Damit wandte er sich ab und schloss seinen Wagen auf.

»Wie bald?«, hakte ich nach, weil ich eine Zeitangabe von ihm hören wollte. Er wandte sich wieder zu mir um. Jetzt lag ein gewisses Unbehagen in der Luft, und mir gefiel das gar nicht.

»Sam, ist alles in Ordnung?« Meine Stimme klang ernst. »Du wirkst … so anders mir gegenüber.« Na also, jetzt hatte ich es ausgesprochen. »Können wir reden? Ich muss dir etwas sagen.« So schnell gab ich nicht auf und deutete hinüber zu der Bank vor dem Pub.

Er nickte, schloss sein Auto wieder ab und folgte mir zu der Bank. Bevor er sich neben mich setzte, warf er einen flüchtigen Blick auf die Leute, die sich am Eingang zum Pub drängten.

»Wenn ich das fühle, kannst du es doch sicher auch?«, fragte ich leise und bekam dabei kaum Luft.

Er atmete sachte aus. »Ja, das kann ich.« Für den Bruchteil einer Sekunde schoben sich seine Finger zwischen meine. Die Berührung ließ eine Gänsehaut über meinen Körper laufen.

»Ich glaube, ich weiß, was du mir sagen willst«, erklärte er.

»Du weißt Bescheid, nicht wahr?« Ich sprach ruhig, obwohl ich mehr als angespannt auf seine Antwort wartete.

Er schaute mich an, biss sich auf die Unterlippe, starrte mich einen Moment an, ohne zu blinzeln. Dann nickte er.

»Ich habe es begriffen, als Bert in seinem Lkw neben uns hielt und dir sagte, dein Großvater sei wieder zu Hause. Alice, wenn du mit mir redest, handelst du dir nur jede Menge Ärger ein. Du solltest dich nicht in meine familiären Probleme hineinziehen lassen.«

»Habe ich darüber nicht selbst zu entscheiden?«

»Die meisten Leute hier in der Gegend denken ziemlich schlecht von mir und …« Er schaute mich eindringlich an mit seinen unwiderstehlichen Augen. »Und …«

»Es ist mir egal, was alle anderen über dich denken«, fiel ich ihm ins Wort.

Er schaute zum Pub hinüber und zuckte die Achseln. »Das wird sich ändern, Alice.« Langsam ausatmend stand er auf.

Ich schluckte. »Das wird es nicht. Es ist mir egal, was andere sagen oder denken. Was war, ist vorbei, und so soll es auch bleiben.«

Er holte tief Luft, bevor er erneut das Wort ergriff, als müsse er sich sehr genau überlegen, was er als Nächstes sagte. »Geh zurück zu deinen Freunden und Angehörigen. Sie fragen sich bestimmt schon, wo du abgeblieben bist.«

Eine Träne lief mir über die Wange, und er wischte sie mir sanft weg. »Weine nicht.«

Durch einen Tränenschleier hindurch schaute ich zu ihm hoch. »Komm her«, sagte er leise und zog mich in seine Arme. Ich lehnte mich an seine Brust und sog den herrlichen Duft seines Aftershaves ein, spürte seine Wärme und hörte das sachte Pochen seines Herzens. Dann ließ er mich langsam los, legte mir zwei Finger unters Kinn und hob es an, sodass wir einander in die Augen sahen. Einen intensiven Moment lang blieben wir so stehen, nur Zentimeter voneinander entfernt.

»Ich muss gehen«, flüsterte er schließlich, küsste mich sanft auf die Wange und wandte sich ab, um zu gehen.

»Geh nicht fort«, flehte ich, während mir das Herz brach.

Plötzlich ertönte wie aus dem Nichts eine laute Stimme und unterbrach unseren gemeinsamen Moment. »Alice, belästigt er dich etwa?«

Überrascht fuhr ich herum. Im Eingang des Pubs stand Ben, sichtlich aufgebracht und zornig. Neben ihm tauchte Henry auf.

»Nein, ganz und gar nicht«, erwiderte ich und fasste Ben fest ins Auge.

»Von hier sieht es aber ganz danach aus«, gab er zurück.

»Ben, es ist wirklich alles in Ordnung«, sagte ich ein wenig schärfer.

Inzwischen zogen wir anscheinend die Blicke anderer auf uns.

Sam war stehen geblieben und hatte sich zu mir umgedreht. »Genau das ist der Grund, warum ich gehen muss«, flüsterte er leise.

Ich sah ihm nach, wie er in sein Auto einstieg, den Motor startete und davonfuhr. Kaum war er außer Sichtweite, fuhr ich wütend zu Ben herum. »Verrätst du mir, was das eben sollte?«, fragte ich, verärgert, dass er mein Gespräch mit Sam unterbrochen hatte.

»Was hast du mit jemandem wie Sam Reid zu schaffen?«

»Mit wem ich mich abgebe, ist meine Sache«, erwiderte ich kühl und sehr direkt, was Ben offensichtlich überraschte.

Ich hörte, wie er etwas in sich hineinmurmelte, aber ich hatte mich bereits abgewandt und ging die Straße hinunter. Wie kam Sam damit zurecht, ständig derartigem Verhalten ausgesetzt zu sein? Ich wusste genau, wie es sich anfühlte, ein Außenseiter zu sein, und im Laufe der Zeit nagte das ganz schön am Selbstbewusstsein.

Zehn Minuten später war ich wieder im Wild Rose Cottage und wischte mir Tränen der Enttäuschung aus dem Gesicht. Ich hatte an Sams Tür geklopft, aber es kam keine Reaktion. Grace schickte ich eine SMS, um mich zu entschuldigen und zu erklären, wohin ich verschwunden war, und sie antwortete, sie sei bereits auf dem Weg nach Hause. Ich war wütend und enttäuscht, dass mir der Abend verpfuscht worden war und ich Grandie nicht einmal hatte Gute Nacht sagen können.

Zum ersten Mal seit meiner Rückkehr nach Brook Bridge begann ich zu hinterfragen, ob alles hier so richtiglief. Wenn die Dorfbewohner so mit ihren Mitmenschen umgingen, über zwei Jahrzehnte an einem Groll festhielten, wollte ich dann wirklich zu dieser Gemeinschaft gehören? Vielleicht hatte Mum ja recht daran getan fortzugehen. Nach diesem Abend war ich mir nicht mehr sicher, ob dieses Dorf die Lösung meiner Probleme sein konnte.

18. Kapitel

Am nächsten Morgen schien die Sonne in mein Zimmer, und draußen zwitscherten die Vögel, als ich aufwachte. Es dauerte nur den Bruchteil einer Sekunde, bis mir wieder einfiel, was im Pub geschehen war und wie man Sam dort behandelt hatte.

Als Grace am Abend zuvor nach Hause gekommen war, tranken wir gemeinsam eine Flasche Wein, und ich schilderte ihr, was geschehen war. Ich erzählte, dass ich mich zum ersten Mal verunsichert fühlte, was meinen Verbleib im Dorf anging. Ich hatte geglaubt, mein Leben würde sich jetzt zum Guten wenden, aber nachdem ich mit ansehen musste, welche Feindseligkeit Sam entgegengebracht wurde, machten einige Einwohner von Brook Bridge keinen besonders guten Eindruck mehr auf mich.

Grace hatte mich eingeweiht, dass es schon seit Jahrzehnten Rivalitäten zwischen Bens Familie und den Reids gab. Bens Großmutter war Florries beste Freundin gewesen, und auch nach ihrem Tod war der Zwist zwischen den Familien nie beigelegt worden. Aber gab es wirklich nach so langer Zeit noch einen Grund, an den Feindseligkeiten festzuhalten? Die Zeit war doch nicht stehen geblieben. Wenn ich daran dachte, was ich vor dem Pub miterlebt hatte – dass Sam die Ruhe bewahrte, einfach ging und nicht zurückpöbelte –, dann wollte er sich offenbar aus dem Streit heraushalten. Das konnte ich ihm nicht verübeln, denn ich verstand ihn nur zu gut. Auch ich hatte die Nase voll von Leuten, die sich in uralten Fehden verstrickt hatten.

Eine Weile blieb ich noch im Bett sitzen, bevor ich die Decke zurückschlug und vorsichtig ins Bad tappte. Unter der Dusche ließ ich mir das Wasser über den Körper laufen und sinnierte über den vor mir liegenden Tag. Für den Morgen hatte ich mit Bert einen Termin in der Tanzschule vereinbart. Nach der Tanzstunde wollte ich zu Fuß zur Honeysuckle Farm gehen, um Grandie zu sehen, bevor ich hoffentlich Sam irgendwo aufspüren würde.

Eine Viertelstunde später, mit frisch gewaschenen Haaren und geschminktem Gesicht, ging ich nach unten, wo mich der Duft gebratenen Frühstücksspecks empfing.

Grace lächelte mich an.

»Frühstück«, sagte sie, stellte mir ein Speck-Sandwich und einen Becher Tee auf den Tisch. »Gut geschlafen?«

Insgesamt hatte ich das schon, was vermutlich auch auf den Weinkonsum am Vorabend zurückzuführen war.

»Ja, nicht schlecht.«

»Und deine Pläne für heute?«, fragte sie und setzte sich mir gegenüber an den Küchentisch.

»Zuerst: Foxtrottstunde mit Bert.«

»Aber kein Lycra«, erinnerte Grace mich, und ich musste lächeln. »Siehst du, ich wusste doch, dass ich dir ein Lächeln entlocken kann«, meinte sie scherzhaft.

»Ein ganz kleines nur«, erwiderte ich und deutete mit Daumen und Zeigefinger an, wie klein. »Aber mir geht eine Menge durch den Kopf. Ich weiß nicht, was ich tun soll.«

»Was geht dir denn alles durch den Kopf?«

»Ich hatte angefangen, mich auf die Wiedereröffnung der Tanzschule zu freuen. Im Kopf hatte ich mir schon alles ausgemalt – neue Träume, etwas, auf das ich mich konzentrieren kann. Ich dachte, ich komme einfach angetanzt und bringe den Laden wieder zum Laufen. Ich hatte Visionen von Tanzkursen am Wochenende für die Kinder. Unter der Woche abends am Montag Jive mit den Landfrauen, am Dienstag Tango mit Paaren, am Mittwoch Paso doble mit den Älteren, am Donnerstag Charleston mit allen, die Lust dazu haben. Den Freitagabend wollte ich mir freihalten, um mich zu erholen. Ich wollte, dass alle wieder in die Tanzschule geströmt kommen – wollte für eine Wohlfühlatmosphäre sorgen, die alle Generationen in einem Ziel vereint, nämlich Spaß zu haben und Tanzen zu lernen. Aber jetzt …«

»Aber jetzt …?«, hakte Grace nach.

»Nach gestern Abend hatte ich nicht das Gefühl, mich in dieser Gemeinschaft wohlfühlen zu können.« Ich schaute sie skeptisch an und atmete aus.

»Lass dir deine Vision nicht von dem kaputt machen, was gestern Abend geschehen ist.«

Ich antwortete nicht. Die Wirklichkeit hatte mich wieder – vielleicht war das Dorfleben doch nicht nur Friede, Freude, Eierkuchen. Warum konnten die Leute nicht einfach nett zueinander sein?

»Ben ist bestimmt eifersüchtig.«

»Eifersüchtig?«

»Ja. Sieh dich doch an … umwerfend schön … und als er dich mit Sam gesehen hat, muss das ein Schock gewesen sein.«

»Jeder, der an uns vorbeigegangen ist, konnte zweifelsfrei erkennen, dass Sam mich nicht belästigt hat. Ben hat grundlos eine Szene gemacht. Wie denkt Grandie über Sam und seine Familie?«, fragte ich, als mir plötzlich klar wurde, dass ich das nicht wusste.

»Das wirst du ihn selbst fragen müssen. Er hat nie darüber gesprochen. Jedenfalls nicht mit mir.«

Ich biss in mein Sandwich und spürte, wie mir schon wieder die Tränen kamen, als ich über die verwickelte Lage der Vergangenheit nachdachte. Warum nur musste alles so kompliziert sein?

»Aber«, fuhr Grace fort, als ich sie anschaute, »lass dir dein Urteil nicht von dieser Sache trüben. Das ist das Problem der anderen, nicht deines. Genauso wie das, was auch immer zwischen deiner Mum und deinem Großvater vorgefallen sein mag – das ist ihr Streit, nicht deiner.«

»Nun sieh mich an – ich scheitere schon an der ersten Hürde.«

»Keine Panik, niemand scheitert. Mir scheint, du grübelst einfach nur zu viel.«

Ich nickte und nahm einen Schluck von meinem Tee.

»Denk nicht so viel darüber nach, pack's einfach an und tu es.« Ich wusste, dass Grace recht hatte. Ich konnte mich nicht damit aufhalten, wer mit wem redete oder nicht und wer welchen Groll gegen wen hegte. Ich musste mich auf mein eigenes Leben konzentrieren, auf mein Unternehmen, und damit würde ich sofort anfangen, noch an diesem Morgen. Plötzlich konnte ich es kaum noch erwarten, Bert Tanzunterricht zu geben.

19. Kapitel

Der Himmel war wolkenlos, und die Sonne schien kräftig, als ich durch den Vorgarten des Wild Rose Cottage zur Straße ging. Eigentlich hätte ich gern mit Sam gesprochen, bevor ich mich auf den Weg zur Tanzschule machte, aber bei ihm waren die Vorhänge noch zugezogen, und kein Lebenszeichen war zu sehen. Das würde also warten müssen bis später.

Bis zur Schule brauchte ich nur wenige Minuten, und mein Herz begann schneller zu schlagen, als ich jemanden neben dem Gebäude herumlungern sah. Bei genauerem Hinsehen erkannte ich aber zu meiner Erleichterung, dass es nur Bert war, der sich sehr seltsam verhielt.

»Morgen, Bert«, grüßte ich fröhlich. »Warum diese Heimlichtuerei?«

»Häh?«

»Warum versteckst du dich neben dem Gebäude?«, fragte ich und angelte den Schlüsselbund aus meiner Tasche.

»Weil man mich nicht sehen darf. Dorothy ist schon auf dem Kriegspfad und fragt sich, wohin ich mich heimlich schleiche.« Er sprach im Flüsterton.

Ich schaute mich um – weit und breit keine Seele zu sehen. »Ich glaube, du kannst dich jetzt zeigen, Bert. Niemand ist in der Nähe.«

»Gut, gut.« Er rückte seine Mütze zurecht und spähte vorsichtshalber selbst noch einmal die Straße entlang. »Man kann aber nie wissen. Sie taucht immer gerade dann auf, wenn man es am allerwenigsten erwartet. Der Blick, den sie mir zugeworfen hat … du weißt schon, als ich das Haus verlassen habe.«

»Dorothy?«

»Ja, Dorothy. Dieser Blick, wenn sie die Augen verengt und ich mich schon schuldig fühle, weil ich auch nur atme.« Er kicherte in sich hinein. »Hast du eine Vorstellung davon, wie schwer es ist, sich davonzuschleichen, sogar noch in meinem Alter? Die Frau hat irgendwelche übersinnlichen Fähigkeiten; sie weiß immer, wenn ich was im Schilde führe.«

»Ich glaube, das gehört einfach zum Wesen einer Frau.« Grinsend musterte ich Bert, der total nervös ins Foyer huschte wie ein tanzender Ninja, kaum dass die Tür offen war.

Nachdem ich das Licht angeschaltet hatte, folgte Bert mir durch die Eingangshalle in den Hauptübungsraum. Er hängte seinen Mantel über einen Stuhl und legte seine Schiebermütze auf einen Tisch, bevor er sich mit der Hand durch die Haare fuhr. Ich ging hinüber zu den Fenstern und öffnete die Jalousien, sodass Sonnenlicht in den Raum fiel.

Als ich mich wieder umdrehte, ertappte ich Bert dabei, wie er sich im Spiegel betrachtete.

»Diese Spiegel sind nicht gut für mein Selbstvertrauen«, gab er zu, holte Luft und zog den Bauch ein. Sein Gesicht lief rot an, er atmete aus und bekam prompt einen Hustenanfall.

»Was ich nicht alles für diese Frau tue«, murmelte er. Als er sich davon erholt hatte, wischte er sich den Mund mit einem Taschentuch ab und drehte sich vor dem Spiegel hin und her, um sich aus möglichst vielen Blickwinkeln zu betrachten.

»Jeder sollte einen Bert in seinem Leben haben.« Ich lächelte belustigt und baute mein iPad auf einem Tisch in der Nähe auf. »Der Foxtrott soll es also sein.«

»Dorothys Lieblingstanz«, erwiderte er, löste endlich seinen Blick vom Spiegel und wandte seine Aufmerksamkeit wieder mir zu.

»Machen wir zuerst ein paar Aufwärmübungen. Ich will

nicht, dass du dir eine Muskelzerrung holst, bevor wir überhaupt richtig angefangen haben.«

»Kannst du dir vorstellen, wie ich ihr das plausibel erklären sollte?«

»Und dann schütteln wir uns aus.«

»Klingt schmerzhaft«, meinte Bert scherzend.

In den nächsten fünf Minuten ließ ich Bert ein paar Übungen zum Aufwärmen der Muskulatur machen. Er sah jetzt schon abgekämpft aus und wischte sich einen Schweißtropfen von der Stirn. Dabei hatten wir noch gar nicht angefangen zu tanzen.

»Fangen wir mit den Grundlagen an.« Ich zog einen Pulli über und schlüpfte in ein Paar hochhackiger Schuhe, die ich mitgebracht hatte. »Bist du bereit?«

»Ich glaube schon«, meinte er lächelnd und folgte meinen Bewegungen mit Argusaugen.

»Der Foxtrott ist ein geschmeidiger Tanz, und wir bewegen uns im Uhrzeigersinn durch den Raum«, begann ich.

»Verstanden«, erklärte Bert, der auf jedes meiner Worte achtete.

»Wir zählen beim Foxtrott folgendermaßen: langsam, langsam, schnell, schnell. Wobei langsam zwei Schläge bedeutet und schnell nur einen. Der Mann, das bist du …«

»Ich war es zumindest, als ich das letzte Mal nachgeschaut habe«, unterbrach Bert mich.

»Die Männer fangen mit dem linken Fuß an und gehen zwei Schritte vor, einen zur Seite und ziehen den anderen Fuß heran … so.« Ich führte die Schritte vor, und meine Absätze hallten auf dem Holzfußboden, als ich mich bewegte. »Dann fangen die Frauen mit dem rechten Fuß an, gehen zwei Schritte zurück, einen Schritt zur Seite und ziehen den anderen Fuß heran. Verstanden?«

»Ich glaube schon«, sagte Bert, den Blick fest auf meine Füße gerichtet.

»Dann mal los, streck deine Arme aus, als würdest du Dorothy halten, während du deine Schritte übst.«

»So?«, fragte Bert, der mitten auf der Tanzfläche stand.

Ich nickte. »Jetzt mit dem linken Fuß einen Schritt vor.«

Bert tat einen wackligen Schritt nach vorn.

»Dann einen Schritt zur Seite mit dem linken Fuß, so wie ich es tue.«

Bert machte es mir nach.

»Jetzt den rechten Fuß an den linken heranziehen und das Ganze noch mal von vorn.«

Nach ein paar Versuchen erinnerte Bert sich offenbar wieder, und geschmeidig koordinierte er seine Schritte. Albern grinste er dabei vor sich hin.

»Ich fühle mich wunderbar, das ist wunderbar«, erklärte er und reckte seine Arme weit zur Seite. »Ich fühle mich wieder wie ein junger Mann.«

Mir tat es unglaublich gut, das fröhliche Blitzen in seinen Augen zu sehen und die Freude, die ihm ins Gesicht geschrieben stand.

»Mach weiter so und denk dran: im Uhrzeigersinn durch den Raum.«

Als Bert seine Schritte gemeistert hatte, sah er mir zu, während ich den Part der Frau tanzte.

»Und jetzt stell dir vor, ich wäre Dorothy«, sagte ich lächelnd und nahm meine Position mitten auf der Tanzfläche ein. »Dorothy wird ihr Gewicht auf den linken Fuß legen, sodass der rechte Fuß frei ist, dann einen Schritt zurück mit dem rechten Fuß machen, einen mit dem linken Fuß, dann einen Schritt zur Seite mit dem rechten Fuß, den linken Fuß heranziehen und das Ganze von vorn. Versuchen wir es gemeinsam?«

»Ja«, gab Bert zurück und nahm seinen Platz mir gegenüber ein.

»Du führst, ich folge.«

»Dorothy wird das nicht gefallen, weißt du«, scherzte er. »Sie hat im Haus die Hosen an, und ich musste mich schon immer ihrer Führung beugen.« Unbeschwert lachte er über seinen eigenen Witz.

»Na dann, genieße deinen Augenblick, Bert, denn ganze drei Minuten lang bekommst du die Chance, dein Licht leuchten zu lassen, und Dorothy wird sich ausnahmsweise von dir führen lassen müssen.«

»Auf diesen Moment habe ich fünfzig Jahre gewartet.«

Ich konnte nicht anders, als Bert sympathisch zu finden. Obwohl er den Pantoffelhelden spielte, war doch offensichtlich, dass er seine Dorothy immer noch über alles liebte.

»Okay, jetzt führe und geh mit. Übe mit dem Körper ein wenig Druck aus. Führe Dorothy in diese Schrittfolgen hinein.« Das Ganze machte mir unheimlichen Spaß, und meine Laune hatte sich im Gegensatz zu gestern Abend erheblich gebessert. Während ich Bert die Schrittfolgen absolvieren ließ, war ich in Gedanken bei dem, was Grace mir gesagt hatte: »Tu, was du tun möchtest. Du hast nur dieses eine Leben, also lebe es. Werde glücklich.«

Bert konzentrierte sich mit aller Macht und zählte leise die Schritte mit.

»Wenn du dich zur Seite bewegst, nimm mich mit«, forderte ich ihn auf, als wir durch den Raum zu tanzen begannen. »Du musst die Verbindung mit Dorothy aufrechterhalten, ein bisschen mehr Druck mit deinem Körper ausüben und dann deine Schritte ausführen. Nimm sie von rechts mit zur Seite und führe sie sanft mit deinem ganzen Körper ... So ist es gut, Bert, sanft und geschmeidig ... perfekt!«

»Ich hab's, ich hab's ... jetzt fällt mir alles wieder ein.« Die Freude in Berts Stimme wärmte mir das Herz. Sein runzliges Gesicht strahlte vor Aufregung, seine Wangen glühten.

Geschmeidig glitt er über den Boden und führte mich mit sich.

»Wollen wir es jetzt noch mal zur Musik versuchen?«, schlug ich vor, als klar war, dass Bert den Bogen raushatte.

Als die Musik von meinem iPad erklang, nahmen wir unsere Grundhaltung ein, und sobald ich Bert das Signal gegeben hatte, übernahm er die Führung. Zuerst stolperte er ein wenig. Offenbar fiel es ihm schwer, seine Schritte im Takt zur Musik auszuführen, aber ich geleitete ihn durch den Tanz, indem ich jeden Schritt ansagte.

»Wir wollen keine abrupten Bewegungen und kein Anhalten. Wir bewegen uns von den Füßen ausgehend. Halte die Knie leicht gebeugt, strecke dein Bein und verlagere sanft dein Gewicht darauf, Schritt zur Seite, den anderen Fuß nachziehen. Versuche, nicht nach jedem Schritt stehen zu bleiben«, wies ich ihn leise an. Bert hörte auf jedes Wort, und seine Entschlossenheit stand ihm ins Gesicht geschrieben. Nach ein paar weiteren Versuchen platzte der Knoten, und schon bald glitten wir über den Tanzboden, bis die Musik endete.

»Ich wollte nicht, dass es zu Ende geht«, hauchte Bert, als er wieder zu Atem kam. »Das fühlte sich an wie reinste Magie.« In seinen Augen glitzerten Tränen der Rührung.

»Ich kann es kaum erwarten, Dorothys Gesicht zu sehen, wenn ich sie bei der Hand nehme und sie auf diese Bühne führe … Dorothy!« Erschrocken schaute er auf die Uhr. »Wir sind jetzt schon über eine Stunde dabei. Jetzt beeile ich mich besser, sonst verfüttert sie mein Mittagessen an den Hund.«

»Ich wusste nicht, dass ihr einen Hund habt.«

»Haben wir auch nicht«, erwiderte er lachend, setzte rasch seine Mütze auf und schlüpfte in seinen Mantel. »Alice … ich kann dir gar nicht genug danken für deine Geduld. Du bist so ein warmherziges Mädchen, dass du deine Zeit opferst, um mir zu helfen.«

»Du brauchst mir nicht zu danken. Es war mir ein Vergnügen.«

»Du bist eine fantastische Lehrerin. Können wir das noch ein paarmal durchgehen vor dem großen Tag?«

»Aber natürlich«, erwiderte ich. Jede Sekunde des Unterrichtes hatte mir Spaß gemacht. Bert zu unterrichten hatte meine Stimmung mächtig gehoben und mein Selbstvertrauen gestärkt – genau das, was ich brauchte. Vielleicht war das der richtige Weg. Etwas zu tun, was ich gut konnte.

Er griff nach meinen Händen und drückte sie fest. »Das Gesicht meiner Dorothy wird ein Bild für die Götter. Und sie braucht dringend etwas, was sie aufmuntert.«

»Warum?«, fragte ich, löste mich aus seinem Griff, zog meinen Pulli aus und stopfte ihn wieder in meine Tasche.

Er seufzte. »Sie übernimmt sich. Zum Beispiel mit dem diesjährigen Dorffest. Ich weiß nicht, warum sie meint, jedes Jahr die Organisation übernehmen zu müssen. Das bringt ihr eines Tages noch den Tod.« Er zog die buschigen Brauen hoch. »Dieses Jahr haben sie niemanden für die Abschlussveranstaltung – es wird kein großes Finale geben.«

»Wie meinst du das?«

Er schwieg einen Moment. »Stellas Sohn war dafür vorgesehen. Stella ist Dorothys Freundin von den Landfrauen. Er war schon im Fernsehen, in einer dieser Talentshows. Ein Zauberer, sagt sie. Aber er hat in letzter Minute wieder abgesagt, und jetzt sucht sie überall nach Ersatz, aber so kurzfristig klappt das nicht. Keiner hat Zeit.«

»Wann findet das Dorffest noch mal statt?«

»In zwei Wochen. Die Zeit reicht nicht, um eine andere Sache zu buchen. Die Landfrauen laufen schon Sturm gegen sie – als ob sie schuld wäre, dass dieser Zauberer abgesagt hat.«

»Konzentrieren wir uns auf das Positive. Wenigstens wirst du mit Dorothy auf der Bühne herumwirbeln.«

»Wenigstens das«, stimmte er mit leicht gezwungenem Lächeln zu. Ihm war anzusehen, wie sehr es ihn ärgerte, dass Dorothy so unter Stress gesetzt wurde.

»Egal jetzt, ich muss los, und denk daran: Das bleibt unter uns.« Er tippte sich gegen den Nasenflügel und verschwand nach draußen.

Kaum hatte er das Gebäude verlassen, schossen mir tausend Gedanken durch den Kopf. War das ein Wink des Schicksals? Ich packte mein iPad ein, und zugleich breitete sich ein Lächeln auf meinem Gesicht aus.

Fröhlich pfeifend wanderte ich zurück zum Wild Rose Cottage, nachdem ich die Tanzschule abgeschlossen hatte. Immer wieder ging mir Dorothys Dilemma durch den Kopf, und allmählich formte sich eine verrückte Idee. Was, wenn … was, wenn …?

»Weshalb lächelst du so?« Grace schaute aus dem Schlafzimmerfenster des Cottage, als ich das Gartentor öffnete.

Ich blickte auf. »Setz Wasser auf, dann erzähle ich es dir in allen Einzelheiten.«

»Oooh, du machst mich neugierig. Schon dabei!«

Albern grinsend saß Grace mir gegenüber und umklammerte ihren Teebecher. »Alice, du bist ein Genie. Das ist eine fantastische Idee. Hast du schon mit Dorothy darüber gesprochen?« Sie war offensichtlich hin und weg.

Ich schüttelte den Kopf. »Aber übernehme ich mich damit auch nicht? Es bleiben nur zwei Wochen, um alles zu organisieren.«

Grace dachte gerade mal eine Sekunde über meine hirnverbrannte Idee nach. »Ich werde helfen, und Mum können wir auch miteinbeziehen. Sie liebt solche Sachen. Alle Mann an Deck!« Grace klatschte in die Hände wie ein dressierter Seelöwe. »Vorsicht, ich erdrücke dich gleich«, warnte sie mich, stand auf und umarmte mich heftig.

»*Strictly Dancing in Brook Bridge!*«, verkündete sie lauthals. »Ich sehe es schon vor mir, alle Landfrauen in paillettenbesetzten Kleidern ... die vor der Jury über die Bühne wirbeln ... Darf ich Jurymitglied sein? Bitte, bitte, sag Ja!« Sie grinste mich schief an, legte die Hände wie zum Gebet vor die Brust. Sie war jetzt richtig aufgedreht.

»Aber was machen wir mit den Männern? Wo sollen wir die Männer auftreiben, die wir brauchen?«, unterbrach ich sie, während ich mir das Hirn zermarterte. »Ich nehme die Herausforderung zwar gern an, aber es wird schwierig genug sein, den Frauen in der Kürze der Zeit von Grund auf alles Nötige beizubringen, geschweige denn eine passende Anzahl an Männern zu finden, die sich überreden lassen, ebenfalls teilzunehmen. Und dann sind da noch die Kostüme und so weiter.«

»Ich verstehe, was du meinst.« Grace setzte sich wieder und dachte angestrengt nach. Dann stieß sie heftig den Atem aus. »Oh mein Gott, ich hab's!«, rief sie mit weit aufgerissenen, vor Aufregung blitzenden Augen. »Was hältst du davon, Sam mit einzuspannen?«

»Sam? Wieso Sam?«

»Denk doch mal nach – die meisten Freunde von Sam sind auch meine Freunde, und womit verdienen sie ihren Lebensunterhalt? Mit Tanzen! Jede der Damen kann von einem adretten, gut aussehenden Mann über die Bühne gewirbelt werden, und das alles für einen guten Zweck.«

»Da bin ich mir nicht so sicher, Grace«, erwiderte ich zweifelnd. Ich hatte ja mitbekommen, was Dorothy von Sam hielt.

»Du hättest Zeit, die Damen zu unterrichten, und die Männer kümmern sich um sich selbst. Niemand würde erfahren, dass Sam überhaupt etwas damit zu tun hat, falls dir das Sorgen bereitet.«

»Nicht mir bereitet das Sorgen. Ich hätte Sam sehr gern

dabei. Eine Hilfe wäre mir das auf jeden Fall«, sagte ich und überlegte immer noch.

»Soll ich ihn fragen?«

Ich ließ mir einen Moment Zeit. »Nein, lass mich das selbst tun.«

»Okay, tu du das, aber tu es noch heute. Lass uns die Show auf die Beine stellen«, erwiderte sie leidenschaftlich, begann, die Titelmelodie *Strictly Come Dancing* vor sich hin zu summen und dazu durch die Küche zu tanzen. Unwillkürlich brachte ihre Begeisterung mich zum Lächeln, während ich über den Morgen nachdachte. Ich hatte wirklich großen Spaß daran gehabt, Bert Tanzunterricht zu geben. Vielleicht lag genau darin ja meine Berufung. *Strictly Dancing in Brook Bridge* zu koordinieren half mir womöglich bei der Entscheidung, ob ich der Aufgabe als Tanzlehrerin für ganze Kurse gewachsen war. Meine Gedanken wanderten zu Sam. Ich wusste, dass meine Bitte um Hilfe mit Sicherheit ein Problem lösen würde, aber würde er auch bereit sein, dem Dorf zu helfen, dessen Bewohner ihm mehrheitlich die kalte Schulter zeigten?

»Grace … das könnte auch genau das Richtige für Sam sein.«

»Häh?«, fragte sie verdutzt.

»Wenn Sam mit an Bord kommt, wäre das nicht die perfekte Möglichkeit, die Dorfgemeinschaft wieder zu einen und zu versöhnen? Den Blick nach vorn zu lenken und Sam hoffentlich Akzeptanz zu verschaffen – vor allem bei Dorothy und Bert und vielleicht sogar bei Ben?«

»Alice Parker … damit könntest du recht haben.«

»Na schön, ich rede mit Sam, und dann erzähle ich Dorothy von meiner Idee.«

»Sie wird begeistert sein. Das Dorffest ist gerettet!«

Zum ersten Mal seit langer Zeit hatte ich das Gefühl, wieder ein Ziel zu haben, eine Richtung vor Augen. Jetzt musste ich nur noch Sam von meiner Idee überzeugen.

20. Kapitel

Ein paar Stunden später näherte ich mich sorgenvoll Sams Haustür. Ich hatte die nervenzerfetzende Entscheidung getroffen, ihn zum Essen einzuladen, um über alles zu reden. Was konnte schon schlimmstenfalls passieren? Klar, er konnte meine Einladung ausschlagen, aber für den Fall hatte ich mir vorgenommen, dieses eine Mal die beherzte Amerikanerin zu geben und ihm das Abendessen zu bringen. So oder so wollte ich ihm keine andere Wahl lassen.

Ich strich mir mein Top glatt, holte tief Luft, klopfte an die Tür und schob meine Hände in die Hosentaschen, während ich nervös herumzappelte.

Keine Reaktion. Ich klopfte noch einmal, wieder vergebens.

Verdammt.

Im Geist war ich das ganze Gespräch mehrfach durchgegangen, hatte mir genau überlegt, was ich sagen würde, aber der Gedanke, er könne gar nicht zu Hause sein, war mir nicht gekommen. Kurz überlegte ich, ob ich durchs Fenster im Erdgeschoss spähen sollte, aber was, wenn Sam doch zu Hause war und nur nicht an die Tür gehen wollte?

Ich nahm meinen ganzen Mut zusammen, schirmte meine Augen mit den Händen ab und wagte einen raschen Blick durchs Fenster. Das Zimmer dahinter war leer. Aber genau in dem Moment hörte ich ein Geräusch aus dem Garten hinterm Haus und beschloss, dem Weg zu folgen, der um das Haus herumführte. Der Kies unter meinen Füßen knirschte.

Sam fuhr herum, als er meine Schritte hörte, und unsere Blicke trafen sich. Er wirkte überrascht, mich zu sehen.

»Tut mir leid, ich habe vorn an der Haustür geklopft, aber vergebens«, entschuldigte ich mich hastig.

In seiner Nähe kribbelte mein ganzer Körper. Er war einfach lächerlich gut aussehend und wirkte, als hätte er gerade geduscht. Die verstrubbelten Haare waren nass und einfach nach hinten gestrichen, und mit der Hose, die sich an seine schmalen Hüften schmiegte, sah er umwerfend sexy aus.

»Das liegt daran, dass ich hier hinten bin und mich in meinem Garten um meine Angelegenheiten kümmere.« Er wirkte kurz angebunden, und es war offensichtlich, dass er mich hier nicht haben wollte, aber ich setzte trotzdem ein strahlendes Lächeln auf, entschlossen, mich davon nicht abschrecken zu lassen.

»Wegen gestern Abend – wir müssen reden«, fing ich vorsichtig an.

»Ich glaube nicht«, gab er knapp zurück, und ich stand bedröppelt und verdutzt da. Das war nicht die Reaktion, mit der ich gerechnet oder die ich mir gewünscht hatte.

»Alice, ich habe ernst gemeint, was ich gestern Abend gesagt habe. Wenn du dich mit mir abgibst, handelst du dir nur Ärger ein.«

Damit wandte er sich ab und ging lässig auf die offene Hintertür zu. »Nein, warte bitte«, bat ich.

Erneut drehte er sich zu mir um und sah mich an.

»Okay, Folgendes: Was Ben gestern Abend getan hat, war völlig daneben. Jeder konnte sehen, dass du mich nicht belästigst.« Dankbar registrierte ich, dass er wenigstens zuhörte, aber eine Antwort bekam ich nicht. Er blickte ernst drein und musterte mich argwöhnisch.

»Ich kann mir vorstellen, dass es ermüdend ist, ständig Feindseligkeiten ausgesetzt zu sein …« Ich holte Luft.

Eine Sekunde lang befürchtete ich, er würde sich einfach

umdrehen und gehen und all die sorgsam zurechtgelegten Argumente verflüchtigten sich aus meinem Kopf.

»Und …«, fuhr ich fort, um Zeit zu gewinnen.

»Hör zu«, fiel Sam mir ins Wort. »Ich weiß es zu schätzen, dass du gekommen bist, aber du bleibst nur ein paar Wochen; deshalb ist es vielleicht besser, wenn du dich nicht in Dinge hineinziehen lässt, von denen du nichts weißt, oder dich meinetwegen nicht in die Schusslinie der Dorfbewohner begibst.«

»Das sehe ich anders. Es ist mir egal, was sie denken … Für mich zählt nur, was ich denke … und du bist mir nicht egal …« Jetzt hatte ich Sams volle Aufmerksamkeit, und noch hatte er sich nicht ins Haus geflüchtet. »Gibst du uns eine Chance?«

»Alice … meine Familie.«

»Deine Familie ist mir egal.«

»Das wird sich ändern, denn die Leute hier lassen die Vergangenheit nicht ruhen, und du wirst merken, dass du Probleme bekommst, wenn du meine Freundin wirst.«

»Gib mir wenigstens die Chance, es zu versuchen«, flehte ich und spürte dabei, dass ich ein wenig zitterte.

»Wie schon gesagt, ich will dir das Leben nicht schwer machen, solange du hier bist«, fuhr er fort und scheiterte bei dem Versuch zu lächeln.

Erleichtert stellte ich fest, dass sein Tonfall etwas freundlicher und nachgiebiger klang.

»Das wirst du nicht, und das tust du nicht. Wenn du mich fragst, hat diese Amerikanerin witzigerweise ihren eigenen Kopf.« Ich legte den Kopf leicht schräg und grinste ihn schüchtern an. »Ich nehme die Leute so, wie sie sind, und deshalb denke ich …«

»Amerikaner können also auch denken?«, unterbrach er mich mit einem boshaften Glitzern in den Augen.

Zum Glück taute die frostige Stimmung zwischen uns ein wenig auf, also beschloss ich, die Gunst des Augenblicks zu nutzen.

»Sie können auch andere zum Essen einladen.«

»Zum Essen? Willst du mich ernsthaft zum Essen ausführen?«

Ich nickte, spürte, wie mein Herzschlag sich beschleunigte, und wartete gespannt auf seine Antwort.

Seine Augen wurden schmal, während er sich die Einladung durch den Kopf gehen ließ.

»Heute Abend?«, schlug ich mit Nachdruck vor, um den Eindruck zu verfestigen, dass ich eine penetrante Amerikanerin war.

»Heute Abend habe ich schon etwas vor ...«

»Oh.« Damit hatte ich nicht gerechnet, obwohl damit eigentlich zu rechnen gewesen war. Schließlich drehte sich die Welt nicht nur um mich.

»Okay«, sagte ich, die Enttäuschung in meiner Stimme unüberhörbar.

»Aber ...« Über irgendetwas dachte er nach.

»Aber?«

»Ich gehe ins Theater ... Magst du mitkommen?«

Das musste er mich nicht zweimal fragen. »Abgemacht«, erwiderte ich strahlend und voller Freude über die Einladung, »jetzt sind wir verabredet.«

Sichtlich belustigt sah er mich an. »Verabredet?«

»Ich freu mich darauf«, ergänzte ich grinsend.

»Gut, freut mich zu hören.«

»Fein, bis nachher dann.« Rasch drehte ich mich um und eilte beschwingt davon, um mich nicht noch mehr zu blamieren und Sam keine Gelegenheit zu lassen, es sich anders zu überlegen.

Als ich mich dem Eingangstor der Honeysuckle Farm näherte, sah ich Marley zwischen den Hecken herumschnuppern. Kaum hörte er, wie das Tor geöffnet wurde, hob er den Kopf, schaute zu mir herüber und schoss dann sofort auf seinen kurzen Beinen die lange Einfahrt herunter, um mich zu begrüßen.

»Hallo, alter Junge«, sagte ich, beugte mich zu ihm hinab und kraulte ihm das kurze Fell hinter den Ohren, bis er sich umdrehte, zum Farmhaus zurücktappte und am Fuß der Steintreppe auf mich wartete.

Beim Näherkommen hörte ich eine gedämpfte Unterhaltung neben dem Haus, ging um die Ecke und stieß dort unerwartet auf Ben, der, sein Telefon am Ohr, vor der Scheune stand. Unsere Blicke trafen sich, aber ich wandte mich sofort wieder ab und ging zurück nach vorn. Natürlich war mir klar, dass wir miteinander reden mussten, aber ich hatte nicht damit gerechnet, dass er heute auf der Farm arbeiten würde. Ich konnte hören, dass er – kaum dass er mich gesehen hatte – das Telefongespräch hastig beendete.

»Alice«, rief er mir nach. »Warte.«

Als ich mich umdrehte, kam er bereits hinter mir die Treppe herauf. Mein Herz klopfte wie wild. Dieses Gespräch wollte ich jetzt nicht führen.

Ben lächelte mich strahlend an. »Ich bin froh, dich zu sehen. Können wir reden?«, fragte er ein wenig kleinlaut.

Unbehagliche Spannung hing zwischen uns in der Luft. »Ich bin hier, um Grandie zu besuchen.« Mir war klar, dass es mir nicht gelang, meine Gefühle in den Griff zu bekommen, aber ich war nun einmal immer noch sauer auf ihn. In meiner Stimme lag eine gewisse, für mich uncharakteristische Schärfe, und obwohl Sam mir geraten hatte, mich nicht einzumischen, konnte ich nichts dagegen tun.

»Abendessen. Lass mich dich zum Abendessen einladen … heute Abend?«

»Tut mir leid, aber heute Abend kann ich nicht.«

»Morgen dann?«, drängte er.

Ich wollte gerade antworten, als er weiterredete. »Die Reids – das sind keine guten Leute, weißt du.«

Ich zog eine Braue hoch und schüttelte ungläubig den Kopf. »Ich will das nicht hören, Ben. Ich habe jetzt auch keine Zeit mehr.« Ich wollte mich nicht in eine Diskussion über dieses Thema verwickeln lassen, und ich wollte genauso wenig, dass er oder sonst irgendjemand mir die gute Laune verdarb. Deshalb drehte ich mich einfach um und betrat das Farmhaus, ohne einen Blick zurückzuwerfen.

Als ich gemeinsam mit Marley in die Küche trat, sah ich Grandie in seinem alten, abgewetzten rot karierten Lehnstuhl in der Ecke sitzen und mit Dorothy plaudern.

Beide schauten auf. »Noch mehr Besuch!«, rief Grandie voller Freude, stemmte seinen Gehstock auf den Boden und versuchte aufzustehen.

»Bleib sitzen«, rief ich, rannte zu ihm und küsste ihn auf die Wange.

»Wir haben gerade über dich gesprochen«, meinte Dorothy lächelnd.

»Nur Gutes, hoffe ich!« Ich griff nach dem Wasserkessel und stellte ihn auf die heiße Herdplatte des AGA-Herds. »Möchte noch jemand einen Kaffee?«

»Nein, danke, wir hatten schon«, erwiderte Grandie. »Aber in dem Hängeschrank dort …« Er deutete mit dem Gehstock auf den Schrank neben dem Tellerregal. »… sind noch Butterkekse. Die sind zwar nicht mit den selbst gebackenen von Dorothy vergleichbar, aber stell sie trotzdem auf den Tisch.«

Also gab ich die Butterkekse auf einen Teller, stellte ihn auf den Tisch und setzte mich. »Also, gibt es etwas, was ich wissen sollte?«, fragte ich und ließ meinen Blick zwischen den beiden hin- und herwandern.

»Dorothy hat ein Problem und fragt mich um Rat, aber ich fürchte, ich bin ihr keine große Hilfe«, erwiderte Grandie seufzend und plötzlich ziemlich niedergeschlagen.

»Das ist doch nicht deine Schuld. Schlechtes Timing, das ist alles.« Dorothys Schultern sanken herab. »Vielleicht bin ich ja nur zu wählerisch, aber irgendwie kann ich mir nicht vorstellen, dass Mr. Cross mit seiner Ukulele das große Finale sein kann, auf das wir uns jedes Jahr freuen. Nun ja, es ist einfach zu spät, und in der Not frisst sogar der Teufel Fliegen. Wir müssen uns wohl damit begnügen, wenn uns kein Plan B einfällt.« Dabei wirkte Dorothy geradezu entsetzt bei dem Gedanken an Mr. Cross und seine Ukulele.

Ich lächelte so aufmunternd, wie ich nur konnte. »Worum geht es eigentlich?«, fragte ich, obwohl ich nur zu gut wusste, dass die beiden sich über das Dorffest unterhalten hatten. Aber natürlich konnte ich nicht preisgeben, dass Bert mir davon erzählt hatte, als er für eine Stunde Dorothys wachsamen Augen entflohen war.

»Das Dorffest – der Zauberer hat sich in Rauch aufgelöst, und jetzt haben wir keine Abschlussveranstaltung.« Dorothy wirkte regelrecht aufgelöst.

Ich nippte an meinem Kaffee. »Was ist mit Connie, hat sie irgendwelche Ideen?«

Niedergeschlagen schüttelte Dorothy den Kopf. »Ich glaube, wir haben alle Möglichkeiten vergebens durchgekaut.«

Mir war klar, dass ich etwas voreilig war – schließlich hatte ich noch nicht mit Sam darüber gesprochen –, aber angesichts der Enttäuschung der beiden wollte ich sie wieder zum Lächeln bringen. Und so platzte ich einfach damit heraus: »Vielleicht kann ich helfen.«

Jetzt ruhten alle Augen auf mir, sogar Marley schien aufmerksam geworden zu sein und stupste mein Knie mit der Pfote an.

»Wie das, meine Liebe?«, fragte Dorothy.

»Wie wäre es mit …«, setzte ich nervös an. »Wie wäre es mit …« Ich schluckte und schaute in ihre erwartungsvollen Gesichter.

»Nun spuck's schon aus«, ermunterte mich Grandie. »Wir werden schließlich nicht jünger«, fügte er in sich hineinlachend hinzu.

»Wie wäre es mit *Strictly Dancing in Brook Bridge*?« Jetzt lag meine Idee für die ganze Welt sichtbar auf dem Tisch – na ja, wenigstens für uns drei, die wir in Grandies Küche saßen.

Grandie und Dorothy wirkten verwirrt.

»Das geht aber nur, wenn die Landfrauen mitmachen«, fügte ich hinzu.

Jetzt setzte Dorothy sich aufrecht hin und verschränkte die Arme auf dem Tisch. »Meinst du etwa so wie die Show im Fernsehen?«, fragte sie mit großen Augen.

»Ganz genau«, erwiderte ich voller Begeisterung. »Ich könnte die Landfrauen unterrichten. Wir könnten Cha-Cha-Cha tanzen, Quickstepp, Walzer, Samba, Paso doble, im Grunde alles. Und seitlich von der Bühne sitzt die Jury – ich, Grace, Grandie, Connie – und verteilt Punkte an euch, genauso wie im Fernsehen.« Mit angehaltenem Atem wartete ich auf eine Reaktion, fuhr dann aber doch einfach fort: »Eine der Landfrauen würde zur Siegerin von Brook Bridge gekrönt.«

Dorothy und Grandie schauten einander an, und dann konnte ich beobachten, wie sie zu strahlen begannen.

»Wunderbar, was für eine tolle Idee!«, rief Grandie. »Alice, du bist ein Genie!«

Die Stimmung im Raum hatte sich schlagartig geändert, Trübsal hatte aufgeregter Vorfreude Platz gemacht.

»Das würdest du für mich tun, für uns, für das Dorf?« Dorothy war sichtlich überwältigt und wartete darauf, dass ich ihr bestätigte, sich nicht verhört zu haben.

»Ja, natürlich. Aber die Landfrauen werden in den nächsten Wochen viele Stunden investieren müssen. Das wird nicht einfach, die Tänze zu lernen. Wir fangen schließlich bei null an«, fügte ich im Tonfall einer professionellen Lehrerin hinzu.

Schlagartig war Dorothy wieder obenauf und überschlug sich fast vor Tatendrang. Sie wandte sich mir zu und packte meine Hände. »Du hast mir das Leben gerettet, Mädchen, das Leben gerettet.« Freudentränen glitzerten in ihren Augen. »Wir brauchen Kostüme, Kleider, Glanz und Glitzer. Ich bin sicher, dass Connie sich um die Kostüme kümmern wird. Wir plündern die örtlichen Secondhandshops und hübschen alte Kleider mit Pailletten auf.« Begeistert klatschte sie in die Hände, wurde dann aber schlagartig wieder ernst und schaute so besorgt wie zuvor.

»Aber woher nehmen wir die Männer? Mit wem sollen wir tanzen?«

Grandie schaute mich an. »Meine Knie machen das nicht mehr mit. Ich kann in meinem Alter nicht mehr über die Bühne wirbeln, von Hebefiguren ganz zu schweigen. Da spielt mein Rücken nicht mit.«

»Sei nicht dumm, Grandie. Ich erwarte von dir keine Hebefiguren«, meinte ich lächelnd, und Erleichterung zeigte sich auf seinem Gesicht.

Da ich noch keine Gelegenheit hatte, mit Sam darüber zu reden, und weil ich wusste, dass Dorothy nicht sofort begeistert auf diese Idee anspringen würde, beantwortete ich die Frage vorerst nicht.

»Macht euch darüber keine Sorgen, überlasst das einfach mir.« Ich wusste, dass ich viel zuversichtlicher klang, als ich war.

»Gut, gut«, sagte Dorothy, »jetzt geht es mir schon ganz erheblich besser. Ich muss die Mädels anrufen.«

»Wie viele seid ihr?«

»Sechs, mich eingeschlossen.«

Genau die richtige Gruppengröße für den Unterricht, dachte ich. *Wir können das tatsächlich hinkriegen.*

»Du trommelst die Truppe zusammen, und wir machen einen Zeitpunkt aus, zu dem wir uns in der Tanzschule treffen. Glaubst du, die Damen machen mit?« Zu fragen war mir vorher gar nicht in den Sinn gekommen.

»Ich habe nicht den geringsten Zweifel!«

»Großartig. Zuerst lernen sie die Grundschritte, und wenn die sitzen, sehen wir weiter«, sagte ich, in der Hoffnung, Sam würde sich bereit erklären, mir zu helfen.

»Du hast das wirklich gründlich durchdacht«, gratulierte Grandie mir.

»Das wird Spaß machen.« Nach der Unterrichtsstunde mit Bert freute ich mich schon darauf, den Damen Tanzstunden zu geben.

»Ich bin stolz auf dich, Alice, wie du die Sache in die Hand nimmst.« Grandie glühte vor Stolz. »Und jetzt reich mir mal den Butterkeksteller rüber. Ich habe plötzlich Appetit bekommen.«

»Du, mein liebes Mädchen, hast das Dorffest gerettet!«, erklärte Dorothy strahlend.

»Nun ja, vielleicht vor Mr. Cross und seiner Ukulele«, kicherte ich und nahm mir einen Butterkeks.

Es war ein fantastisches Gefühl, zu wissen, wie sehr sich die beiden über meine Idee freuten. Ich hoffte nur, dass die Zeit reichen würde, den Damen ein paar Tänze beizubringen.

Was blieb, war ein leise bohrender Zweifel im Hinblick auf Sam. Würde es mir gelingen, ihn davon zu überzeugen, dass das Ganze eine gute Idee war? Und wenn das klappte und er sich bereit erklärte, mitzumachen, dann musste ich immer noch die Dorfbewohner dazu bringen, ihm eine Chance zu geben.

21. Kapitel

»Auf einer Skala von eins bis zehn ... wie aufgeregt bist du wegen deines Dates mit Sam?«, neckte mich Grace, während sie meine Haare glättete, den Pony zurückkämmte und alles hochsteckte.

Es war halb sieben am Abend, George Ezra sang aus voller Kehle aus dem iPod, und ich saß am Schminktisch meiner Freundin, weil sie darauf bestanden hatte, mir zu helfen, damit ich an meinem Theaterabend mit Sam absolut umwerfend aussah.

»Das ist eigentlich kein Date.«

»Das hast du aber gesagt.«

»Doch nur so, weil man das eben so nennt«, widersprach ich, obwohl ich eigentlich doch hoffte, dass es genau das war: ein Date.

»Trotz allem, was die Dorfbewohner von den Reids halten, ist Sam ein anständiger Kerl«, erklärte Grace und nebelte mich mit Haarspray ein.

»Nicht so viel!«, protestierte ich.

Grace musterte mich einmal von oben bis unten und drehte dann meinen Stuhl um, sodass ich mich im Spiegel anschauen konnte. »Tataa! Was sagst du nun? Schick oder nicht?«

»Das sieht umwerfend aus«, gab ich angenehm überrascht zu und starrte mein Spiegelbild an.

»So, jetzt musst du nur noch entscheiden, was du anziehen willst.«

»Vielleicht ein Sommerkleid, Ballerinas und eine leichte Strickjacke?«

»Klingt perfekt«, meinte Grace, angelte ein paar Kleidungsstücke aus ihrem Kleiderschrank und legte sie aufs Bett, damit ich mir etwas aussuchen konnte. »Wie wäre es hiermit?«

Sie reichte mir ein blau geblümtes Kleid. Ich hielt es mir vor den Körper und musterte mich im Spiegel. »Das probiere ich an«, sagte ich und verschwand damit im Bad.

Zwei Minuten später stand ich wieder in ihrer Schlafzimmertür. »Also, was meinst du?«, fragte ich und drehte mich einmal um mich selbst.

»Perfekt. Pumps oder flache Schuhe?« Sie hielt mir beides hin.

»Flache Schuhe«, erwiderte ich und schlüpfte in ein Paar Ballerinas.

»Toll siehst du aus, und jetzt erkläre ich dich für bereit.« Lächelnd reichte sie mir eine Handtasche. »Es wird Zeit«, meinte sie und tippte auf ihre Armbanduhr. »Jetzt geh und mach dir einen schönen Abend.«

Grace folgte mir nach unten, und nachdem ich mir meine Strickjacke übergezogen hatte, schubste sie mich spielerisch zur Haustür hinaus.

Draußen wartete mit laufendem Motor ein Taxi. Als ich den Gartenweg entlangging, entdeckte ich Sam. Er kam gerade aus seiner Haustür, und sofort wurde mir warm ums Herz. Ich konnte den Blick nicht mehr von ihm wenden. Nur mit Mühe unterdrückte ich den Drang, nach Luft zu ringen. Sämtliche Härchen an meinem Körper stellten sich auf, und in meinem Magen tanzten Schmetterlinge. So, wie er da auf mich zukam – mit einem frisch gebügelten weißen Hemd, mit einer Jeans und braunen Schuhen –, hätte er ebenso gut einem Modemagazin für Männer entsprungen sein können.

Nervosität machte sich in mir breit, und ich warf Grace einen Hilfe suchenden Blick über meine Schulter zu. Ihre

Augen funkelten, und sie signalisierte mir ihre Zustimmung, bevor sie langsam die Haustür schloss.

Sams Augen begannen zu leuchten, als er mich sah, und sein hübsches Gesicht erstrahlte. Wir trafen uns am Gartentor, er nahm meine Hände und küsste mich sanft auf die Wange, woraufhin ich errötete und den Blick senkte. »Sieht nicht übel aus, meine Verabredung«, meinte er neckend. Ich konnte den holzigen Duft seines Aftershaves riechen, und meine Knie wurden weich. Ich bekam eine Gänsehaut. Er duftete göttlich.

»Danke, du siehst auch nicht übel aus«, gab ich kokett und zugleich ein wenig schüchtern zurück.

Er deutete hinüber zum Taxi und hielt mir höflich die Tür auf, als ich einstieg.

Mein Herz hämmerte wie wild, als er sich anschnallte und mit seiner Hand dabei ganz leicht die meine streifte. Er sagte dem Taxifahrer, wohin wir wollten, und lehnte sich in seinem Sitz zurück.

Die Häuser des Dorfes zogen an uns vorbei, und schon bald brauste das Taxi über die A38. Zwischen uns herrschte behagliches Schweigen, nur ab und an warf ich ihm einen verstohlenen Blick zu und stellte jedes Mal fest, dass er mich lächelnd anschaute.

Am Theater angekommen, griff er lässig nach meiner Hand, als wir eintraten. Bei der unerwarteten Berührung stockte mir kurz das Herz.

Im Theater herrschte aufgeregte Erwartung. Hauptsächlich Paare saßen plaudernd an der Bar im Foyer, eine Flasche Wein in ihrer Mitte. Ich starrte zu den prächtigen Postern und den Bildschirmen hoch, die verkündeten, was demnächst zur Aufführung kommen sollte.

»Was sehen wir uns an?«

»Ein Sommernachtstraum«, erwiderte Sam.

»Eins meiner Lieblingsstücke.«

In der Lobby wimmelte es von Leuten, die für Programme und Erfrischungen anstanden. Fünfzehn Minuten vor Beginn der Aufführung wurden die Doppeltüren zum Saal geöffnet, und die Leute strömten hindurch, um ihre Plätze einzunehmen.

»Parkett oder Rang?«, fragte ich Sam, weil ich wissen wollte, welcher Schlange wir uns anschließen mussten.

»Weder noch«, antwortete er grinsend. »Komm mit.« Er nahm meine Hand und führte mich durch eine Tür neben der Bar. Ich folgte ihm eine Reihe von Stufen hinauf, die zu einem wahren Labyrinth von Gängen führten. Niemand sonst war hier zu sehen.

»Bist du sicher, dass wir hier sein dürfen?«

Bevor er antworten konnte, tauchte aus dem Nichts eine Theaterangestellte auf und begrüßte uns.

»Guten Abend, Mr. Reid. Guten Abend, Madam.«

»Guten Abend«, gab ich höflich zurück, ließ alles auf mich wirken und fragte mich, was hier eigentlich vorging.

»Kommen Sie mit, ich begleite Sie zu Ihrer Loge.«

»Loge?«, fragte ich flüsternd. Sams und meine Blicke trafen sich, ich lächelte schüchtern. Im schummrigen Licht des Ganges sah er sogar noch umwerfender aus.

Als die Dame einen Vorhang zurückzog, packte mich begeisterte Vorfreude. »Sieh dir das nur an«, staunte ich laut und fühlte mich wie ein Kind am Weihnachtsabend.

Die Loge war extravagant ausgestattet – zwei mit rotem Samt bezogene Stühle, von denen man über die Balkonbrüstung schauen konnte, und ein kleiner Tisch, auf dem zwei Sektgläser und in einem Flaschenkühler eine Flasche Champagner standen.

»Darf ich Ihnen noch irgendetwas bringen?«, fragte die Dame höflich.

Sam deutete auf mich.

»Nein, danke, für mich nicht.«

»Ich glaube, wir brauchen im Moment nichts«, meinte er lächelnd.

»In der Pause komme ich noch mal zu Ihnen.« Damit drehte die Dame sich um und zog den Vorhang hinter sich zu.

Ich konnte meine Aufregung nicht verbergen. »Sam, ich weiß nicht, was ich sagen soll. Das ist einfach perfekt.«

Grinsend legte er mir eine Hand auf mein Knie. »Darf ich dir einen Drink einschenken?« Damit griff er nach der Flasche, öffnete sie und reichte mir ein Glas.

»Zum Wohl.« Er hielt sein Glas hoch.

»Wie bist du nur an diesen Logenplatz gekommen? Sind sie nicht fast so schwer zu kriegen wie Goldstaub?«

Sam stieß sachte mit mir an und lächelte. »Ich bin hier schon so oft aufgetreten, dass ich mit dem Manager befreundet bin.«

Ich konnte es nicht fassen. Staunen und Ehrfurcht erfüllten mich angesichts der Extravaganz des Ganzen.

Ich beugte mich vor und spähte über die Brüstung nach unten. Die Aussicht war atemberaubend.

Das Publikum machte es sich auf den Plätzen bequem, und die Leute unterhielten sich leise. Ich kam mir vor wie ein Mitglied der königlichen Familie, als eine Frau unter uns ihren Sitznachbarn anstieß und sie beide zu uns hochschauten und darüber diskutierten, wer wir wohl sein mochten.

»Das Paar da unten beobachtet uns«, flüsterte ich, ohne zu wissen, warum, denn hören konnten die beiden mich von hier oben nicht.

Grinsend hielt Sam meinen Blick fest.

Einen Moment glaubte ich glatt, er würde sich vorbeugen und mich küssen. Hoffte ich zumindest.

»Du hast eine Wimper auf deiner Wange«, sagte er und wischte sie sanft weg, bevor er dem Paar, das immer noch zu uns hochstarrte, rasch zuwinkte.

Ich kicherte. »Jetzt glauben sie ganz bestimmt, dass du berühmt bist.«

Hier mit Sam in der Theaterloge fühlte ich mich wohl. Hier herrschte kein unbehagliches Schweigen, wir unterhielten uns locker und ungezwungen. Mir war klar, dass ich irgendwann an diesem Abend das Gespräch auf das Dorffest bringen musste, aber im Moment lief alles so gut zwischen uns, dass ich die Stimmung nicht verderben wollte. Es sollte keine Spannung zwischen uns herrschen.

»Das ist eine meiner liebsten Inszenierungen«, sagte Sam lächelnd, während das Publikum still wurde.

Die Lichter wurden gedämpft, der Vorhang schwang zur Seite und gab den Blick auf die Bühne direkt unter uns frei.

»Was für ein umwerfender Ausblick!«, stieß ich hervor und rang nach Atem.

Ich wusste, dass ich wie ein breit grinsender Gaffer aussehen musste, konnte es aber nicht ändern. Sam beobachtete mich amüsiert.

Wir zogen unsere Stühle nah an die Balkonbrüstung heran, und als das Orchester zu spielen begann, ließen wir uns von der magischen Welt Shakespeares in den Bann schlagen. Ich konnte den Blick nicht von der Bühne wenden, auf der sich die Dreiecksgeschichte im dichten Wald abspielte, und verlor mich völlig im Tanz und in der Musik.

»Hey, du weinst ja«, stellte Sam zwanzig Minuten später fest.

Total gerührt wedelte ich leicht mit der Hand vor meinen Augen. »Das ist die Musik, die Romantik, ich zerfließe jedes Mal in Tränen«, gab ich zu und tupfte mir die Augen mit einem Taschentuch ab.

»Mich packen jedes Mal die sich bekriegenden Feen«, meinte er lächelnd, legte mir langsam seinen Arm um die Schultern, zog mich an sich und hielt mich fest. Das fühlte sich so selbstverständlich und natürlich an.

Am Ende des ersten Aktes war ich fast traurig gestimmt, nicht weil ich von der Aufführung enttäuscht war, sondern weil ich nicht wollte, dass sie zu Ende ging, obwohl die zweite Hälfte ja noch vor uns lag.

Kaum wurden die Lichter im Saal wieder hell, begannen die Leute aufzustehen und in Richtung der Ausgänge zu gehen.

»Wenigstens müssen wir uns nicht in die Schlange an der Bar einreihen«, sagte Sam und goss uns Champagner nach.

Ich dankte ihm, entschuldige mich dann und eilte zum Waschraum, vor allem, um mein Make-up zu überprüfen und aufzufrischen. Nachdem ich in ein Taschentuch geweint hatte, lief mir garantiert die Mascara über die Wangen.

Der Blick in den Spiegel brachte eine angenehme Überraschung. Ich puderte nur kurz mein Gesicht nach, gab noch etwas Rouge auf die Wangen, frischte mein Lipgloss auf und rief Grace an, die sofort ans Telefon ging.

»Ich komme mir vor wie eine Prinzessin!«, rief ich überwältigt. »Wir haben Champagner und die besten Plätze im ganzen Haus.«

»Dann läuft es also gut?«, fragte Grace lachend.

»Sehr gut. Der Blick ist überwältigend, und mein Begleiter … sogar noch besser.«

»Klingt, als wärst du total verliebt, mein Mädchen«, stellte Grace fest.

»Vielleicht«, gab ich zurück und musste unwillkürlich lächeln, wie immer, wenn ich an ihn dachte.

»Genieße jede Minute.« Und damit legte Grace auf.

Zurück in der Loge, setzte ich mich wieder auf den Stuhl neben ihm.

Er saß entspannt da, einen Arm über die Rückenlehne meines Stuhls gelegt, die Beine ausgestreckt und an den Knöcheln überkreuzt, trank er von seinem Champagner. Bei seinem

Anblick schlug mein Herz schneller, und ich wünschte, der Abend würde nie zu Ende gehen.

»Alles in Ordnung mit dir?« Er lächelte mir freundlich zu.

»Könnte nicht besser sein.« Und das entsprach voll und ganz der Wahrheit.

Er reichte mir mein Glas und legte mir dann sachte die Hand aufs Knie. »Wie fandest du die erste Hälfte? Ich bin selbst gerührt. Das Theater hat etwas ungeheuer Magisches an sich«, meinte er und schaute mir tief in die Augen.

Ein Mann, der sich seiner Gefühle nicht schämte, sie nicht unterdrückte! Ich war beeindruckt, und in Gedanken schweifte ich kurz zu Bert und Dorothy ab. Sie sahen Sam völlig falsch, und indem ich Sam dazu brachte, mir beim Dorffest zu helfen, wollte ich ihnen beweisen, was für ein aufrichtiger Mensch er war.

»Ich weiß, das ist jetzt nicht der richtige Augenblick«, sagte ich leise, wich seinem Blick aus und starrte über die Balkonbrüstung auf die Menge unter mir hinab, »aber es tut mir leid wegen gestern ... Bert ... dann auch noch Ben.«

»Das braucht dir nicht leidzutun«, meinte er seufzend. »Dieser Streit hat seine Wurzeln irgendwo in der Vergangenheit. Das ist ewig her. Meine Onkel und die Carters waren schon Rivalen, bevor Onkel Oscar ins Gefängnis kam ... Sie versammelten sich in der nächstbesten Stadt, um zu kämpfen. Verfeindete Alphamännchen, die immer wollten, dass ihre Gang siegte – das geht schon seit Generationen so.« Sam nahm einen Schluck aus seinem Glas und wandte sich mir zu. »Meine Mum hat nicht einmal etwas mit ihren eigenen Brüdern zu tun. Ich habe seit Jahren mit niemandem aus dem Zweig der Familie gesprochen. Wir haben nichts gemein, und ich verabscheue ihre Kleinkriminalität. Ich habe auch kein Interesse daran, irgendeine sinnlose Fehde mit Leuten wie Ben Carter aufrechtzuerhalten, nur weil sie schon seit

Generationen besteht. Ich habe eigene Träume, arbeite hart in einem Beruf, den ich liebe. Dennoch tut es mir leid, dass mein Onkel das Auto gestohlen hat, mit dem deine Grandma überfahren wurde.«

Ich konnte den Anflug von Traurigkeit in Sams Stimme hören. »Etwas, mit dem du überhaupt nichts zu tun hast, muss dir nicht leidtun.«

»Es bedeutet mir viel, das von dir zu hören.«

»Nenn es gesunden Menschenverstand.« Ich lächelte herzlich, lehnte meinen Kopf an seine Schulter und schaute zu ihm hoch. Unsere Blicke trafen sich, hielten sich fest, und dann küsste er mich sanft auf den Scheitel, bevor er seinen Arm um meine Schulter legte und mich an sich zog.

Genau in dem Moment ging das Licht aus, und im Theater wurde es still. Wir wandten beide unseren Blick der Bühne zu.

Das Orchester begann zu spielen, der Vorhang wurde aufgezogen, der zweite Akt begann.

Eine Stunde später war auch der genauso beeindruckende zweite Akt zu Ende. Der Abend war einfach vollkommen gewesen. In meinen Augen glitzerten immer noch Tränen, so sehr hatte mich die Vorführung gerührt. »Du hast mir einen fantastischen Abend geschenkt, Sam. Shakespeare schlägt mich immer wieder in seinen Bann.«

»Was für ein Softie du doch bist«, meinte er grinsend und hielt meine Hand, während er mit der freien Hand ein Taxi heranwinkte.

»Wohin?«, fragte der Fahrer durchs offene Fenster.

Sam schaute mich fragend an. »Hast du Hunger?« Er hielt mir die Taxitür auf, während ich einstieg.

Ich schüttelte den Kopf. Nein, ich hatte keinen Hunger.

»Wollen wir noch irgendwo etwas trinken?«

Wieder schüttelte ich den Kopf, suchte im Rückspiegel den Blick des Fahrers. »Fahren Sie uns bitte nach Brook Bridge?«

Sam ließ sich auf dem Sitz neben mir nieder und schaute mich fragend an. »Geht es dir gut?«, fragte er zögernd.

»Keine Sorge, der Abend ist noch nicht vorbei. Ich will dir etwas zeigen.«

Sam zog eine Braue hoch.

»Doch nicht so etwas«, sagte ich lachend und schlug spielerisch nach seinem Bein, obwohl die Schmetterlinge in meinem Bauch verängstigt durcheinanderstoben, als der Fahrer den Wagen vom Theater weglenkte, denn jetzt waren wir auf dem Weg zu Florrie Rose' Tanzschule.

22. Kapitel

Zwanzig Minuten später hielt das Taxi an der Hauptstraße von Brook Bridge, und wir stiegen aus.

»Wohin gehen wir?«, fragte Sam.

»Meine Träume, Träume, die ich schon als kleines Mädchen gehegt habe, beginnen sich zu verändern. Ich nehme dich jetzt mit zur Quelle dieser Träume.«

Verwirrung zeigte sich auf Sams Miene.

»Deine Träume … Erzähl mir von deinen Träumen … Wer ist Alice Parker?«

»Das wirst du gleich sehen. Komm, gehen wir, und ich rede. Dann wird dir alles klar werden.«

»Du machst mich neugierig«, sagte er und nahm mich bei der Hand. »Wie bist du in Amerika gelandet?«

Wir gingen schweigend weiter, während ich meine Gedanken ordnete. »Wie bin ich in Amerika gelandet? Das ist die große Frage.«

Sam schaute mich verwirrt an, und ich fuhr fort: »Amerika …« Ich holte tief Luft. »Ich wünschte, ich könnte dir sagen, dass mein Dad ein einflussreicher Geschäftsmann war, dessen millionenschweres Geschäftsimperium uns ans andere Ende der Welt verschlagen hat.«

»Das klingt nicht so, als würdest du mir das erzählen wollen«, meinte Sam leicht zögernd.

Ich seufzte und ließ die Schultern hängen.

»Ach Sam, tatsächlich ist mein Leben ein einziger Scherbenhaufen. In Wahrheit weiß ich nicht einmal, wer mein Vater ist … Und obendrein weiß ich genauso wenig, warum wir nach Amerika gegangen sind.«

»Wie meinst du das?«, fragte er jetzt ehrlich besorgt.

»Eben noch eine durchschnittliche Zehnjährige, die das Leben auf der Farm genießt, sich mit ihrem eigenen Pony beschäftigt, am Wochenende Tanzunterricht hat ... wurde ich von einem Moment auf den anderen in ein Flugzeug verfrachtet, das mich ans andere Ende der Welt entführte. Von da an lebte ich zwischen Wolkenkratzern und grellen Neonlichtern.«

»Ist das dein Ernst?«

»Vielleicht klingt das ein bisschen melodramatischer, als es war.« Ich zögerte kurz. »Nein, vermutlich war es so melodramatisch.«

»Und was hat diesen gewaltigen Umbruch ausgelöst?«

»Ich weiß nicht mehr als du«, erwiderte ich und fragte mich dabei, ob ich Sam wirklich so umfassend ins Vertrauen ziehen wollte. »Es gab einen Streit zwischen meiner Mum und meinem Großvater«, fuhr ich, von mir selbst überrascht, fort. Jetzt gab es kein Halten mehr. Sam hörte aufmerksam zu.

Mir wurde eng um die Brust, und mein Atem beschleunigte sich. »Ich habe zufällig mit angehört, wie Grandie meiner Mum sagte, er sei aus irgendeinem Grund sehr enttäuscht von ihr. Die Dinge liefen aus dem Ruder, und um es kurz zu machen: Sie haben seitdem kein Wort mehr miteinander geredet. Dreizehn Jahre lang, um genau zu sein.«

»Das muss ein heftiger Streit gewesen sein.« Er zog eine Braue hoch. Ich zuckte die Achseln. »Frag mich nicht, ich habe nie herausfinden können, was los war. Mit der Gesundheit meines Großvaters geht es bergab. Deshalb bin ich hier. Ich wusste, dass ich nach Hause kommen musste, um ihn noch einmal zu sehen ... bevor es zu spät ist.« Meine Stimme geriet ins Wanken.

Zaghaft berührte Sam meinen Arm.

»Mum ist immer noch in New York, und ich weiß nicht, was ich tun soll. Das ist alles ein einziges Fiasko.«

»Weigert sie sich immer noch, ihn zu besuchen?«

Ich nickte und spürte, wie mir die Tränen kamen. »Ihn zu besuchen, mit ihm zu reden.«

Sam legte mir seinen Arm um die Schultern.

»Ich wünschte nur, sie würden sich aussöhnen. Er wird schließlich nicht jünger, und was, wenn ... was, wenn ...?« Ich konnte nicht weiterreden, weil mir das Herz fast brach. Sosehr ich auch zu verbergen suchte, wie mir zumute war, ich merkte doch, dass mir allmählich alles zu viel wurde und meine Gefühle mich zu überwältigen drohten.

»Hey, lass dich umarmen«, sagte er, betrachtete mich mitfühlend und nahm mich dann in seinen Arm. »Es wird sich eine Lösung finden, das tut es immer«, meinte er tröstend.

Ich kuschelte mich an seine Brust, barg mein Gesicht im weichen Stoff seines Hemdes. Hier in seinen Armen geborgen, fühlte ich mich sicher. An den Trost eines anderen Menschen konnte ich mich glatt gewöhnen.

»Komm, setz dich hin«, schlug er vor und ließ mich langsam los.

Wir setzten uns auf eine Steinmauer, und er nahm erneut meine Hand.

»Hast du mit deiner Mum und deinem Großvater darüber gesprochen?«, hakte er vorsichtig nach.

»Natürlich, aber das ist alles nicht so einfach.«

»Warum?«

Ich holte tief Luft. »Weil ich mich schwertue, seit ich von hier fort bin.« Ein wenig zögernd fuhr ich fort: »Versteh mich nicht falsch, New York ist eine faszinierende Stadt.«

»Darauf würde ich wetten. Ich träume davon, die Stadt irgendwann mal zu besuchen.«

»Aber ich fühle mich dort nicht zu Hause. Das ist nicht

meine Welt, dort bin ich nicht ich selbst. Bei meiner Ankunft war ich ein englisches Kind mit komischem Akzent, das versuchte, sich in einer Schule anzupassen, in der sich alle anderen Kinder bereits aus dem Kindergarten kannten. Es war schwierig. Ich fühlte mich dort nicht wohl. Wo ich herkam, konnte ich auf den Feldern umherstreifen und kannte jeden Menschen. Dort hingegen durfte ich nur zusammen mit meiner Mum auf die Straße gehen. Ich vermisste meinen Großvater, meine Freunde, meine Tiere, das Leben, das ich geführt hatte. Natürlich habe ich ein paar neue Freunde gefunden, fühlte mich aber trotzdem immer als Außenseiterin. Als ich meinen Collegeabschluss hatte, dachte ich, jetzt würde alles leichter werden, aber das geschah nicht. Ich träumte davon, auf der Bühne zu stehen, und spielte vor, sooft ich konnte, aber wieder und wieder und wieder erhielt ich nur Absagen … das macht einen fertig.«

Sam beugte sich vor und wischte mir eine Träne weg, die mir über die Wange lief.

»Am liebsten hätte ich Mum gesagt, wie unglücklich ich war, fand aber nie die Kraft dafür. Sie hat immer nur ihr Bestes für mich gegeben, und die Sorge, die sich in ihrem Gesicht abzeichnete, als ich ihr sagte, ich würde nach England fliegen, war unübersehbar. Das tat mir richtig weh, und ich wusste, dass sie Angst hatte. Zweifellos hatte sie Angst, dass ich nicht zurückkommen würde oder in Erfahrung bringen könnte, was damals geschehen ist. Ich hatte gehofft, sie würde mit mir kommen. Wenn mein Großvater stirbt – wie soll sie mit dem Wissen leben, sich nie mit ihm ausgesöhnt zu haben?« Ich starrte ins Leere.

»So hart es auch klingt, aber die beiden sind erwachsen. Die Entscheidung liegt bei ihnen.«

Ich nickte. Natürlich war ich mir darüber im Klaren und wusste, dass ich ihre Entscheidung respektieren musste, aber das hieß ja nicht, dass sie mir auch gefallen musste.

Sam legte mir erneut den Arm um die Schulter, und ich ließ meinen Kopf an seine Brust sinken.

»Familie kann ein schwieriges Kapitel sein; ich glaube, das wissen wir beide.«

Einen Moment saßen wir beide schweigend in Gedanken versunken da. Dann schaute ich zu Sam hoch.

»Aber die Dinge ändern sich jetzt. Gehen wir weiter«, schlug ich vor, stand auf und hakte mich bei ihm unter. »In Richtung meiner Zukunft«, fügte ich lächelnd hinzu.

Sam musterte mich fragend. »Du führst.«

Zwei Minuten später blieb ich auf dem Bürgersteig vor der Tanzschule stehen und holte tief Luft.

»Mein Großvater hat mir eine Rettungsleine angeboten. Das hier.« Ich deutete auf das Schild vorn am Gebäude. »Florrie Rose' Tanzschule, benannt nach meiner Großmutter«, fuhr ich stolz fort. »Grandie schenkt sie mir.«

Es dauerte ein paar Sekunden, bis Sam begriff, was ich gerade gesagt hatte. Dann reagierte er genau so, wie ich erhofft hatte.

»Alice, das ist fantastisch!« Ehrfürchtig schaute er jetzt ebenfalls zu dem Schild hoch.

»Er will nicht nur, dass ich die Schule wieder eröffne. Er hat mir auch die Farm angeboten. Das heißt, ich bekomme ein Zuhause und eine Existenzgrundlage. Das alles könnte mir gehören, vorausgesetzt, ich ziehe zurück nach England.«

»Und?« Sam schaute mich mit großen Augen an.

»Und ich habe meine Entscheidung getroffen: Genau das werde ich tun. Ich kehre nach Hause zurück.«

Sam strahlte genauso wie ich.

»Das sind fantastische Neuigkeiten, Alice!«

»Ich freue mich, dass du das so siehst. Hast du Lust, einen Blick hineinzuwerfen?«

»Was für eine Frage!«

Ich schloss auf, schaltete das Licht ein, und Sam folgte mir ins Foyer. Durch den hell erleuchteten Raum gingen wir in den großen Tanzsaal.

»Alice, das ist eine großartige Gelegenheit. Du wirst den Laden im Nu hergerichtet und zum Laufen gebracht haben.«

»Ja, das werde ich, nicht wahr?« Diese Aussichten erfüllten mich mit Vorfreude. »Ein bisschen frische Farbe, einmal gründlich reinigen, und dann brauche ich nur noch Schüler.«

»Die werden dir die Bude einrennen, keine Sorge.«

»Vielleicht liegt hier meine Bestimmung, Sam: Vielleicht soll ich die Tanzschule wieder eröffnen, Menschen das Tanzen beibringen, damit glänzen und im Dorf die Freude an dieser Art der Gemeinschaft neu wecken.« Ich konnte die Begeisterung in meiner Stimme nicht verbergen. »Als ich nach England zurückkam, hat mein Besuch bei Grandie mir ganz neue Zukunftsaussichten eröffnet, und ich bin bereit, alles dafür zu geben.«

»Ich gebe zu, ich bin ein ganz klein wenig neidisch«, meinte er grinsend.

»Versteh mich nicht falsch. Ich hatte Bedenken. Was, wenn ich dem Ruf dieser Tanzschule nicht gerecht werde? Was, wenn ich nicht unterrichten kann? Aber ich habe sozusagen zum Reinschnuppern ein kleines Projekt übernommen.«

Fragend schaute Sam mich an.

»Es gibt da etwas, was ich mit dir besprechen möchte, und bevor du dich entscheidest, hör mich bitte zu Ende an.«

»Okay.«

Ich holte tief Luft. Der Augenblick, ihn von seiner Mithilfe beim Dorffest zu überzeugen, war gekommen. »Vergessen wir mal für einen Moment die ganze Geschichte mit Grandie, Mum und der Tanzschule. Ich habe mir etwas einfallen lassen, um das Dorffest zu retten.«

»Das Dorffest retten? Weshalb und wovor muss es gerettet werden?«

»Vor Mr. Cross und seiner Ukulele.«

Sam lachte.

»Dorothy organisiert das Fest gemeinsam mit den Landfrauen, und derjenige, der die Abschlussveranstaltung übernehmen sollte, ist im letzten Moment abgesprungen. Jetzt hängen sie in der Luft, und ihre einzig mögliche Alternative wäre Mr. Cross ...«

»... mit seiner Ukulele«, vollendete Sam den Satz. »Aber was hat das mit mir zu tun?«

»Ich habe einen Vorschlag gemacht, um ihnen aus der Klemme zu helfen.«

»Du willst doch nicht etwa ein Duett mit Mr. Cross spielen, oder?«, fragte Sam sichtlich erschrocken.

»Nein! Sehe ich aus wie jemand, der Ukulele spielt? Nein, beantworte die Frage bitte nicht! Nein ... ich habe *Strictly Dancing in Brook Bridge* vorgeschlagen!« Gespannt wartete ich auf seine Reaktion.

»Was stellst du dir dabei vor?«

»Ich bringe den Landfrauen bei, auf der Bühne zu tanzen. Es gibt eine Jury, und eine der Teilnehmerinnen wird zur Siegerin gekürt. Außerdem feiern Dorothy und Bert an dem Tag goldene Hochzeit, und ich bringe ihm das Tanzen bei, sodass er mit ihr über die Bühne wirbeln kann, aber das ist ein Geheimnis.« Das alles sprudelte aus mir heraus, ohne dass ich auch nur einmal Luft holen konnte.

»Ich verstehe aber immer noch nicht, wobei du meine Hilfe brauchst.«

»Weil ... Mir bleiben nur zwei Wochen, um den Frauen das Tanzen beizubringen, also dachte ich ...«

»Du dachtest ...?«

»Dafür bräuchte ich deine Hilfe. Du kennst Leute am Theater, die tanzen können. Wir bräuchten nur vielleicht dich und ein paar deiner Freunde als Partner für die Frauen auf der Bühne.«

»Dorothy kann mich nicht sonderlich leiden, falls du diese Kleinigkeit vergessen hast«, wehrte Sam leicht entsetzt ab.

»Ich werde mit Dorothy reden … Wenn das trotz der knappen Zeit funktionieren soll, wird es viel einfacher, wenn die Männer bereits tanzen können.« Ich holte Luft und schaute ihn flehend an. »Wirst du es in Erwägung ziehen?«

Sam wirkte nachdenklich. »Was, wenn die Idee Dorothy nicht gefällt? Wie willst du damit umgehen? Ich will dir wirklich keine Probleme bereiten. Und dann ist da noch dein Großvater. Er wurde gerade erst aus dem Krankenhaus entlassen und kann es nicht gebrauchen, wenn die Vergangenheit aufgewühlt wird.«

»Erstens, ich werde Dorothy sagen, dass ich mich nicht am Dorffest beteiligen werde, wenn sie deine Beteiligung ablehnt. Okay, damit würde ich alle im Stich lassen, aber daran lasse ich nicht rütteln. Wenn ich das für die Gemeinschaft tue, dann wird auch die ganze Gemeinschaft daran teilhaben. Welchen Sinn hätte das Ganze sonst? Und was Grandie angeht: Die Vergangenheit war immer präsent – bis heute –, und es wird höchste Zeit, nach vorn zu schauen.«

»Du kannst ganz schön resolut sein, hmm? Ich bewundere deine Entschlossenheit.«

»Ich möchte einfach nur für das Richtige eintreten. Dorothy und die anderen Frauen werden schon bald einsehen, dass sie dich falsch eingeschätzt haben.«

Sam starrte mich nur an.

»Also, was meinst du?«

»Alice, jemand aus meiner Familie hat jemanden aus deiner Familie getötet.«

»Damit hattest du nichts zu tun. Und er ist dafür ins Gefängnis gewandert, hat seine Haftstrafe abgesessen.«

»Die Leute vergessen so etwas nicht.«

»Mag sein, aber das kann uns nicht davon abhalten, Freunde zu sein.« Ich schaute ihm fest in die Augen und weigerte mich, den Blick abzuwenden. Meine Hand fand den Weg in seine. Eine Sekunde lang starrten wir einander an, ich zitterte.

»Lass uns das tun. Alles oder nichts. Kann es denn noch schlimmer werden, als es schon ist?«

Seine Miene war ernst, er ließ meinen Blick nicht los, aber dann sah ich, wie seine Mundwinkel leicht nach oben zuckten.

»Na schön, ich tue es – nur für dich!«

Ich quietschte vor Freude auf und umarmte ihn heftig.

Reinste Freude, gemischt mit leiser Besorgnis, erfasste mich, als Sam sich einverstanden erklärte, zumal ich wusste, wie sich manche der Dorfbewohner ihm gegenüber verhielten. Er musste mir nicht helfen, und ich war ihm äußerst dankbar, dass er es trotzdem tat. Zugleich hoffte und betete ich, dass ich ihm das Leben im Dorf damit nicht noch schwerer machte, als es ohnehin schon war.

»Und dann wäre da noch etwas …«, sagte ich leise.

»Und das wäre?«

Sachte beugte ich mich vor und küsste Sam leicht auf die Lippen.

»Wofür ist das?«, fragte er, die Lippen nur Millimeter von meinen entfernt.

»Nur dafür, dass du bist, wer du bist.« Meine Stimme schwankte, weil es zwischen uns heftig knisterte.

Er legte mir beide Hände an die Wangen, hob meine Lippen erneut seinen entgegen, und dann küsste er mich. Langsam und zärtlich, während er mit den Daumen meine Wangen streichelte, und schlagartig fielen alle Sorgen von mir ab.

23. Kapitel

Um mich herum war es stockfinster, und das tiefe Brummen eines Vibrationsalarms holte mich aus dem schönsten Traum seit Langem: Da lag ich, in Sams Arme gekuschelt, im Sand eines einsamen Strandes in unserer eigenen verborgenen kleinen Bucht, wo nur das leise Plätschern der Wellen zu hören war …

Verdammter Alarm.

Ich setzte mich auf, versuchte, mich zu orientieren und zu begreifen, was ich da eigentlich hörte – und entdeckte mein iPad, das auf der Kommode fröhlich vor sich hin blinkte. Ein Blick auf die Uhr zeigte mir, es war drei Uhr früh. Wer, zum Teufel, war das, und warum versuchte derjenige, mich zu dieser unchristlichen Zeit über Facetime zu erreichen?

Es war Molly. Ich öffnete die Verbindung.

»Huu.« Mehr brachte ich nicht zustande, während ich, geblendet vom grellen Licht des Bildschirms, versuchte, etwas zu erkennen.

»Da ist sie ja, meine wunderhübsche Freundin! Wie geht es dir in England?« Sie klang viel zu fröhlich für meinen Geschmack. Einen Moment verstummte sie. »Hmm, tatsächlich gerade nicht so sehr wunderhübsch. Du siehst aus wie im Halbschlaf?«

»Meinst du das ernst? Ich habe tief und fest geschlafen, von Halbschlaf kann keine Rede sein, ich habe endlich meinen Jetlag überwunden, und du weckst mich mitten in der Nacht?«

»Die Zeitverschiebung«, stieß sie erschrocken hervor und schlug sich eine Hand vor den Mund. »Ich habe die Zeitverschiebung vergessen. Tut mir leid, tut mir sehr leid.« Sie kicherte.

»Bist du betrunken?« Ich musterte ihr mieses Grinsen. »Ja, definitiv betrunken«, setzte ich hinzu, zog meine Bettdecke hoch und lächelte sie an. Ich vermisste Molly. Auch wenn es drei Uhr früh war, tat es doch gut, sie zu sehen. Es versetzte mir sogar einen kleinen Stich der Trauer.

»Ein ganz klein wenig betrunken«, meinte sie kichernd und zeigte zwischen Daumen und Zeigefinger an, wie wenig.

»Gibt es einen besonderen Grund, warum du mich anrufst?«

»Einfach nur so ... einfach nur, weil du mir fehlst.« Sie sprach ein wenig verwaschen. »Wie läuft es da in England? Hast du deinen Rückflug schon gebucht?«

Die Frage hing in der Luft, und Molly schien schlagartig nüchtern zu werden. »Du kommst doch zurück, oder?«

»Hör mal, Mol, ich habe auf jeden Fall vor, irgendwann zurückzukommen, aber mir ist hier etwas Unerwartetes dazwischengekommen. Das ist eine lange, komplizierte Geschichte.«

»Leg los.« Sie starrte intensiv auf den Bildschirm und wartete auf meine Antwort. »Ich laufe nicht weg.«

Also erzählte ich ihr alles – von Grandies Angebot und natürlich von der Zwickmühle, in der ich steckte, weil Mum noch in New York lebte und nicht nach England zurückwollte.

Molly reagierte genauso wie Grace: »Du hast nur ein Leben, also lebe es. Tu, was dich glücklich macht.«

Natürlich sah ich das prinzipiell ganz genauso, aber es war nicht so einfach. Konnte ich mein eigenes Glück über das meiner Mum stellen? Konnte ich wirklich glücklich werden, wenn ich ohne sie in England blieb?

»Egal«, sagte ich rasch, um das Thema zu wechseln, »erzähl mir, was du getrieben hast und wie es bei der Arbeit läuft.«

Plötzlich erstrahlte Mollys Lächeln. »Im Sender passiert

nicht viel. Gestern habe ich Ben Affleck interviewt«, meinte sie trocken.

»Wow, Moment mal. Du meinst den *Ben Affleck*?« Mir war klar, dass ich gerade sehr laut geworden war und eine Sekunde lang vergessen hatte, dass es hier in England mitten in der Nacht war.

Prompt hob Molly einen Finger an die Lippen, um mich zu ermahnen, leise zu sprechen.

»Sag mir, wie nett Mr. Affleck ist.«

Molly tat, als würde sie ohnmächtig werden, und legte eine Hand auf ihre Brust. »Unglaublich nett, und ich habe ihm von meiner verrückten besten Freundin erzählt, die auf Abenteuerreise in England ist.«

»Das hast du nicht!«

»Natürlich nicht. Klar, ich habe ihn angehimmelt und im Radio wahrscheinlich geklungen wie ein durchgedrehtes Huhn, während die Zuhörerschaft in New York sich vermutlich gefragt hat, was, zum Teufel, los ist.«

Angesichts von Mollys Miene kicherte ich in mich hinein. »Und wo warst du heute Abend, um dich ohne mich ein wenig anzuheitern?«

»Jays Freund hat sich verlobt, und in der Weinbar gab es nach Schließung noch eine kleine Party. Wir wissen doch beide, wie großzügig Jay mit Freigetränken ist.«

»Nun ja, er ist der beste Barkeeper der ganzen Stadt.«

»Und was ist jetzt mit jenem gut aussehenden Engländer?«

Sofort fiel mir der Kuss vom Abend zuvor wieder ein, und unwillkürlich brach sich ein strahlendes Lächeln Bahn.

»Du bist ihm begegnet, richtig?«

»Ja.«

»Und?«

»Sam ist nett.«

»Darauf hätte ich gewettet.«

»Okay, Mols, ich brauche noch ein bisschen Schlaf.«

»Melde dich bald mal. Ich vermisse dich.«

»Das werde ich, aber zu einer passenderen Uhrzeit«, erwiderte ich, warf ihr eine Kusshand zu, schaltete den Bildschirm aus und schlüpfte wieder unter meine warme Decke. Ganz kurz überlegte ich, ob ich aufstehen und mir einen Tee aufbrühen sollte, aber noch bevor ich aus dem Bett klettern konnte, hörte ich die Bodendielen auf dem Flur knarren. Grace war aufgestanden. Wahrscheinlich hatte ich sie durch meinen Chat mit Molly geweckt.

Als es leise an der Tür klopfte, setzte ich mich auf. »Bist du es, Grace?«, fragte ich flüsternd, wobei ich mich über mich selbst wunderte. Wer sonst hätte das sein sollen? Einbrecher würden wohl kaum mitten in der Nacht an meine Schlafzimmertür klopfen.

»Ja, ich bin's«, antwortete Grace leise und öffnete die Tür. Sie hielt ihr Telefon in der Hand.

»Tut mir leid, habe ich dich geweckt?«

»Mich geweckt? Nein. Aber warum bist *du* wach?«

»Molly hat mich gerade über Facetime angerufen. Sie hatte nicht an den Zeitunterschied gedacht. Was ist los, kannst du nicht schlafen?«

Grace hockte sich auf die Bettkante. »Mum hat mich gerade angerufen.«

»Alles in Ordnung?«, fragte ich erschrocken, weil das kaum etwas Gutes bedeuten konnte.

Grace schüttelte den Kopf. »Leider nicht.«

Schlagartig wurde mir der Mund trocken, und Tränen schossen mir in die Augen. »Sag bitte, dass es nichts mit Grandie zu tun hat.«

Grace legte das Telefon aufs Bett und griff nach meiner Hand. »Doch, das hat es. Es tut mir leid, Alice. Er wurde ins Krankenhaus eingeliefert, weil er zusammengebrochen ist.«

Übelkeit erfasste mich. Ich fühlte mich, als hätte man auf mich eingeprügelt, und die Tränen liefern mir über die Wangen.

»Der Krankenwagen bringt ihn schon ins Krankenhaus, aber Mum ist auf dem Weg hierher, um dich abzuholen.«

»Bitte, sag mir, dass er sich erholen wird.«

»Er ist in besten Händen. Mach dich fertig. Ich gebe dir Bescheid, wenn Mum da ist.«

Damit stand Grace auf und verließ das Zimmer. Ich hörte ihre Schritte auf der Treppe nach unten, dann das Klicken des Lichtschalters in der Küche.

Müde stand ich auf, zog mir Jeans, T-Shirt und meinen olivbraunen Lieblingspullover an. Dann schnappte ich mir mein Smartphone, das noch an der Ladestation hing, und meine Tasche, die in einer Ecke des Zimmers stand. Ich wischte mir eine Träne weg, während ich in meinen Kontakten nach Mums Nummer suchte.

Dann begann ich zu schreiben.

»Ich brauche dich, Mum. Grandie ist ins Krankenhaus gebracht worden. Er ist zusammengebrochen. Bitte, komm nach Hause, und besuche ihn, bevor es zu spät dafür ist.«

Meine Hände zitterten sichtlich, als ich den Sendebutton berührte. Jetzt konnte ich nur noch auf ihre Reaktion warten.

24. Kapitel

Grandie wirkte so blass und schwach, wie er da im Krankenhausbett lag. Er war mit einer Maschine verkabelt, und ich konnte sehen, wie sich seine Brust rasch hob und senkte.

Connie und ich saßen beide neben seinem Bett und beteten, dass er diesen Zusammenbruch überstand.

»Er war immer so gut zu mir«, brach Connie schließlich das Schweigen. »Ich weiß nicht, was ich ohne ihn tun sollte.«

Ich schluckte gegen die Enge in meiner Kehle an und blinzelte meine Tränen weg. Ein letzter Blick auf mein Smartphone, dann schaltete ich es aus, um den Akku zu schonen. Mum hatte immer noch nicht geantwortet. Natürlich war es in New York inzwischen Mitternacht, aber bestimmt hatte sie die Nachricht schon gelesen, die ich ihr vor zwei Stunden geschickt hatte.

Bei seiner Ankunft im Krankenhaus war Grandie sofort untersucht worden, und wir warteten immer noch geduldig darauf, dass ein Arzt kam und mit uns redete.

»Glaubst du, dass er sie vermisst?«, fragte ich leise, ohne meinen Blick von ihm abzuwenden.

»Du meinst vermutlich deine Mum?«

Ich nickte.

»Ich weiß, dass er das tut.«

»Woher weißt du das? Hat er das dir gegenüber gesagt?«

Sie zögerte. »Nicht mit Worten, aber ich kenne ihn. Ich verbringe viel Zeit mit ihm, und seitdem du zurück bist, grübelt er sehr viel mehr.«

»Wie macht sich das bemerkbar?«

»Die Kommode in der Galerie ist vollgestopft mit alten Fotos. Vorgestern Abend saß er im Wohnzimmer und hat sie sich angeschaut, eins nach dem anderen. Ich hatte ihm einen Becher Kakao gekocht, und als ich ihm den brachte, sah ich, dass er ein Foto von deiner Mum in den Händen hielt. Er hat es schnell wieder in den Stapel geschoben und sich die Tränen abgewischt, als er mich bemerkte, aber worüber sie sich auch immer zerstritten haben, es sitzt sehr tief.«

»Meinst du, ihr Streit könnte etwas mit mir zu tun haben?« Die Frage ging mir schon durch den Kopf, seit ich hier angekommen war. Ich wollte unbedingt herausfinden, worum es eigentlich ging.

Connie schüttelte den Kopf. »Ich glaube nicht, Alice. Denk dran, deine Mum war meine beste Freundin, und ich weiß kein bisschen mehr als du.«

»Damals, als wir fortgingen … Hast du sie da nach dem Grund gefragt?«

Sie nickte.

»Und?«

»Deine Mum konnte mir nicht in die Augen schauen. Sie sagte nur, eines Tages würde zweifellos alles herauskommen, und jeder würde sie hassen. Ich dachte, sie vertraut mir, aber in dieser Sache tat sie das offensichtlich nicht … Das tat weh.«

»Diese bizarre Situation lässt mich noch an etwas anderes denken, Connie.«

»Und das wäre?«

»Glaubst du, es hat irgendetwas mit meinem Vater zu tun? Hast du eine Ahnung, wer er sein könnte?«, fragte ich impulsiv.

Ich wusste selbst nicht, woher diese Frage plötzlich kam oder warum mir schon wieder Tränen in die Augen schossen. All die Jahre hatte ich mich nie für meinem Vater interessiert.

Mum war immer für mich da gewesen, das reichte mir, aber wer war mein Vater? Und wo war er? Wie so vieles andere in der Familie gehörte auch dieses Thema zu denen, über die nie jemand ein Wort verlor.

Ich konnte sehen, dass Connie einen inneren Kampf ausfocht. Sie wusste etwas, das war unübersehbar.

»Weißt du, wer er war?«, drängte ich sie schlechten Gewissens, denn vielleicht, ganz vielleicht, hatte das ja etwas mit dem Zerwürfnis zwischen Grandie und Mum zu tun. Vielleicht hatte Grandie ihn abgelehnt? Im Grund griff ich nach jedem Strohhalm, aber möglicherweise war das das fehlende Teil dieses Puzzles.

Connie kam nicht mehr dazu, zu antworten, denn Grandie hustete leicht und öffnete die Augen.

»Du bist wach.« Erleichtert lächelte ich ihn an.

Er streckte seine Hand nach mir aus, und ich griff danach.

»So leicht werdet ihr mich nicht los«, sagte er langsam. Die Lider waren ihm schwer, und er wirkte erschöpft.

»Ich hole die Krankenschwester. Sie muss wissen, dass du wach bist.« Connie stand auf, drückte ihm einen Kuss auf den Scheitel und eilte aus dem Zimmer.

»Mein Mund ist ganz trocken.« Er nickte zu dem Glas Wasser hinüber. Ich führte es ihm an die Lippen und wischte ihm anschließend die Stirn mit einem feuchten Waschlappen ab.

»Besser so?«

»Ja, danke.«

Er umklammerte meine Hand, und ich konnte ihn schlucken sehen. »Es ist kein großes Geheimnis, weißt du.«

»Großes Geheimnis? Wovon redest du?«, fragte ich verwirrt nach.

»Von deinem Vater.«

Ich schluckte. Er hatte also meine Frage an Connie gehört.

»Tatsächlich? Wie kommt es dann, dass ich nichts über ihn weiß, nicht einmal, wer er ist? Darüber ist in all den Jahren nie gesprochen worden.«

»Du hast bis heute deine Mum nicht danach gefragt?«

Ich schüttelte den Kopf. »Eigentlich habe ich nie groß darüber nachgedacht. Klar, ab und zu habe ich mir Fragen gestellt, aber ich hatte nie den Drang, nachzuforschen. Ich war ganz glücklich so, wie es war, nur Mum und ich. Also, was weißt du über ihn?« Nervös fummelte ich am Saum meines Pullovers herum.

Er lächelte, bevor er etwas sagte. »Dein Vater war ein Mann aus dem Dorf, William Hall, ein anständiger Kerl. Seine Familie ist nach Australien ausgewandert. Deine Mum ist ein paarmal mit ihm ausgegangen, wusste aber, dass er schon bald ein neues Leben da unten anfangen würde. Sie war scharf auf ihn, aber es war keine ernsthafte Beziehung. Ich bin mir allerdings sicher, dass sie sich entsprechend entwickelt hätte, wenn er nicht fortgezogen wäre. Das Traurige an der Sache war, dass deine Mutter erst nach seiner Abreise feststellte, dass sie schwanger war, und sie hatte keine Ahnung, wohin in Australien er gezogen war oder wie sie Kontakt mit ihm aufnehmen konnte. Damals gab es noch keine sozialen Netzwerke.«

William Hall. Diesen Namen hörte ich zum ersten Mal. Ich hatte im Fernsehen Sendungen gesehen, in denen Menschen alles taten, um Verwandte ausfindig zu machen, weil sie sich nicht vollständig fühlten, bevor sie genau wussten, wer alles zu ihrer Familie gehörte. Diesen Drang hatte ich selbst nie verspürt. Mum hatte mir immer gereicht. Trotzdem war ich jetzt, wo ich den Namen William Hall gehört hatte, ein bisschen neugierig geworden. Der Name gefiel mir, er klang sehr englisch, und irgendwie war ich erleichtert, von meinem Vater nicht einfach im Stich gelassen worden zu sein. Ob sich die Dinge wohl anders entwickelt hätten, wenn er gewusst hätte, dass Mum mit seinem Baby schwanger war? Wäre er womöglich in England geblieben? Vielleicht hätten die beiden eine erfolgreiche Ehe führen können, aber das würde ich wohl nie erfahren.

»Er war also kein Gauner?«, fragte ich, auf das Schlimmste gefasst.

Grandie schien sich ein wenig zu versteifen, er kaute auf seiner Unterlippe. »Nein, William Hall war kein Gauner, er kam aus einer guten Familie, anders als …«

»Anders als wer?« Fragend zog ich eine Braue hoch, weil ich nicht wusste, von wem Grandie sprach.

Er begann zu husten, ich griff hastig nach dem Wasserglas und führte es wieder an seine Lippen. Während er vorsichtig trank, wurde mir vage bewusst, dass Connie ins Zimmer zurückgekommen war und hinter mir stand, aber ich wandte den Blick nicht von meinem Großvater.

»Die Schwester kommt. Du hast uns allen einen mächtigen Schrecken eingejagt, Ted«, sagte sie leise und setzte sich wieder hin.

»Tut mir leid«, sagte er mühsam lächelnd.

Die Schwester kam mit einem Rollwagen herein, gefolgt von einem Arzt. Sie füllte den Wasserkrug wieder auf, bevor sie die Anzeige auf der piependen Maschine überprüfte und etwas auf der Tabelle vermerkte, die am Fußende des Bettes hing.

»Wie geht es Ihnen?«, fragte der Arzt.

»Ich bin müde, erschöpft, um genau zu sein, und meine Beine fühlen sich bleischwer an.«

Der Arzt nickte, während die Schwester erst Grandies Körpertemperatur und dann seinen Blutdruck überprüfte.

»Als sie eingeliefert wurden, haben wir sofort ein CT gemacht. Sie hatten eine kleinere Blutung im Gehirn.«

Ich konnte nichts dagegen tun – kaum hatte der Arzt das

ausgesprochen, schossen mir die Tränen in die Augen und kullerten über meine Wangen. Grandie drückte meine Hand, während Connie mir ein Taschentuch reichte, um mir die Augen abzutupfen.

Der Doktor erklärte uns, dass mein Großvater eine transitorische ischämische Attacke gehabt habe, einen sogenannten kleinen Schlaganfall, der von einer verstopften Hirnarterie ausgelöst worden war. Der Blutpfropf, der dazu geführt hatte, stammte vermutlich von seinem Sturz, bei dem er sich den Kopf angeschlagen hatte.

»Wir müssen Sie im Krankenhaus behalten, um Sie noch ein paar Tage beobachten zu können.«

»Er erholt sich aber doch wieder, oder?« Mir versagte die Stimme.

»Die Symptome halten üblicherweise etwa vierundzwanzig Stunden an, und was der Patient jetzt am dringendsten braucht, ist Ruhe.«

Connie und ich stimmten dem zu.

»Gehen Sie nach Hause, gönnen Sie sich ein bisschen Schlaf, und kommen Sie später wieder. Dann wird die Welt schon viel freundlicher aussehen.« Damit verließen der Arzt und die Krankenschwester das Zimmer.

»Wenn ihr morgen früh wiederkommt, das heißt natürlich heute, bin ich schon wieder auf den Beinen und tanze.« Grandie versuchte, uns aufzuheitern, aber ich konnte sehen, wie erschöpft und besorgt er war.

»Hau ja nicht ab«, erwiderte ich. Mein liebevoller Tonfall sollte verbergen, was ich wirklich empfand. Ich wusste, dass dieser Zusammenbruch ein Warnzeichen war, ein Hinweis darauf, dass sein Gesundheitszustand sich verschlechterte. Ich umarmte ihn, sorgsam bemüht, ihn nicht zu fest zu drücken. »Wir kommen nachher wieder. Versuch, ein bisschen zu schlafen.«

Er nickte dankbar, und die Augen fielen ihm schon wieder zu. Bleich sah er aus und müde.

Connie und ich gingen durch stille weiße Krankenhausflure in Richtung Parkdeck.

»Ich habe ihr eine SMS geschickt, weißt du«, sagte ich, holte mein Smartphone aus meiner Handtasche und schaltete es ein.

»Wem?«, fragte Connie.

»Mum.« Gespannt wartete ich darauf, dass das Telefon ein Signal fand.

»Hat sie geantwortet?«

Ich starrte angespannt auf das Display. Kaum sprang die Anzeige auf 3G, da kündigte ein Signalton eine eingegangene Nachricht an.

Connie zog die Brauen hoch. »Von Rose?«

»Ja«, erwiderte ich und wählte mit zitternder Hand die SMS.

»Was schreibt sie?«, fragte Connie und schaute mir über die Schulter.

Wie geht es euch beiden? Ich liebe euch.

Einen Moment schauten wir einander nur an.

»Was hältst du davon?«, fragte ich.

»Ich glaube, das ist ein Fortschritt. Sie fragt, wie es euch beiden geht, was mir zeigt, dass sie ihn immer noch sehr lieb hat.« Connie drückte mich fest und legte dabei ihre weiche Wange an meine.

Mein Herz hüpfte vor Freude, als mir klar wurde, dass Connie recht hatte.

Das war das erste Zeichen dafür, dass Mum allmählich weich wurde, und das bedeutete, es gab Hoffnung, wenn auch nur eine ganz kleine. Damit konnte ich etwas anfangen.

Jetzt musste ich Mum nur noch davon überzeugen, ein Flugticket zu kaufen und einen Flieger nach England zu besteigen, aber eins nach dem anderen.

»Mein Ziel ist es, sie bis Ende der Woche in einem Flieger nach England sitzen zu sehen, und das kann ich nur auf eine Art erreichen.«

»Was hast du vor?«, fragte Connie misstrauisch.

Einen Moment überlegte ich noch. Ich wusste, mein Entschluss, in Brook Bridge zu bleiben, stand fest. Meine Zukunft lag hier – in der Tanzschule, auf der Farm. Ich wollte nicht nur, dass sie ebenfalls hier bei mir lebte, ich wollte auch, dass die Familienfehde ein Ende fand. Wir brauchten alle einen Neuanfang … und es gab in meinen Augen nur einen Weg, Mum in das Flugzeug zu locken …

»Ich geb's nur ungern zu, aber …« Ich stockte kurz. »Emotionale Erpressung.«

25. Kapitel

Als Connie mich vor dem Cottage absetzte, war es kurz vor acht. Ein Pärchen stand plaudernd an der Bushaltestelle, und ein paar Leute, die ihre Hunde ausführten, schlenderten durch die Straßen. Obwohl es noch so früh war, stand die Sonne bereits am strahlend blauen Himmel, und der Tag versprach wunderschön zu werden.

Ich winkte Connie nach, als sie davonfuhr, und wandte mich dem Cottage zu. Jetzt wollte ich nur noch in mein Bett kriechen, so erschöpft war ich. Die Vorhänge vor den Fenstern des Cottage waren noch zugezogen; Grace schlief sicherlich noch tief und fest. Ich atmete aus und öffnete das Gartentor. Plötzlich spürte ich eine Hand auf meinem Rücken, und ich fuhr zu Tode erschrocken herum.

»Entschuldige, ich wollte dich nicht erschrecken.«

Sam stand hinter mir, eine Milchflasche in der Hand. »Ich war nicht im Schlafanzug einkaufen«, scherzte er.

»Gut zu hören«, gab ich müde zurück.

»Alles in Ordnung mit dir? Du siehst schrecklich aus … Tut mir leid, ich meinte nicht …«

»Ich hatte eine höllische Nacht«, erwiderte ich, zu Tode erschöpft und den Tränen nahe. Mir war klar, wie heruntergekommen ich aussehen musste in meinem ausgeleierten olivbraunen Pullover, der mir kein bisschen schmeichelte.

»Ich dachte, wir hatten einen tollen Abend miteinander?« Besorgt schaute er mir tief in die Augen.

»Das hatten wir … natürlich hatten wir das. Das meinte ich auch nicht. Ich komme gerade aus dem Krankenhaus.« Mein

Versuch zu lächeln misslang kläglich, weil mir zum Heulen zumute war und ich meine Tränen kaum zurückhalten konnte.

»Hey.« Vorsichtig berührte er meinen Arm. »Was ist denn los?«, fragte er sanft und mitfühlend, während er mich zugleich eingehend musterte. »Geht es dir gut?«

Ich schüttelte den Kopf. »Nicht wirklich. Mein Großvater hatte einen Mini-Schlaganfall.«

»Möchtest du mit reinkommen? Ich koche Kaffee.« Damit hielt er die Milchflasche hoch.

»Das wäre toll«, stimmte ich müde lächelnd zu, obwohl ich fix und fertig war und mich danach sehnte, in das Bett zurückzukriechen, das ich vor Stunden verlassen hatte. Aber eine Stunde mehr spielte jetzt auch keine Rolle, solange ich Zeit mit Sam verbringen konnte.

Er hielt mir das Gartentor auf, und gemeinsam gingen wir zu seiner Haustür.

Bisher hatte ich Sams Cottage noch nie betreten, und drinnen stellte ich fest, dass der Grundriss dem von Grace' Cottage entsprach. Nackte Holzbalken an der Flurdecke trugen zum altertümlich hübschen und gemütlichen Gesamteindruck bei. Rechts von der Holztreppe waren Garderobenhaken an der Wand angebracht, und links stand ein kleiner Eichentisch mit einer Lampe darauf.

»Komm, setzen wir heißes Wasser auf.«

Ich folgte Sam in die Küche. Hier war es sauber und ordentlich aufgeräumt, kein schmutziges Geschirr in der Spüle, sogar das Geschirrhandtuch hing säuberlich gefaltet über der Griffstange des Backofens.

»Tee oder Kaffee?«, fragte er und öffnete den Oberschrank, um Becher herauszuholen.

»Tee, bitte, mit einem Stück Zucker.«

»Mach es dir im Wohnzimmer bequem.« Er deutete zur Tür hinüber. »Und leg die Füße hoch.«

Auch das Wohnzimmer entsprach durch und durch den Vorstellungen vom Inneren eines Cottage. Auch hier trugen nackte Holzbalken die Decke, ein Stuhl stand neben dem Kamin, direkt davor standen ein Sofa und ein Couchtisch. An der hinteren Wand gab es einen Bücherschrank, vollgestopft mit Büchern zu jedem Thema, das man sich nur vorstellen konnte. Außerdem gab es eine antike Kommode, auf der jede Menge gerahmter Fotos sowie eine Dockingstation standen. Ich ließ mich auf dem Sofa nieder. Der Wasserkocher in der Küche meldete, dass er fertig war, und kurz darauf stellte Sam ein Tablett mit Tee und Keksen auf den Couchtisch.

»Schokoladenkekse, ich bin beeindruckt.«

»Das ist die Notversorgung. Ich dachte, sie muntern dich vielleicht auf«, meinte er lächelnd, hielt mir den Teller hin und stellte einen Becher Tee vor mir ab.

»Wird dein Großvater sich wieder vollständig erholen?«, fragte er zögernd.

»Hoffen wir das Beste.«

Er nickte, aber es war offensichtlich, dass ihn etwas beschäftigte. »Was ist los?«

»Glaub bitte nicht, dass ich es mir anders überlegt habe, aber vielleicht ist es gerade etwas ungünstig, wenn ich mich am Dorffest beteilige, zumal es deinem Großvater im Moment nicht gut geht ... Ich denke dabei nur an dich.« Sachte stieß er mich mit der Schulter an und legte seine Hand auf meine. »Ich will die Dinge für dich nicht noch komplizierter machen, schon gar nicht jetzt.«

»Aber du machst die Dinge nicht komplizierter für mich, im Gegenteil.«

»Dein Großvater ist krank, deine Mum ist dreitausend Meilen weit weg, und du hast unglaublich viel um die Ohren.«

Natürlich konnte ich seine Argumente nachvollziehen, aber zugleich war mir klar, dass ich seine Unterstützung jetzt mehr denn je brauchte. »Fang jetzt bitte nicht an, mir zusätzliche Probleme zu bereiten, indem du abspringst«, scherzte ich halbherzig.

Er lachte leise. »Na schön ... aber wenn du es dir anders überlegst ...«

»Werde ich nicht.«

Er schenkte mir ein schiefes Grinsen, das mir Herzklopfen bereitete. »Du bist eine ernst zu nehmende Größe, Alice Parker, und mich fasziniert dein komischer Akzent.« Seine Augen lachten. »Außerdem kann ich nicht so tun, als müsste ich nicht ständig an dich denken. Ehrlich gesagt galt dir heute Morgen beim Aufwachen mein erster Gedanke.« Er verschränkte seine Finger mit meinen.

»Das ist gut zu hören. Auch ich muss ständig an dich denken«, murmelte ich verschämt.

Hier, Seite an Seite mit Sam, fühlte sich das völlig natürlich an. Ich wusste, dass ich sehr viel um die Ohren hatte, aber bei ihm konnte ich mich entspannen.

»Du solltest jetzt besser gehen und dir ein bisschen Schlaf gönnen.«

»Willst du mich etwa loswerden?«

»Ganz und gar nicht.« Verlegen grinsend schaute er mir tief in die Augen, senkte dann den Blick auf meine Lippen, und mir stockte der Atem.

Er rückte näher an mich heran, unsere Lippen waren nur noch Millimeter voneinander entfernt. Schwindelerregendes Verlangen erfasste mich, als ich zu ihm aufsah. Genau wie gestern Abend wünschte ich mir nichts sehnlicher, als dass er mich küsste. Er senkte seine Lippen auf meine, und dann gab es für uns beide kein Halten mehr. Funken schienen durch meinen Körper zu stieben, und ich wünschte mir nur, dieser Kuss würde niemals enden.

Etliche Sekunden später zog Sam mich fest an sich und

lehnte meinen Kopf an seine Brust. Ich unterdrückte ein Gähnen, fühlte mich plötzlich zufrieden, glücklich und müde zugleich.

»Dir fallen die Augen zu«, murmelte er. »Schlaf ruhig in meinen Armen ein.« Seine Stimme klang sanft und einladend.

Freude stieg in mir auf, als ich mich an ihn kuschelte und seinem Herzschlag lauschte. Erneut spürte ich das Kribbeln am ganzen Körper, die Gänsehaut, die sich unweigerlich jedes Mal einstellte, wenn ich mit Sam zusammen war.

Und mir fiel kein Ort ein, an dem ich in diesem Augenblick lieber gewesen wäre.

26. Kapitel

Die Cottagetür wurde aufgerissen, und Grace zog die Brauen hoch. Ihr Gesicht war gerötet. »Gott sei Dank, wo hast du gesteckt? Ich war schon ganz krank vor Sorge!«

»Huch, wieso das denn?« Ich schob mich an Grace vorbei und blieb neben ihr im Flur stehen.

»Wieso? Mum hat gesagt, sie hätte dich schon vor Stunden vor dem Haus abgesetzt, und seitdem warst du spurlos verschwunden.« Jetzt konnte ich sehen, wie besorgt Grace war. »Ich dachte schon, du wärst entführt worden.«

»In meinem Alter?« Ich lachte. Nachdem ich draußen auf Sam gestoßen und darüber alles andere vergessen hatte, hatte ich natürlich auch nicht einen Moment daran gedacht, dass Grace sich fragen würde, wo ich steckte.

»Ich bin sozusagen eingeschlafen?«

»Wie bitte? Im Garten?«, fragte sie und folgte mir in die Küche.

»Natürlich nicht. Ich war bei Sam«, erklärte ich beiläufig und versuchte zugleich, mein Lächeln zu unterdrücken, während ich mir ein Glas Wasser eingoss.

Fragend zog sie die Brauen hoch.

»Ich habe ihn zufällig draußen getroffen, nachdem Connie mich vor der Tür abgesetzt hatte.«

»Soso ... Na, ist jetzt auch egal. Mum hat angerufen. Sie holt dich in einer Stunde ab, um deinen Großvater noch einmal im Krankenhaus zu besuchen. Wir haben uns beide Sorgen gemacht, weil du nicht da warst.«

»Tut mir leid, ich hätte nie gedacht ... In einer Stunde?«

Ich geriet in Panik. »Ich muss schnell duschen und etwas essen. Ich bin am Verhungern.«

»Hast dir ordentlich Appetit geholt heute Morgen?«

»Kein Kommentar«, wehrte ich lachend ab.

Grace schubste mich spielerisch in Richtung Treppe. »Na, geh schon duschen. Ich mach dir inzwischen schnell etwas zu essen.«

»Danke, Grace.« Damit drehte ich mich um und eilte schwungvoll die Treppe hinauf.

Ein paar Stunden später waren Connie und ich vom Krankenhaus zurück. Grandie hatte einen heiteren und fröhlichen Eindruck gemacht, jedenfalls gemessen an den gegebenen Umständen. Gemeinsam hatten wir uns das Kreuzworträtsel in der Zeitung vorgenommen, um ihn abzulenken, und mit Siris Hilfe hatten wir es auch gelöst. Grandie fand Siri äußerst faszinierend. »Diese Jugend von heute!«, meinte er. »Wenn wir früher Antworten auf Fragen wollten, dann mussten wir aufs Fahrrad steigen, zur Bücherei fahren und dort in der Enzyklopädie nachschlagen.«

»Was ist eine Enzyklopädie?« Einen Moment schaffte ich es, vollkommen ernst zu wirken, und dann musste ich doch lachen.

Inzwischen gewann die Müdigkeit wieder die Oberhand, und ich freute mich auf einen gemütlichen Abend zu Hause mit Grace.

Der morgige Tag war bis zur letzten Minute verplant. Die Landfrauen waren begeistert von der Vorstellung, einen Abend voller Glanz und Glamour erleben zu können, und brannten darauf, ihr Training für *Strictly Dancing in Brook Bridge* aufzunehmen. Bis dahin war aber noch jede Menge zu tun. Die Tanzschule musste gründlich durchgelüftet und gereinigt werden. Es galt, die Musik zu organisieren, und

Jim hatte freundlicherweise angeboten, eine Rückwand für die Bühne zu gestalten. Connie wollte sich um die Kostüme kümmern, und Sam hatte mir per SMS mitgeteilt, seine Tänzerfreunde würden mitmachen, was mich enorm erleichterte. Der Plan nahm Gestalt an.

Grace stellte zwei Becher mit sündhaft kalorienreicher heißer Schokolade auf den Couchtisch, ließ sich aufs Sofa fallen und wackelte mit den Füßen, die in kuscheligen rosa gestreiften Socken steckten.

»Wie geht es Ted?«, fragte sie und wischte sich mit dem Handrücken den Mund ab.

»Er sieht schon viel munterer aus, aber ich glaube, die Sache hat ihm klargemacht, dass er es ein bisschen langsamer angehen lassen muss.«

»Das muss frustrierend sein, wenn man immer aktiv war und dann plötzlich gesagt bekommt, man solle es langsamer angehen lassen. Hast du deine Mum über die neuesten Entwicklungen informiert?«, fragte Grace, schnappte sich die Fernbedienung für den Fernseher und zappte durchs Programm.

Ich schüttelte den Kopf. »Ich bin noch am Grübeln … sozusagen.« Der Gedanke an Mum drohte mir die gute Laune zu verderben.

»Worüber?«

»Offen gesagt, eigentlich grüble ich gar nicht mehr. Ich habe eine Entscheidung getroffen. Bitte, verurteile mich nicht deswegen, aber in verzweifelten Situationen greift man zu verzweifelten Maßnahmen.«

»Ich höre zu.« Grace wartete besorgt darauf, dass ich mit der Sprache herausrückte.

Ich holte tief Luft. »Ich werde die Wahrheit ein bisschen zurechtbiegen«, gab ich zu und kam mir dabei ziemlich fies vor. »In dem Augenblick, in dem ich hier aus dem Flugzeug gestiegen bin, fühlte ich mich, als wäre ich endlich wieder zu

Hause. Noch bevor Grandie mir die Farm und die Tanzschule angeboten hat, wusste ich, dass ich hier leben will.«

»Aber du hast ein Problem: Rose.«

Ich nickte. »Ich habe darüber nachgedacht, und ich weiß, dass ich mit dem Feuer spiele.«

»Was hast du denn bloß vor?« Grace setzte sich auf und schaute mich mit großen Augen an.

»Nicht ganz die Wahrheit sagen?« Meine Hände zitterten, als ich nach meinem Smartphone griff. »Ich kann sie nicht mit Gewalt hierherzerren, aber so geht es auch nicht weiter. Die beiden müssen einander sehen und miteinander reden, aber wie soll das gehen, wenn Tausende von Meilen sie trennen?«

Ich begann eine SMS an Mum zu schreiben. Unmittelbar bevor ich auf Senden drückte, schloss ich die Augen und ließ die Luft aus meinen Lungen entweichen.

»Erledigt.«

»Was hast du geschrieben?«

»Dass Grandie sie sehen möchte.«

Grace schnappte nach Luft. »Du liebes bisschen. Das ist wirklich nicht ganz die Wahrheit.«

»Glaub mir, ich bin nicht stolz auf mich, aber wie sonst soll ich sie dazu bewegen, hierherzukommen? Wenn das nicht funktioniert, funktioniert gar nichts. Mit den Konsequenzen befasse ich mich, wenn es so weit ist.«

Ich hatte ein schlechtes Gewissen wegen der SMS – es war unehrlich, und ich wäre die Erste gewesen, die das zugegeben hätte. Alles konnte schiefgehen, es konnte sogar so weit kommen, dass Grandie nie mehr ein Wort mit mir redete, wenn er herausfand, was ich getan hatte. Ich konnte alles verlieren. Aber ich hegte die Hoffnung, dass Mum den Köder schlucken und ihren Flug buchen würde. Und dass die beiden, wenn sie erst einmal im selben Zimmer waren, diese dumme Fehde beilegen und die Vergangenheit endlich ruhen lassen würden.

Grace schenkte mir ein freundliches, aufmunterndes Lächeln, aber mir war überhaupt nicht nach Lächeln zumute. Ich saß wie auf heißen Kohlen, während ich auf eine Antwort wartete, und mir war hundeelend zumute.

Nur wenige Sekunden später piepte mein Smartphone, und wir zuckten beide zusammen.

Ich brachte es nicht einmal über mich, die SMS selbst zu lesen. »Grace, kannst du bitte lesen?«, bat ich sie nervös und schob ihr das Telefon hin. Mir hämmerte das Herz in der Brust.

Grace nickte, zögerte kurz und nahm dann das Telefon an sich.

»Entspann dich, die ist von Ben.« Sie lachte angespannt, und die Erleichterung stand ihr ins Gesicht geschrieben.

Ich verdrehte die Augen, weil mir unsere letzte Begegnung wieder einfiel. »Was will er?«

»Er fragt, ob ihr miteinander reden könnt«, sagte sie und reichte mir das Telefon zurück.

»Ich habe ihm nichts zu sagen«, erwiderte ich seufzend.

Gerade als ich das Telefon auf der Armlehne meines Stuhls ablegen wollte, piepte es erneut. Grace sah, dass meine Hände zitterten. »Ich gehe davon aus, dass das nicht wieder Ben ist?«

Kopfschüttelnd reichte ich ihr das Smartphone.

»Es ist Mum.«

Grace las vor, was sie geschrieben hatte: »Das wollte ich hören. Ich buche einen Flug und bin Ende der Woche bei euch. Kümmere dich bitte um eine Unterkunft für mich.« Grace starrte mich mit offenem Mund an.

»Jetzt habe ich es getan, nicht wahr?«

»Wie fühlst du dich dabei?«, fragte Grace zögernd.

Mir schwirrte der Kopf. »Ich weiß es nicht«, gab ich zu. Mir hämmerte der Puls in den Schläfen, und ich war so nervös, dass ich anfing zu schwitzen. »Was tue ich jetzt?!«

»Wir tun nichts, wir sagen nichts, wir geben uns überrascht«, gab Grace zurück.

»Wie, etwa so: Tataa, Mum ist völlig unerwartet aufgetaucht?«

»Na ja, vielleicht nicht ganz so, aber wir sagen nichts, bevor wir wissen, mit welchem Flug sie kommt. Und dann müssen wir es meiner Mum sagen.«

»Was glaubst du, wie Connie reagieren wird?«

Grace zuckte die Achseln. »Wir werden ihr erklären, dass du dir nicht zu helfen wusstest und in Panik geraten bist, als Ted ins Krankenhaus eingeliefert wurde.«

»Also warten wir einfach ab, bis wir mehr wissen?«

»Genau. Hat doch keinen Sinn, die Pferde scheu zu machen, bevor Rose tatsächlich hier ist.«

Ich nickte. Das musste ich erst einmal verarbeiten.

»Danke, Grace. Ich weiß gar nicht, was ich ohne dich tun würde.«

»Auf jeden Fall hast du ein bisschen Aufregung in mein Leben gebracht«, erwiderte sie grinsend, »aber wer will schon ein langweiliges Leben?«

Gerade jetzt hätte ich alles gegeben für ein langweiliges Leben. Ich hatte nicht eine Sekunde darüber nachgedacht, was ich tun würde, wenn Mum sich tatsächlich bereit erklärte, nach England zu kommen. Sie hatte mich mit ihrer prompten Entscheidung völlig überrascht. Wie sich das Ganze weiterentwickeln würde, konnte ich mir nicht vorstellen, also blieb mir nur, abzuwarten und den Dingen ihren Lauf zu lassen. Wenigstens bestand jetzt endlich die Möglichkeit, dass ein paar meiner Fragen beantwortet werden würden.

27. Kapitel

Nach dem Besuch im Krankenhaus betraten Grace und ich am nächsten Morgen die Tanzschule, bewaffnet mit mehr Reinigungsprodukten und Putzutensilien, als im örtlichen Supermarkt in den Regalen standen.

Die Hände in den Taschen einer Kittelschürze vergraben, die ich mir von Grace geborgt hatte, sah ich mich in den Räumen um, bevor ich meine Haare zu einem unordentlichen Knoten zusammendrehte und auf dem Kopf feststeckte. »Es wird nicht viel Zeit kosten, das hier ein bisschen aufzuhübschen«, meinte ich hoffnungsvoll und streifte mir ein Paar rosa Gummihandschuhe über.

»Wir brauchen einen Plan. Lass uns mit dem großen Tanzsaal anfangen, dann ist der Küchenbereich dran, anschließend nehmen wir uns die Toiletten vor«, übernahm ich das Kommando und öffnete erst einmal sämtliche Fenster. »So ist es besser, jetzt haben wir wenigstens schon mal frische Luft.«

Bilder von den vielen Samstagmorgen, die ich als Kind auf ebendieser Tanzfläche voller Begeisterung vertanzt hatte, erschienen vor meinem geistigen Auge. »Ich verbinde ein paar wunderschöne Erinnerungen mit diesem Ort«, sagte ich nachdenklich.

»Und es steht zu hoffen, dass es noch viel mehr werden«, meinte Grace aufmunternd. »In ein paar Stunden schon wird das hier nicht mehr wiederzuerkennen sein.«

Mit Feudel und Staubwedel arbeiteten wir uns durch den Raum und alberten dabei herum wie Teenager. Die Eimer randvoll mit heißem Wasser, putzten wir die Spiegel, fegten die Bühne, schrubbten die Jalousien und wischten den Boden. Nach etwa zwei Stunden anstrengender Reinigungsarbeit zog ich meine Gummihandschuhe aus und wischte mir den Schweiß von der Stirn. Wir ließen uns auf der Kante der Bühne nieder und bewunderten das Ergebnis unserer Mühe. Was für eine Verwandlung! Der Raum glänzte förmlich vor Sauberkeit, und ein frischer blumiger Duft hing in der Luft.

Beim Singen, Tanzen und Putzen zusammen mit Grace hatte ich zum ersten Mal nicht eine Sekunde an Mum gedacht. Trotz der harten Arbeit hatten die zwei Stunden Spaß gemacht.

»Wow, einfach nur wow!«, rief Grace und schaute mich strahlend an. »Jetzt sieht der Raum so elegant aus wie der Tanzsaal im Blackpool Tower.«

Unwillkürlich musste ich über den Vergleich schmunzeln. »Ganz so weit würde ich nicht gehen«, meinte ich grinsend und schaute zu der frisch geputzten Discokugel hoch, die jetzt wieder lebhaft funkelte, glitzerte und bunte Lichtreflexe in den Raum schickte.

Stolz erfüllte mich – dieser kleine Ort war wieder zum Leben erwacht, und ich war voller Elan. Nein, ich wollte der Tanzschule nicht den Rücken kehren. Ich wollte in ihr meine Zukunft finden, wollte sie zu einem Ort machen, den ich als mein Eigentum betrachten konnte und der mir Wertschätzung entgegenbrachte.

»Trommelwirbel«, verkündete Grace. »Hiermit erkläre ich Florrie Rose' Tanzschule für eröffnet. Sie kann jetzt wieder ihren Zweck erfüllen«, meinte sie kichernd.

Ich musste lachen.

Wir hatten noch viel Arbeit vor uns. Der Teppich im Eingangsbereich hatte eine Tiefenreinigung dringend nötig. Die Waschräume mussten ein bisschen modernisiert werden, und die Wände brauchten einen neuen Anstrich, aber immerhin war es hier drin jetzt wenigstens wieder sauber, frisch gelüftet und entstaubt.

»Wir haben gute Arbeit geleistet«, meinte Grace, lächelte mich an und tätschelte mir die Knie. »Selbst Darcey Bussell hätte keine Hemmungen, auf einem so sauber polierten Tanzboden ihre Pirouetten zu drehen.«

Ich hatte längst den Überblick darüber verloren, wie viele Eimer Schmutzwasser wir in den Ausguss entleert hatten. Sogar bei den Spinnen, deren Spinnweben wir aus den Ecken gesaugt hatten, hatte ich mich entschuldigt, aber die Mühe hatte sich gelohnt.

»Wir sollten anstoßen, um die Gelegenheit zu feiern«, schlug Grace vor.

»Ich soll angeheitert die Verantwortung für die Landfrauen übernehmen?«, meinte ich kichernd. Schließlich war mir die Aufgabe, die an diesem Abend auf mich wartete, schon Herausforderung genug.

»Wann kommen sie denn?«

»Kurz nach sieben heute Abend, und ich gebe zu, ich bin ein bisschen nervös.«

»Wirst du ihnen sagen, dass Sam involviert ist?«

»Das werde ich, ich will von Anfang an offen sein. Ich habe nichts zu verbergen, und wenn es ihnen nicht gefällt … nun, diese Tanzschule ist wichtig für mich, die Vergangenheit ist Vergangenheit, und das sollte sie auch bleiben. Dieses Unternehmen braucht einen guten, sauberen Start«, erklärte ich entschlossen.

»Ich glaube, das ist die richtige Einstellung.«

Mir schnürte es vor Rührung die Kehle zu. Ich war bereit, alles zu geben, um die Tanzschule wieder zum Leben zu erwecken und in England bleiben zu können. Mein Leben in New York verblasste Tag für Tag stärker und wurde zu einer fernen Erinnerung.

28. Kapitel

Kurz nach fünf verdüsterte sich der Himmel, und dann öffneten sich sämtliche Schleusen. Ich rannte zur Tanzschule, klemmte mir meine Tasche unter den Arm, hielt die Kapuze meiner Jacke fest und sprang über die Pfützen, um möglichst wenig durchnässt zu werden.

Als ich den Schlüssel ins Schloss steckte, flammte ein Blitz zwischen den dichten schwarzen Wolken auf, und beinahe sofort folgte krachender Donner. In der Sicherheit des Foyers angelangt, schälte ich mir meine durchnässte Jacke vom Rücken, hängte sie an die Garderobe hinterm Empfangstresen und schaltete das Licht ein. Ich war mir nicht sicher, ob die Landfrauen sich in diese Regenflut hinauswagen würden. Kaum hatte ich den Gedanken zu Ende gedacht, da wurde die Tür geöffnet, und eine Gruppe ebenso aufgeregter wie nasser Rentnerinnen drängte sich in den Raum.

»Was für ein Abend!«, rief Dorothy und löste die Schleife der Kunststoff-Regenhaube an ihrem Hals, mit der sie ihre Frisur zu schützen versucht hatte. »Ich war heute Nachmittag beim Friseur, und nun schaut euch das an!«

»Sieht doch perfekt aus, jedes Haar an seinem Platz«, meinte ich und half ihr aus dem Mantel.

Im selben Moment wurden wir von einem Blitz zum Schweigen gebracht, der über den Himmel zuckte und die Lampen flackern ließ.

»Meine Damen, meine Damen …«, versuchte Dorothy ihre erschrocken nach Luft schnappenden Mitstreiterinnen zu beruhigen, »wir werden uns doch nicht vom Wetter die gute Laune verderben lassen.«

Sofort wurde es still.

»Darf ich vorstellen?«, fuhr Dorothy fort. »Alice. Alice Parker … die Enkelin von Ted und Florrie, die uns mit ihrer fantastischen Idee dankenswerterweise aus der Bredouille geholfen hat.«

Alle Anwesenden lächelten und sprachen mir ihren Dank aus, dann begannen sie erfreut zu applaudieren. Damit überraschten sie mich total und stärkten zugleich mein Selbstvertrauen.

»Das ist doch nicht nötig«, wehrte ich lächelnd ab. »Ganz ehrlich, das hätte jeder andere doch auch getan, und ich freue mich, Sie alle kennenzulernen. In der Küche warten Tee und Kaffee. Wenn Sie sich eine Tasse holen wollen, bevor wir anfangen?«

Alle nickten zufrieden und machten sich auf den Weg in die Küche. »Dorothy, können wir kurz reden?«, wandte ich mich nervös an Dorothy, weil ich wusste, was ich als Nächstes zu sagen hatte.

Dorothy blieb zurück. »Alles in Ordnung, meine Liebe?«, fragte sie.

»Das hoffe ich, Dorothy, das hoffe ich wirklich.«

»Ist etwas mit deinem Großvater?« Ihre Stimme bebte.

»Grandie liegt wieder im Krankenhaus, aber sein Zustand ist stabil.«

Erschrocken schnappte Dorothy nach Luft. »Ach je, du Arme, so viele Sorgen.«

»Ja, ich mache mir Sorgen, aber darüber wollte ich nicht mit dir reden.«

Sie griff nach meinen Händen. »Worum geht es? Ich bin bereit, bei allem zu helfen.«

Da ich wusste, wie eng Dorothy mit meiner Grandma

befreundet gewesen war, war ich entsprechend nervös und holte tief Luft. »Ich komme zurück nach Hause und eröffne die Tanzschule neu.«

Ein Lächeln breitete sich auf Dorothys Gesicht aus. »Bert hat mir das schon gesagt, aber jetzt, wo ich es aus deinem Mund höre ... Deine Grandma wäre so stolz auf dich. Und was ist mit Rose, kommt sie auch zurück?«

»Das weiß ich nicht, aber ich muss tun, was das Richtige für mich ist. Deshalb muss ich auch mit dir reden.«

»Ich höre zu.« Mit großen Augen schaute sie mich an, und ich konnte sehen, dass ich ihre ganze Aufmerksamkeit hatte.

»Ich weiß nach wie vor nicht, warum wir nach New York gegangen sind, aber ich weiß, dass ich nach vorn schauen muss, wenn ich hierher nach Hause zurückkomme.«

»Natürlich musst du das, immer vorwärts ...«

»Aber ...«, fiel ich ihr ins Wort, bevor mich der Mut verlassen konnte, »aber das bedeutet, dass alle Fehden und aller Groll begraben werden müssen.«

»Ich verstehe nicht ... Worauf willst du hinaus?«

»Es geht um das Dorffest, Dorothy.«

»Du machst doch jetzt keinen Rückzieher, oder? Wir haben uns alle so gefreut und ...« Ihre Stimme zitterte.

»Nein, ich mache keinen Rückzieher, Dorothy«, beruhigte ich sie, »aber ich muss offen zu dir sein. Ich habe Sam gebeten, mir zu helfen.«

»Sam?« Dorothy zögerte.

»Sam Reid«, sagte ich langsam.

Dorothy atmete aus und wurde blass.

»Was Grandma geschehen ist, hat nichts mit Sam zu tun, und sosehr ich dich und Bert auch achte, ich hege keinen Groll. Wäre es nicht endlich an der Zeit, die Vergangenheit ruhen zu lassen?«

Dorothy schwieg.

»Das hier …« Ich schaute mich um. »Es bedeutete alles für Grandie, und ich werde alles dafür geben, aber hier ist jeder willkommen. Beim Dorffest geht es darum, die Gemeinschaft zu pflegen, und deshalb glaube ich, solltet ihr Sam eine Chance geben. Er steht nur für sich selbst … und er kennt ein paar gut aussehende, fantastische Tänzer, die diese Damen über die Bretter wirbeln werden. Es geht um das große Ganze. Können wir die Vergangenheit ruhen lassen?«

Ich konnte sehen, wie sich die Gedanken in Dorothys Kopf drehten, aber dann liefen ihr zu meiner Überraschung plötzlich Tränen über die Wangen. Rasch reichte ich ihr ein Papiertaschentuch. »Ich weiß, dass du recht hast, liebste Alice. Wir vermissen Florrie nur so sehr.«

»Das weiß ich, aber euer Zorn richtet sich gegen die falsche Person.«

Sie nickte und tupfte sich die Augen ab.

Erleichtert, dieses Gespräch hinter mir zu haben, fragte ich: »Bist du bereit, dich jetzt zu den anderen zu gesellen? Sie fragen sich bestimmt schon, was wir hinter ihrem Rücken zu bereden haben.«

Liebevoll berührte sie meinen Arm. »Du bist ein gutes Mädchen, Alice. Also los, bringen wir die Show auf die Bühne.«

Inzwischen hatten sich alle Damen im großen Tanzsaal eingefunden und hatten auf den Stühlen Platz genommen, die am Ende des Raumes aufgestellt waren. »Wir können dir gar nicht genug dafür danken, dass du uns hilfst«, meldete sich Elsie und stellte mir rasch die anwesenden Frauen vor.

»Seht euch das nur an«, staunte Stella, die Vorsitzende der Landfrauen. »Ich bin seit Jahren nicht mehr hier gewesen, aber es hat sich überhaupt nichts verändert.«

»Ihr seid hier alle mehr als willkommen, aber vor uns liegt eine Menge harter Arbeit, und in den nächsten Wochen werdet ihr üben müssen, üben, üben und noch mal üben.« Ich musste die Stimme ein wenig heben, um mir die Aufmerksamkeit aller zu sichern.

Alle sechs Frauen nickten eifrig.

»Soll ich euch mit meinem Plan vertraut machen?«

»Ja, bitte«, antworteten sie begeistert im Chor.

Ich hockte mich auf die Kante der Bühne. »Stella …« Sie war eine hochgewachsene, schlanke, elegante Frau mit kurz geschnittenen blonden Haaren, die knapp über ihren Schultern endeten. Am Make-up-Tresen im Kaufhaus hätte sie kein bisschen fehl am Platz gewirkt: Der Lack auf ihren Fingernägeln passte perfekt zu ihrem Lippenstift und sogar zu ihren Schuhen. »Du wirst den Walzer tanzen.«

Freudig klatschte sie in die Hände, während die übrigen Damen zustimmend nickten.

»Als Nächstes Elsie: Du tanzt den Quickstepp, gefolgt von Freda mit dem Tango, Ida mit dem Charleston, Mabel mit dem Paso doble und Dorothy …« Ich warf ihr einen Blick zu, wohl wissend, dass sie mit Bert die Show eröffnen würde. »Du wirst den Foxtrott tanzen.«

Sie schnappte nach Luft. »Mein Lieblingstanz seit Ewigkeiten! Danke.«

»In welcher Reihenfolge wir auftreten werden, entscheiden wir später, wenn die Schrittfolgen erst einmal sitzen. Alle so weit einverstanden damit?«

Zustimmendes Gemurmel war die Antwort.

»Am Tag des Auftritts werdet ihr von einer Jury bewertet werden, aber keine Sorge – wir werden sehr wohlwollend urteilen und Punkte vergeben.« Ich lächelte alle aufmunternd an.

»Aber mit wem werden wir tanzen?«, fragte Ida und drehte sich zu den anderen Frauen um, die sofort untereinander zu murmeln begannen. »Ich bin mir nicht sicher, ob mein Alfred da mithalten kann.«

Mein Puls begann zu rasen, als sich alle Augen wieder auf mich richteten. »Mein Freund Sam Reid, der gerade erst in *Mamma Mia* aufgetreten ist, wird uns helfen, was das angeht.«

Die Frauen wechselten bedeutungsvolle Blicke und wandten sich dann Dorothy zu, die zustimmend nickte.

»Ihr werdet nicht enttäuscht sein. Gut aussehende junge Männer, die mit euch über die Bühne wirbeln – was kann man sich Schöneres wünschen?« Mit Begeisterung in der Stimme fuhr ich fort: »Ich habe jeden einzelnen Tanz auf mein iPad heruntergeladen. Wir können sie uns jetzt gemeinsam anschauen. Dann besprechen wir die Farben für eure Kleider, und ich halte es für das Beste, wenn ich für die nächsten Tage Einzelunterricht mit jeder von euch arrangiere, um die Schritte einzuüben. Alle einverstanden damit?«

Alle waren einverstanden. Die nächsten zwanzig Minuten drängten wir uns vor den Bildschirm meines iPads und schauten uns die Tänze an.

»Schön«, murmelte Stella wie hypnotisiert vom Walzer. »Einfach wunderschön.«

»Er ist sehr biegsam«, kicherte Freda und verdrehte den Kopf, um besser schauen zu können. »Ich bin mir nicht sicher, ob ich noch so biegsam bin, aber ich erinnere mich noch an das eine Mal, wo Fred, der Milchmann, und ich auf seiner frühmorgendlichen Runde …«

»Stopp, stopp, stopp«, fiel ihr Mabel ins Wort. »So genau wollen wir es nicht wissen. Wir haben hier ein unschuldiges junges Mädchen, das wollen wir doch nicht verderben.«

Alle lachten in sich hinein.

»Seht euch nur diese Hebefiguren an. Wir brauchen diese starken jungen Männer, damit sie solche Hebefiguren mit uns machen können.« Elsies Blick zuckte zu mir herüber.

»Ich glaube, wir beschränken die Hebefiguren auf ein Minimum. Ich möchte nicht, dass jemand im Krankenhaus landet.«

Nachdem wir das umwerfende Filmmaterial zu den Tänzen zur Genüge bewundert hatten, beschäftigten wir uns mit den Farben der Kostüme. Ich notierte mir, wer welche Farben tragen würde, und natürlich die Maße und Größen. Am nächsten Morgen wollte ich diese Liste Connie geben, die in den örtlichen Secondhandshops auf die Jagd nach passender Kleidung gehen wollte, um sie zu glitzernden Tanzkostümen umzuarbeiten. Dann verabredete ich Einzelunterricht mit jeder der Damen für die nächsten Tage. Als alle anderen nach Hause gingen, blieb Dorothy noch da, um ihre Schrittfolgen mit mir zu besprechen.

»Es tut mir leid« war das Erste, was sie mir sagte, nachdem alle gegangen waren.

»Was tut dir leid?«, fragte ich und räumte die Stühle zusammen.

»Dass ich dir mit meinem Verhalten Unbehagen bereitet habe.« Sie klang aufrichtig.

»Das hast du nicht … wirklich nicht. Aber ich habe die Erfahrung gemacht, dass es belastend und zeitraubend ist, an Fehden festzuhalten. Das Leben ist zu kurz dafür.«

»Und ich weiß nicht mal, wie viel Leben mir noch bleibt.« Sie lachte leise in sich hinein. »Du wirst dieses Unternehmen zum Erfolg führen, das weiß ich.«

»Ich hoffe es«, erwiderte ich in dem Bewusstsein, jede Sekunde dieses Abends mit den Damen genossen zu haben. Ich hatte meine Berufung gefunden und würde mich ihr mit Haut und Haaren verschreiben.

»Okay, gehen wir deine Schritte durch. Wir beginnen mit dem rechten Fuß.« Ich ließ meine Absätze auf dem Holzboden klackern, und Dorothy ahmte meine Schritte nach.

»Ich fühle mich wie ein Fisch auf dem Trockenen«, rief sie, voll auf meine Beinarbeit konzentriert. »Ich habe seit Jahren nicht mehr getanzt.«

»Du wirst nicht lange brauchen, um die Schritte zu lernen. Das ist wie Fahrradfahren.«

»Auch Fahrrad bin ich schon seit Jahren nicht mehr gefahren«, lachte sie.

»Das fällt dir alles wieder ein«, versicherte ich ihr und führte sie noch einmal langsam durch die Schrittfolge.

»Das Dorffest und unsere goldene Hochzeit fallen auf denselben Tag. Ich habe Bert gebeten, mit mir zu tanzen, aber seine Hüften machen da nicht mit. Er ist damit überfordert«, sagte sie weise. »Ich hoffe aber, dass er Freude daran hat, mich auf der Bühne tanzen zu sehen, in einem tollen Kostüm.«

Ich biss mir auf die Lippen und schwieg. Ich konnte es kaum erwarten, Dorothys Reaktion zu sehen, wenn Bert sie zum Tanz führte und über die Bühne wirbelte. Das würde eine fantastische Eröffnung der Show werden.

Sie blies ihre Wangen auf. »Ich bin nicht mehr so fit, wie ich mal war«, sagte sie und begann von vorn mit ihrem rechten Fuß. »Im Kopf bin ich aber immer noch zwanzig.«

Ich lächelte. »Du machst das großartig.«

»Ich kann genau sagen, wann ich das mittlere Alter erreicht habe. Da wurde alles anders. Keine Trinkgelage mehr im Pub, keine ganzen Wochenenden mehr bei Pferderennen, nur noch fad schmeckende gesunde Säfte und Yoga.« Sie verdrehte die Augen. »Und was habe ich jetzt davon?«

»Fünfzig glückliche Ehejahre und den besten Teashop im ganzen Land.«

»Und beides würde ich gegen nichts auf der Welt tauschen wollen.« Gütig tätschelte sie mir die Hand.

Anschließend tanzte Dorothy zwanzig Minuten lang, bis ihr die Socken qualmten. Dann dankte sie mir, dass ich mir die

Zeit für sie genommen hatte, und eilte lächelnd nach Hause zu ihrem geliebten Bert. Die Grundschritte hatte sie begriffen, und ich hatte ihr Hinweise geben können, worauf sie sich in den nächsten Tagen konzentrieren und was sie üben sollte, bis wir uns wieder trafen. Der Abend war ein Erfolg gewesen, jetzt konnte das Dorffest kommen. Die Damen waren voller Elan, Spannkraft und Entschlossenheit. Ihre Energie zu sehen, ihre Begeisterung zu spüren erfüllte mich mit Freude und Zufriedenheit, weil ich wusste, dass ich daran meinen Anteil hatte.

Eigentlich dachte ich, ich wäre ganz allein in der Tanzschule, aber plötzlich hallte eine Stimme durch das Foyer, und ich erschrak. »Klopf, klopf, jemand da?«

»Sam?«, rief ich, und mein Herz machte einen kleinen Hüpfer, als ich seine Stimme erkannte. »Ich bin hier hinten.« Ich hatte vorgehabt, ihm eine SMS zu schicken, sowie ich wieder zu Hause war.

Er erschien in der Tür, durchnässt bis auf die Haut. »Anscheinend regnet es«, meinte er und grinste frech. »Schau mich nur an, und dabei waren es nur ein paar Schritte vom Auto bis zur Tür. Da draußen kommt die Sintflut runter.« Mit der Hand strich er sich durch die widerspenstigen Haare.

Ich folgte jeder seiner Bewegungen. Mein Blick wanderte über das klatschnasse T-Shirt, das ihm am Leib klebte, und es fiel mir schwer, nicht auf seine durchtrainierten Brustmuskeln zu starren oder zu hyperventilieren. Er sah so toll aus, dass es mir den Atem verschlug. »Was tust du hier?«, fragte ich.

»Grace hat mir gesagt, dass du hier bist und etwa um diese Zeit fertig sein würdest. Also dachte ich mir, ich hole dich ab. Du würdest völlig durchnässt werden, wenn du zu Fuß nach Hause gehst.«

Ich schenkte ihm ein dankbares Lächeln. »Mein Ritter in schimmernder Rüstung! Danke, das ist sehr lieb von dir.«

»Außerdem habe ich mir Sorgen um dich gemacht. Wie ist es gelaufen?« Seine Stirn legte sich in Falten.

»Mit Dorothy?«

Er nickte.

Ich bemühte mich um eine ernste Miene, musste aber lächeln. »Ich glaube, ich habe sie nachdenklich gemacht.«

»Tatsächlich?«

Ich nickte, Sam zog mich an sich heran und schlang seine Arme um meine Taille.

»Ich schätze mal, die Vernunft hat gesiegt. Wer auch immer deine Verwandten waren oder sind, das hat nichts mit dir zu tun … du bist einfach nur du. Wir hier im Dorf bilden eine Gemeinschaft, und auch du gehörst dazu.«

Sam grinste mich an.

»Was ist?!«

»Du … wenn du dich in etwas hineinsteigerst, redest du so schnell, dass ich nicht mehr mitkomme.«

Wir lächelten einander an, und seine Augen funkelten. Ich hob die Hand an sein Gesicht und strich leicht über seine Bartstoppeln, ohne den Blick von ihm abzuwenden. Er zog mich an sich und senkte seine Lippen auf meinen Mund.

»Tanze mit mir«, murmelte er.

»Hier?«

»Ja, hier«, erwiderte er leise und nahm meine Hände. Sofort begann mein Herz zu rasen, und einen Moment lang glaubte ich ernsthaft, ich müsste zerfließen oder in Flammen aufgehen. Da war etwas an seinem ritterlichen Selbstvertrauen, das mir die Knie weich werden ließ.

Wir bewegten uns langsam miteinander, drehten uns in vollendeter Präzision, Anmut und völligem Gleichklang. Mein ganzer Körper schrie vor Verlangen nach diesem Mann, während ich in seinen Armen schwerelos durch den Raum schwebte und wirbelte. Zwischen uns loderte ein intensives, heißes Feuer, und wir verloren uns in der Musik. Als das Tempo sich schließlich verlangsamte und die Musik, die vom iPad erklang, uns alles um uns herum vergessen ließ, zog er mich noch näher an sich heran.

Atemlos und mit geschlossenen Augen lehnte ich meinen Kopf an seine Brust und lauschte seinem Herzschlag. Ich verspürte eine Sehnsucht nach diesem Mann, wie ich sie noch nie verspürt hatte. Als die Musik endete, musste ich mich daran erinnern, wieder zu atmen.

Einen Moment blieben wir in enger Umarmung stehen, dann schauten wir einander nachdenklich schweigend in die Augen. Sam beugte sich vor und strich mir sanft eine lose Haarsträhne hinters Ohr. »Alles in Ordnung mit dir?«, fragte er schließlich, die Lippen ganz nah an meinen.

Ich nickte, und meine Gefühle überwältigten mich fast. »Das war perfekt … einfach perfekt.«

Da senkte er seine Lippen auf meine, küsste mich lang und innig. Ich genoss jeden Moment und verlor mich in der berauschenden Trance der Leidenschaft.

Noch nie hatte ich solches Verlangen verspürt.

29. Kapitel

Als wir die Schule abschlossen und zu Sams Auto rannten, regnete es immer noch in Strömen. Und dann wollte der Wagen nicht anspringen. Sam versuchte, ihn immer wieder zu starten, aber es tat sich einfach nichts. Frust zeigte sich auf seiner Miene. Nach einem letzten Versuch wandte er sich mir zu. »Dein Ritter in schimmernder Rüstung hat versagt.«

»Das ist nicht deine Schuld. Ich weiß deine Bemühungen sehr zu schätzen.«

»Aber jetzt müssen wir rennen … da draußen geht die Welt unter.«

Wir schauten aus den Wagenfenstern nach draußen. Der Regen schien noch stärker geworden zu sein, trommelte gegen die Windschutzscheiben und prasselte auf den Gehweg, sodass die Tropfen nach allen Seiten spritzten. Ein Pärchen rannte die Straße entlang und versuchte, sich mit einem Schirm zu schützen, dessen Gerippe der Wind von innen nach außen gedreht hatte.

Eine Sekunde lang saßen wir da, um auf Nummer sicher zu gehen. Vielleicht würde der Regen ja wenigstens kurz nachlassen, aber der pechschwarze Himmel verriet, dass damit in nächster Zeit kaum zu rechnen war.

»Bist du bereit?«, fragte Sam.

»So bereit, wie ich nur sein kann«, erwiderte ich, schloss den Reißverschluss meiner Jacke und zog mir die Kapuze über den Kopf.

Sam stieg aus, rannte um den Wagen herum und öffnete

meine Tür. Er legte mir den Arm um die Schulter. »Lauf!«, befahl er.

»Igitt, ich bin jetzt schon klatschnass«, lachte ich, bemüht, den Pfützen auszuweichen.

Wir grinsten einander schelmisch an, als wir die Straße entlangrannten. Binnen Sekunden waren meine Schuhe durchnässt.

Sam nahm mich bei der Hand, zog mich mit sich, und wir erreichten in kürzester Zeit sein Cottage.

Als wir förmlich in den Flur fielen, waren wir beide bis auf die Knochen nass.

»Schau nur, wie wir aussehen!« Ich konnte gar nicht aufhören zu lachen.

»Komm, ich nehme dir das ab«, sagte er, zog mir die Jacke aus und hängte sie an einen Garderobenhaken im Flur. Dabei warf er mir sein schönstes Lächeln zu, und mein Herz setzte einen Schlag aus.

»Nimm das.« Er reichte mir einen grauen Kapuzenpulli. »Und zieh es an.«

»Danke.« Ich zog mir den Pulli über den Kopf. Mir verschlug es fast die Sprache, als ich mich in seinen Hoodie kuschelte und den würzigen Duft seines Rasierwassers einatmete. Dieser Duft war einfach göttlich, und mein Herz schlug ein bisschen schneller.

»Steht dir gut.« Seine Augen glitzerten, als er mich von oben bis unten musterte, und ich begann zu strahlen.

Es ließ sich nicht leugnen, dass es zwischen uns ordentlich funkte. Die Chemie stimmte, die Anziehungskraft zwischen uns beiden war unverkennbar. Etwas so Intensives hatte ich noch nie erlebt. Natürlich war ich schon mit Männern gegangen, aber was ich dabei empfunden hatte, hielt keinem Vergleich mit dem stand, was ich jetzt erlebte.

Nicht genug damit, dass der Mann, der da vor mir stand, unglaublich gut aussah. Obendrein setzte in seiner Nähe jedes Mal mein Verstand aus, und ich wurde zu einem zitternden Wrack.

»Geh ins Wohnzimmer, mach es dir bequem, ich mache uns was Heißes zu trinken.« Er strich sich mit der Hand durch die Haare und die nassen Strähnen aus den Augen, bevor er auf die Wohnzimmertür deutete und den Flur hinunter verschwand.

Kaum war er außer Sichtweite, riskierte ich einen zögernden Blick in den Garderobenspiegel. Meine Haare klebten mir klatschnass am Kopf, und meine Nasenspitze leuchtete wie die von Rudolf dem Rentier. Attraktiv war etwas anderes. Rasch kramte ich in meiner Handtasche, förderte eine Bürste zu Tage, fuhr mir damit durch die Haare, frischte mein Make-up auf und betete, wenigstens halbwegs wieder wie ein anständiger Mensch auszusehen.

Wenige Minuten später war Sam zurück und reichte mir einen Becher dampfenden Tee, um den ich sofort meine Hände legte, um sie daran zu wärmen.

»Das Wetter in England ist sehr unberechenbar«, stellte er nachdenklich fest, als er sich neben mich setzte.

»Gar nicht so viel anders als in New York. Eben noch Sonnenschein ... und im nächsten Moment versinkt man knietief im Schnee«, erwiderte ich, in Gedanken beim letzten Februar. Da war ich an einem Tag im T-Shirt im Central Park spazieren gegangen, und in der Woche darauf musste ich mich in einen dicken Parka einmummeln. Wir tranken unseren Tee, und so ganz allmählich begann ich wieder trocken zu werden.

»Hast du heute Abend noch etwas vor?«, fragte er.

Ein rascher Blick auf meine Armbanduhr verriet mir, dass es schon auf halb neun zuging. »Ein Bad und dann ins Bett. Ich bin fix und fertig.«

»Überrascht mich nicht. Seit deiner Ankunft in England bist du keine Sekunde zur Ruhe gekommen.«

»Und was hast du vor?«

»Nichts ... gar nichts.«

»Heute war ein guter Abend. Ich hatte wirklich eine Menge Spaß, Sam.«

»Freut mich zu hören.«

»Die Zeit, die ich heute mit den Landfrauen verbracht habe, die Organisation der Tänze, meine Teilhabe an etwas, das mir wieder das Gefühl gibt, nützlich zu sein – das alles hat mein Selbstbewusstsein ein wenig gestärkt.«

»Wenn du so gut unterrichtest, wie du tanzt, ist der Erfolg deines Unternehmens garantiert. Also, die Tanzschule, stehen jetzt alle Signale auf Grün?«, fragte er und nahm einen Schluck Tee.

»Ja, und ich kann es kaum erwarten anzufangen, wenn das Dorffest erst einmal vorbei ist.«

»Und ich habe auch noch einen Vorteil davon.«

»Du?«

»Mir gefällt der Gedanke, dass Miss Amerika in der Gegend bleibt«, sagte er und stellte seinen Becher auf den Tisch.

»Ach ja?«

Sam griff nach meinen Händen und hielt sie fest. Diese gelassene und selbstbewusste Erklärung war für mich das Zeichen, dass er die Funken, die zwischen uns sprühten, auch spürte. Ich rutschte ein wenig dichter an ihn heran. Sam Reid hatte etwas, das in mir den Wunsch weckte, mehr Zeit mit ihm zu verbringen.

»Ganz ehrlich, du bist mir gleich am ersten Morgen aufgefallen. Du hattest etwas an dir, diesen leichten amerikanischen Einschlag, diese beiden niedlichen Grübchen und die Art, wie du dagestanden hast, völlig durchnässt auf dem Bürgersteig in deinem Schlafanzug. Ich meine, man muss schon verrückt sein, um im Schlafanzug einkaufen zu gehen. Offen gesagt, völlig durchgeknallt«, erklärte er grinsend.

»In Homewear, das habe ich dir gesagt, und dabei bleibe ich.«

»Schlafanzug«, beharrte er verschmitzt.

Und bevor ich widersprechen konnte, küsste er mich.

Piep.

»Was war das?«, fragte er flüsternd.

»Mein Smartphone. Verdammt schlechtes Timing.« Ich lächelte und setzte mich langsam wieder auf.

»Geh nicht ran.« Sams Gesicht war gerötet, seine Haare waren zerwühlt, und seine Augen verrieten, dass er mehr wollte. Ich küsste ihn leicht auf die Lippen, bevor ich in meine Handtasche griff.

»Das kann ich nicht. Es könnte wichtig sein, schließlich liegt mein Großvater im Krankenhaus.«

»Tut mir leid, das war egoistisch von mir«, sagte er und setzte sich langsam auf.

»Schon gut, es ist nur Grace. Sie fragt sich vermutlich, wohin ich diesmal wieder verschwunden bin.«

Meine Augen weiteten sich, als ich den Text las.

»Was ist los? Geht es um Ted?«, fragte Sam besorgt, weil ihm mein plötzlicher Stimmungsumschwung nicht entgangen war.

»Nein, um meine Mutter. Anscheinend hat sie Connie kontaktiert, um ihr mitzuteilen, dass sie Ende der Woche aus New York kommt.« Ich starrte Sam an.

Schlagartig war ich sehr nervös und angespannt. Das hier passierte wirklich. Am Freitag würde meine Mutter ankommen, und in nicht allzu ferner Zukunft würde sie ihrem Vater gegenüberstehen. Sie würden beide erkennen, dass ich sie angelogen hatte, um sie herzulocken. Ich wusste, dass ich genau das gewollt hatte, aber jetzt, wo es wirklich geschah, hatte ich keine Ahnung, wie ich damit umgehen sollte.

Ich schluckte.

»Das ist doch sicher eine gute Sache?«, fragte Sam neugierig.

»Einerseits ja, andererseits nein. Ich habe ein bisschen geschwindelt, um sie hierherzulocken«, gab ich zu und biss mir auf die Unterlippe.

Sam zog die Stirn kraus.

»Aber eines weiß ich mit Sicherheit, jetzt kommt bald die Wahrheit ans Licht.«

Obwohl ich wusste, dass ich meiner Mutter mit meiner Lüge die Ausrede geliefert hatte, um dreitausend Meilen hierherzureisen, glaubte ich doch an die Macht des Schicksals. All das – die erste Nachricht von Grace, meine Reise nach England, die Tanzschule … Sam –, all das war aus einem Grund geschehen, und ich war fest entschlossen, alles zu tun, um herauszufinden, was, zum Teufel, vor dreizehn Jahren passiert war.

30. Kapitel

Am nächsten Morgen stand Grace in der Küche und wendete Pfannkuchen, während sie eine Melodie im Radio mitpfiff.

»Guten Morgen«, begrüßte sie mich fröhlich, als sie mich bemerkte. »Gut geschlafen?«

Ich hatte kaum ein Auge zugetan und konnte das noch nicht einmal auf den Regen schieben, der die ganze Nacht gegen das Fenster getrommelt hatte. Den Schlaf hatte mir eher mein schlechtes Gewissen geraubt. Mums Worte »das wollte ich hören« gingen mir wieder und wieder durch den Kopf.

»Du kommst mir ein bisschen still vor«, stellte Grace fest, bevor ich auf ihre Frage richtig eingehen konnte. Während sie sprach, stellte sie einen Teller auf den Tisch, auf dem sich bereits Pfannkuchen türmten. »Bedien dich.«

»Danke«, sagte ich, ließ die Luft aus meiner Lunge entweichen und rückte mir einen Stuhl zurecht.

»Wenigstens klart es jetzt endlich auf«, fuhr Grace mit einem flüchtigen Blick aus dem Küchenfenster fort und setzte sich mir gegenüber. »Also, was nagt an dir? Alles in Ordnung mit Sam?«

Zwischen Sam und mir war alles mehr als nur in Ordnung, aber ich begann mich zu fragen, ob sich das womöglich ändern würde, wenn Mum ankam und erfuhr, wer Sam war und dass wir einander nähergekommen waren. Würde sie einen Groll gegen ihn hegen – so wie einige der Dorfbewohner?

»Ja, mit Sam läuft alles bestens. Ich muss nur ständig daran denken, dass Mum bald kommen wird«, sagte ich seufzend und nahm mir einen Pfannkuchen vom Stapel. »Ich bin einfach unsicher, was dabei herauskommen wird.«

»Nun, das werden wir bald erfahren«, meinte Grace und träufelte Zitronensaft über ihre Pfannkuchen, bevor sie sie mit Zucker bestreute.

»Sosehr ich mich eigentlich freue, sie bald wiederzusehen, momentan freue ich mich noch nicht gerade darauf. Klingt unsinnig, ich weiß.«

»Ich kann mir vorstellen, was du meinst.« Grace beugte sich vor und berührte tröstend meine Hand.

»Was hat deine Mum dazu gesagt, dass meine Mum sich bei ihr gemeldet hat?«

»Sie war überrascht, hat aber freundlicherweise angeboten, sie vom Flughafen abzuholen, und gesagt, dass sie bei ihr im Anbau wohnen kann. Aber sie hat natürlich auch gefragt, ob dein Großvater davon weiß.«

»Und?«

»Und ich habe ihr gesagt, dass du noch keine Gelegenheit hattest, es ihm zu sagen ... es aber tun wirst.«

Ich schwieg.

»Alice, du musst es ihm sagen. Das wird ein gewaltiger Schock für ihn, wenn Rose nach so vielen Jahren plötzlich ohne Vorwarnung vor ihm steht. Immerhin ist er nicht gesund.«

»Ich weiß, ich werde es ihm sagen«, erwiderte ich, wohl wissend, dass ich darauf kein bisschen scharf war. »Ich glaube nicht, dass er aus dem Krankenhaus entlassen wird, bevor sie kommt. Das heißt, mir bleibt ein bisschen Zeit, die Lage zu peilen und festzustellen, in welcher Stimmung Mum ist. Dann weiß ich vielleicht auch, wie ich mit dem Ganzen umgehen soll.«

»Nervös?«

»Und wie. Hast du Connie verraten, wie ich Mum dazu gebracht habe zu kommen?«

»Nein, auch das wirst du ihr sagen müssen.«

»Vielleicht kommen sie ja gar nicht darauf zu sprechen?«, meinte ich nicht nur hoffnungsvoll, sondern auch schuldbewusst.

Ich sah, wie Grace die Brauen hochzog, und spürte, wie sehr ich mich immer mehr in meiner Lüge verstrickte.

»Stell dir Folgendes vor … Ted und Rose sehen sich nach wie vielen Jahren zum ersten Mal?«

»Dreizehn.«

»Was werden sie als Erstes zueinander sagen?« Grace musterte mich eingehend.

Ich rutschte unbehaglich auf meinem Stuhl herum und zuckte mit den Achseln.

»Ted wird sagen: Was tust du denn hier? Und Rose wird antworten: Du wolltest mich sehen.«

Grace hatte recht. Erschrocken blickte ich auf und schlug die Hände vors Gesicht. Ich hatte mir das wirklich nicht gründlich überlegt. »Ich weiß ja, dass ich unehrlich bin, aber ich hoffe, nein, ich bete darum, dass in der Sekunde, in der die beiden einander sehen, alles vergessen sein wird.«

»Ein Bruch, der dreizehn Jahre vor sich hin geschwelt hat, ist nicht plötzlich vergessen, aber hoffen darf man natürlich«, meinte Grace, überzeugend klang es jedoch nicht.

Wir verputzten die restlichen Pfannkuchen, und ich schaltete den Wasserkocher ein, bevor ich Grace beim Abwasch half.

»Wie ist die erste Übungsstunde gestern Abend gelaufen?«, fragte sie und hängte das feuchte Geschirrtuch über die Griffstange des Backofens.

»Oh, sehr gut! Alle waren mit Feuereifer dabei«, erwiderte ich, dankbar für den Themenwechsel.

»Und wie hat Dorothy es aufgenommen, dass Sam mithilft?«

»Überraschend gut – nachdem ich ihr erklärt hatte, dass das Fest für die ganze Dorfgemeinschaft ist und Sam auch dazugehört.«

»Das musste vielleicht einfach nur mal gesagt werden, aber gut gemacht! Das muss nervenaufreibend für dich gewesen sein. Und was hast du heute so vor?«

Ich schob ihr einen Zettel mit einem detaillierten Zeitplan zu. »Hui, du meinst es aber wirklich ernst!«, rief Grace, ließ den Blick über den Zeitplan wandern und folgte mir ins Wohnzimmer.

Dort ließ ich mich aufs Sofa fallen und legte meine Füße hoch. »Ehrlich gesagt bin ich dankbar für die Ablenkung. Wenn ich hier nur rumsäße und nichts zu tun hätte, würde ich beim Gedanken an Mums bevorstehende Ankunft wahnsinnig werden.«

»Und meine Mum erwähnte, dass sie für die Kostüme verantwortlich ist?«

»Ja.« Ich blätterte die Notizen durch, die ich auf dem Couchtisch abgelegt hatte. »Hier haben wir es: die Maße sämtlicher Frauen und die Farben, für die wir uns entschieden haben. Das bringe ich ihr nachher rasch vorbei.«

»Mum hat noch etwas erwähnt, und ich wollte dich eigentlich danach fragen, aber … ich bin mir nicht sicher, ob es eine gute Idee ist, das Thema anzusprechen, so viel, wie du um die Ohren hast.« Grace musterte mich eingehend.

»Sag schon …«

»Mum sagte, du hättest nach deinem Vater gefragt.«

Ich nickte. »Ich frage mich, ob er vielleicht etwas mit dem Zerwürfnis zu tun hat.«

Grace setzte sich auf.

»Hast du deine Mum mal nach ihm gefragt?«

Ich schüttelte den Kopf. »Nein, nie.«

Inzwischen war ich dreiundzwanzig und hatte nie groß

darüber nachgedacht. Das war keine Frage, die mir jemals schlaflose Nächte bereitet hätte. Da war auch keine große Leere in meinem Leben. Meine Mum war einfach großartig gewesen, und mehr hatte ich nie gebraucht.

»Und deine Mum hat all die Jahre nie darüber gesprochen?«

Erneut schüttelte ich den Kopf. »Ich war etwas überrascht, als Grandie mir von ihm erzählte. Keine Ahnung, was ich erwartet hatte – vielleicht ein einmaliges sexuelles Abenteuer oder ein zwielichtiges Subjekt. Klingt, als hätte ich keine besonders hohe Meinung von Mum … Aber es steckte kein großes Geheimnis dahinter. Es hatten einfach nur unglückliche Umstände dazu geführt, dass ich ohne Vater aufgewachsen bin. Sie hatte jemanden kennengelernt, einen anständigen Kerl, wie Grandie sagte. Sie sind eine Zeit lang miteinander gegangen, aber er ist mit seinen Eltern nach Australien ausgewandert, und sie stellte erst nach seiner Abreise fest, dass sie schwanger war. Dumm gelaufen.«

»Er hat also nie von dir erfahren?«

»Sieht ganz so aus.«

»Und wie empfindest du dabei?«

»Irgendwie bin ich erleichtert, dass er ein ganz normaler Typ war.«

»Hat dein Großvater dir gesagt, wie er heißt?«

»William Hall.«

Der Name hallte in meinen Gedanken wider, William Hall.

»Dann stellt sich vermutlich die Frage, ob du irgendetwas in dieser Sache unternehmen willst?«

Das war exakt die Frage, die mir durch den Kopf ging, seit Grace das Thema angeschnitten hatte. Was konnte ich überhaupt unternehmen? Australien war riesig, und sicher gab es Hunderte von William Halls auf der ganzen Welt. Wer weiß, vielleicht lebte er nicht einmal mehr in Australien.

»Keine Ahnung, was ich überhaupt unternehmen könnte, obwohl ich natürlich irgendwie schon neugierig bin, wie er aussieht. Sehe ich ihm eventuell ähnlich?«

»Sprich mit deiner Mum. Fragen schadet nicht. Vielleicht hat sie sogar ein altes Foto von ihm?«

»Wer weiß. Es lohnt sich jedenfalls zu fragen. Und jetzt bin ich definitiv neugierig, will mehr über ihn wissen, über seinen Hintergrund, über seine Arbeit. Außerdem besteht natürlich die Möglichkeit, nein, es ist sogar sehr wahrscheinlich, dass er selbst eine Familie hat.«

»Dann hättest du womöglich Brüder und Schwestern.« Grace riss die Augen auf.

»Möglich.« Ich schwieg einen Moment, dachte darüber nach.

Als ich nach meinem iPad griff, entdeckte ich eine Mitteilung auf dem Bildschirm. »Ein Update von Mum, ihre Flugdaten, und sie schreibt, dass sie sich darauf freut, mich wiederzusehen.« Ich zog die Brauen hoch. »Hoffentlich ändert sich das nicht, wenn sie erfährt, dass ich zu einer kleinen Notlüge gegriffen habe.«

»Ich schätze mal, du musst mit ein bisschen Ärger rechnen, aber ich bin sicher: Wenn die beiden sich erst gegenüberstehen, erkennen sie, dass es dumm wäre, einander nicht zu vergeben, und klug, die Sache ruhen zu lassen«, meinte Grace, erkennbar bemüht, positiv zu denken.

Ich setzte ein tapferes Lächeln auf. »Hoffentlich hast du recht«, sagte ich und legte dabei eine Fröhlichkeit in meine Stimme, die ich eigentlich gar nicht empfand.

Nachdem ich die SMS beantwortet hatte, scrollte ich durch meine Facebook-Seite, und Grace redete weiter, aber das rauschte an mir vorbei.

»Erde an Alice … Erde an Alice. Was gibt es denn da so Interessantes?«, hörte ich sie schließlich fragen.

Winzige Knoten formten sich in meinem Bauch, und ich wusste nicht, wie ich reagieren sollte. Als ich den Blick zu ihr hob, dröhnte mein Pulsschlag in meinen Ohren, und ich bekam kaum noch Luft.

»Was ist los?«, fragte sie erschrocken und legte den Zeitplan für die Übungsstunden auf den Tisch. »Du guckst so komisch.«

Mein Magen verkrampfte sich. »Der Facebook-Hinweis auf Leute, die man möglicherweise kennt.«

»Und?«

Wieder schaute ich auf den Bildschirm und drehte ihn dann so, dass Grace ihn sehen konnte.

Sie rutschte näher heran und nahm mir das iPad aus der Hand. »William Hall«, las sie laut. »Du dummes Ding, das ist nur ein komischer Zufall, nichts weiter«, meinte sie lachend, um die Sache herunterzuspielen.

»Das dachte ich auch, aber sieh doch: Wir haben einen gemeinsamen Freund.« Ich deutete auf den Bildschirm. »Rose Parker, meine Mutter.«

»Na dann los, schau dir sein Profil an«, drängte Grace.

Eine Sekunde schwebte mein Finger über seinem Namen, bevor ich sein Profilbild antippte. »William Hall lebt in Perth, Australien.«

Grace und ich starrten das Gesicht auf dem Bildschirm an.

»Wow, das ist erstaunlich.« Grace stieß einen Pfiff aus und ließ ihren Blick zwischen mir und dem Bildschirm hin- und herwandern. »Was meinst du?«

»Ich glaube, das ist er. Er ist im richtigen Alter, lebt in Australien und scheint mit meiner Mum befreundet zu sein. Außerdem lässt sich nicht leugnen …«

»Die Augen und die Nase«, fiel Grace mir ins Wort. »Wirklich verblüffend – das bist du!«

Ich war sprachlos. Adrenalin schoss mir ins Blut, und mein Magen geriet in Aufruhr. »Ich weiß nicht, was ich denken soll.« Eigentlich war ich der Meinung gewesen, heute sei ein ganz normaler Tag, aber jetzt stellte sich heraus, dass heute der Tag war, an dem ich herausfand, wie mein Vater aussah.

»Glaubst du, dass sie die ganze Zeit mit ihm in Kontakt gestanden hat?«, fragte ich Grace ein wenig verstört. »Glaubst du, er weiß von mir?«

»Keine Ahnung, Alice.«

Mein Puls raste. Ich starrte auf sein Profil, dann holte ich tief Luft und begann, mir seine Fotoalben anzusehen.

Tränen schossen mir in die Augen. »Sieh nur«, sagte ich und drehte den Bildschirm so, dass Grace schauen konnte. »Das ist seine Familie, seine Frau und zwei hübsche Töchter.«

Ich spürte, dass ich von meinen Gefühlen überwältigt zu werden drohte, von einer Mischung aus Angst, Freude und natürlich Ungewissheit.

Hastig rieb ich mir die Augen.

»Du weinst ja … hier.« Grace reichte mir ein Taschentuch.

»Was tue ich denn jetzt?«

Tausend Fragen schwirrten mir durch den Kopf, und es fiel mir schwer, einen klaren Gedanken zu fassen. Wie sollte ich nur diesen Tag überstehen, jetzt, wo ich möglicherweise über meinen Vater gestolpert war, aber nichts unternehmen konnte, bevor Mum in England ankam?

»Alice, du hast Schwestern«, sagte Grace leise.

Mein Herz zog sich ein wenig zusammen, und ich rang mir einen Hauch von einem Lächeln ab. Ruhig bleiben, ermahnte ich mich, fiel Grace in die Arme und ließ meinen Tränen freien Lauf.

31. Kapitel

»Aufwachen, aufwachen!« Jemand rüttelte leicht an meiner Schulter.

Ich bemühte mich, meine Lider einen winzigen Spalt zu öffnen, aber jetzt rächte sich, dass ich mich am Abend zuvor nicht abgeschminkt hatte. Die Mascara klebte meine Lider fest zusammen. Mein Schädel brummte, und dann fiel es mir wieder ein. Gestern Abend hatte ich mich zusammen mit Grace volllaufen lassen, nachdem ich entdeckt hatte, dass meine Mum in Kontakt mit William Hall stand – dem Mann, von dem wir vermuteten, dass er mein Vater war, dem Mann, der möglicherweise nicht einmal wusste, dass es mich gab.

Endlich gelang es mir, die Augen zu öffnen. »Wie spät ist es?«, stöhnte ich. »Und wo brennt es? Ich bin doch gerade erst ins Bett gegangen.«

»Es ist halb neun«, stellte Grace fest und betrachtete mich mitleidig. »Verkatert?« Lächelnd stellte sie einen Becher Tee neben mein Bett. »Hier, trink das, es sind zwei Stückchen Zucker drin.«

»Halb neun! Warum, zum Teufel, weckst du mich um diese Zeit?«, grummelte ich und zog mir die Decke über den Kopf.

»Weil du es mir befohlen hast«, erwiderte sie lachend. »Du hast dreißig Minuten, um aufzustehen, zu duschen, dich anzuziehen und zu versuchen zu frühstücken.«

»Kein Frühstück.« Der Gedanke allein reichte schon, mir den Magen umzudrehen.

Kichernd verließ Grace das Zimmer. »Steh auf, Elsie und der Quickstepp warten auf dich.«

Elsie war eine herzensgute Seele und mit ihren fünfundsechzig Jahren immer zu einem Scherz bereit. Die kleine, sinnliche Frau mit den rosigen Wangen arbeitete in Teilzeit für Dorothy im Old Teashop. Gestern war sie mit Feuereifer dabei gewesen, ihre Schritte zu lernen, aber eine Tänzerin war an ihr nicht verloren gegangen. Gegen Ende der Stunde war sie mir mit ihren professionellen Tanzschuhen aus Satin so oft auf die Füße getreten, dass ich das lieber vergessen wollte. Trotzdem sah sie fantastisch aus in ihrem roten Paillettenkleid. Sie hatte stolz verkündet, sich das Kleid auf dem örtlichen Wohltätigkeitsbasar für den Spottpreis von nur drei Pfund gekauft zu haben. Dagegen konnte ich schlecht etwas sagen. Der tiefe Ausschnitt jedoch machte es zu einem gewagten Kleid, vielleicht sogar ein wenig »unanständig«. Es war sicherlich nicht für eine Fünfundsechzigjährige entworfen worden, aber Elsie gefiel es, und das allein zählte.

An diesem Morgen wollten wir uns noch einmal am Quickstepp versuchen. Die Stunde hatten wir deshalb auf diese frühe Zeit gelegt, damit sie nicht mit ihrer Arbeitszeit im Old Teashop kollidierte. Ich hatte ihr geraten, Sportschuhe anzuziehen, und hoffte, dass sie meinem Rat gefolgt war. So wie meine Füße aussahen, würden sie nicht noch einmal eine solche Tortur wie gestern überstehen.

Langsam quälte ich mich aus dem Bett und riskierte einen vorsichtigen Blick in den Spiegel. Das hätte ich besser lassen sollen.

Ich fühlte mich grauenhaft, und genauso sah ich auch aus. Ich war in meinen Kleidern eingeschlafen, meine Haare waren zerwühlt und meine Augen geschwollen. Einen Schönheitswettbewerb würde ich wohl gerade nicht gewinnen. Während mir das Wasser in der Dusche übers Gesicht strömte, dachte ich an den gestrigen Abend zurück. Grace und ich mussten mindestens zwei Flaschen Wein geleert haben, und glücklicherweise hatte Grace mir das iPad weggenommen, bevor ich volltrunken eine Nachricht an Mum oder William Hall schicken konnte.

Zehn Minuten später hatte ich mich angezogen, meine Haare zurückgebunden und den Weg in die Küche geschafft, wo Grace butteriges Rührei auf Toast frühstückte.

»Es ist genügend da, falls du noch Zeit hast.«

Ich schüttelte den Kopf. Allein schon der Gedanke an etwas zu essen … »Warum nur habe ich so viel getrunken?«, stöhnte ich.

»Weil's in dem Moment eine gute Idee zu sein schien?«

Hastig trank ich ein Glas Fruchtsaft, packte meine Tanzschuhe ein und genoss den frischen Morgenwind, als ich zur Tanzschule eilte.

»Guten Morgen«, begrüßte mich Elsie und leerte ihren Kaffeebecher. Wie konnte eine Fünfundsechzigjährige fitter sein als ich? »Ich habe die ganze Nacht geübt.« Damit zeigte sie mir eine schnelle Drehung auf der Treppenstufe, während ich die Tür aufschloss und ihr den Vortritt ließ.

»Du zeigst wirklich Engagement, Elsie«, meinte ich lächelnd und war froh, dass ich mich nach dem flotten Fußmarsch hierher allmählich wieder wie ein Mensch fühlte.

Elsie folgte mir ins Foyer, hängte ihre Jacke auf und holte ein Smartphone aus ihrer Handtasche. »Das gehört meinem Enkel«, erklärte sie stolz. »Ich habe es mir ausgeliehen. Er hat mir gezeigt, wie man Apps installiert, und ich stalke diesen Bruno Toniolo auf Bluebird.«

»Twitter«, korrigierte ich sie kichernd.

»Ich habe meinem Cecil gesagt, er müsse sich auch diesen Tanzspaß gönnen. Das würde seinem Bauch und seinem Hintern wieder Form verleihen«, meinte sie trocken und verdrehte dann kichernd die Augen.

»Er weiß nicht, was ihm entgeht. Also los, schauen wir

mal, was dein Üben gebracht hat.« Noch bevor ich die Musik starten konnte, stand Elsie bereits in Startposition mitten auf der Tanzfläche.

»Der linke Fuß fängt an«, wies ich an, und Elsie folgte spiegelbildlich meinen Bewegungen.

»Zurück ... seitlich heran ... zur Seite ... vorwärts ... seitlich heran und zur Seite.«

Elsie hatte wirklich intensiv geübt. Freude leuchtete in ihrem Gesicht, als sie wunderbar im Takt den Quickstepp tanzte, einmal durch den ganzen Raum.

»Oh Mann«, hauchte sie, als die Musik endete. »Das war fantastisch. Ich fühle mich, als könnte ich Bäume ausreißen. Junge Dame, du solltest stolz auf dich sein.«

»Ich? Weshalb denn?«

»Du bringst uns alle zum Lächeln.«

»Vielen Dank, Elsie, ich tue das gern. Ich bin einfach nur froh, dass ich behilflich sein kann. Wollen wir es noch einmal versuchen? Diesmal übernehme ich den männlichen Part und führe«, schlug ich vor.

Die nächsten paar Minuten glitten wir durch den Raum. Elsie hatte sich unglaublich gesteigert. Im Vergleich zum Vortag war sie eine völlig andere Frau.

»Wir haben es fast geschafft«, verkündete ich, während wir zwei Schritte zur Seite machten und die Musik langsam zu verklingen begann. In dem Moment bemerkte ich, dass jemand in der Tür stand.

»Bravo. Bravo.«, dröhnte Grandies Stimme. Er hatte sich bei Connie mit der einen Hand untergehakt und stützte sich mit der anderen auf seinen Spazierstock. Er platzte fast vor Stolz und strahlte uns an, während in seinen Augen Freudentränen glitzerten.

»Was tut ihr hier?«, fragte ich, schaltete die Musik aus und eilte zu den beiden, um sie zu begrüßen.

»Ted Parker, wie geht es dir?« Elsie drückte ihm bereits einen Kuss auf jede Wange. »Deine Enkelin ist einfach wunderbar, dass sie so viel Zeit investiert, um uns auf Zack zu bringen. Du kannst stolz auf sie sein.«

»Du hast wunderbar ausgesehen, Elsie, einfach umwerfend.« Seine schmeichelnden Worte ließen Elsie erröten.

»Und wie ich höre, wirst du beim Dorffest zur Jury gehören … Ich hoffe, dass du die Rolle des netten Richters übernimmst.«

»Aber immer, Elsie! Ich freue mich schon darauf.«

Die beiden wechselten noch ein paar Worte, dann suchte Elsie ihre Siebensachen zusammen und ging, um noch rechtzeitig zur Arbeit zu kommen. Mir schwirrte der Kopf angesichts des unerwarteten Umstandes, dass Grandie offenbar aus dem Krankenhaus entlassen worden war.

»Was tut ihr hier?«, wiederholte ich meine Frage und ließ meinen Blick zwischen ihm und Connie hin- und herwandern.

»Ich bin wieder brauchbar«, meinte er lachend und löste sich von Connies stützendem Arm. »Sie haben mich wegen guter Führung vorzeitig entlassen, und Grace sagte, du seist hier. Also dachten wir, wir schauen auf dem Weg nach Hause kurz vorbei.«

»Aber der Arzt hat gesagt, du musst es langsam angehen lassen«, mahnte Connie in strengem Tonfall. »Alice, sag ihm, er soll es langsam angehen lassen.«

Grandie ließ mich nicht zu Wort kommen. »Seht euch das nur an.« Er wedelte mit seinem Stock in der Luft herum und geriet dabei leicht ins Schwanken. »Du hast Wunder vollbracht. Ich habe keinen Fuß mehr in dieses Gebäude gesetzt, seit … seit …«

»Nun reg dich bitte nicht auf, Ted«, versuchte Connie, ihn zu beruhigen.

»Diese Schule bedeutete meiner Florrie alles. Gerade eben, als ihr getanzt habt, konnte ich sie mir vorstellen, wie sie einen Tanzkurs anleitete. Genau wie du, Alice.«

Ich war überwältigt von seinem Kompliment. Seine Bewunderung war offensichtlich, und dass er mich mit Grandma verglich, gab mir das Gefühl, der Aufgabe gewachsen zu sein. Das erfüllte mich mit Freude.

»Du bist ein Naturtalent – so geduldig. Du schaffst es, das Beste aus den Leuten herauszukitzeln. Ach, ich bin ein alter Narr. Jetzt werde ich tatsächlich rührselig.« Mit einem Taschentuch tupfte er sich die Augen ab. Vor wenigen Sekunden war ich noch überwältigt von seinem Lob, aber beim Gedanken an die Lüge, die ich in die Welt gesetzt hatte, wurde mir schlagartig der Mund trocken, und meine gute Stimmung verflog. Grandie war so lieb zu mir gewesen. Er hatte mir eine Chance gegeben, das Steuer meines Lebens herumzureißen. Und wie dankte ich ihm dafür? Sofort rutschte mir das Herz in die Kniekehlen. So hatte ich das alles nicht geplant. Ich hatte mir gründlich ausgemalt, wie es laufen sollte – dass ich Zeit haben würde, ihn und meine Mum auf die Begegnung miteinander vorzubereiten und so eine Versöhnung zu erleichtern.

Aber dass er bereits jetzt aus dem Krankenhaus entlassen worden war, passte überhaupt nicht in meine Pläne. Was, zum Teufel, sollte ich tun, wenn Mum in England ankam?

Eins wusste ich mit Sicherheit. Die nächsten vierundzwanzig Stunden würden entscheidend sein, ob ich meine Beziehung zu Grandie retten konnte, und dabei war Mum noch gar nicht da.

32. Kapitel

Zehn Minuten später waren Connie und Grandie auf dem Weg zur Honeysuckle Farm, und ich begann die alten Flugblätter und Prüfungspläne von der Korkpinnwand im Foyer der Tanzschule abzunehmen. Mir knurrte der Magen, weil ich das Frühstück hatte ausfallen lassen.

Da fiel mein Blick durchs Vorderfenster der Tanzschule. Auf der anderen Straßenseite stand Sam neben einem Abschleppwagen und redete mit einem Mann, der ein rot kariertes Hemd und zerwühlte Haare trug. Gerade wischte er sich die Hände an einem öligen Lappen ab. Zwei neonfarbige Kabel liefen von Sams Auto zu dem Abschleppwagen. Der Motor des Autos lief auf Hochtouren. Sam hatte offenbar gespürt, dass er beobachtet wurde, und schaute herüber. Als er mich entdeckte, begann er zu lächeln und winkte mir zu.

Nachdem der Mann die Kabel gelöst und alles wieder in den Abschleppwagen gepackt hatte, klopfte er Sam auf den Rücken, stieg in sein Fahrzeug und fuhr davon. Sam blieb kurz auf dem Bürgersteig stehen, dann schloss er sein Auto ab, überquerte die Straße und steuerte direkt auf die Tanzschule zu.

»Alles wieder in Ordnung?«, fragte ich, als er die Tür geöffnet hatte.

Er atmete erleichtert aus. »Es war nichts Großes; die Batterie war leer und ist jetzt erfreulicherweise wieder voll aufgeladen.«

»Manchmal müssen wir alle unsere Batterien aufladen«, meinte ich seufzend.

»Geht's dir gut?«

»Ich bin verkatert, müde und krank vor Sorge, um es kurz zu machen. Ich wette, jetzt bist du froh, gefragt zu haben.« Das Lächeln, um das ich mich bemühte, wollte nicht recht gelingen.

Sam schaute mich verdutzt an. »Klingt, als müsstest du dringend aufgemuntert werden.«

»Ich brauche etwas zu essen. Das Frühstück habe ich ausfallen lassen, und jetzt knurrt mir der Magen.«

»Dann gestatte mir, dich zum Brunch einzuladen. Ich kenne den perfekten Laden dafür«, erwiderte er grinsend.

Nachdem ich die Tanzschule abgeschlossen hatte, fuhr Sam mit mir zum Stadtrand und stellte das Auto in einer Seitenstraße ab. Auf dem roten Neonschild über der Tür stand »Harry's Café«, und durchs Fenster konnte man ein paar Plastiktische mit karierten Wachstuchdecken und den üblichen Fläschchen mit roter und brauner Sauce sehen.

»Ein kleiner Imbiss – gegen einen Kater hilft nichts so gut wie ein richtiges englisches Frühstück«, versicherte er mir mit funkelnden Augen. Ich folgte ihm in das Café, und er rückte mir einen Stuhl zurecht. »Der beste Platz im Haus, direkt am Fenster.« Er reichte mir eine Papierserviette, die ich auf meinen Schoß legte.

»Du bist ja solch ein Gentleman.«

Sam bestellte an einem großen, blitzsauberen Aluminiumtresen und lieferte sich ein freundliches Geplänkel mit der Kellnerin hinterm Tresen, bevor er mit einer Kanne Tee an den Tisch zurückkam.

»Kommst du oft hierher?«, fragte ich neckisch.

»Du wirst lachen, ja, normalerweise auf dem Weg zum Bahnhof. So bekomme ich einen guten Start in den Tag. So, jetzt rede, was ist los mit dir?«

»Nichts ... alles.«

»Typisch Frau, kann sich nicht entscheiden.«

Ich lachte.

»Schon besser, sie lächelt – und du lächelst so schön.«

Mein Herz stockte, als ich ihn ansah. Er hatte die Fähigkeit, selbst dann für gute Laune zu sorgen, wenn ich das gar nicht wollte.

»Mir geht einiges im Kopf herum«, gab ich zu, wohl wissend, dass ich ganz tief im Schlamassel saß. Sosehr ich mich auch bemühte, ich konnte meine Sorgen und Ängste nicht verdrängen. »Grandie ist aus dem Krankenhaus entlassen worden, und Mum kommt demnächst hier an.« Was ich nicht erwähnte, war der Umstand, dass ich auf Facebook zufällig auf meinen Vater gestoßen war.

»Und hast du dich mit *Strictly Dancing in Brook Bridge* übernommen?« Besorgt runzelte er die Stirn und schenkte uns Tee ein.

Ich war dankbar für die Ablenkung. Mit der Choreografie der Tänze und der Aufmunterung der Landfrauen hatte ich Gelegenheit, etwas Gutes für die Gemeinschaft zu tun und mich darauf zu konzentrieren. Ich hatte keine Ahnung gehabt, wie viel Spaß es machen konnte zu unterrichten, bevor sich mir die Chance dazu bot.

»Es gibt eine Menge zu tun, die Bühne muss vorbereitet, die Kostüme müssen angefertigt werden, aber das scheint alles wunderbar zu klappen.«

»Gut, die Jungs kommen nächste Woche an einem Abend her.«

»Großartig!«

Sam verschwand kurz im Waschraum, unmittelbar bevor die Kellnerin zweimal ein komplettes englisches Frühstück und einen Teller Vollkornbrot vor mir auf den Tisch stellte. Mein Magen signalisierte Dankbarkeit.

Aus dem Augenwinkel bemerkte ich einen Schatten vor dem Fenster des Cafés. Als ich hinschaute, begegnete ich dem kühlen Blick von Ben, der mich intensiv musterte. Er kam herein und blieb mit finsterer Miene neben meinem Tisch stehen.

Ich lächelte.

»Eben war mir so, als würdest du mit Sam Reid frühstücken.«

Mein Lächeln erstarb. Mit einer solchen Begrüßung hatte ich nicht gerechnet. »Das tue ich«, erwiderte ich kühl und fragte mich, worauf Ben hinauswollte.

»Was tust du mit so jemandem?«

Mir blieb der Mund offen stehen. »Wie schon gesagt, ich frühstücke mit ihm.«

»Du hast nicht auf meine SMS reagiert.«

Ah, darum ging es also. Er fühlte sich abgewiesen, weil ich ihm weder mit einer SMS geantwortet noch ihn angerufen hatte.

»Ich hatte viel zu tun«, sagte ich. Das war wenigstens keine Lüge. »Ich arbeite mit Dorothy und den Mädels am großen Finale des Dorffestes: *Strictly Dancing in Brook Bridge*.«

Er nickte bestätigend, hielt meine Antwort demnach also wohl für plausibel.

»Wie wäre es, wenn wir heute Abend essen gehen oder was trinken?«, fragte er. Um seine Mundwinkel zuckte es nervös, während er auf meine Antwort wartete.

»Tut mir leid, ich habe dafür wirklich keine Zeit wegen der Übungsstunden und so … aber danke für die Einladung.«

»Aber für ein Frühstück hast du Zeit?«

Allmählich begann ich mich in seiner Gegenwart unwohl zu fühlen. Warum verhielt er sich nur andauernd so? Und wo steckte eigentlich Sam? Hoffentlich beeilte er sich, zu mir zurückzukommen.

»Ja, habe ich. Ich habe gerade eine Tanzstunde mit Elsie hinter mir und gönne mir eine kurze Pause.« Warum nur hatte ich das Bedürfnis, mein Verhalten zu erklären? Allmählich kochte echter Zorn in mir hoch.

»Leute wie er sind nicht gut für dich.«

»Ben, ich will davon nichts hören. Was immer du auch über Sam denkst, ich denke anders.«

Zorn blitzte in seinen Augen auf. Mir kam es vor, als wäre er eifersüchtig auf Sam und nähme es mir übel, dass ich mit Sam frühstückte. Früher mal war Ben mein Freund gewesen, aber wie sehr sich die Dinge doch im Laufe der letzten dreizehn Jahre geändert hatten. Er hatte sich verändert, war nicht mehr der nette, fürsorgliche Junge, den ich gekannt hatte.

Nach seinem Tonfall und dem Umstand, dass ich mit Sam frühstückte, zu urteilen war er mit Sicherheit nicht glücklich. Sein finsterer Blick ließ mich Schlimmes befürchten.

»Du und Sam? Seid ihr … seid ihr?«

»Das geht dich nichts an«, gab ich knapp zurück und riskierte einen raschen Blick zur Tür, in der Hoffnung, dass Sam endlich zurückkam.

»Weiß dein Großvater davon?«

»Wovon? Dass ich in einem Imbiss am Stadtrand frühstücke?« Mir war klar, dass mein Sarkasmus unüberhörbar war, aber Ben führte sich einfach erbärmlich auf.

»Vielleicht sollte ich es dir sagen: Ich fahre jetzt zur Farm.«

Ich konnte hören, wie sich sein Atemrhythmus veränderte. Er begann, innerlich vor Wut zu kochen. Wagte er es tatsächlich, mir zu drohen? Bevor ich reagieren konnte, drehte er sich beleidigt um und verließ das Café.

Ich atmete heftig aus.

Blankes Entsetzen packte mich angesichts der Andeutung, die er gerade gemacht hatte. Was, wenn er wirklich Grandie erzählte, was er gesehen hatte? Ich hatte keine Ahnung, wie Grandie reagieren würde, aber während mir diverse Möglichkeiten durch den Kopf gingen, schwand mein Appetit, und mir wurde übel. Bens Verhalten war verstörend genug, aber konnte er wirklich so tief sinken?

»Tut mir leid, dass es so lange gedauert hat. Mein Telefon hat geklingelt.« Sam setzte sich wieder an den Tisch und griff nach der Sauce. Er hatte nichts von Bens flüchtigem Auftauchen mitbekommen.

Ich starrte aus dem Fenster. Sam folgte meinem Blick und sah, wonach ich schaute: Ben, der, die Hände tief in den Taschen vergraben, davonstiefelte.

»Sam, es tut mir leid, aber ich muss weg«, sagte ich verzweifelt. Ich wusste, dass ich mich beeilen musste, zur Farm zu kommen.

»Was habe ich verpasst?«, fragte Sam und musterte mich ungläubig.

33. Kapitel

Wenn ich sage, ich war mit den Nerven am Ende, als ich die Stufen zum Anbau hochhetzte, war das untertrieben. Ich klopfte an und wartete angespannt darauf, dass Connie öffnete. Einerseits hoffte ich, sie wäre nicht da, aber ihr Auto stand neben der Scheune, und als ich sie drinnen pfeifend näher kommen hörte, schlug mein Herz schneller. Sie empfing mich mit strahlendem Lächeln. »Hallo, ich freue mich, dass du gekommen bist.«

»Tatsächlich?« Ich fragte mich, warum.

»Nun schau nicht so besorgt«, erwiderte sie lächelnd und hielt mir die Tür weit auf, damit ich eintreten konnte. »Es ist mir gelungen, eine ganze Reihe von Kleidern im Secondhandshop aufzutreiben. Ein paar kleine Änderungen, ein paar aufgenähte Pailletten und schon strahlen sie Glanz und Glamour aus.« Connie war sichtlich begeistert von ihren Funden.

»Na, das klingt doch richtig gut.«

»Ich werde sie in die Tanzschule bringen und mich gleich an die Arbeit machen, wenn die Damen die Kleider anprobiert haben.«

»Connie, du bist einfach ein Schatz.«

Es rührte mich und schmeichelte mir, dass alle ihr Bestes gaben, um mich zu unterstützen. Ihr Gemeinschaftsgeist kam von Herzen – nun ja, mit einer Ausnahme, nämlich Ben, der anscheinend darauf aus war, mir Ärger zu machen.

Wir sahen einander an. »Ich muss aber mit dir über Rose' Besuch reden«, fuhr Connie fort und musterte mich nachdenklich. »Du wirkst mir irgendwie blass. Es ist doch alles in

Ordnung, oder? Komm schon, so schlimm kann es doch nicht sein. Geteiltes Leid, du weißt schon.« Ihre Güte überwältigte mich förmlich. »Tee. Wir brauchen Tee.«

»Danke, ein Tee wäre jetzt wirklich großartig. Der Morgen ist irgendwie ein bisschen dramatisch verlaufen.«

»Setz dich und erzähl mir, was los ist.«

»Ich bin mir nicht sicher, ob du es hören willst«, erwiderte ich verängstigt und wagte ein leichtes Lächeln, obwohl mir ganz und gar nicht danach zumute war.

Connie setzte sich mir gegenüber. »Weißt du was, fang du einfach an«, bat ich und atmete unauffällig tief ein.

»Nun, es ist so, ich bin ziemlich überrascht, Alice.«

Ich ahnte, was kommen würde. Schweigend hockte ich auf der Stuhlkante und nippte an meinem Tee.

»Ted hat Rose' Besuch überhaupt nicht erwähnt. Eigentlich hatte ich erwartet, dass er das Thema zur Sprache bringt, aber ich vermute, er mag nicht recht darüber reden, und ich wollte ihn auch nicht bedrängen. Vielleicht rede ich heute Abend mit ihm, wenn er seinen Whisky getrunken und sich wieder zu Hause eingelebt hat.«

»Nein, bitte nicht, du darfst ihm kein Wort sagen.« Die Worte sprudelten hervor, bevor ich mich zügeln konnte. »Versprich es mir.« In meinem Kopf herrschte komplettes Chaos.

Connies Augen weiteten sich, und sie schaute mich eindringlich an.

Ihr Gesichtsausdruck verriet mir, dass in ihr sämtliche Alarmglocken läuteten. »Es gefällt mir gar nicht, was du da sagst. Warum darf ich das Thema Ted gegenüber nicht anschneiden?«

»Weil er nicht weiß, dass sie kommt.«

Sie atmete langsam aus, starrte mich unverwandt an und rieb sich mit einer Hand über den Oberarm. Es war klar ersichtlich, dass ihr die Situation überhaupt nicht behagte.

»Er weiß nicht, dass sie kommt?«, wiederholte Connie, vermutlich in der Hoffnung, sich verhört zu haben.

Beschämt schüttelte ich den Kopf. »Ich habe sozusagen gelogen.«

»Sozusagen? Davon kann ja wohl keine Rede sein.« Immer noch schaute sie mich unverwandt an.

Innerlich wand ich mich vor Scham, und Tränen schossen mir in die Augen. »Ich habe Mum erzählt, dass Grandie sie sehen möchte. Deshalb war sie bereit, nach England zu kommen.«

Connies Blick hielt mich immer noch fest. Ihre Hand zitterte, als sie sie an die Stirn hob und sich mit dem Handrücken darüberstrich. In ihrer Miene standen Entsetzen und Ungläubigkeit. »Nur um das klarzustellen: Du hast deine Mum also mithilfe von falschen Tatsachen hierhergelockt?« Allmählich verlor Connie die Geduld.

»Ich gebe zu, das war keiner meiner besten Pläne.«

»Also hat Rose einen Flug gebucht, ohne die Wahrheit zu ahnen? Sie glaubt, Ted würde sie nach all den Jahren mit offenen Armen empfangen?«

»Ich glaube nicht, dass sie erwartet, alles sei wieder in Butter, aber … na ja, schon so in etwa«, gab ich zu und kam mir dabei unglaublich dumm und hilflos vor. »Man kann ja nie wissen … wenn sie einander erst einmal sehen, könnte alles vergessen und vergeben sein, was auch immer geschehen sein mag«, fuhr ich ein ganz klein wenig hoffnungsvoll fort.

Connie musterte mich streng. »Also, wie willst du vorgehen, wenn Rose morgen kommt? Was glaubst du, wie sie reagieren wird, wenn ihr nach dieser langen Reise klar wird, dass Ted nicht darum gebeten hat, sie zu sehen? New York liegt ja nicht gerade mal eben um die Ecke! Und was glaubst du, was Ted tun wird, wenn er erfährt, dass Rose hier ist und du sie beide belogen hast? Alice, die jetzige Situation wurzelt auf etwas, was vor Jahren geschehen ist, und keiner von uns weiß, was das war. An manchen Dingen rührt man besser nicht.«

»Aber wie soll das Ganze jemals bereinigt werden, wenn sie in verschiedenen Ländern leben?«

»Was glaubst du, was das deinem Großvater antun wird? Und Rose? Er ist erst vor wenigen Stunden aus dem Krankenhaus entlassen worden!«

»So weit habe ich wirklich nicht gedacht«, gab ich schuldbewusst zu.

»Offensichtlich.« Connie seufzte. »Es steht uns nicht zu, uns in anderer Leute Angelegenheiten einzumischen, und glaub mir, ich weiß, wie frustrierend das ist. Ich habe damals meine beste Freundin verloren, aber wir müssen ihre Entscheidungen respektieren. Vielleicht wollen sie nichts bereinigen. Das ist ihre Entscheidung, nicht unsere. Klar, natürlich wäre es fantastisch, wenn alle miteinander auskämen, eine glückliche Familie wären, aber ich glaube, wir müssen uns mit den Tatsachen abfinden. Die Wahrscheinlichkeit, dass es tatsächlich zur großen Versöhnung kommt, ist sehr gering, zumal schon so viele Jahre vergangen sind.«

»Aber ich will keinen von beiden aufgeben, und ich will in England bleiben. Das kann ich aber nicht, wenn meine Mum in New York lebt! Ich weiß, dass ich gelogen habe, aber siehst du nicht, wie verzweifelt ich bin?«

Jetzt bekam Connie anscheinend Mitleid mit mir und drückte mir die Hand. »Ich weiß, dass du das Herz auf dem rechten Fleck hast, aber du bringst deine Beziehung zu beiden in Gefahr. Und was soll Ted jetzt von mir denken? Er war immer gut zu mir, hat sich um mich und Grace gekümmert. Ich sage dir, was ich denke: Er wird glauben, dass ich an dieser Verschwörung beteiligt bin, zumal wenn er erfährt, dass ich Rose vom Flughafen abgeholt habe. Er wird sich darüber im

Klaren sein, dass ich von dieser kleinen Charade wusste. Wie wird das für ihn aussehen?« Ihre Stimme klang gequält und geriet ins Schwanken.

Beschämt nickte ich. »Ich werde es Grandie sagen. Ich werde ihm sagen, dass du überhaupt nichts mit der ganzen Sache zu tun hast«, bot ich an, schluckte gegen die Enge in meiner Kehle und fühlte mich entsetzlich elend.

Connie seufzte. »Jetzt können wir nichts ändern und nur versuchen, so gut es irgend geht mit der Situation fertigzuwerden.«

Ich nickte zustimmend, weil ich meiner Stimme nicht traute.

»Ich schlage deshalb vor«, fuhr Connie fort, »dass wir Ted heute Abend noch nichts sagen. Soll er sich erst einmal ausruhen, ohne zusätzliche Sorgen. Er muss eine Nacht gut schlafen, in seinem eigenen Bett. Und dann, wenn Rose gelandet ist, muss sie die Wahrheit erfahren, und du musst deinem Großvater beichten, was du getan hast.«

»Okay«, sagte ich, »ich bin mir nicht sicher, wie meine Mum reagieren wird.«

»Ich kann es mir denken«, meinte Connie ein wenig mitleidlos. »Aber du musst auch ihr gegenüber ehrlich sein. Sag ihr, wie sehr du dir wünschst hierzubleiben und welche Sorgen du dir um sie machst, wenn sie allein in New York zurückbleibt. Wer auch immer damals recht oder unrecht gehabt haben mag, lass uns einfach hoffen, dass nach dem anfänglichen Schock, einander plötzlich gegenüberzustehen …« Connie holte tief Luft. »Man kann nie wissen, vielleicht geschieht ja doch ein Wunder.«

»Glaubst du?«, fragte ich hoffnungsvoll.

»Keine Ahnung«, erwiderte sie schlicht.

»Es tut mir leid«, sagte ich. Mir war sterbenselend, diese Situation herbeigeführt zu haben. Ich hatte mit dem Feuer gespielt und wusste, ich würde mich verbrennen. »Es gibt da noch ein Problem.«

»Und das wäre?«

»Sam.«

»Sam Reid?«

Ich nickte und spürte, wie ich zu zittern begann. »Er hilft mir bei den Vorbereitungen für das Dorffest. Es ist mir gelungen, Dorothy zu überzeugen, aber ich hatte noch keine Gelegenheit, mit Grandie darüber zu reden ... Ich weiß nicht, wie er über Sam denkt, und dachte, ich warte, bis er aus dem Krankenhaus kommt und sich alles ein bisschen beruhigt hat.« Ich holte tief Luft. »Und wir kommen uns nahe. Ben gefällt das nicht, und er hat mehr oder weniger gedroht, Grandie davon zu erzählen, und ich habe keine Ahnung, wie er reagieren wird.«

Connie hatte aufmerksam zugehört. »Ben kann manchmal sehr hitzköpfig sein«, erklärte sie, »aber mach dir deshalb keine Sorgen. Das kriegen wir schon hin.«

»Danke. Es tut mir leid, dich enttäuscht zu haben.«

»Was du getan hast, hast du aus guten Gründen getan. Lass uns abwarten, was geschieht. Warten wir bis morgen früh.«

Etwas anderes blieb mir jetzt auch nicht übrig, aber ich war Connie dankbar, dass sie mir Mut machte, und ich war erleichtert, wenigstens ihr endlich die Wahrheit gesagt zu haben. Es war tröstlich zu wissen, dass Connie und Grace mich unterstützten.

34. Kapitel

Kurz nach acht am nächsten Morgen schlüpfte ich aus dem Cottage, noch bevor Grace wach war. Ich hatte eine schlaflose Nacht hinter mir, weil Mum heute ankommen würde und ich Grandie noch nichts davon gesagt hatte. Connie hatte ich am Abend zuvor versprochen, das gleich am nächsten Morgen zu erledigen, und die Uhr tickte erbarmungslos. Die letzten Tage hatten mich ausgelaugt, und ich brauchte dringend frische Luft, also zog ich mir meine Jacke über und eilte hinaus auf die Weiden hinter der Honeysuckle Farm, um mir bei einem flotten Spaziergang Bewegung zu verschaffen. Über mir zog ein Flugzeug seine Bahn, und ich dachte daran, dass Mum jetzt bald landen würde und Connie bereits unterwegs zum Flughafen war, um sie abzuholen. Es war nur noch eine Frage der Zeit, dann würde ich wissen, wie sich die Dinge entwickeln würden. Ich fühlte mich in die Enge getrieben, und die Beklemmungen, die ich mehr und mehr empfand und nicht in den Griff bekam, machten mir zu schaffen.

Die Morgensonne schien mir ins Gesicht, ich folgte dem Bach und schaute zur Kirche hinüber, deren Turm oben auf dem Hügel aufragte. Der Ausblick von dort oben war atemberaubend und reichte meilenweit in die Ferne. Als Kind hatten Grandie und Mum mich ein paarmal mit in die Kirche genommen. Nach dem Gottesdienst blieb ich bei Mum auf einer Bank sitzen, während Grandie sich um ein Grab kümmerte. Plötzlich wollte ich dieses Grab unbedingt finden, eilte also durch das hohe Gras und stand schon kurz darauf vor dem Eingang der Kirche. Der Friedhof wirkte gepflegt, bunte Blumen standen in den Aluminiumtöpfen vor den Grabsteinen. Das Gras war ordentlich gemäht, und hier und da standen Bänke an den Wegen zwischen den Gräbern. Ich wusste noch, dass die Bank, auf der wir immer gesessen hatten, irgendwo im hinteren Bereich des Friedhofs in der Nähe einer alten Eiche gestanden hatte. Mir kamen die Tränen, während ich dorthin schlenderte. Wenn Grandma dort begraben war, würde ich ihr Grab ganz bestimmt finden.

Schon von Weitem sah ich den Mann, der sich, einen kleinen Blumenstrauß in der Hand, über einen Grabstein beugte und die Blumen in der Vase vor dem Stein arrangierte.

Er kam mir schmerzlich vertraut vor, mein Herz begann zu hämmern, und ich bekam eine Gänsehaut, als ich in ihm Grandie erkannte. Connie stand neben ihm. Ich begriff nicht, warum Connie hier war. Sollte sie nicht unterwegs zum Flughafen sein, um Mum abzuholen? Sie hielten beide die Köpfe gesenkt, und Connie hatte Grandie eine Hand auf den Rücken gelegt. Das verwirrte mich. Hatte Mum es sich etwa anders überlegt? Kam sie doch nicht heute in England an? Mir wurde heiß und kalt, und weil ich nicht wusste, wie ich mich verhalten sollte, setzte ich mich auf eine Bank in der Nähe und beobachtete die beiden, bis sie sich vom Grab abwandten und langsam auf mich zukamen.

»Hi!«, grüßte ich sie, als sie nahe genug waren. Offensichtlich hatten sie mich nicht bemerkt, denn sie schreckten beide zusammen.

Erst schaute Connie mich an, dann Grandie. In seinen Augen standen Tränen, und er war sichtlich bekümmert.

»Ich bin überrascht, dich hier zu sehen«, wandte ich mich an Connie und sah sie fragend an.

»Jim erledigt heute Morgen etwas für mich.« Ihr Blick gab mir zu verstehen, dass er zum Flughafen gefahren war, um Mum abzuholen. »Damit ich Ted heute hierhin begleiten konnte.«

»Geht es dir gut?«, fragte ich Grandie, ohne zu begreifen, was eigentlich los war. Er sah aus, als trüge er die Last der ganzen Welt auf seinen Schultern.

Kurz zögerte er. »Alice, warum bist du hier?«, fragte er dann.

Ich überlegte einen Bruchteil einer Sekunde. »Ich habe Grandmas Grab noch nie besucht, und irgendwie hatte ich das Gefühl, heute hierherkommen zu müssen. Es tut mir leid, ich hätte vorher mit dir darüber reden sollen.«

Er lächelte mich liebevoll an, dann tätschelte Connie ihm den Arm. »Ihr beiden habt etwas zu bereden. Ich warte dort drüben«, sagte sie. »Gebt mir Bescheid, wenn ihr bereit seid zu gehen.« Wir sahen Connie nach, die in Richtung Kirche davonging. »Wollen wir uns hinsetzen?«, fragte ich.

Grandie nickte, und ich half ihm, es sich auf der Bank bequem zu machen.

»Besuchst du Grandmas Grab?«, fragte ich zögerlich.

»Ja«, erwiderte er. »Heute …« Er griff nach meiner Hand und hielt sie fest. »Heute ist unser Hochzeitstag. Wir haben in dieser Kirche geheiratet.« Sein Blick wanderte flüchtig zum Kirchturm hinüber. »Die Leute sagen immer, das sei der schönste Tag des Lebens, und ich kann dem nicht widersprechen.« Seine Stimme zitterte leicht. »Ich wünschte nur, alles wäre anders gekommen.«

»Ich auch, ich hätte sie sehr gern kennengelernt.«

»Komm«, sagte er und stützte sich auf seinen Stock, um auf die Beine zu kommen. »Ich zeige dir, wo sie liegt.«

Langsam und schweigend wanderten wir hinüber zu dem Stein, vor dem Grandie vor ein paar Minuten gestanden hatte. Er blieb stehen und deutete auf das gepflegte Grab. »Hier liegt sie.« Zärtlich lächelte er zu dem Grabstein hinüber.

Traurigkeit erfasste mich, und wieder einmal kamen mir die Tränen.

In liebevoller Erinnerung an Florrie Rose Parker
Geliebte Ehefrau von Ted Parker
Geschätzte Mutter von Rose Parker

Grandie schob seine Hand in meine. »Ich vermisse sie, weißt du. Ich vermisse sie alle beide.« Sein Blick wich mir aus, und er ließ sachte meine Hand los.

Ich schluckte gegen die Enge in meiner Kehle. »Beide? Du meinst also auch Mum?«

Er antwortete nicht.

»Rede mit mir, Grandie.« Der Frust in meiner Stimme war unüberhörbar.

»Ich bin müde«, sagte er, »lass uns zur Farm zurückkehren.«

Ich atmete aus. Sosehr ich den sturen alten Mann auch liebte, ich war es allmählich leid, ständig im Ungewissen gelassen zu werden.

Er drehte sich um und ging langsam Connie nach, die am Friedhofstor im Auto auf uns wartete.

Allmählich verzweifelte ich an der Situation. Mum und Grandie waren beide gleichermaßen dickköpfig und hielten nur aus Stolz an ihrem Groll fest.

Connie fuhr uns zur Honeysuckle Farm zurück, und kaum hatten wir die Haustür geöffnet, wurden wir auch schon von Marley begrüßt, der aufgeregt mit dem Schwanz wedelte und ständig um uns herumlief. Connie eilte in die Küche davon, um Tee zu kochen, wies mich vorher aber noch einmal eindringlich darauf hin, dass ich Grandie endlich sagen müsse, dass Mum gleich ankommen würde.

Verängstigt erhaschte ich einen Blick auf mein bleiches Gesicht im Spiegel, dann folgte ich Grandie ins Wohnzimmer.

Wir setzten uns einander gegenüber, Grandie auf seinen Lieblingsstuhl und ich im Schneidersitz aufs Sofa, wie ich es schon als kleines Mädchen getan hatte. Furcht und Beklommenheit stiegen in mir auf. Die Stimmung im Raum war düster, und ich wusste, dass ich erst Farbe zu bekennen bereit war, wenn ich wenigstens noch einmal die Chance nutzte, ihn zu einer Antwort zu drängen. Sein Atem ging flach, und einen Moment schwiegen wir beide. Dann holte ich tief Luft und brach das Schweigen.

»Eben, auf dem Friedhof ... hast du Mum gemeint?«, fragte ich leise. »Du musst sie doch vermissen, sag mir, dass du sie vermisst.«

Er drückte sich eine Hand auf die Brust und senkte den Blick zu Boden.

»Natürlich vermisse ich sie. Ich habe sie immer vermisst.«

Das war das erste Mal, dass er das mir gegenüber zugab, und ich spürte, wie Erleichterung mich durchflutete. Vielleicht gab es ja doch eine Chance, alles zu bereinigen.

Also wagte ich den Sprung ins kalte Wasser und redete weiter. »Ich muss dir etwas sagen, Grandie.«

»Was denn, Alice?« Fragend sah er mich an.

»Etwas in meinem Inneren sagt mir, dass es die richtige Entscheidung ist, hier in England zu bleiben. Du hast mir eine absolut fantastische Chance gegeben, und dieser Ort ... das hier ist mein Zuhause.«

Seine Augen begannen zu leuchten.

»Aber, wie schon gesagt, ich möchte, dass Mum das Unternehmen mit mir gemeinsam führt. Dass sie nach England zurückkehrt und die Tanzschule leitet wie früher.«

Grandies Miene verdüsterte sich, und er schwieg.

»Sie ist meine Mum«, fuhr ich nervös fort. »Wie soll ich mich zwischen euch beiden entscheiden? Ich liebe euch beide. Das verstehst du doch sicherlich.«

Eine Träne lief langsam über seine Wange.

»Es tut mir leid, ich möchte dich nicht aufregen«, fuhr ich sanft fort. Ich wollte das wirklich nicht. »Aber ich weiß, dass du siehst, in welcher Zwickmühle ich mich befinde. Ich muss Mum diese Chance mit deinem Segen anbieten können, und dann ist es an ihr, zu entscheiden, ob sie sie annimmt.«

Tief in meinem Inneren glaubte ich, dass er wusste: Sie würde das tun.

In mir kam Panik auf. Mein Herz hämmerte in meiner Brust, und ich bekam kaum noch Luft, während ich auf seine Antwort wartete.

Er tupfte sich die Tränen ab. Er wirkte so zerbrechlich, so erschöpft – hatte ich ihn zu sehr bedrängt? Ich spürte, dass er kurz davor war, mir alles zu erzählen. Wusste, dass er es mir erzählen wollte.

»Was ist los?«, fragte ich müde. Ich war diese Situation so leid. »Alles scheint ein riesiges Geheimnis zu sein, und ich habe das Gefühl, dass ich der Grund dafür bin.«

Sein Blick hob sich, er schaute mir in die Augen. »Liebste Alice, du bist nicht der Grund für was auch immer. Das musst du mir glauben.«

Wieder musste ich schlucken. »Ich bin kein Detektiv, aber ich weiß, dass die Leute sich im Allgemeinen wegen Geld oder wegen der Liebe zerstreiten. Ich weiß, dass ich neulich schon gefragt habe, tue es aber noch einmal: Hatte euer Zerwürfnis irgendetwas mit meinem Vater zu tun?« Etwas anderes ergab für mich einfach keinen Sinn. »Ich glaube nämlich, dass ich ihn gefunden habe.«

»Du hast William gefunden?«

»Auf Facebook. Mum ist mit einem William Hall befreundet. Das mag Zufall sein … aber …«

»Und was hast du unternommen?«

»Nichts … bisher.« Aber das stand auf der Liste der Dinge,

die ich irgendwann in den nächsten vierundzwanzig Stunden mit meiner Mutter bereden wollte.

»Die ganze Situation hat nichts mit William zu tun. Wenn er nicht fortgegangen wäre, wäre vermutlich vieles ganz anders gelaufen für deine Mum.«

Jetzt schien mir der richtige Zeitpunkt gekommen. »Grandie, sie kommt nach Hause.«

Connie musste gelauscht haben, denn sie tauchte mit einer Teekanne in der Tür auf und stellte sie auf den Tisch, bevor sie sich neben mich aufs Sofa setzte.

»Rose … sie kommt nach Hause?«

»Ja.«

Er hob den Blick und sah mir in die Augen. »Wann?«

»Heute«, sagte ich, am ganzen Körper zitternd.

Eine Sekunde herrschte Totenstille im Zimmer, dann begann Grandie zu weinen.

»Hier, trink ein bisschen Tee«, sagte Connie und schenkte ihm einen Becher ein.

»Whisky, ich möchte Whisky«, erwiderte er und trocknete sich die Tränen mit seinem Taschentuch.

Obwohl es erst neun Uhr früh war, widersprach Connie nicht und eilte hinüber zur Whiskykaraffe auf der Anrichte.

Grandie nahm ihr das Glas aus der Hand und schaute weder sie noch mich an, während er die goldgelbe Flüssigkeit im Glas kreisen ließ. Er schnupperte daran und nahm dann einen kräftigen Schluck. Dann schloss er die Augen und lehnte den Kopf zurück.

»Grandie, rede mit mir, ich weiß nicht, was ich tun soll.« Ich fühlte mich hilflos, genauso wie damals, als ich als kleines Mädchen den Streit der beiden mit angehört hatte. »Sollen wir dich allein lassen?«, fragte ich. Es brach mir das Herz, ihn weinen zu sehen, und es war meine Schuld. Vielleicht hätte ich die Sache doch ruhen lassen sollen.

»Bleib.« Seine Stimme war kaum hörbar. »Bleibt alle beide.« Langsam schlug er die Augen auf und bedeutete Connie, sie solle sich wieder setzen.

»Es ist an der Zeit«, sagte er, »an der Zeit, dass ihr die Wahrheit erfahrt – oder doch wenigstens meine Version der Ereignisse.«

Kaum waren diese Worte über seine Lippen gekommen, da schnürte es mir die Kehle zu, und ich kämpfte erneut mit den Tränen. Meine Lippen zitterten, ebenso wie meine Hände.

Adrenalin schoss mir durch den Körper, während ich den Atem anhielt.

35. Kapitel

Grandie holte tief Luft, und ich spürte, wie Connie mir beruhigend die Hand aufs Knie legte. Er leerte sein Whiskyglas und schaute uns beide an.

Ich hatte keine Vorstellung davon, was ich gleich hören würde, aber mein Herz raste so sehr, dass ich eine Hand auf meine Brust drücken musste.

»Ich wollte nicht, dass ihr fortgeht. Das musst du mir glauben.«

Angst schüttelte meinen Körper. »Ich weiß.« Daran hatte ich nie gezweifelt.

»Florrie war mein Leben, wir standen uns sehr, sehr nahe. An dem Tag, an dem sie starb, brach mir das Herz und hat sich nie davon erholt. Natürlich ließ der Schmerz allmählich nach, aber nie wieder ist mir jemand so nahegekommen wie sie. Die Tanzschule war unsere Leidenschaft, und unsere Türen standen wirklich und wahrhaftig jedem offen. Auf jener Tanzfläche wurden ein paar großartige, beständige Freundschaften geschlossen.« Er warf einen flüchtigen Blick zu dem Foto von Grandma hinüber, das auf der Kommode stand, bevor er weitersprach.

»An dem Abend, an dem Florrie starb, besuchten wir das Theater. Florrie hatte in der Stadt Unterricht gegeben, und wir hatten verabredet, uns mit Rose und Connie vor dem Theater zu treffen.«

Noch einmal tupfte er sich die Augen ab, während er in Gedanken in der Vergangenheit weilte.

»Rose verspätete sich, und Connie und ich beschlossen,

noch fünf Minuten im Foyer zu warten. Das war vor der Zeit von all diesem modernen Smartphone-Zeug, und wir wussten nicht, was die beiden aufgehalten hatte.«

Connie nickte zustimmend. Sie wusste, was als Nächstes kommen würde, und zog ein Taschentuch hervor.

»Dann hörten wir Bremsen quietschen«, fuhr Grandie wie in Trance fort und starrte dabei ausdruckslos aus dem Fenster. »Und einen Knall.« Er schauderte. »Leute schrien, Connie und ich eilten mit den anderen aus dem Foyer nach draußen.«

Jetzt zitterte er, und Tränen liefen ihm übers Gesicht. Vergeblich versuchte er, sie mit seinem Taschentuch aufzuhalten. »Sie starb, meine wunderbare Florrie starb in meinen Armen.« Er war sichtlich zu Tode betrübt.

»Du musst nicht weiterreden«, sagte ich leise, weil sein Kummer mich beunruhigte.

»Doch, das muss ich.« Er ließ sich einen Moment Zeit, um sich zu fassen.

Schweigend saßen wir eine Minute da. Dann sprach er weiter. »Connie, ich glaube, jetzt brauchen wir alle einen Drink.« Mit dem Kopf nickte er zu seinem leeren Whiskyglas hinüber. Connie stand auf, legte ihm eine Hand auf die Schulter und holte dann die Karaffe an den Tisch. Ich sah zu, wie sie drei Gläser füllte. Meines kippte ich einfach hinunter und spürte dem Brennen der goldgelben Flüssigkeit in meiner Speiseröhre nach. Offensichtlich war mein Großvater nie über den Tod meiner Großmutter hinweggekommen, aber das erklärte immer noch nicht den Streit zwischen ihm und meiner Mum und den Grund dafür, dass wir fortgegangen waren.

»Florrie wurde von einem gestohlenen Auto überfahren. Ein Mann wurde an Ort und Stelle festgenommen.«

»Oscar Bennett? Der Mann in der Zeitung.«

»Richtig … Oscar Bennett.« Grandie hatte Mühe, den Namen über seine Lippen zu bringen. »Man sagt, die Zeit heile alle Wunden, aber was Florrie angeht, hat sie das nie geschafft.«

Er wirkte gequält, und mir sank der Mut. Einerseits schuldbewusst und traurig, ihm das zugemutet zu haben, wollte ich andererseits doch das ganze Bild aufdecken. Natürlich hatte ich eigene, selbstsüchtige Gründe, aber war es nicht an der Zeit, dass die ganze Geschichte endlich geregelt wurde?

»Nach Florries Tod dachte ich, keinen Schmerz und keinen Kummer mehr ertragen zu können. Aber dann kamst du auf die Welt und brachtest Liebe und Hoffnung zurück in diese Familie, als ich an meinem tiefsten Punkt angelangt war. Du wurdest an Florries Geburtstag geboren, und das nahm ich als ein Zeichen von Florrie. Ich weiß, wie dumm das klingt.« Ein schwaches Lächeln huschte über seine Züge. »Ich weiß noch, wie ich dich das erste Mal in meinen Armen hielt. Du hast vor dich hin gegurgelt und sahst ihr so ähnlich, so unglaublich ähnlich. Ich bin zusammengebrochen und habe geheult wie ein Schlosshund, weil ich wusste, dass sie nie etwas so Kostbares zu sehen bekommen hatte ...« Er holte Luft. »Und in dem Moment habe ich dir versprochen, dass ich immer auf dich aufpassen, dich von ganzem Herzen lieben und dafür sorgen würde, dass dir niemals jemand wehtut.«

»Und warum bin ich dann zehn Jahre später hier herausgerissen und nach New York verfrachtet worden?«

Er ließ den Kopf hängen. Natürlich war mir klar, dass ich ihn bedrängte, aber ich konnte nicht anders. Ich musste es wissen.

»Ich habe den Streit mit angehört. Ich hatte mich hinter dem Vorhang versteckt. Du und Mum, ihr habt einander angeschrien. Sie hatte dich mit irgendetwas enttäuscht, und du hast ihr gesagt, wie enttäuscht du warst. Was hat sie getan, dass du sie nie wiedersehen wolltest?«

Die Tränen liefen nur so, und Connie griff nach seiner Hand und streichelte sie sanft. Ich spürte, wie sich tiefe Trauer im Raum ausbreitete.

»Grandie, sag es mir. Warum sind wir aus Brook Bridge fortgegangen?«, drängte ich weiter, nicht bereit, aufzugeben.

»Weil …«

Mein Herz hämmerte.

»Weil … ich am Steuer des Wagens saß, der deine Grandma getötet hat.«

Wir fuhren alle herum. Mum stand hinter uns in der Tür.

Panik erfasste mich, als ich begriff, was sie gerade gesagt hatte, und ich riss entsetzt die Augen auf. »Nein!«, stieß ich keuchend hervor. Es schnürte mir die Kehle zu, und schlagartig erfasste mich eine bleierne Schwere. Das glaubte ich nicht. Das wollte ich nicht glauben.

»Es tut mir leid, aber das ist die Wahrheit.« Niedergeschlagen ließ Mum sich auf einen Stuhl fallen. Grandie war völlig verstört.

In diesem Bruchteil einer Sekunde brach mir das Herz, genauso wie es Grandie gebrochen war, als er Florrie verlor.

Schweigen machte sich im Zimmer breit.

Wir alle trauerten – aus den unterschiedlichsten Gründen.

Jetzt war endlich die Wahrheit ans Licht gekommen, und Mum war zu Hause. Beides hatte ich mir so sehr gewünscht wie nichts anderes sonst, aber ich wusste, dass trotzdem nie wieder etwas so sein würde, wie es gewesen war.

36. Kapitel

Mum zitterte, das Gesicht vor Kummer verzerrt, ihre Augen schwammen in Tränen.

»Du musst mir glauben, Alice, wenn ich dir sage, dass ich nichts davon jemals gewollt habe. An jenem Abend ist alles außer Kontrolle geraten.« Ihre Stimme war ernst.

Mir war so übel wie noch nie in meinem Leben. Anschauen konnte ich sie nicht und hielt deshalb meinen Blick gesenkt.

»An welchem Abend?«, brachte ich mühsam und kaum hörbar hervor.

Sie zögerte eine Sekunde, holte Luft. »Du musst mir glauben, wenn ich sage, dass es ein Unfall war«, flehte sie.

Ich wusste nicht, was ich denken sollte, aber nach dem Zeitungsartikel zu urteilen konnte das, was sie sagte, nicht stimmen. Oder etwa doch?

»Warum sagst du so etwas? Dieser Mann … Oscar Bennett … er hat Grandma angefahren. Er ist dafür ins Gefängnis gekommen, hat seine Haftstrafe abgesessen. Du kannst sie gar nicht getötet haben.« Ich wagte einen kurzen Blick zu Grandie hinüber, aber er sagte kein Wort und drückte sich nur das Taschentuch an die Augen.

»Weil er die Schuld für mich auf sich genommen hat.«

Verwirrt schaute ich zu Connie hinüber. Ihre Miene zeigte deutlich, dass sie keine Ahnung hatte, wovon Mum sprach.

»Warum sollte jemand die Schuld auf sich nehmen und sich für ein Verbrechen ins Gefängnis werfen lassen, das er nicht begangen hat? Das würde doch niemand tun, der bei klarem Verstand ist«, widersprach ich.

Mum weinte, ihre Hände zitterten. »Ich war mit einem Mann namens William gegangen, der nach Australien auswandern wollte. Er ist dein Vater, Alice.« Sie lächelte mir schwach zu. »Ein netter Mann aus guter Familie … Ich hatte Angst – schwanger, allein gelassen –, und bevor ich mit William ging, war ich ein paarmal mit Oscar zusammen. Zu meiner Schande muss ich gestehen, dass ich Oscar eingeredet hatte, er sei der Vater meines Babys. Aber das stimmte einfach nicht. Im Rückblick weiß ich nicht einmal, warum ich das behauptet habe, aber ich war jung, schwanger und verängstigt, und als es erst einmal ausgesprochen war, konnte ich es nicht zurücknehmen. Oscar und seine Brüder waren schlechte Gesellschaft, sie hatten die falschen Freunde, und seine Kleinkriminalität begann bereits, außer Kontrolle zu geraten. Als er erfuhr, dass ich schwanger war, versprach er mir, um meiner und des Babys willen keine kriminellen Handlungen mehr zu begehen, aber sein Versprechen erwies sich natürlich als leer. Ich steckte inzwischen schon viel zu tief mit drin, wusste mir nicht mehr zu helfen und bekam sogar Angst vor ihm und seinen Freunden.«

Während Mum sprach, konnte ich den Blick nicht von ihr wenden. Das war alles so unwirklich.

»An jenem Abend war ich zu Fuß unterwegs zum Theater, als Oscar in einem gestohlenen Auto neben mir hielt. Er hatte diesen drohenden Blick, vor dem ich mich inzwischen fürchtete. Ich hatte entschieden, dass es das war, ich wollte aussteigen. Ich weiß noch, wie ich ihn anschrie, er solle mich in Ruhe lassen, es sei aus zwischen uns beiden, aber er lachte mich nur aus. Bevor ich mich versah, rutschte er auf den Beifahrersitz, warf mir, den Schlüssel durchs offene Fenster zu und befahl mir einzusteigen. Ich ging einfach weiter, aber dann war er plötzlich aus dem Auto ausgestiegen, packte mich und schubste mich auf den Fahrersitz. Ich war wie gelähmt vor Angst, schwanger. Ich wusste, dass ich riskierte, dass dir etwas passierte …

In dem Moment wurde mir klar, dass ich einen Riesenfehler gemacht hatte, als ich ihm einredete, das Baby sei von ihm. Warum nur war ich so dumm gewesen? Ich wusste, dass ich mithilfe meiner Eltern mein Baby allein aufziehen konnte. Und ich mochte ihn ja noch nicht einmal sonderlich gern. Ich liebte William, aber da war nichts mehr zu machen, er war fort. Mich Oscar wieder an den Hals zu werfen war eine spontane Panikreaktion und der größte Fehler meines Lebens.«

Mum hielt inne und leerte eins der Whiskygläser auf dem Tisch. »Er sagte mir, ich müsse ihn zu einem Treffen mit seinen Freunden fahren, die auf einem Rastplatz auf das gestohlene Auto warteten. Ich fuhr also los, hatte aber keineswegs vor, zu dem Rastplatz zu fahren. Fünf Minuten später bemerkte Oscar, dass ich in die falsche Richtung fuhr.

Er wollte wissen, wohin ich wollte, und als ich ihm sagte, ich wolle zur Polizei, schrie er mich an und griff mir ins Steuer. Ich sagte, er solle loslassen, aber das tat er nicht. Also versuchte ich, ihm Angst einzujagen, drückte das Gaspedal weiter herunter und fuhr immer schneller. Er brüllte mich an, und ich wollte ihm gerade ins Gesicht schreien, dass das Baby nicht von ihm war, da verlor ich die Kontrolle über das Auto und geriet auf den Gehweg vor dem Theater. Und in dem Moment wusste ich, dass ich … dass ich etwas gerammt hatte … jemanden.

Du musst mir glauben, wenn ich sage, dass ich das nicht wollte. Es war ein Unfall. Meine ganze Welt ist zusammengebrochen, als ich Mum am Boden liegen sah. Ich stand unter Schock und schrie und schrie.«

Sie barg das Gesicht in den Händen und schluchzte.

Auch meine Welt brach zusammen, Verzweiflung erfasste mich, als ich alles begriff. Ich konnte nicht glauben, was ich gerade gehört hatte. Entsetzt hörte ich zu, fühlte mich, als hätte man mich verprügelt, und mir war sterbenselend. Ich zitterte am ganzen Körper. »Aber warum bist du nicht verhaftet worden? Warum wurde er ins Gefängnis gesteckt?«

»Deinetwegen.«

»Meinetwegen? Warum meinetwegen?« Mein Blick wanderte von einem zum anderen, und ich wartete auf ihre Antwort.

»Weil er glaubte, ich wäre schwanger mit seinem Baby. Ich habe ihm nicht gesagt, dass du nicht sein Kind bist. Er wollte nicht, dass ich im Gefängnis ein Kind zur Welt brachte. Niemand sah uns aus dem Auto aussteigen. Alle versuchten, Mum zu helfen, und als die Polizei eintraf, hob er die Hände und sagte, er sei gefahren.«

»Warum hast du nicht an Ort und Stelle gestanden?«, fragte ich.

»Ich hatte zu viel Angst. Ich geriet in Panik und spielte einfach mit.«

Ich wandte mich an Grandie. »Wusstest du, dass sie am Steuer saß?«

Er war ganz bleich und wirkte fix und fertig. »Ich habe es erst erfahren, nachdem Oscar die zehn Jahre Haft abgesessen hatte und aus dem Gefängnis entlassen wurde.«

Keuchend schnappte ich nach Luft und wandte mich an Mum. »Du hast das die ganze Zeit für dich behalten? Wie, zum Teufel, ist schließlich die Wahrheit herausgekommen?«

Connie griff nach meiner Hand, und Grandie fuhr fort: »Als Oscar aus dem Gefängnis entlassen wurde, kam er hierher und wollte dich besuchen. Da erst hörte ich zum ersten Mal davon, dass Rose ihm ein Märchen erzählt hatte. Ich wusste, dass William dein Vater war, aber Oscar versuchte, dich mitzunehmen, wollte das Sorgerecht für dich haben. Er meinte, er hätte zehn Jahre deines Lebens versäumt.«

»Und du hast nie daran gedacht, die ganzen zehn Jahre, die er im Gefängnis saß, ihm zu sagen, dass ich nicht sein Kind war?«

Mum holte tief Luft. »Ich habe ihn die ganze Zeit nicht ein einziges Mal besucht. Ich habe die Sache einfach ignoriert, dachte, sie würde sich in Luft auflösen. Ich konnte nicht leben mit dem, was ich getan hatte. Jeder Tag war ein Kampf. Und ich hoffte, er würde es vergessen.«

»Das war ja wohl kaum möglich, nicht wahr? Er hat eine Haftstrafe abgesessen für ein Verbrechen, das er nicht begangen hatte.«

»Er war aber auch nicht unschuldig. Er hatte den Wagen gestohlen und mich gezwungen, ihn zu fahren.« Erneut holte sie Luft. »Ich weiß, das ist alles keine Entschuldigung für mein Verhalten … aber als er nach all den Jahren hier auftauchte, musste ich mit der Wahrheit herausrücken. Ich konnte nicht riskieren, dass er dich mir wegnahm. Als ich ihm die Wahrheit sagte, reagierte er wütend, niederträchtig und bedrohlich. Er machte mir klar, dass ich für das bezahlen würde, was ich ihm angetan hatte. Da bekam ich es mit der Angst zu tun, denn er kannte Leute … Leute, denen man nicht in einer dunklen Gasse begegnen möchte.«

»Und als Grandie erfuhr, dass du am Steuer des Wagens gesessen hattest, der Grandma das Leben kostete, da habt ihr euch gestritten. Und er sagte, du solltest sein Haus verlassen.«

»Ich wusste, dass ich fliehen musste. Weit weg. Ich wollte nicht, dass Oscar meine Spur aufnahm und mir oder dir wehtat. Ich stach blind eine Nadel in eine Weltkarte, und so begannen wir ein neues Leben in New York. Ich konnte nur hoffen, dass er uns dort nie finden würde.«

Mum schaute mich unter Tränen an. »Ich dachte, New York wäre die Lösung. Ich hoffte, wir könnten dort ein ähnliches Unternehmen aufbauen … eine Tanz- und Theaterschule. Mir war einfach nicht klar, dass es so schwer würde und wir so unglücklich sein würden. Karma. Ich bin nicht stolz auf das, was ich getan habe, jeden Tag verfolgt es mich. Mein Leichtsinn hat mir die Mutter geraubt, die ich so unglaublich lieb hatte, und dann habe ich auch noch meinen Dad verloren, dessen Leben ich zerstört hatte. Die nächsten Jahre war ich irgendwie immer auf der Flucht und ließ dich nie aus den Augen, bis ich erfuhr, dass Oscar Bennett ein paar Jahre zuvor gestorben war – bei einem Autounfall auf der M6.«

Sie wandte sich an Grandie. »Bitte, Dad, ich habe keine Ahnung, wie ich jemals irgendetwas wiedergutmachen kann. Ich habe dir so entsetzlich wehgetan, und zu sagen, es tut mir leid, ist viel zu wenig, aber es tut mir leid, es tut mir wirklich leid.«

Er schaute uns an, ließ seinen tränenverschleierten Blick zwischen uns hin- und herwandern. Alles hatte er verloren, ohne eigene Schuld, und hier waren wir nun alle, saßen im selben Zimmer, und endlich waren alle Geheimnisse gelüftet worden.

»Ich habe dich so sehr vermisst, Dad, und … und ich möchte nach Hause kommen auf die Honeysuckle Farm. Wenn du bereit bist, mich aufzunehmen …«

Schweigen hing in der Luft.

Beide schauten wir Grandie an. Innerlich betete ich darum, dass er sich ein Herz fasste und Mum erlaubte, nach Hause zu kommen, aber ich wusste, dass es für beide äußerst schwer war, diese Geschichte zu verarbeiten.

Endlich machte er den Mund auf. »Ich behaupte nicht, dass es einfach werden wird …« Er schaute Mum in die Augen. »Ich kann niemals vergessen, was an jenem Abend geschah oder zehn Jahre später, aber ich kann lernen zu vergeben.«

Erleichtert atmete ich aus, aber Mum schwieg.

»Bedeutet das …?«, flüsterte ich.

»Du bist meine Tochter, Rose, und ich habe dich vermisst.«

Keuchend holte Mum Luft, jetzt liefen uns allen die Tränen, und Erleichterung erfasste uns.

»Es tut mir wahrlich leid, Dad, ganz ehrlich.«

»Ich weiß«, sagte er, »du hast all die Jahre diese Geheimnisse mit dir herumgeschleppt, und der Schmerz, den sie verursacht haben, hat diese Familie auseinandergerissen. Die Lügen und der Betrug müssen dich genauso verfolgt haben wie mich, aber dass du mir dann auch noch Alice weggenommen hast …«

Sie nickte reuevoll. »Ich hatte Angst, solche Angst. Es tut mir leid, Alice, wirklich, es tut mir leid«, wandte sie sich an mich. »Ich hoffe, dass du mir im Laufe der Zeit irgendwann verzeihen kannst. Ich weiß, das ist nicht einfach.«

Angesichts der Verzweiflung und des Schmerzes in ihren Augen wusste ich, dass wir alle gelitten hatten, auch sie.

»Das hoffe ich auch.«

Grandie tupfte sich mit seinem Taschentuch die Stirn ab, tiefe Trauer und Müdigkeit standen ihm ins Gesicht geschrieben. Erst jetzt verstand ich, welchen Kummer die beiden in den letzten dreizehn Jahren mit sich herumgeschleppt hatten. Mir war übel, und mein Herz pochte immer noch aufgeregt, aber ich wusste, dass die schwarze Wolke, die über uns gehangen hatte, nun heller geworden war. Dennoch hatten wir noch einen weiten Weg vor uns, wenn wir Frieden mit der Vergangenheit schließen wollten.

37. Kapitel

Sam öffnete mir die Tür, strich sich mit den Fingern durchs Haar und schnappte nach Luft.

»Alice ... du siehst ...«

»... grauenvoll aus«, fiel ich ihm ins Wort. Schließlich wusste ich, dass meine Augen vom Weinen geschwollen waren und mein Gesicht fleckig war. »Hier, mach die auf.« Damit drückte ich ihm eine Flasche Rotwein in die Hand.

»Ich weiß, es ist noch früh, aber ich habe einen höllischen Morgen hinter mir. Ich weiß ... und wenn ich sage, ich weiß, dann meine ich, ich *weiß*, und zwar alles. Mum ist aus New York zurück, und endlich ist alles ans Licht gekommen.«

»Komm rein«, bat Sam ohne Zögern und hielt mir die Tür auf.

Ich hatte Mum und Grandie im Farmhaus allein gelassen. Sie brauchten ein wenig Zeit, um in Ruhe und unter vier Augen miteinander zu reden, und ich hatte das dringende Bedürfnis, Sam zu sehen. Er wurde wegen dieser Geschichte unfair behandelt, und im Laufe unseres Gespräches hatte ich Mum und Grandie schließlich von meiner Freundschaft mit Sam erzählt und davon, wie er von einigen Dorfbewohnern behandelt wurde. Nicht nur unsere eigene Familie hatte unter den Geheimnissen gelitten.

»Was ist passiert?«, fragte Sam, half mir aus der Jacke und hängte sie an einen Garderobenhaken.

»Die Geschichte ist komplizierter als geahnt. Komm, schenk uns beiden ein Glas Wein ein. Ich glaube, wir werden es brauchen.« Sams Neugier war offensichtlich geweckt, und er verschwand wortlos mit der Flasche in der Küche.

Kurz darauf setzten wir uns auf das Sofa. »So«, meinte er, verschränkte seine Finger mit meinen und schaute mir tief in die Augen. »Was ist passiert?«

»Das gestohlene Auto, das meine Grandma überfahren hat – Oscar saß gar nicht am Steuer.«

Sofort sackte Sam der Unterkiefer herab. »Da hast du bestimmt etwas falsch verstanden.«

Ich schüttelte den Kopf.

»Das verstehe ich nicht. Oscar ist dafür ins Gefängnis gegangen. Er hat gestanden. Wenn er nicht am Steuer saß, wer dann?«

»Meine Mum.«

Sam schnappte nach Luft, seine Augen weiteten sich. »Damit habe ich jetzt nicht gerechnet.«

»Ich auch nicht. Trink deinen Wein, ich erzähle dir die ganze Geschichte.«

In den nächsten zehn Minuten redete ich, und Sam hörte schweigend zu. Als ich fertig war, stieß er einen leisen Pfiff aus.

»So viel Kummer, so viele Geheimnisse, die jahrelang gehütet wurden ... Wie geht es dir damit?«

»Ich fühle mich zerschlagen und erschöpft, aber auch erleichtert, weil endlich alles ans Licht gekommen ist. Obwohl Grandie und Mum noch einen weiten Weg vor sich haben, neue Brücken schlagen müssen und so weiter ... ich bin sicher, sie packen das.«

Er nickte. »Im Laufe der Zeit.«

»Es tut mir so leid, dass du darunter leiden musstest.«

»Ich?« Sam nahm einen Schluck Wein.

»Wegen der Art, wie einige Dorfbewohner dich behandelt

haben – nur wegen der Lügen und Geheimnisse meiner Familie.«

»Komm in meine Arme.« Er zog mich an sich. »Ich bin einfach nur froh, dass du jetzt endlich die Antworten bekommen hast, die du brauchst.«

»Und ich dachte immer, sie hätten sich über Geld zerstritten oder weil mein Vater ein Gauner war oder so etwas. Aber über alldem habe ich auch erfahren, dass mein Dad ein anständiger Mann war und William Hall heißt.«

»Steht sie noch in Kontakt mit ihm?«

»Bizarrerweise hat sie ihn erst vor wenigen Wochen auf Facebook entdeckt und war immer noch am Überlegen, ob und gegebenenfalls was sie unternehmen sollte. Deshalb habe ich, bevor ich zu dir gekommen bin, mit Mum und Grandie zusammengesessen. Wir haben gemeinsam entschieden, dass jetzt Schluss sein muss mit Geheimnissen, dass alles ans Tageslicht kommen soll, und wir haben gemeinsam eine Nachricht an ihn verfasst und sie ihm geschickt. Mum konnte ihm jetzt endlich erzählen, dass er eine Tochter hat, von der er nichts weiß.«

»Und?«

»Bis jetzt haben wir keine Antwort erhalten. Ich hoffe, das liegt nur an der Zeitverschiebung. Wir können nur abwarten und werden sehen.«

»Wie geht es dir damit?«

»Um ganz ehrlich zu sein, ich weiß nicht, was ich erwarte. Im Moment empfinde ich eine Mischung aus Vorfreude und Nervosität. Ich nehme jeden Tag, wie er kommt. Etwas anderes kann ich sowieso nicht tun.«

Er lächelte verlegen. »Und ändert das irgendetwas an deinem Entschluss, in England zu bleiben?«

»Wir haben darüber gesprochen und über die Tanzschule …«

»Mach's nicht so spannend.«

»Ich bleibe auf jeden Fall in England.« Das Strahlen, das daraufhin in seinen Augen aufleuchtete, machte mich überglücklich.

Sam drückte meine Hand. »Ich habe selbst ein kleines Geheimnis, das ich dir nicht verraten habe«, gestand er.

Jetzt schaute ich ihn gespannt an.

»Und das wäre?« Nervosität machte sich in mir breit.

Er sah mich lächelnd an – zum Küssen sah das aus. »Kürzlich war da diese Frau, die mit diesem lustigen amerikanischen Akzent, die gern im Schlafanzug losgeht, um Milch zu kaufen …«

»Homewear«, fiel ich ihm albern grinsend ins Wort.

»Ich glaube dir, Tausende andere täten das nicht … Wie ich schon sagte … sie trat in mein Leben, als ich das am allerwenigsten erwartete. Sie ist nett und definitiv lustig in ihrer Homewear … und ich bin sehr froh, dass sie beschlossen hat, in England zu bleiben. In Brook Bridge …«

»Gibt es dafür einen besonderen Grund?«, fragte ich neckisch.

Er zog mich noch fester in seine Arme, und ich kuschelte mich eng an ihn.

»Du bist so schön, Alice Parker. Ich glaube, ich kann es wagen, zu behaupten, dass du dich in mein Leben getanzt hast, direkt in mein Herz.«

Spielerisch schlug ich nach ihm. »Keine billige Anmache, bitte.«

»Ich meine das ernst«, erwiderte er, zog eine Braue hoch und lachte aus vollem Herzen, bevor er sich über mich beugte und meine Lippen mit einem Kuss streifte.

Dann stand er langsam auf, ohne meine Hand loszulassen, und führte mich die Treppe hinauf in sein Schlafzimmer. Ich konnte es kaum noch erwarten, mich in seine Arme schließen zu lassen. Es fühlte sich so richtig an, mit ihm zusammen zu sein. Kaum hatte er mich auf das Bett gelegt, begannen wir uns zu küssen, langsam und sachte zuerst, aber dann immer drängender. Seine Küsse weckten in mir den Wunsch nach mehr. Ich presste meinen Körper an seinen, strich mit den Händen über seine glatte warme Haut und genoss seine Berührungen, als er mir sanft die Bluse auszog. Sein Verlangen machte sich hart an meinen Oberschenkeln bemerkbar, als ich mich aus meinen Jeans schälte, ohne unsere Küsse auch nur ein einziges Mal zu unterbrechen.

»Du bist so schön«, flüsterte er erneut, überzog meinen Hals und Nacken mit Küssen und ließ mich nach Luft schnappen.

»Sam Reid, du bist vollkommen, und jetzt hör auf zu reden.«

»Das lass ich mir nicht zweimal sagen.«

Zwei Stunden später regte ich mich langsam wieder und brauchte einen Moment, um zu begreifen, wo ich war. Die grellrot leuchtenden Ziffern der Uhr sagten mir, dass es kurz nach vier Uhr am Nachmittag war. Sam hatte mich fest in seine Arme geschlossen, und ich lächelte in mich hinein. So überwältigend glücklich war ich lange nicht gewesen, ich kuschelte mich noch enger an ihn und küsste ihn sachte auf die Brust.

»Mmm, bist du wach?«

»Vielleicht«, flüsterte ich und streichelte sanft sein wohlgeformtes Kinn.

»Du hast mich fertig gemacht«, sagte er lächelnd, schob seine Hände in mein Haar und hob meine Lippen seinen entgegen.

Als der Kuss endete, nahm er mein Gesicht zwischen seine Hände. »Ich bin dabei, mich in dich zu verlieben, Alice Parker.«

»Gut zu wissen.« Zärtlich erwiderte ich seinen Kuss.

In diesem Moment war ich das glücklichste Mädchen auf der ganzen Welt.

38. Kapitel

Es machte mir nichts aus, dass ich allein im Bett lag, als ich aufwachte, zumal der Duft gebratener Würstchen durchs Haus zog. Ich schlug die Decke zurück, zog mir Sams Schlabberpullover über den Kopf, tappte die Treppe hinunter und schlang meine Arme von hinten um seine Taille.

Der Tisch war gedeckt, und er stand am Herd und bereitete Frühstück zu, wobei er so umwerfend gut aussah wie immer.

»Daran könnte ich mich gewöhnen«, meinte ich lächelnd und drückte ihn fest.

»Heute ist ein wichtiger Tag. Wie fühlst du dich?«

Die letzten zwei Wochen waren chaotisch gewesen, aber es ließ sich nicht leugnen, dass ich trotzdem jede Sekunde genossen hatte. Ich hatte nicht nur den Landfrauen ihre Tänze beigebracht, sondern auch ein neues Farbschema für die Tanzschule gewählt, ein neues Werbeschild bestellt, das vor der Schule aufgestellt werden sollte, und ein neues hypermodernes Computersystem geordert, das in der nächsten Woche geliefert und eingerichtet werden sollte. Seit Mums Ankunft in England war mehr als eine Woche vergangen, sie war zurück auf die Honeysuckle Farm gezogen, und es schien weiter stetig aufwärtszugehen. An der Vergangenheit konnten wir nichts mehr ändern, aber vor uns lag eine Zukunft, auf die wir uns freuen konnten.

Es gab keinen Wunsch, der noch offen war. Seit meiner Ankunft in England fühlte sich mein Leben wieder vollständig an, ich hatte wieder ein Ziel und eine Aufgabe, etwas, auf das ich mich konzentrieren und worauf ich hinarbeiten konnte. Zusammen mit meiner Mutter wollte ich das Familienunternehmen wiederbeleben, und wir waren beide überglücklich darüber. Für uns änderte sich gerade eine ganze Menge. Ich war dauerhaft bei Grace eingezogen, die mir ihr freies Zimmer vermietet hatte, verbrachte aber dennoch mehr und mehr Zeit bei Sam. Endlich war ich wirklich glücklich.

»Ich muss mich nur noch entscheiden, was ich anziehen soll«, meinte ich lächelnd und ging im Geiste meine Möglichkeiten durch. »Ich kann mich nicht recht entschließen.«

Die Landfrauen trafen sich gegen drei in der Tanzschule. Das große Finale auf der Hauptbühne des Festplatzes sollte um vier beginnen. Ihre Kleider hingen fix und fertig auf der Kleiderstange, die passenden Schuhe standen säuberlich aufgereiht darunter. Sie alle hatten in den letzten vierzehn Tagen unglaublich hart an sich gearbeitet. Nicht eine von ihnen versäumte eine Übungsstunde, und ihre Füße berührten kaum den Boden – im wahrsten Sinne des Wortes. Connie leistete großartige Arbeit, vom Aufstöbern der Kostüme in verschiedenen Secondhandshops bis zur Umarbeitung. Bei Letzterem spielte der örtliche Kurzwarenhändler eine große Rolle, indem er alles an Glitter und Pailletten zur Verfügung stellte, was aus schlichten Altkleidern umwerfende Ballkleider machte. Jeder in der Dorfgemeinschaft hatte seinen Teil beigetragen.

Am Vortag hatte ich mich Bert gewidmet, seine Tanzschritte perfektioniert und ihm eine letzte Generalprobe ermöglicht, bevor er seine geliebte Dorothy nach fünfzigjähriger Ehe vor allen Freunden und Angehörigen über die Bühne wirbelte. Wir schafften es sogar, einen Abstecher ins Kaufhaus zu machen, um ihn neu einzukleiden. Im neuen Smoking und mit der Fliege wirkte er ausgesprochen vornehm und machte eine gute Figur. Er strahlte vor Freude, als er die

Einkaufstasche stolz entgegennahm, und konnte mir gar nicht genug danken.

Sein Geheimnis war immer noch ungelüftet. Dorothy hatte keine Ahnung, dass sie beide die Show eröffnen würden.

Als ich mich an den Tisch setzte, reichte Sam mir eine Tasse Kaffee, während ich mein iPad einschaltete. Mir fiel auf, dass Molly ein paar neue Fotos von einer Fete im Sender hochgeladen hatte. Ich hatte mich vor dem Augenblick gefürchtet, in dem ich ihr via Facetime mitteilte, dass ich in England bleiben würde. Sie würde mir schrecklich fehlen, aber sie war eine gute Freundin und reagierte großartig. Sie sagte, sie freue sich für mich und sei glücklich, wenn ich glücklich sei; trotzdem mussten wir beide weinen. Als ich den Anruf beendete, war ich tieftraurig, denn ich wusste, wie unwahrscheinlich es war, dass ich jemals für immer nach New York zurückkehren würde. Wir hatten einander versprochen, in Kontakt zu bleiben, und sie deutete an, ihre nächste Urlaubsreise werde sie vielleicht nach England führen.

Sam holte die Teller aus dem Backofen und stellte sie auf den Tisch. »Hier, iss auf, du brauchst heute deine Kraft.«

»Das sieht sehr beeindruckend aus. Vielleicht sollte ich öfter bei dir frühstücken«, meinte ich lächelnd.

»Vielleicht solltest du das.«

Bei dem Gedanken, mehr Zeit mit Sam zu verbringen, flatterte in meinem Magen eine ganze Wolke von Schmetterlingen auf. In kürzester Zeit waren wir unzertrennlich geworden und verbrachten jede freie Minute miteinander.

Wir stürzten uns auf das herzhafte Frühstück, begleitet von der Musik von Bucks Fizz. Sam hatte wirklich keine Mühe gescheut, mich zu verwöhnen. Gerade waren wir fertig und räumten das Geschirr ab, als es überraschend an der Haustür klingelte.

»Mach du auf«, sagte Sam lächelnd und warf mir die Haustürschlüssel zu. Vor der Tür stand ein Bote, der förmlich hinter einem riesigen Blumenstrauß und einem ebenso gewaltigen Paket verschwand.

»Lieferung für Alice Parker«, meinte er fröhlich.

»Danke«, erwiderte ich, überrascht von den herrlich duftenden Blüten und zugleich verwirrt von dem Paket, das trotz der Größe überraschend leicht war. Wer schickte mir Blumen und Geschenke hierher, wo ich doch nebenan wohnte?

Verwirrt schloss ich die Tür und starrte das Paket an. Auf der Vorderseite klebte ein gedruckter Adressaufkleber, aber einen Absender gab es nicht. Ich legte den Strauß auf der untersten Treppenstufe ab und öffnete neugierig das Paket. Der Inhalt war in feinstes Seidenpapier eingeschlagen, und obenauf lag eine Karte. Ich drehte sie um, während mein Herz einen Schlag aussetzte.

»Wow, da mag dich aber jemand sehr «, meinte Sam grinsend von der Küchentür her.

Ich las laut vor, was auf der Karte stand: »Viel Glück für heute. Du bist einfach die Beste. Sam xx«

»Das ist so liebevoll und aufmerksam von dir«, sagte ich, die Karte an meine Brust gedrückt. Überglücklich und vor Aufregung und Vorfreude zitternd, schlug ich das Seidenpapier zurück, und zum Vorschein kam ein wunderschönes Kleid. Freudentränen schossen mir in die Augen. Es war ein schlichtes knöchellanges Kleid aus schimmerndem violettem Satin, in der Taille ebenfalls mit einem Satinband gerafft. Der weiche runde Ausschnitt, besetzt mit Glitzersteinen und Pailletten, funkelte im Licht.

»Ich weiß nicht, was ich sagen soll, es ist wunderschön.«

Sam nahm mir das Kleid aus den Händen und hielt es vor mich. Ich drehte mir die Haare zusammen und hob sie zu einer Hochsteckfrisur auf meinen Kopf, bevor ich sie wieder lose fallen ließ. »Was meinst du?«

»Einfach perfekt. Du hast so hart für den heutigen Tag gearbeitet.« Er drückte mir einen zärtlichen Kuss auf die Stirn. »Du hast es dir verdient, heute Abend umwerfend auszusehen.«

Obwohl ich das Kleid noch gar nicht trug, fühlte ich mich jetzt schon umwerfend.

»Alle freuen sich auf das Finale, und das haben sie dir zu verdanken. Du hast das Ganze koordiniert, den Landfrauen das Tanzen beigebracht, deine Helfer organisiert, fürs Bühnenbild und für die Kostüme gesorgt.« Er legte das Kleid zurück in den Karton und zog mich an sich.

»Und das Dorf vor Mr. Cross und seiner Ukulele gerettet«, fügte ich hinzu, und wir mussten beide lachen.

»Das natürlich auch, wofür dir das Dorf sicherlich ewig dankbar sein wird.«

Selig ließ ich mich in seine Arme ziehen. »Ich bete dich an, und ich bin unendlich froh, dass du den Big Apple hinter dir gelassen hast, in jenes Flugzeug gestiegen und in mein Leben getreten bist.«

»Darüber bin ich auch froh.« Ich kuschelte mich an ihn, fühlte mich sicher und zufrieden in seinen Armen.

Er schob seine Hand unter mein Kinn und hob es ein wenig an, um mir in die Augen schauen zu können. Dann küsste er mich so zärtlich, dass mir wohlige Schauer über den Rücken liefen.

»Du hast mich zum glücklichsten Mann aller Zeiten gemacht.«

Mein Herz drohte vor Glück zu zerspringen.

»Haben wir noch ein bisschen Zeit …?«, fragte er zwinkernd.

»Ähm, nein! Es ist noch so viel zu tun!« Ich musste die Bühne inspizieren, überprüfen, ob das Bühnenbild stand, und dafür sorgen, dass die Stühle von der Tanzschule auf den Festplatz geschafft wurden. »So gern ich auch wieder mit dir ins Bett würde, dafür ist keine Zeit. Es wartet noch so viel Arbeit auf mich.«

»Spielverderberin!« Er warf mir ein schiefes Lächeln zu, und seine Augen funkelten spielerisch, während er an meinem Ärmel zupfte.

»Schau mich nicht so an. Du weißt, dass ich diesem Blick nicht widerstehen kann!«

»So ist es gedacht.«

Sam war so attraktiv. Also zog ich ihn wieder die Treppe hinauf. Wenn ich fünfzehn Minuten später loskam, war das sicher kein Beinbruch …

Bunte Wimpelgirlanden zogen sich die gesamte Hauptstraße entlang, von Laternenmast zu Laternenmast, und flatterten in der schwachen Brise. Das Wetter war perfekt, die Sonne schien, und am kobaltblauen Himmel zeigten sich nur vereinzelte kleine Wölkchen.

Mum und ich folgten den provisorischen Wegweisern aus Pappe mit den aufgemalten Pfeilen, die in den Vorgärten der Anwohner standen und den Weg zum Festplatz zeigten. Sam wollte später am Nachmittag nachkommen. Mein Kleid hing zusammen mit denen der anderen in der Tanzschule. Wir hatten entschieden, es sei am besten, in der letzten Minute hinüberzuflitzen, um uns umzuziehen.

Der Dorfanger war nicht wiederzuerkennen. Kleine farbenfrohe Buden, in denen alles von nützlichem Krimskrams bis hin zu Luxusgütern angeboten wurde, reihten sich längs der Straßen aneinander, die den Platz umschlossen. Immer wieder blieben wir stehen, um uns Schmuck und Nippes anzusehen. Etwas weiter hinten entdeckte ich Bert. Der Stand des Old Teashop bot eine üppige Auswahl köstlicher Kuchen, Pasteten und Brötchen mit Wurstfüllung auf einem rot gepunkteten Tischtuch an. Er platzierte eifrig Cupcakes in Papiertüten und reichte sie aufgeregten Kindern, die es kaum erwarten konnten, davon zu probieren. Als er aufblickte, entdeckte er mich und winkte uns zu.

»Wo ist Dorothy? Ist sie mit euch gekommen?«

»Lässt sich gerade die Haare machen«, rief ich ihm zu. Bert lupfte seine Kappe, und wir gingen weiter.

»Es ist gut, wieder zu Hause zu sein. Ich habe das vermisst«, gab Mum zu.

»Ich auch«, erwiderte ich, hakte mich bei ihr unter und fühlte mich endlich wieder einer Gemeinschaft zugehörig.

Wir schlängelten uns durch das bunte Treiben bis zum anderen Ende der Wiese, wo sich eine kleine Menschenmenge versammelt hatte. Unwillkürlich musste ich kichern, als ich Mr. Cross dort entdeckte, umringt von aufgeregten Kleinkindern, die zum Klang seiner Ukulele um ihn herumhüpften und vor Freude quietschten.

Es gab Jongleure, Stelzengänger und Hüpfburgen. Familien hatten ihre Picknickdecken ausgebreitet, es sich darauf bequem gemacht, aßen Sandwiches und gönnten sich einen kleinen Schluck in der Nachmittagssonne.

Als wir uns der Hauptbühne näherten, wurde ich ganz allmählich nervös wegen des bevorstehenden großen Finales. Als ich Grandie neben Jim stehen und ihr eigenes Werk bewundern sah, verflogen all meine Befürchtungen jedoch.

»Grandie«, rief ich und drehte mich im Kreis. »Schau dir das nur an.« Ich traute meinen Augen kaum, das funkelnde Bühnenbild war einfach prächtig geworden. »Strictly Dancing in Brook Bridge«, las ich, »präsentiert von Alice Parker.« Da stand mein Name auf der Anzeigetafel, genau wie ich es mir immer erträumt hatte.

»Ich bin so stolz auf dich, Alice.« Grandie schloss mich in seine Arme und deutete dann zum Tisch der Jury hinüber.

»Was meinst du?« Der lange Tapeziertisch verschwand unter einer blütenweißen Tischdecke, die Stühle steckten in schimmernden violetten Stuhlhussen in exakt derselben Farbe wie mein Kleid. Sofort war mir klar, dass das Sams Idee gewesen sein musste.

»Oh, sieh nur«, rief Mum und hielt ein Wertungsschild hoch. »Da fühle ich mich doch richtig wichtig.«

»Wir müssen das Soundsystem noch einrichten. Habt ihr anschließend Zeit für Kaffee und Kuchen?«, fragte Grandie.

»Klingt gut. Wir sind in einer halben Stunde wieder hier«, erwiderte ich mit einem Blick auf meine Armbanduhr.

Mum und ich gingen weiter und ließen die heitere Atmosphäre auf uns wirken.

»Zuckerwatte, ich habe seit Jahren keine Zuckerwatte mehr gegessen.« Damit fischte sie ein paar Münzen aus ihrer Hosentasche und reichte sie dem Verkäufer, der ihr dafür zwei Portionen Zuckerwatte aushändigte.

»Das war dein Telefon«, sagte ich und stopfte mir das flauschige rosa Zeug in den Mund. »Es hat gerade gepiept.«

Mum schaute angespannt auf das Display.

»Eine Facebook-Nachricht.« Im ersten Moment wirkte sie geradezu panisch, dann hoben sich ihre Mundwinkel, und schließlich atmete sie erleichtert aus.

»Alles in Ordnung?«, fragte ich.

»Ich glaube schon. Ich hoffe es.« Sie drehte mir ihr Smartphone hin. »Sieh selbst. Wir haben Antwort von William«, setzte sie leise hinzu.

»Tatsächlich? Und?«, fragte ich und zog eine Braue hoch.

»Wie gesagt, schau selbst.«

Wir blieben stehen, und ich schirmte das Display gegen das Sonnenlicht ab. Mein Herz raste, während ich die Mitteilung überflog. »Er möchte mich sehen, er möchte tatsächlich herkommen und mich kennenlernen!«

Williams Nachricht war lang. Von meiner Existenz zu erfahren hatte ihm einen Schock versetzt, ihn zugleich aber auch traurig gemacht, dass er zwanzig Jahre meines Lebens versäumt hatte. Er war verheiratet, hatte zwei Töchter, und er hatte seine Familie sofort informiert.

»Sie wollen mich alle sehen.« Enorme Erleichterung durchflutete mich.

»Ich weiß, das sind wunderbare Neuigkeiten. Wie fühlst du dich?« Mum hielt mich auf Armeslänge, um meine Reaktion beurteilen zu können.

»Durcheinander und erstaunt. Ich bin froh, froh, dass wir wieder zusammengefunden haben, und aufgeregt, dass ich meinen Dad kennenlernen werde. Ich glaube nicht, dass ich mir jemals einen vollkommeneren Tag hätte wünschen können.«

Mum zog mich in ihre Arme. »Es tut mir leid, was in der Vergangenheit geschehen ist. Wenn ich es ändern könnte, würde ich es tun, das weißt du.«

»Mum, du musst nichts dazu sagen. Wir sollten nur nach vorn schauen. Auf die Eröffnung der Tanzschule, auf die Zusammenarbeit in unserem eigenen Unternehmen, auf die Zeit mit Grandie.«

»Ein glückliches Ende«, hauchte Mum.

»Ein glückliches Ende.« Ich fiel ihr in die Arme, und wir umarmten uns fest.

39. Kapitel

Wir versammelten uns neben der Bühne. Die Landfrauen sahen umwerfend aus: extravagante Kleider, perfektes Make-up, elegant gestylte Frisuren. Letztere hatten wir Lisa vom örtlichen Frisiersalon zu verdanken, die von sich aus kostenlos ihre Dienste angeboten hatte. Alle Damen waren begeistert von ihren gut aussehenden jungen Partnern aus der *Mamma Mia*-Besetzung. Die Jungs hatten fantastisch mitgespielt und den Damen in den letzten achtundvierzig Stunden für die finalen Proben zur Verfügung gestanden.

»Ich fühle mich, als könnte ich schweben!«, rief Dorothy. »Schaut euch nur dieses Kleid an … Aber wo steckt mein Bert? Er verpasst noch meinen Tanz, wenn er sich nicht beeilt.«

»Er wird rechtzeitig da sein«, versicherte ich ihr lächelnd, wusste ich doch, dass er gut versteckt in der Kunsthandwerkerbude auf sein Stichwort wartete, das ihn auf die Bühne beordern würde.

Dann hallte aus der Lautsprecheranlage Jims Stimme über den Festplatz: »Ladys und Gentlemen, Jungs und Mädchen, nehmt bitte Platz für das große Finale. Die Show beginnt in fünf Minuten.«

Die Menge ließ sich nicht lange bitten: Innerhalb von Sekunden füllten sich die Stuhlreihen vor der Bühne. Praktisch jeder Einwohner von Brook Bridge hatte sich eingefunden.

Jim gab mir zu verstehen, dass es gleich losgehen würde, und mein Herz schlug doppelt so schnell wie normal.

Wir waren so weit.

»Live vom Festplatz – Ladys und Gentlemen, Applaus bitte für die Veranstalterin: Miss Alice Parker! Hier kommt *Strictly Dancing in Brook Bridge*!«, rief Jim ins Mikrofon, gefolgt von der Titelmelodie der Fernsehshow *Strictly Come Dancing*, die sich aus den Lautsprechern über das Publikum ergoss. Sämtliche Zuhörer klatschten im Takt, und als Jim mir das Mikrofon reichte, hüpfte ich die Stufen hinauf auf die Bühne und wurde von tosendem Applaus empfangen.

Weit und breit war kein freier Sitzplatz mehr zu sehen, aber wo steckte Sam? Ich konnte ihn nirgends entdecken.

Ich fühlte mich fantastisch und kam mir vor wie eine Berühmtheit, als ich das Mikro an meine Lippen hob: »Ich bin Alice Parker und heiße euch alle hiermit willkommen zu *Strictly Dancing in Brook Bridge*!« Das Publikum jubelte begeistert. Die Stimmung war großartig, und ich bekam eine Gänsehaut.

»Bitte heißt die Jury dieses Abends willkommen: Grace Anderson! Connie Anderson! Rose Parker! Und zu guter Letzt Ted Parker!«

Das Publikum rastete aus. Niemanden hielt es mehr auf den Plätzen, alle vier wurden frenetisch bejubelt, als sie auf die Bühne traten und den Zuschauern zuwinkten, bevor sie sich an den Richtertisch setzten.

Schon hatten wir das Publikum in unseren Bann geschlagen, und es fühlte sich umwerfend gut an, hier vor all den begeisterten Zuschauern zu stehen.

»Unsere Landfrauen haben in den letzten zwei Wochen mehr Zeit in der Tanzschule verbracht als irgendwo sonst, und jetzt ist es an der Zeit für sie, aus dem Schatten heraus ins Rampenlicht der Bühne zu treten.« Ich holte Luft. »Wir eröffnen die Show mit einem ganz besonderen Tanz …« Ich konnte das unterdrückte Raunen der Damen am Rand der

Bühne hören; sie hatten ja keine Ahnung, was jetzt kommen sollte.

»Wir alle kennen Dorothy und Bert Jones. Ihr Leben lang gehören sie nun schon zur Dorfgemeinschaft und leisten ihren täglichen Dienst im Old Teashop. Heute feiern sie ihre goldene Hochzeit, und Dorothy glaubt, sie würde heute Abend von einem unserer Profitänzer über die Bühne gewirbelt. Aber wir haben eine ganz besondere Überraschung für sie vorbereitet. Dorothy, komm bitte auf die Bühne.«

Die Landfrauen schoben die überraschte Dorothy mit sanfter Gewalt in meine Richtung. Sie ahnte nicht, was vor sich ging. »Und bitte heißt auch Bert auf der Bühne willkommen.« Applaus brandete auf.

Dorothy schnappte nach Luft, als sie Bert entdeckte, der mit einem Blumenstrauß in den Händen auf uns zukam. Er sah unglaublich gut aus in seinem Smoking und der Fliege, die Haare sorgfältig zur Seite gekämmt.

Auf der Bühne angekommen, küsste er Dorothy auf die Lippen und überreichte ihr die Blumen.

»Ich weiß nicht, was ich sagen soll, ich bin total gerührt.« Mit der Hand fächelte sie sich Luft zu.

Bert nahm sie fest in die Arme.

»Vorsicht mit meinem Kleid, zerknittere es mir nicht.«

Die Zuschauer lachten.

»Wir haben noch eine zweite Überraschung für Dorothy. Sie hat davon geträumt, vor Ihnen allen den Foxtrott zu tanzen, aber sie weiß nicht, dass Bert in den letzten zwei Wochen bei mir Unterricht genommen hat und dass er heute Abend mit seiner wunderschönen Frau auf dieser Bühne tanzen wird! Applaus bitte für Bert und Dorothy, die den Foxtrott tanzen werden!«

Dorothys schockierter Gesichtsausdruck sagte alles, als sie mir die Blumen in die Hand drückte.

»Ich weiß gar nicht, wie ich dir danken soll, Alice. Du hast meinen Wunsch in Erfüllung gehen lassen.«

Nervös nahmen die beiden ihre Position mitten auf der Bühne ein, und die Musik erklang über den Festplatz. Bert begann seine Dorothy über die Bühne zu führen, jeder Schritt saß perfekt, eleganter konnte man diesen Tanz kaum aufführen. Die beiden konnten ihre Blicke nicht voneinander lösen, und für jeden war offensichtlich, wie viel Bewunderung und Liebe sie einander entgegenbrachten. Als die Musik verklang, fielen sie sich gegenseitig in die Arme, während der Applaus aufbrandete.

Als ich die Bühne wieder betrat, war auch ich mehr als gerührt, und unter den Zuschauern war ebenfalls kein Auge trocken geblieben. Dorothy und Bert hielten sich immer noch eng umschlungen, und Freudentränen liefen ihnen über die Wangen.

»Alles Liebe zum Hochzeitstag«, flüsterte Bert, »ich liebe dich.«

»Hört euch nur die Zuschauer an!«, rief ich.

Daraufhin wandten sich beide dem Publikum zu und schnappten überrascht nach Luft.

»Wie fühlst du dich?« Damit hielt ich Dorothy das Mikrofon hin.

»Ich bin sprachlos, absolut sprachlos.«

»Zum ersten Mal seit fünfzig Jahren«, warf Bert liebevoll lächelnd ein.

Sie schlug spielerisch nach ihm. »Wann und wo hast du gelernt, so zu tanzen?«

Bert wischte sich die Tränen der Rührung mit einem Taschentuch aus dem Gesicht und nahm mir das Mikrofon aus der Hand. »Darf ich einfach nur sagen, wie schön meine Dorothy heute Abend aussieht?«

Erneut brach die Menge in Jubel aus. »Ich bin jetzt seit

fünfzig Jahren mit dieser wunderbaren Frau verheiratet und würde um nichts auf der Welt mit jemandem tauschen wollen. Sie hat sich gewünscht, auf dieser Bühne zu tanzen, und dank Alice …« Mit blitzenden Augen wandte er sich mir zu. »Dank Alice ist ihr Traum wahr geworden. Alice hat mir die Schritte beigebracht, hat mich diesen Tanz gelehrt, und ich … wir können ihr gar nicht genug dafür danken.«

Dieser von Herzen kommende Dank überwältigte mich, und ich hatte größte Mühe, die Freudentränen zu unterdrücken, die mir in die Augen stiegen. Berts Worte bedeuteten mir unglaublich viel.

Grandie machte vom Jurorentisch auf sich aufmerksam, und ich brachte das Publikum zum Schweigen. Dorothy und Bert standen immer noch mitten auf der Bühne. »Ich habe gerade das Zeichen bekommen … die Juroren haben ihr Urteil gefällt!«

Alle Blicke wandten sich der Jury zu.

»Fangen wir mit Grace Anderson an«, verkündete ich.

Grace lächelte uns strahlend zu. »Das war unglaublich. Die Zuschauer sind durchgedreht. Fangen wir mit deinem Glitzerkleid an, Dorothy … es ist umwerfend. Und ihr beiden leuchtet von innen heraus, wenn ihr tanzt. Herzlichen Glückwunsch euch beiden zur goldenen Hochzeit!«

Als Nächste war Connie dran. »Ihr beiden habt wirklich gezeigt, was ihr draufhabt … euch beim Tanzen zuzuschauen war ein ganz besonderes Vergnügen. Die Spannkraft in euren Armen, die wunderbare Schrittführung. Ich bin begeistert«, zwitscherte Connie.

Mum äußerte sich als Nächste. »In meinen Augen … hervorragendes Taktgefühl, absolut im Einklang mit der Musik. Eine fantastische Aufführung – was ihr uns gezeigt habt, das war Tanzen in Perfektion.«

Dorothy und Bert strahlten, genossen jeden Augenblick.

»Und jetzt du, Ted«, sagte ich mit breitem Lächeln.

Erneut verstummte das Publikum und wartete darauf, dass Grandie das Wort ergriff.

»Die Fußarbeit war schlampig, in den Hüften wart ihr zu steif …«

Buhrufe aus dem Publikum wurden laut.

»Hey, ich spiele doch nur den Bösewicht … ihr wart beide einfach U-M-W-E-R-F-E-N-D!«

Die Zuschauer gerieten außer Rand und Band.

»Zeigt uns eure Punktwertungen«, forderte ich die Jury lachend auf.

»Zehn!«

»Zehn!«

»Zehn!«

»Zehn!«

Alle vier Juroren hielten ihre Wertungstafeln hoch, und das Publikum sprang von den Sitzen auf und applaudierte.

»Die Leute stehen auf, um für uns zu applaudieren«, flüsterte Dorothy tränenüberströmt. »Ich liebe dich, Bert …« Und damit verließen die beiden überglücklich die Bühne.

Vierzig Minuten später hatten alle Landfrauen ihre Tänze aufgeführt, und nach dem Gesichtsausdruck aller zu urteilen wollte niemand, dass dieser Abend zu Ende ging. Jeder hatte unglaublichen Spaß, und nach dem letzten Tanz stand ich auf der Bühne, ungeheuer stolz auf die Leistung aller. Vor zwei Wochen noch hatten die Damen Mühe damit gehabt, einen Fuß vor den anderen zu setzen, und jetzt tanzten sie wie die Profis über die Bühne des Dorffestes. Im Laufe des Abends hatte ich immer wieder Ausschau gehalten nach Sam, ihn aber nicht entdecken können, und allmählich begann ich, mir Sorgen zu machen, wollte ich doch diesen erfolgreichen Abend mit ihm gemeinsam erleben.

Es war an der Zeit, die Show zu beenden. Ich holte tief Luft, hielt mir das Mikrofon ein letztes Mal vor die Lippen: »Ich möchte euch allen dafür danken, dass ihr heute Abend hierhergekommen seid. Es war ein fantastischer Abend. Ich habe sehr viel Spaß gehabt, und ich hoffe, auch euch hat es gefallen.«

Zu meiner Überraschung begann die Menge im Chor zu singen: »Tanzen, tanzen, tanzen, tanzen.«

Verwirrt schaute ich in das Gesichtermeer vor mir und dann hinüber zu den Juroren, die alle aufgestanden waren. Nervosität machte sich in mir breit.

Konzentrier dich, benimm dich wie ein Profi, ging es mir durch den Kopf. Ich sollte tanzen? Mit wem? Was ging hier vor? Hilfe suchend schaute ich zu Grandie hinüber, der mich nur angrinste. Und dann bemerkte ich, dass ein Mann die Bühne betrat – in einem noblen, maßgeschneiderten Smoking mit schwarzem Satinrevers und schwarzer Fliege. Ich starrte ihn mit offenem Mund an. Wo hatte er seinen Aston Martin abgestellt? Sam sah aus wie ein Filmstar, und die Funken, die jedes Mal zwischen uns sprühten, verschlugen mir den Atem.

Reiß dich zusammen, Alice.

Als er bei mir angekommen war, ergriff er meine Hände. Mein Herz schlug so schnell, dass ich unter keinen Umständen vor all diesen Leuten tanzen konnte.

»Du siehst umwerfend aus«, flüsterte er und küsste mich auf beide Wangen. »Du schaffst das, ich bin bei dir.«

Alle Augen waren auf uns gerichtet.

Ich holte tief Luft und warf einen Blick zu den Juroren hinüber. Ihr aufmunterndes Lächeln bedeutete mir unendlich viel. Ich schluckte, als ich bemerkte, wie Sam sich mit einem Zwinkern an Jim wandte, der für die Musik zuständig war.

»Hast du davon gewusst?«, fragte ich flüsternd.

Sam antwortete nicht. Er stand lässig und elegant zugleich neben mir, drückte aufmunternd meine Hand und blickte über die Zuschauermenge hinweg. Mir stellten sich sämtliche Härchen auf.

»Bereit?«

Ich nickte, während uns alle aufmerksam beobachteten.

»Gib mir wenigstens einen Tipp, zu welcher Musik wir tanzen.«

»Bolero«, flüsterte Sam mir ins Ohr. Sein heißer Atem kitzelte, und ebenso heißes Verlangen stieg in mir auf.

Wir standen in Startposition, seine Lippen nur Millimeter von meinen entfernt. Ich musste mich zusammenreißen, um ruhig zu atmen, denn ich konnte das Verlangen nicht unterdrücken, meine Finger auszustrecken und damit die Konturen seines Kinns nachzuzeichnen. Seine Haut war glatt und weich, seine Wangenknochen markant – mit anderen Worten: Er sah umwerfend aus.

Die Musik setzte ein, und alle Blicke ruhten auf uns.

Er schaute mir in die Augen, legte mir die Hände um die Taille. Allein schon diese Berührung jagte elektrischen Strom durch meinen ganzen Körper. Sie bereitete mir solche Lust, dass ich mich zusammenreißen musste, um nicht lautstark nach Luft zu schnappen.

Wir begannen zu tanzen, und sofort legte sich meine Nervosität, als wir zusammen über die Bühne glitten. In seinen Armen fühlte ich mich sicher, genoss jeden Augenblick, jede Berührung. Mir fiel auf, dass ich seinen Puls in den Halsarterien sehen konnte, und ich holte scharf Luft, als seine Finger über meine Wirbelsäule nach unten glitten. Verlangen war aus seinen braunen Augen abzulesen. Dieser Ausdruck zeigte mir, dass er mich in diesem Moment genauso begehrte wie ich ihn. Sein Blick ließ mich keinen Moment los, seine starken Arme hielten mich sicher. Wir bewegten uns langsam und anmutig über die Bühne, und er gab mir das Gefühl, die einzige Frau auf der ganzen Welt zu sein. Ich verlor mich in der Musik und in seinen

Armen, und mir war klar, dass ich mich hoffnungs- und rettungslos in Sam Reid verliebt hatte. Es war, als wären wir ganz allein auf der Welt, alle anderen um uns herum nahm ich nicht mehr wahr, und ich wünschte mir, dieser Tanz würde niemals enden. Als er mich eng an sich zog, spürte ich seinen Atem auf meinem Gesicht, spürte die ungeheure Anziehungskraft zwischen uns beiden. Tatsächlich wollte ich in diesem Moment nur eines: ihn direkt von der Bühne ins Schlafzimmer entführen.

Als das Stück sich dem Schlussakkord näherte, war die Versuchung quälend groß, und seine Lippen waren meinen so nah. Die Musik verklang.

Ich konnte mich kaum auf den Beinen halten, so sehr zitterte ich. Noch nie hatte ich eine solche Anziehungskraft verspürt. Sicher spürte er das doch auch?

Ich trat im Rampenlicht einen Schritt zurück und wartete.

Die Zeit schien stehen zu bleiben.

Binnen Sekunden waren alle Zuschauer auf ihren Beinen, und der Applaus war ohrenbetäubend. Sam verneigte sich, ich knickste, um mich für den Applaus zu bedanken.

Ein Lächeln breitete sich auf meinem Gesicht aus, und ich warf Sam die Arme um den Hals. Er hob mich hoch und wirbelte mich herum.

»Du, Alice Parker, bist einfach erstaunlich. Ich bin stolz auf dich, dass du all dies auf die Beine gestellt hast.«

Ich schaute noch einmal zu den Zuschauern hinüber und verspürte ein überwältigendes Triumphgefühl. Standing Ovations – ich konnte es kaum glauben.

Hand in Hand standen wir mitten auf der Bühne, und ich wusste nicht, was als Nächstes geschehen würde.

Sam drückte meine Hand und schaute mich bewundernd an. »Nur für den Fall, dass ich vergesse, es dir nachher zu sagen: Heute ist der beste Tag meines Lebens.«

»Woher weißt du das? Der Tag ist doch noch nicht zu Ende?«

»Glaub mir, ich weiß es.« Er beugte sich vor. »Ich liebe dich, Alice Parker«, flüsterte er mir ins Ohr.

Mein Herz klopfte aufgeregt, und ich rang nach Luft.

So etwas geschah doch niemals mir.

Plötzlich wurde es still, und wir bemerkten, dass Grandie die Bühne betreten und das Mikrofon ergriffen hatte. Er streckte Sam seine Hand entgegen, und die beiden schüttelten sich kräftig die Hände.

»Guter Junge, guter Junge«, sagte Grandie und musterte Sam bewundernd, bevor er mir einen Kuss auf die Wange gab.

Dorothy und die Landfrauen standen zusammengedrängt neben der Bühne und verfolgten jede unserer Bewegungen.

Grandie hielt das Mikrofon an seine Lippen und schaute hinaus auf den Festplatz. »Hier stehe ich, so stolz, dass mir die Tränen kommen.«

Erneut brach das Publikum in Jubel aus, und wir mussten warten, bis alle sich wieder beruhigt hatten.

Grandie setzte erneut zum Reden an, die Menge wurde still, und alle Augen richteten sich auf uns. »Zunächst möchte ich euch allen danken, dass ihr hierhergekommen seid zu unserem Dorffest. Brook Bridge war immer mein Zuhause, und ich konnte mir kein Leben woanders vorstellen. Als mich die Tragödie ereilte … brach mein Herz. Florrie Parker war ein wichtiger Teil dieser Gemeinschaft, und sie wird nie in Vergessenheit geraten. Aber … aber zum ersten Mal seit dreizehn Jahren habe ich das Gefühl, dass das Leben weitergeht … und das liegt an Alice und Rose. Willkommen zu Hause, willkommen zurück in Brook Bridge.« Seine Stimme brach, und ich griff nach seiner Hand.

»Lange Zeit herrschte Unruhe in diesem Dorf, unnötige Rivalität, die längst der Vergangenheit hätte angehören sollen.« Er schwieg einen Moment.

»Ich möchte Sam Reid dafür danken, dass er die Tänzer für die Show organisiert hat und heute meiner Alice zur Seite steht.«

Dankbarkeit erfüllte mich. Das hätte er nicht sagen müssen, aber ich war ihm sehr, sehr dankbar dafür.

»Und jetzt ein letztes Mal ... nach diesem ausdrucksstarken Tanz gilt unsere Aufmerksamkeit den Juroren ... sie haben ihr Urteil gefällt!«, donnerte er ins Mikrofon.

Grinsend drehten Sam und ich uns zu Mum, Grace und Connie um.

»Rose Parker«, forderte Grandie auf. »Du zuerst.«

»Ihr seht beide großartig aus, tanzt großartig und seid einfach großartig!«, quietschte Mum. Sie konnte kaum an sich halten vor Begeisterung.

»Connie Anderson!«

Die Menge wartete angespannt.

»Ihr beiden leuchtet von innen, wenn ihr tanzt. So etwas Ausdrucksstarkes!«, rief Connie.

»Grace Anderson!«

»Die Fußarbeit war schlampig, ihr bewegt euch zu steif in den Hüften und ...« Ein warnender Blick zu Sam hinüber. »Ihr macht viel zu viele Fehler.«

Buhrufe erklangen.

»Das war ein Scherz!«, rief sie grinsend. »Diese Aufführung war ergreifend. Es gibt Tänze, bei denen man sich wünscht, sie würden nie zu Ende gehen. Das war solch ein Tanz ... und, falls ich das einfach sagen darf ... Alice Parker, es ist schön, dich wieder bei uns zu haben!«

Erneut klatschte das Publikum Beifall, als alle drei Juroren ihre Wertungstafeln mit der Zehn hochhielten.

Es dauerte noch ein paar Minuten, bis sich die Menge wieder beruhigt hatte. Dann nahm ich Grandie das Mikrofon ab.

»Eine Rede, eine Rede«, riefen alle im Chor, bevor sie langsam still wurden. Alle Augen waren auf mich gerichtet.

»Heute war ein erstaunlicher Tag. Es gibt so viele Leute, denen ich danken möchte. Kommt …« Ich winkte mein Team heran. »Kommt hoch auf die Bühne.«

Das ganze Team strömte auf die Bühne, und alle umarmten sich und klopften sich gegenseitig auf die Schultern. Dieser Abend war ein voller Erfolg gewesen.

»Bitte ein letzter Applaus für Dorothy und Bert, die wirklich umwerfend sind … für alle Landfrauen, die so hart daran gearbeitet haben, euch perfekte Tänze vorzuführen … für Jim und Connie, die so viel Mühe in die Kostüme und das Bühnenbild gesteckt haben … für Grace, weil sie meine beste Freundin ist … für Sam, weil er von Anfang an für mich da war … für meinen Großvater und meine Mutter, weil sie mich bedingungslos lieben … und – weil *Strictly Dancing in Brook Bridge* ohne euch alle nicht möglich geworden wäre – für den Rückhalt und die Unterstützung der Dorfgemeinschaft. Danke euch allen!«

Alle jubelten und klatschten.

»Und zu guter Letzt … zu guter Letzt … ich habe jede Sekunde genossen, in der ich den Landfrauen das Tanzen beigebracht habe. Ich habe das Unterrichten so sehr genossen, dass ich euch mit großer Freude verkünde: Im September werden wir die Florrie Rose' Tanzschule wieder eröffnen. Ihr seid alle herzlich dazu eingeladen!«

Jetzt stand Mum neben mir und reichte mir einen riesigen Blumenstrauß. Sie hob das Mikrofon an ihre Lippen.

»Heute hat Alice die Dorfgemeinschaft wieder vereint … ein dreifaches Hurra für Alice.«

Die Zuschauer folgten der Aufforderung: »Hipp, hipp, hurra … Hipp, hipp, hurra … Hipp, hipp, hurra!«

»Mir bleibt nur noch eins zu sagen«, ergriff ich wieder das Wort und bedeutete allen auf der Bühne, mit einzustimmen …

»Hört nie auf zu tanzen«, riefen wir einstimmig voller Begeisterung.

Als der Abend sich dem Ende zuneigte, nahm Sam mich in die Arme und küsste mich zärtlich auf die Lippen. Ich war zutiefst gerührt, und obwohl mir wieder einmal Tränen in die Augen schossen, waren es diesmal doch Freudentränen.

Heute war der erste Tag meiner Zukunft, und alles war jetzt ganz genau so, wie es sein sollte.

Danksagung

Hurra! Das war eine lange Reise, und ich kann immer noch nicht ganz fassen, dass mein siebtes Buch veröffentlicht worden ist! Es gibt eine lange Liste wirklich toller Leute, denen ich zu danken habe, weil sie mich dabei unterstützt haben, diesen Roman zu etwas zu machen, auf das ich wirklich stolz bin.

Mum, Dad, Chris, Emily, Jack, Ruby und Tilly – meine verrückte, fantastische Familie, die mich jeden Tag aufs Neue inspiriert. Ohne eure Unterstützung könnte ich die Arbeit, die ich so liebe, nicht tun. Danke.

Woody, mein verrückter kleiner Cockerspaniel, der treu an meiner Seite steht und ohne jeden Zweifel mein bester Begleiter ist.

Das kluge Team bei HarperImpulse: Charlotte Leger und Kimberley Young. Beide waren einfach umwerfend. Sie haben mich von Anfang an unterstützt, mir Mut gemacht und an mich geglaubt. Meine Redakteurin, die sündhaft schlaue und ungeheuer lustige Emily Ruston, die auf fantastische Weise dafür gesorgt hat, dass dieses Buch so gut wurde, wie es nur werden konnte.

Mein Dank geht des Weiteren an meine Agentin Kate Nash für ihre Energie, ihre Vision, ihre beständige Unterstützung und ihren Glauben an mich.

Ganz besonders liebevoller Dank gebührt Anita Redfern – denk dran, wenn wir uns jemals begegnen: Du bist taub, und ich spreche kein Englisch! Danke für deine Freundschaft.

Team Barlow! Lasst euch abklatschen, ihr fröhlichen Unterstützer Catherin Snook, Louise Speight, Suzanne Toner, Sarah Lees, Suzanne Golding, Alison Smithies, Ann Blears, Sue Stevens, Susan Miller, Bhasker Patel, Jason Moreland, Bella Osborne, Lisa Hall, Jenny Berry und Kathy Ford.

Besonderen Dank auch an die Belegschaft der Tamworth Bibliothek und vor allem an Debbie Smith, die für meine Bücher wirbt, wann immer sie kann. Danke euch.

Vielen Dank auch einigen ganz besonderen Menschen, all meinen tollen Lesern, den Buchbloggern und Followern in den sozialen Netzwerken dafür, dass ihr meine Bücher lest und rezensiert, für eure Twitter- und Facebook-Nachrichten und all eure netten E-Mails. Ihr seid spitze!

Und zum Schluss: Dieses Buch wäre nie geschrieben worden, wenn nicht Dawn Denman, Shannon und Peter Parker mir beim Frühstück die Inspiration für diese Geschichte geliefert hätten. Danke.

Ich habe jede Sekunde, in der ich an diesem Buch gearbeitet habe, genossen, und ich hoffe wirklich, dass ihr Freude daran habt, Zeit mit Alice Parker und Sam Reid zu verbringen. Ich freue mich, von euch zu hören!

Viele liebe Grüße
Christie

Ein Brief von Christie

Ihr Lieben,
wenn ihr diesen Brief lest, dann möchte ich euch danken, dass ihr euch für mein Buch entschieden habt.

Es hat euch hoffentlich Spaß gemacht und gefallen. Wenn ja, dann würde ich mich über eure Rezension freuen. Eure Empfehlungen können anderen helfen, meine Bücher zu entdecken.

Kaum zu glauben, dass dies schon mein siebtes Buch innerhalb von vier Jahren ist. Mit Schreiben seinen Lebensunterhalt zu verdienen, das ist wirklich der schönste Job der Welt.

Auf diesen Roman bin ich besonders stolz. Die Hauptfiguren Alice Parker und Sam Reid spielten in den letzten fünf Monaten eine große Rolle in meinem Leben, und es fällt mir schwer, sie hinter mir zu lassen. Alice' Geschichte handelt von Selbstentdeckung, Liebe, Geheimnissen und einem Lernprozess – es geht darum, wie man im Leben glücklich wird. Beim Schreiben habe ich jede Sekunde genossen.

Allen, die an diesem Projekt beteiligt waren, möchte ich mein herzliches Dankeschön aussprechen. Ich schätze wirklich jeden Einzelnen von euch und freue mich ganz besonders, via Twitter und Facebook von meinen Leserinnen und Lesern zu hören.

Bleibt bitte in Kontakt.

Viele liebe Grüße

Christie